Marion Johanning
Der Klang eines neuen Lebens

Das Buch

Deutschland im Mai 1945: endlich Frieden. Mit ihrem Akkordeon auf dem Rücken macht die junge Emma van Kall sich auf den Weg in ihre zerbombte Heimatstadt Köln. Ihr Mann wird an der Ostfront vermisst, ihr Elternhaus wurde beschädigt und geplündert und die Familie ist gezeichnet von den schrecklichen Kriegsjahren. Aber das Leben geht weiter. Mit Tatkraft und Fantasie kämpft Emma um Essen, Heizmaterial und Medikamente für die kranke Mutter. Unterstützt von Kurt, der ein Zimmer in der elterlichen Wohnung gemietet hat. Kurt, der Geschäfte auf dem Schwarzmarkt macht, aber nie etwas über sich erzählt. Er taucht auf, wenn Emma es am wenigsten erwartet, und sie denkt mehr an ihn, als sie sollte. Schließlich ist Emma immer noch verheiratet …

Die Autorin

Marion Johanning lebt als freie Autorin in der Nähe von Köln. Schon lange begleiten sie zwei Leidenschaften: Schreiben und das Interesse an Geschichte. Für ihre historischen Romane recherchiert sie sorgfältig und bereist, wenn immer möglich, die Originalschauplätze. Sowohl ihre »Rhein-Trilogie« als auch die zweiteilige Reihe »Luise und Marian« wurden zu Bestsellern. »Der Klang eines neuen Lebens« ist der Auftakt zur ihrer neuen historischen Serie, die ein Familienschicksal im Köln der Nachkriegsjahre schildert.

Marion Johanning

Der Klang
eines neuen
Lebens

Roman

TINTE
&
FEDER

Zur Erklärung historischer und mundartlicher Begriffe findet sich am Ende des Buches ein Glossar.

Deutsche Erstveröffentlichung bei
Tinte & Feder, Amazon Media EU S.à r.l.
38, avenue John F. Kennedy, L-1855 Luxembourg
August 2023
Copyright © der deutschsprachigen Ausgabe 2023
By Marion Johanning
All rights reserved.

Umschlaggestaltung: zero-media.net, München
Umschlagmotiv: © Paladin12/Shutterstock;
© Leffelaer Kristof/Shutterstock; © Jacob_09/Shutterstock;
© Nicole Matthews /ArcAngel
1. Lektorat: Ute Köhler
2. Lektorat: Rainer Schöttle
Korrektorat: Manuela Tiller / DRSVS
Gedruckt durch:
Amazon Distribution GmbH, Amazonstraße 1, 04347 Leipzig /
Canon Deutschland Business Services GmbH, Ferdinand-Jühlke-Straße 7,
99095 Erfurt /
CPI books GmbH, Birkstraße 10, 25917 Leck

p-ISBN: 978-2-49671-339-8
e-ISBN: 978-2-49671-338-1

www.tinte-feder.de

Für Arjun, der das Lesen liebte.

KAPITEL 1

Gut Meinersleben, Mai 1945

*Wir können nicht bestimmen, unter welchen Umständen wir auf-
wachsen. Was wir in die Wiege gelegt bekommen. Was uns geschieht.
Wir haben kein Anrecht darauf, dass sich etwas so ereignet, wie wir
es uns wünschen oder erträumt haben.*

*Irgendwann merken wir, dass alles vielleicht anders pas-
siert, als wir es wollen, und dass genau dies einen wichtigen Teil
unseres Lebens darstellt, weil es ein Teil unseres Selbsts ist, das zum
Ausdruck kommen soll. Oder auch die Aufgabe, die wir im Leben
zu lösen haben. Dann begreifen wir, dass es unser eigener Weg ist,
den wir im Leben zurücklegen sollen, den wir hinterlassen werden
wie eine Schneise in der Wildnis, durch die noch nie jemand ging,
weil es unsere Wildnis ist und unsere Schneise, die nur wir hinterlassen können. Wie unser persönlicher Fußabdruck, den wir in
den feuchten Lehm drücken und der immer dortbleiben wird – als
unser ewiges gemaltes Leben.*

Emma klappte den Roman zu und starrte an die Decke.
Sie spürte, dass sie zu müde war für solche Sätze. Sie hätte
sie ebenso gut am Morgen in der Messe hören können. Der
Geruch nach würziger Hühnersuppe zog von unten herauf,

und das Hausmädchen Marie klapperte mit Geschirr. Emma legte eine Hand auf ihren hungrigen Magen und genoss die Stille. Keine Tiefflieger mehr. Kein Brummen feindlicher Flugzeugformationen, die auf Köln zuflogen. Keine Schüsse mehr über den Rhein hinweg. Nur noch Vogelgezwitscher. Es war der zweite Sonntag nach der Kapitulation, Pfingsten. Vom Bett aus konnte Emma aus dem Fenster sehen. Die Vorhänge bewegten sich im leichten Wind, der warme Mailuft und den verheißungsvollen Geruch nach Frühling hereintrug.

Wann war ihr Leben schon so verlaufen, wie sie es gewollt hatte? Bisher hatte es viel zu viele Wenn-dann-Sätze gegeben. Wenn der Krieg endlich vorbei wäre. Wenn Christian erst wieder zurück wäre, dann könnten sie endlich wieder zusammenleben. Sie vermied den Blick auf die leere Matratze neben ihr und sah stattdessen auf das gerahmte Schwarz-Weiß-Foto auf ihrem Nachttisch, das ein Hochzeitspaar vor dem Rosenbogen im Garten zeigte. Ein herrlicher sonniger Tag, an dem es nach frisch geerntetem Heu gerochen hatte. Ein junges Brautpaar, die Braut kaum der höheren Töchterschule entwachsen. Sie trug ein langes Seidenkleid, das ihre Mutter genäht hatte. Ein paar Locken ihres hochgesteckten langen Haars unter dem Tüllschleier fielen ihr ins Gesicht. Auf dem Foto sah man es nicht, aber es hatte in der Sonne noch stärker rotblond geleuchtet als sonst. Ihre Augen – sie waren blau – blickten sie herausfordernd an, fast ein wenig frech – eine junge Frau, die nichts vom Leben wusste. Christian stand aufrecht, nur wenig größer als sie, mit einem Blumensträußchen am Revers, die Kinnpartie stolz nach vorn gestreckt. Emma war die Sonne des Tages gewesen, nichts konnte sie trüben. Nicht die Trauermiene ihrer Schwiegermutter und auch nicht Christians Einzugsbefehl. Sie sei sein Lieblingslied, hatte Christian ihr abends gesagt, nachdem sie beschwipst ins Bett gesunken waren. Die Hochzeit war eines der wenigen Ereignisse in ihrem Leben gewesen, das ganz nach ihrem Willen geschehen war.

Emma erhob sich und verließ auf leisen Sohlen ihr Zimmer. Im Flur hielt sie vor dem Schlafzimmer ihrer Schwiegereltern inne. Die Tür stand einen Spaltbreit auf. Emma schob sie weiter auf und spähte hinein. Der Geruch nach Elisabeths Parfum und dem Kampfer von Roberts Salbe hing in der Luft. Durch das Fenster konnte man weit über die Felder hinaus bis ins Rheintal mit dem Siebengebirge blicken. Über den sorgfältig gefalteten Federbetten hing das Bild von Hitler wie eh und jeh. An der Wand gegenüber hing ein Kreuz über dem verschlossenen Sekretär. Das Zimmer war kalt.

Gut, dass *sie* nicht hier oben gewesen waren, dachte Emma nicht zum ersten Mal. Pures Glück. Sie verließ das Zimmer und ging die Treppe hinunter.

Robert und Elisabeth saßen schon am Tisch, als sie das Esszimmer betrat. Marie knickste kurz, als Emma an ihr vorbeiging und sich auf ihren Stuhl gleiten ließ. Elisabeth hob den Kopf, streifte Emma mit einem flüchtigen Blick und nickte. »Dann können wir ja anfangen«, sagte sie mit leicht gereiztem Ton, der nur dann in ihrer Stimme lag, wenn sie mit Emma sprach. Emma hatte sich inzwischen daran gewöhnt, wie an so vieles. Sie fasste die kalte Hand Elisabeths zum Tischgebet und Roberts wärmere, während Marie ihre Teller mit dampfender Hühnerbrühe füllte. Emmas Magen zog sich hungrig zusammen, als ihr der Duft der Suppe in die Nase stieg.

»Komm, Herr Jesus, sei unser Gast und segne, was du uns bescheret hast«, murmelten alle und bekreuzigten sich.

»Guten Appetit.« Robert nickte seiner Frau und Emma kurz zu.

»Wohl bekomm's.« Emma genoss den Geschmack der heißen Brühe und die Wärme in ihrem leeren Magen. Sie hätte gern nach draußen in den Garten gesehen, aber das war nicht möglich, seit die hinteren Fenster nach dem Überfall mit Holz vernagelt worden waren. Auch von den vorderen Fenstern waren einige zertrümmert und mit Brettern verschlossen worden, sodass der Raum im Halbdunkel lag. Im Winter hatten sie den runden Esstisch näher an den Kamin gerückt, um dichter beim Feuer zu sein, doch jetzt wurde schon länger nicht mehr geheizt, obwohl es immer noch kalt war. Es brauchte viel Holz, um dieses Zimmer mit seinen hohen Wänden warm zu halten, und auch das Feuer unten in der Küche musste in Gang gehalten werden.

Emma fröstelte. Sie sah auf Christians leeren Platz gegenüber. Rasch blickte sie wieder nach unten und verfolgte, wie Marie ihre Suppenschüsseln abräumte und ihnen den Hauptgang auftrug: Kartoffeln mit Stampfgemüse, dazu Spiegeleier. Ein geradezu fürstliches Mahl angesichts der Knappheit, die überall herrschte. In ihrer Heimatstadt ging es den Menschen viel schlechter.

Das Schweigen hing bleiern zwischen ihnen und schien sie einzustauben. Emma hob den Kopf und beobachtete ihre Schwiegereltern unauffällig. Roberts Gesicht war scharfkantig und blass, sein Kiefer machte beim Kauen Knackgeräusche. Aus der Brusttasche seiner Anzugjacke hing die goldene Kette seiner Taschenuhr, die er beim Überfall vor den Plünderern hatte retten können. Elisabeth kaute geräuschlos und hielt sich gerade auf ihrem Stuhl wie immer. Nicht ein Haar fiel aus ihrem Knoten. Sie trug ihre goldenen Ringe mit der Selbstverständlichkeit einer Königin.

Emma seufzte in sich hinein. Ihr graute vor dem öden, sich endlos hinziehenden Sonntagnachmittag, der ihr nun wieder bevorstehen würde. Noch mehr graute ihr vor der Gesellschaft ihrer Schwiegereltern. Aber es waren Christians Eltern. Sie hatte ihm versprochen, sich um sie zu kümmern. Sie beugte sich nach vorn. »Soll ich euch nach dem Essen etwas vorspielen? Wir könnten uns ins Gartenrondell setzen, da ist's bestimmt warm in der Mittagssonne. Marie könnte uns die Stuhlkissen holen, nicht wahr, Marie?«

»Gewiss.« Das Dienstmädchen nickte eifrig.

Robert warf einen fragenden Blick auf seine Frau. Elisabeth kaute zu Ende, ehe sie antwortete. »Wir sollten unsere Zeit nicht mit Liedern verbringen, während Christian für Deutschland in Gefangenschaft geraten ist oder ... oder sogar Schlimmeres geschehen ist.«

Der Satz hing unheilvoll in der Luft. Das bleierne Schweigen kehrte zurück. Emma schluckte ihren Bissen hinunter und nahm einen Schluck Wasser. Normalerweise hätten sie sonntags Wein getrunken, aber der Weinkeller war restlos geplündert worden. Auch die wertvollen alten Jahrgänge und den Eiswein aus dem Jahr 1928 hatte es erwischt, sehr zu Roberts Bedauern. Emma wusste, wie gut sie es hier hatte, immer noch. Sie verbot sich den Gedanken daran, wie es Christian jetzt ginge und wo er gerade wäre, und dachte stattdessen, wie sehr er ihre Musik geliebt hatte. Auch ihre Schwiegereltern mochten sie, da war sie sich sicher. »Ein bisschen Ablenkung könnte doch nicht schaden«, versuchte sie es erneut. »Christian würde es mögen.«

Ein eisiger Blick aus wässrig blauen Augen strafte sie. Elisabeth schlug mit der Gabel gegen ihr Glas, was für Marie die Aufforderung zum Abräumen bedeutete. Hastig kratzte Emma die letzten Gemüsereste vom Teller. Sie hätte noch drei Portionen vertilgen können, so ausgehungert war sie. Sie hatte immer Hunger, seitdem Elisabeth das Essen nach der Plünderung rationiert hatte. Jeden Tag schienen Emma die Portionen kleiner zu werden, und auch jetzt ließ ihre Schwiegermutter abräumen, ehe sie satt war.

Emma beugte sich nach vorn. »Ich suche auch schöne Lieder aus ...«

»Es ist zu kalt draußen«, erwiderte Elisabeth.

»Im Rondell können wir's doch aushalten. Außerdem sind keine Tiefflieger mehr unterwegs.«

Elisabeth zog eine Miene, als hätte sie einen Löffel Lebertran genommen. Sie hasste es, dass Deutschland kapituliert hatte. Nachdem bekannt geworden war, dass Hitler Selbstmord begangen hatte, hatte sie sich einen ganzen Tag im Schlafzimmer eingeschlossen. Nach der Kapitulation noch einmal.

Robert zupfte an seinem Manschettenknopf mit dem Onyxstein. »Nun, ich denke, wir könnten es versuchen. Ein wenig Sonne schadet nicht, was, Elsie?«, sagte er mit leiser Stimme. »Ist doch nur für ein Stündchen.«

Da gab seine Frau nach und befahl Marie, den Muckefuck im Rondell zu servieren und für Kissen zu sorgen.

Emma wollte ihre Schwiegereltern nur ein wenig aufheitern. Das wäre sicher in Christians Sinne gewesen, aber nun fragte sie sich, ob das so eine gute Idee gewesen war. Sie holte das Akkordeon aus ihrem Zimmer und zog sich ihre Strickjacke an. Draußen war es wärmer als drinnen. In dem über hundert Jahre alten Landhaus mit seinen dicken Mauern war es immer kalt. Robert van Kalls Vater hatte das heruntergekommene Gut vor fünfzig Jahren von seinem Erbe gekauft und restaurieren lassen. Seitdem versuchte sich dieser Familienzweig der van Kalls in der Landwirtschaft – mit wechselndem Erfolg. Die Wirtschaftskrise, zwei Kriege, Zwangsabgaben und viele Arbeiter, die die Landarbeit scheuten und lieber in die Städte zogen, hatten Gut Meinersleben zugesetzt, aber es hatte standgehalten, zuletzt auch dank der vielen Zwangsarbeiter, die ihnen zugewiesen worden waren.

Pjotrs Gesicht tauchte vor Emma auf, als sie Robert und Elisabeth in den Garten folgte. Sie umklammerte ihr Akkordeon und versuchte, sein Bild zu verscheuchen. Sie setzte sich auf einen der schmiedeeisernen Gartenstühle im Rondell, einer steinernen runden Fläche, die sie »Sonnenrondell« nannten, weil sie an schönen Tagen ab mittags bis zum späten Nachmittag von der Sonne beschienen wurde. Da Gut Meinersleben auf einer Anhöhe gelegen war, hatten sie von hier aus eine Fernsicht auf Köln, das im Rheintal vor ihnen lag. Wo der Horizont mit den Wolken verschwamm, erhob sich der Dom unzerstört im Ruinenmeer. Emma fühlte Heimweh wie jedes Mal, wenn sie ihre Stadt sah. Wie oft hatten sie die feindlichen Flieger anrücken sehen und das Krachen ihrer unzähligen Bomben noch bis nach Meinersleben gehört. Rauchsäulen standen nach den Angriffen über der Stadt. Wenn der Wind von Norden kam, blies er den Brandgeruch und Asche- und Staubpartikel heran, die auf den Fingern zu schwarzen Flecken zerrieben werden konnten. Jedes Mal hatte es Emma das Herz zersprengt. Seit ihrer Hochzeit vor zwei Jahren lebte sie hier. Sie hatte es Christian versprechen müssen, denn er wollte sie sicher wissen, bevor er in den Krieg ziehen musste. Auch ihre Mutter hatte ihr geschrieben, sie solle bloß auf Meinersleben bleiben, es sei viel zu gefährlich in Köln. Im letzten Herbst waren endlich auch ihre Eltern und ihr jüngerer Bruder zu Bekannten ins Bergische geflohen. Anfang März hatte es noch einmal einen großen Bombenangriff auf Köln gegeben, ehe die Nachricht gekommen war, dass der linksrheinische Teil der Stadt von den Amerikanern eingenommen worden war. Nun fürchteten ihre Schwiegereltern jeden Tag, dass die Amerikaner kommen und ihr Gut beschlagnahmen könnten. Das hatte Emma eines Abends an ihrer Schlafzimmertür erlauscht.

»Nun? Wir warten!« Elisabeths Stimme drang zu ihr.

Emma riss sich zusammen. Sie sah Marie dampfenden Muckefuck in ihre Tassen füllen. Ihre Tasse hatte einen Sprung und war von Marie geklebt worden. Sie gehörte zu dem wenigen Geschirr, das sie hatten retten können. Emma schob ihre Hände in die Schlaufen ihres Akkordeons und begann zu spielen. Sie hatte sich für ein unverfängliches Volkslied entschieden. Es entsprach mit seiner traurigen Wehmut sicher am ehesten Elisabeths Stimmung, ebenso eine weitere getragene Melodie, die sie danach spielte.

Ein kurzer Blick auf ihre Schwiegereltern verriet ihr, dass Robert ihr Spiel genoss. Er hatte seine schmalen Lippen ein wenig angehoben, während sein Blick ins Rheintal gerichtet war. Elisabeth saß kerzengerade in ihrem dunkelblauen Kostüm und nippte am Muckefuck. Emma wurde mutiger und wagte sich an die beschwingtere Melodie eines alten Liebesvolkslieds, das sie immer gern im Kölner Kapitolskeller gespielt hatte.

Ein Stöhnen unterbrach sie. Elisabeth knallte ihre Tasse auf die Untertasse und hielt sich die Stirn. »Davon bekomme ich Kopfschmerzen. Ich *kann* das jetzt nicht hören!« Eine Weile war nur das Vogelgezwitscher und das Gesumme der Bienen zu hören, die einen blühenden Strauch umschwirrten. »Wie kannst du nur so … fröhlich sein, nach allem, was passiert ist? Als wäre nichts geschehen, nichts!« Ihre Hände auf dem Wollrock zuckten, die wasserblauen Augen loderten. »Das Reich ist verloren. Seit Monaten haben wir nichts mehr von Christian gehört. Wir wissen nicht, wo er ist, was er macht, wie es ihm geht. Ob er … noch lebt. Und du …« – sie brach ab und holte tief Luft – »spielst einfach weiter.«

Emma ließ das Akkordeon sinken. Die Überraschung über den plötzlichen Ausbruch hatte ihr die Sprache verschlagen.

Robert legte seine Hand auf die Schulter seiner Frau. »Komm, Elsie, sie hat's doch nur gut gemeint.«

Elisabeth rührte sich nicht. Sie starrte Emma an. »Du warst schon immer aufs Amüsieren aus. Ins Kino gehen, solange es noch ging, während Christian … aber eins sag ich dir, ich weiß, was du mit diesem … diesem Mistkerl gemacht hast, hier in der Scheune«, kreischte sie.

Emma klammerte sich an ihr Instrument, bis ihre Knöchel weiß wurden. Sie sah Pjotrs breites Gesicht vor sich, sein gutmütiges Lächeln. Sie wusste, dass sie ihm niemals hätte so nahekommen dürfen, weil man keinen Umgang mit den Ostarbeitern haben durfte. Die Arbeiter hatten in einem weit entfernten Flügel des Wirtschaftsgebäudes gewohnt und unter der strengen Aufsicht des Verwalters die Felder bewirtschaftet. Eigentlich hätte Pjotr nicht in der Scheune sein dürfen, sie hätte nicht mit ihm reden dürfen. Er fiel ihr bei der Feldarbeit auf, weil er kräftiger war als alle anderen und sie deshalb auf ihn hörten. Manchmal sprachen sie miteinander, soweit es die wenigen deutschen Brocken, die er beherrschte, zuließen. Emma steckte ihm manchmal heimlich Essen zu. Pjotr war im Herbst 1942 aus einem ukrainischen Dorf verschleppt und zunächst der chemischen Fabrik in Köln zugewiesen worden. Später kam er dann auf ihr Gut. Er kannte sich aus in der Landwirtschaft, hatte früher in einer Kolchose mitgearbeitet. Er war kaum älter als sie. Eines Nachmittags trafen sie in der Scheune zufällig aufeinander, nachdem Emma sich zum Akkordeonspielen dorthin zurückgezogen hatte, weil ihre Schwiegermutter es nicht mochte, wenn sie im Haus spielte. Pjotr tauchte plötzlich auf, deutete auf ihr Akkordeon und bat, spielen zu dürfen. Sie erlaubte es ihm, und er spielte, als hätte er nie in seinem Leben etwas anderes getan. Sie hatte ihn spielen lassen, Lied um Lied, er hatte Tränen in den Augen gehabt. Nie würde sie seinen Blick vergessen. Emma fragte sich, wer von den Arbeitern oder Hausmädchen sie in der Scheune wohl beobachtet und Elisabeth alles erzählt hatte.

»Glaubst du, hier passiert etwas auf dem Gut, von dem ich nichts weiß?«, rief Elisabeth. »Das hast du nicht geglaubt, dass die sich eines Tages zusammenrotten und uns ausplündern, nicht? Kaum ist Köln gefallen, bricht die Horde aus und fällt über uns her. Dein Mistkerl hat sie angeführt.«

Robert setzte sich gerade hin, hob eine Hand und knetete seiner Frau die Schulter. »Elsie«, sagte er beschwichtigend. »Elsie.«

»Er ist kein Mistkerl«, murmelte Emma. »Und schon gar nicht *meiner*.«

»Wie bitte?«

»Er hat einen Namen, er heißt Pjotr.«

Elisabeth rümpfte die Nase. »Sie waren wilde Tiere. Diese Völker sind niedere Rassen, sie gehorchen nur ihrem Trieb.«

Emma schluckte. Das Sonnenlicht flimmerte in ihren Augen. Sie musste wieder an die Geschehnisse im letzten Monat denken. Pjotrs gutmütiges Gesicht war verzerrt gewesen, als er in ihr Haus eingedrungen war, der Knüppel in seinen kräftigen Händen hatte bedrohlich gezuckt. Er und die anderen zerschlugen die Fensterscheiben, wischten die Bilderrahmen mit den alten Familienfotos wie Staub vom Tisch, warfen die Möbel um, zertrümmerten das teure Porzellan. Die wertvolle Louisquinze-Kommode, ein altes Erbstück aus Elisabeths Familie, zerhackten sie mit einem Beil, ebenso Roberts Sekretär. Dann nahmen sie das silberne Besteck, die silbernen Platten und alles, was sie meinten, verkaufen zu können, sogar den vergoldeten Tischhandfeger. Sie nahmen alle Vorräte aus Keller und Küche, luden sie auf den kleinen Gutslastwagen und fuhren mit ihm davon. Zu ihrem Erstaunen hatte Pjotr auf Emmas Bitten gehört, das obere Stockwerk zu verschonen und auch ihre Schwiegereltern nicht zu verprügeln, aber er hätte es gern getan, das hatte sie ihm angesehen.

Emma fühlte ein Kribbeln und ein dumpfes Gefühl im Magen, als würde sich dort etwas Gefährliches zusammenbrauen. »Ihr habt sie gehalten wie Tiere«, brach es aus ihr hervor.

»Was?«

Emma hatte nun die ganze Aufmerksamkeit ihrer Schwiegereltern. Sie sprang auf. »Ihr habt sie gehalten wie Tiere, sie mussten von früh bis spät schuften und kriegten kaum zu essen. Der Verwalter hat sie beim Arbeiten mit dem Gewehr bewacht. Ihr könnt froh sein, dass sie euch nicht mehr angetan haben.« Ein Wunder, dass Pjotr auf sie gehört hatte, setzte sie in Gedanken hinzu.

Robert und Elisabeth starrten zu ihr auf. Robert hatte die Hand von der Schulter seiner Frau genommen.

»Du verteidigst sie?« Elisabeths Stimme drohte zu ersticken. »Du verteidigst sie, diese … Bestien, die unser Haus zerstört haben?« Sie holte tief Luft.

Emma nutzte ihre Atempause. »Ich verteidige sie nicht, ich sage nur, wie es war. Und dieses hier« – sie deutete auf ihr Akkordeon – »hab ich nur getan, um euch abzulenken, damit ihr nicht dauernd an Christian denken müsst. Ich denke dauernd an ihn …« Emma starrte in die beiden Gesichter ihrer Schwiegereltern, die im Sonnenlicht weiß schimmerten. Sie würden sie nie verstehen. Es waren Fremde für sie, selbst nach den zwei Jahren noch, die sie hier wohnte. Das dumpfe Gefühl in ihrem Magen stieg höher und blieb in der Kehle stecken. Ihr Herz klopfte. »Ich bin nicht nur aufs Amüsieren aus, das stimmt nicht. Ich wollte mich nur ablenken. Es ist alles schwer genug. Aber ich glaub, ich geh jetzt besser rein.« Sie nahm ihr Akkordeon und stapfte durch den Garten zurück ins Haus. Auf einmal empfand sie die Kühle dort als wohltuend. Sie lief die Treppe hinauf in ihr Zimmer und warf die Tür zu. Stille umfing sie, in der sie ihr Herz laut pochen hörte. Unten im Hof sattelte der Verwalter gerade eins der Pferde. Licht fiel durch das Fenster auf ihre Bettdecke, die dort eingedrückt war, wo sie vor dem Mittagessen gelegen und gelesen hatte. Daneben lag die leere Matratze. Sie setzte sich darauf, schlug die Decke fort und strich über den groben Stoff. Dann beugte sie sich vor und roch. Christians Matratze verströmte den leichten Geruch nach ihm, selbst nach so vielen Monaten noch. Emma legte sich hin, presste ihr Gesicht in die Matratze, wie sie es schon so oft getan hatte. Atmete.

Sie fühlte seine Hände wieder, wie sie über ihren Rücken strichen. Sah sein verschlafenes Gesicht, die Augen leicht zugekniffen, als er sie anlächelte. Das zerzauste dunkle Haar. »Na, bist du glücklich, Wölfchen?« Er nannte sie manchmal so, und wenn er wütend war, sagte er »Wolf« zu ihr. Sie hatte einmal den Fehler begangen, ihm zu erzählen, dass sie bei ihrer ersten Schulaufführung den Wolf in *Rotkäppchen* gespielt hatte, und seitdem zog er sie damit auf.

»Hmm«, machte sie und küsste ihn auf seine weichen Lippen. Sie spürte seine Hände die Vertiefung in der Mitte ihres Rückens hinunterwandern und schloss die Augen.

Emma richtete sich wieder auf. Die Erinnerung schnitt wie ein Messer in ihren Bauch. Fast zwei Jahre war er nun schon fort. Zweimal hatte er Heimaturlaub gehabt. Seit Januar hatten sie keine Nachricht mehr von ihm. Sie biss sich in die Faust, um ihr Schluchzen zu unterdrücken. Sie ging zum Nachttisch, nahm das Hochzeitsfoto, betrachtete es. Sehnsucht und Neid erfüllten sie, wie immer, wenn sie das Foto ansah. Sehnsucht nach Christian, Neid auf sich, wie das Bild sie zeigte, auf diese unbekümmerte, glückliche, jüngere Ausgabe von sich selbst.

Sie hatte sich bemüht und geglaubt, es zu schaffen, aber nun hielt sie es keinen Tag mehr länger allein mit seinen Eltern aus. Sie sah noch einmal kurz aus dem Fenster, wo der Verwalter gerade durch das große Tor davonritt. Hinter den Wirtschaftsgebäuden lagen die Pferdekoppeln und Felder, von wo aus man noch einen besseren Blick auf ihre Heimatstadt hatte. Ob ihre Eltern inzwischen wieder nach Köln zurückgekehrt waren? Ob es ihnen gut ging? So lange war sie nicht mehr zu Hause gewesen.

Sie nahm das Foto aus dem Rahmen, strich mit dem Finger über Christians Gesicht. »Verzeih mir«, murmelte sie und steckte das Foto in die Tasche ihres Kleides. Sie öffnete die Schublade seines Schreibtisches und schrieb mit einem Bleistift eine Nachricht für Christian auf den Block. Dann nahm sie seinen Wanderrucksack aus dem Schrank und packte die wenigen Kleidungsstücke hinein, die sie besaß. Zwei Sommerkleider, eine weitere Strickjacke, Rock und Pullover, Strümpfe, ein wenig Unterwäsche. Ihre Winterstiefel legte sie zuunterst, darauf die Sommerschuhe. Das Hochzeitskleid musste sie zurücklassen, ebenso die wenigen Bücher, die sie mitgenommen hatte, schließlich musste sie ihr Akkordeon noch tragen. Christians Briefe, etwas Geld und ihre Papiere steckte sie in die äußere Tasche. In der Küche bat sie Marie, ihr Brote zu schmieren und Wasser mitzugeben. Erstaunt sah das Dienstmädchen auf ihren Rucksack und den Wintermantel, den sie trug. »Sie gehen weg, Frau van Kall?«

»So ist es, Marie.«

»Aber wohin denn?«

»Nach Köln.«

»Nach Köln? Ach, du meine Güte! Da ist doch alles kaputt! Und die Amis sind da!« Sie schlug sich mit der Hand vor den Mund.

Emma hatte keine Lust, dem neugierigen Dienstmädchen zu erklären, warum sie ging, sagte nur: »Machs gut, Marie. Danke für alles.«

»Passen Sie auf sich auf, Frau van Kall.«

Auf dem Hof vor dem Torhaus wurde sie von Robert eingeholt. »Marie sagte, du willst nach Köln? Jetzt noch?« Seine Stimme klang rau vor Erstaunen.

Emma nickte und ging weiter. Sie wollte sich auf keinen Fall aufhalten lassen.

»Emma, warte bitte.«

Seufzend hielt sie inne und wandte sich zu ihm um. Im hellen Nachmittagslicht sah er noch blasser aus, seine silbernen Haare glitzerten in der Sonne.

Er deutete auf Christians Rucksack. »Du kannst doch nicht allein …« Er brach ab, als er ihren entschlossenen Gesichtsausdruck bemerkte. »… ohne dich zu verabschieden?«

»Ich muss nach Hause«, sagte sie ausweichend. »Ich muss wissen, wie es meinen Eltern geht.«

»Bitte, überleg es dir noch mal. Es ist noch viel zu gefährlich auf den Straßen. Du kannst doch gar nicht einschätzen, was dich erwartet!«

»Ich weiß«, sagte Emma und hielt seinem Blick stand. Sie würde eher Gras essen, als noch einen Augenblick länger unter einem Dach mit Elisabeth leben zu müssen.

»Die Sorge um Christian setzt meiner Frau sehr zu. Was sie vorhin gesagt hat – sie meint es nicht so«, sagte er einlenkend, als hätte er ihre Gedanken erahnt.

»Doch, sie meint es so, Wort für Wort. Auf Wiedersehen, Robert.«

Emma wandte sich um und ging zum Torhaus. Sie schäumte immer noch vor Wut, aber jetzt mischte sich auch Traurigkeit in ihren Zorn.

»Wenn Christian wiederkommt?«, hörte sie Roberts raue Stimme hinter sich. »Was soll ich ihm sagen?«

Sie wandte sich zu ihm um. »Er weiß, wo er mich finden kann. Sag ihm, ich liebe ihn.«

Der fassungslose Ausdruck in Roberts Gesicht begleitete sie noch, als sie durch das Torhaus zur Allee ging, die hinunter zur Straße führte.

KAPITEL 2

Emma lief, ohne sich umzusehen. Doch erst, als sie unten auf der Landstraße war, kamen ihr die Tränen. Sie unterdrückte sie nicht. Elisabeths Vorwürfe brannten ihr auf der Seele. Zwei Jahre lang hatte sie die Launen und die Verachtung ihrer Schwiegermutter ertragen. Anfangs, als Christian noch bei ihnen lebte, war sie zugänglicher gewesen, und Emma hatte geglaubt, sie würden sich aneinander gewöhnen und miteinander auskommen. Aber seitdem ihr Sohn im Krieg war, war Elisabeth immer unerträglicher geworden, und sie hatte Emma ihre Abneigung deutlich gezeigt.

Emma hatte es ertragen um Christians willen, aber jetzt reichte es. Sie hatte genug. Elisabeths Vorwürfe zeigten ihr, dass ihre Schwiegermutter jedes Gefühl für Grenzen verloren hatte und sich nicht mehr ändern würde.

Emma wischte sich mit der Hand die Tränen von den Wangen. Sie war nicht die Einzige, die nach Köln wollte. Auf der Brühler Landstraße begegnete sie vielen vollgepackten Fuhrwerken, gezogen von Pferden und manche auch von Männern. Menschen mit Rucksäcken, voll beladenen Fahrrädern, Kinder- und Handwagen strömten aus dem Kölner Umland zurück in ihre Heimatstadt. Manchmal wurden sie von den Militärfahrzeugen der Amerikaner überholt, Jeeps und Kleinlastern. Ein offener Mannschaftswagen fuhr nur knapp an Emma vorbei. Drinnen saßen junge GIs mit Gewehren auf dem Schoß und starrten sie mit düsteren Mienen unter ihren Helmen an. Emma fühlte sich unbehaglich. Erst jetzt wurde ihr bewusst, was alles geschehen konnte. Gut Meinersleben war eine Insel gewesen, eine sichere Oase auf dem Land. Emma sah Bombentrichter auf den Feldern und Bäume mit Schusslöchern und abgeschossenen Kronen. Einige ausgebrannte Lkw lagen in den Straßengräben. Je näher sie der Stadt kam, desto mehr zerbombte Häuser tauchten am Straßenrand auf. Emma betete, dass ihr Elternhaus noch stand und ihren Eltern nichts passiert war. Ob sie inzwischen schon zurückgekehrt waren?

Emma beschleunigte ihre Schritte. Christian würde verstehen, warum sie zurückmusste. Sie würde es ihm eines Tages erklären können, wenn er erst wieder da wäre. *Wenn.* Die Landstraße verschwamm vor ihren Augen. Sie musste zu weit auf die Fahrbahn gekommen sein. Ein kleiner Lastwagen hupte und fuhr knapp an ihr vorbei. Emma fluchte und sprang zur Seite, sah den Fahrer im Vorbeifahren hinter seiner Windschutzscheibe ebenfalls fluchen. Sie beobachtete, wie der Lastwagen vor ihr einscherte und sich seine abgefahrenen Reifen dabei in einem tiefen Schlagloch verfingen. Der Wagen wackelte kräftig, wobei eine Holzkiste von der Ladefläche rutschte und auf die Landstraße krachte. Die Kiste zerbarst und gab viele Blechbüchsen frei, die über die Straße kullerten, einige auch in den Graben. Der Kleinlaster fuhr noch ein wenig weiter, bis der Fahrer seinen Verlust offenbar bemerkte und anhielt. Mit einem lauten Knarren wurde die Handbremse angezogen, dann öffnete sich die Tür und der Mann sprang heraus.

»Was machen Sie da?«, rief er Emma zu, die inzwischen die Dosen einsammelte.

»Ihnen helfen, sehen Sie das nicht?«

»Lassen Sie, ich mach das schon«, sagte der Mann mit Blick auf ihr Akkordeon, das sie vor dem Bauch trug. Er riss einen Sack von der Ladefläche seines Lasters und hastete heran. Es war offensichtlich, dass er Emma mit seiner kostbaren Ladung nicht allein lassen wollte. Aber sie hatte schon schnell zwei Büchsen in ihren Manteltaschen verschwinden lassen, nachdem sie gesehen hatte, dass es sich um Pökelfleisch aus Wehrmachtsbeständen handelte. Sie erhob sich und stellte sich so, dass er die Büchsen im Straßengraben nicht sehen konnte. Dabei beobachtete sie, wie er die kostbare Fracht rasch aufhob und in seinen Sack stopfte. »Ich hab nur helfen wollen«, wiederholte sie und reichte ihm ein paar Dosen, die sie aufgesammelt hatte, wobei sie so tat, als hätte sie nicht gemerkt, dass sie aus Wehrmachtsvorräten stammten.

Der Mann warf alle in den Sack und tippte sich an seine Schlägermütze. Er war einen knappen Kopf größer als sie und hatte einen kräftigen Oberkörper, über dem er eine Weste trug. Seine ausgebeulte Hose war ein wenig zu lang. Er sah aus, als wäre er an körperliche Arbeit gewöhnt. »Danke, nichts für ungut. Aber laufen Sie nicht mehr so weit auf der Straße, das könnte gefährlich werden«, sagte er, lud sich den Sack auf die Schulter und stapfte zurück zum Laster.

Emma folgte ihm und erhaschte einen kurzen Blick auf die vielen Dosen in zahlreichen Kisten, als der Mann die Plane hob, um den Sack dahinter zu verstauen. »Sie sollten langsamer fahren und Ihre Ladung besser festmachen, sonst sind Sie eine Gefahr für die vielen Leute, die hier unterwegs sind.« Ganz zu schweigen von einem Laster voll Wehrmachtsdosen und der Frage, wie der Mann in ihren Besitz gekommen war, setzte sie im Geiste hinzu.

Er hob den Kopf und musterte Emma aus dem Schatten seiner Mütze heraus. Er hatte ein kantiges Gesicht mit Bartstoppeln und wachen, hellen Augen. »Müssen Sie nach Köln? Ich kann Sie ein Stück mitnehmen, wenn Sie wollen.«

Emma spürte ihre schmerzenden Schultern und Fußsohlen, aber dann dachte sie an die restlichen Dosen im Straßengraben, die sie brauchte. Sie hatte schon lange kein Fleisch mehr gegessen und ihre Eltern bestimmt auch nicht.

»Also?«, fragte er ungeduldig und stemmte die Hände in die Hüften.

»Ja, danke. Aber da sind noch ein paar Büchsen im Straßengraben.«

Er folgte ihr kopfschüttelnd, und sie sammelten gemeinsam die restlichen Dosen ein. Mit sehnsüchtigen Blicken verfolgte Emma, wie der Mann auch diese noch auf der Ladefläche verstaute. »Und mein Finderlohn?«, hörte sie sich fragen.

»Es sind meine Büchsen«, erwiderte der Mann ungerührt, während er die Plane festzurrte. »Sie hätten sich fürs Laufen entscheiden und die Büchsen im Graben heimlich mitnehmen können. Das wollten Sie doch, oder?«

Emma trat von einem schmerzenden Fuß auf den anderen. Sie fühlte sich durchschaut. Sie hatte immer noch genug Wut von dem Streit auf Gut Meinersleben in sich, um sich über den Fremden zu ärgern. Dass er recht hatte, ärgerte sie noch mehr. Widerstrebend nickte sie.

»Na, sehen Sie. Die Büchsen sind also der Preis dafür, dass ich Sie mitnehme und Sie nicht laufen müssen.«

»Ich hätte auch gar nichts zu sagen brauchen«, versetzte Emma.

Er sah sie mit einem undeutbaren Ausdruck an. »Das wäre äußerst dumm gewesen.«

»Und meine Entschädigung dafür, dass Sie mich beinahe umgefahren hätten?«, schnaubte Emma. »Sie haben mir einen großen Schrecken eingejagt.«

»Entschädigung?« Der Mann schüttelte den Kopf. Er stieg in seinen Laster und winkte Emma, die noch unschlüssig herumstand. »Jetzt kommen Sie schon.«

Widerstrebend wuchtete sie ihren Rucksack ins Führerhaus und setzte sich auf den Beifahrersitz. Es dröhnte und ruckelte, als der Laster sich in Bewegung setzte, aber der Mann fuhr jetzt vorsichtiger und achtete auf jedes Schlagloch. Emma bewegte ihre schmerzenden Füße in den Halbschuhen und genoss den erhöhten Blick auf die Straße und dass sie alle Fußgänger und Fuhrwerke überholten. Langsam entspannte sie sich. Da fiel ihr ein, dass sie gar nicht gefragt hatte, wie weit er sie überhaupt mitnehmen konnte. Wenn es nur ein kleines Stück wäre, hätte sie nicht viel gewonnen und besser die Dosen mitgenommen.

»Ich muss Sie vor dem Militärring rauslassen«, sagte er, als hätte er ihre ungestellte Frage erraten. »Wo wohnen Sie denn?«

»Im Süden.«

»Na, dann haben Sie's ja nicht mehr weit. Kommen Sie aus der Evakuierung zurück?«

Emma nickte. »Ich hoffe, unser Haus steht noch.«

»Innenstadt?«

»Südliche Innenstadt.« Sie hatte keine Lust, dem Fremden mehr zu verraten, wenn er sie sowieso nicht weiter mitnehmen konnte. Sie beobachtete, wie er die Lippen zusammenpresste, als wollte er ein paar Worte dahinter einsperren. Er deutete mit dem Kopf auf ihr Instrument. »Sind Sie Musikerin?«

Musikerin. Das hatte sie noch nie jemand gefragt. Die meisten fragten lediglich, ob sie Akkordeon spielen könne. Aber Musikerin hörte sich viel besser an. »Stimmt, ich bin Musikerin.«

»Was spielen Sie denn? Volkslieder?«

Typisch. Wie alle anderen, wenn sie ihr Akkordeon sahen, dachte er zuerst an Volkslieder. Als gäbe es nur sie. »Alles

Mögliche. Volkslieder, kölsche Lieder, Walzer. Und so weiter. Alles.«

»Alles?«

»Sie können alles mit dem Akkordeon spielen. Nicht nur Volkslieder.« Zum Beispiel auch Melodien, die ihr nachts einfielen und die sie heimlich in der Scheune einstudierte.

»Spielen Sie allein oder in einer Gruppe?«

»Allein.«

»Können Sie Englisch?«, fragte er.

»Warum?«

»Wegen der Kontrollen der Amis am Ring. Ist schon praktisch, wenn man da Englisch kann, zumindest ein paar Brocken.«

»Ich kann Englisch«, behauptete Emma und dachte an ihr lückenhaftes Englisch, das sie in den letzten Schuljahren nur noch mit Tante Lydias Hilfe hatte weiterlernen können.

»Ist auf jeden Fall besser«, bekräftigte er. »Die Sperrzone ist zwar jetzt aufgehoben, aber sie kontrollieren immer noch am Ring, wer reinkommt.« Der Ärmel seines Oberhemds war hochgerutscht und gab den Blick auf ein Stück narbige verbrannte Haut frei. Es dürfte wohl kaum noch einen unbeschadeten jungen Mann in diesem Land geben, dachte Emma bitter. Und wie viele erst gefallen sein mochten! Auf einmal schoss ihr ein verwegener Gedanke durch den Kopf. »Sie sollten sich überlegen, ob Sie mir nicht doch ein paar Dosen überlassen. Ich könnte sonst die Amis fragen, ob es richtig ist, dass ein deutscher Lastwagen Fleisch aus Wehrmachtsbeständen herumfährt.«

Sie warf dem Mann einen Seitenblick zu. Sein Gesichtsausdruck änderte sich nicht. Sein Profil zeichnete sich gegen das Licht der Spätnachmittagssonne ab, das durch das Seitenfenster hereinfiel. Er hatte eine gerade Nase unter der Schlägermütze, ein ebenmäßiges Profil, ohne dass sein Kinn hervorsprang.

»Tun Sie's ruhig«, meinte er. »Sie werden keine Überraschungen erleben. Meine Ladung ist bereits von den Amis beschlagnahmt, ich bringe sie nur in ihr Lager. Hier, der Passierschein …« Er fingerte nach einem Stück Papier und zeigte es ihr. Es stand etwas in Englisch darauf und ein Stempel. Er zog das Papier wieder fort, ehe sie etwas Genaueres erkennen konnte.

Emma glaubte ihm nicht. »Sie haben gesagt, es seien *Ihre* Büchsen«, beharrte sie. »Außerdem: Warum müssen Sie mich *vor* dem Ring rauslassen? Wenn Sie einen Passierschein haben, brauchen Sie die Kontrollen nicht zu befürchten.«

»Wie kommen Sie darauf, dass ich die Kontrolle fürchte? Das Lager liegt schlichtweg außerhalb des Rings. Aber ich muss mir Ihre haltlosen Verdächtigungen nicht länger anhören.« Er fuhr den Laster an den Straßenrand und hielt an. Bei laufendem Motor stieg er aus, umrundete den Wagen und öffnete die Beifahrertür. »Für Sie ist die Fahrt hier zu Ende. Steigen Sie bitte aus.« Eine Falte hatte sich auf seiner Stirn gebildet. Ungeduldig hob er seine Schlägermütze kurz an, und sein dunkelblondes Haar, das an Stirn und Kopf klebte, kam zum Vorschein.

Doch Emma blieb sitzen. »Warum?«, fragte sie stattdessen.

»Das fragen Sie noch?«

»Weil ich recht habe und Sie befürchten, ich könnte Sie bei den Amis anschwärzen.«

»Nein, weil Sie falsche Verdächtigungen äußern und nicht im Mindesten dankbar dafür sind, dass ich Sie mitgenommen habe. Na los!« Er hielt ihr seine Hand hin. Emma musste einsehen, dass sie am kürzeren Hebel saß. Widerstrebend ließ sie sich von ihm aus dem Wagen helfen. Seine Hand war kräftig und rau. Sie zögerte, doch der Mann machte keine Anstalten, ihr auch mit dem Rucksack zu helfen. Also nahm sie ihren Wanderrucksack selbst und lud ihn sich auf den Rücken. Der Mann tippte sich lässig mit einem Finger an die Schlägermütze.

»Es ist nicht mehr weit. Aber beeilen Sie sich, ab sechs ist für Deutsche Ausgehverbot.«

Täuschte sie sich oder lag wirklich ein Grinsen auf seinem Gesicht? Sie beobachtete wütend, wie er in seinen Laster stieg, die Tür zuschlug und losfuhr. Der Wagen hinterließ eine kleine Staubwolke, als er ratternd über die Landstraße davonfuhr. Emma stampfte mit dem Fuß auf. Hätte sie ihn doch nur fahren lassen und die Dosen aus dem Graben genommen, dann hätten sie und ihre Eltern Fleisch für mehrere Tage gehabt! So besaß sie nur die beiden Dosen in ihren Taschen. Sie hörte ihren Magen knurren, setzte den Rucksack ab, holte die Brote heraus, die Marie ihr geschmiert hatte, und aß sie auf. Vor ihr zeichneten sich die Häuser der zerstörten Stadt ab, und auf einmal verflog ihre Wut, und die Angst kroch wie der frische Wind unter ihren Mantel und ließ sie frösteln.

Am Militärring reihte Emma sich in die Schlange der Heimkehrer ein, die zum Glück am späten Nachmittag nicht mehr so lang war, und durfte recht schnell passieren. Sie bekam Order, sich innerhalb von vierundzwanzig Stunden registrieren zu lassen. Emma war in den letzten beiden Jahren manchmal in Köln gewesen und hatte sich an die fortschreitende Verwüstung der Stadt gewöhnt, doch was sie jetzt sah, übertraf ihre schlimmsten Befürchtungen. Die meisten Häuser waren zerbombt worden, bei vielen standen nur noch die Fassaden. Dachstühle fehlten, leere Fensterhöhlen klafften in Mauern, manche schwarz von den Feuern, die dahinter gewütet hatten. Dort, wo halbe Häuser fehlten, klafften auch leere Türhöhlen. Die Trümmer ganzer Dachstühle lagen auf halb eingestürzten Gebäuden und drohten, jeden Augenblick herabzufallen. Zwischen den Ruinen gab es Lücken mit Bombentrichtern und Trümmerbergen, wo einmal Häuser gestanden hatten. Emma bahnte sich ihren Weg durch den Schutt, der die Straßen bedeckte, und hatte Mühe, die alten Straßenzüge zu erkennen. Sie kam an ihrer Kirche vorbei, die bis auf die Grundmauern zerstört war. Nur der Turm ragte noch in den Abendhimmel, mit einem Metallgerüst, wo einst das Dach gewesen war.

Emma beschleunigte ihre Schritte und betete, dass ihr Elternhaus noch stand. Ihr Herz klopfte rascher vor Aufregung, als sie in ihr Wohnviertel einbog. Die Kneipe gab es nicht mehr, nur noch zugenagelte große Fenster in einem ausgebrannten Haus. Aber der Laden war noch da und auch die Bäckerei an der Ecke. Im ersten Teil ihrer Straße lagen zu beiden Seiten mehrgeschossige Jugendstilhäuser. Einige waren zerstört, andere nicht. Die Spedition war zerbombt, an ihrer Stelle lag ein riesiger Trümmerhaufen. Aus den zerstörten Bäumen am Straßenrand spross zartes Grün. Manche Bäume hatte es nicht erwischt. Emma eilte weiter, obwohl ihr die Schritte immer schwerer wurden. Vor ihr lag der Bunker, in den sie sich während der Bombenangriffe geflüchtet hatten und dem sie ihr Leben verdankten. Ihm gegenüber zog sich die Reihe der Jugendstilhäuser hin, in der ihr Elternhaus lag. Sie war komplett, kein Haus fehlte. Die Dächer waren beschädigt, die Fenster fehlten, auf der Straße lagen Trümmer, aber die Häuser standen noch. Emma atmete auf.

Ihr Elternhaus lag am Ende, kurz vor dem Eckhaus an der Kreuzung, und stach zwischen den schlichten Nachbarhäusern mit seiner auffälligen Fassade hervor. Zusätzlich zu den Verzierungen über den Fenstern und den Gesimsen zwischen den Stockwerken hatte es eine Fassade aus rotem Backstein und beigem Sandstein. Sein Dach war wie bei fast allen anderen Häusern beschädigt, und überall fehlte das Fensterglas. Ihre Wohnung lag im Erdgeschoss, gleich neben der hohen, rundbogigen Eingangstür. Wohnzimmer- und Küchenfenster gingen zur Straße hinaus und waren mit Brettern vernagelt.

Das zeigte zumindest, dass jemand dort lebte, aber was war mit der Wohnung geschehen?

Mit einem flauen Gefühl im Magen stieg Emma die Stufen zur Eingangstür hoch. Jemand hatte die Tür offen gelassen – wahrscheinlich Frau Schneider, vergesslich wie immer. Emma atmete auf. Sie betrat den dunklen Eingangsflur und schloss die Tür hinter sich. Von nirgendwo kam Licht herein, aber sie fand sich auch im Dunkeln noch gut zurecht. Links lag die Treppe, die hinauf in die oberen Stockwerke führte. Zu ihrer Wohnung gelangte man durch einen Eingang, der versteckt hinter der Treppe lag. Es war vollkommen still im Haus. Kälte zog von irgendwoher herein, und es roch nach Staub. Emma hörte ihren eigenen Herzschlag, als sie sich zur Haustür vortastete. Sie klopfte.

Von drinnen kam kein Laut. Sie klopfte erneut und lauter. »Hallo, ist jemand da? Mama? Papa?«

Es kam ihr so vor, als würden die Mauern um sie herum die Luft anhalten. Hier war sie als Kind entlanggelaufen, so oft hinausgestürmt zum Spielen auf die Straße, um gemeinsam mit den Nachbarskindern das Wohnviertel zu durchstreifen. Aber nun antwortete ihr niemand. Emma legte ein Ohr ans Türblatt und lauschte. Kein Laut drinnen.

Sie drückte die Klinke nach unten, doch die Tür war abgeschlossen. Da setzte sie Akkordeon und Rucksack ab und tastete unter der Fußmatte nach dem Haustürschlüssel. Nichts. Natürlich konnten ihre Eltern in diesen Zeiten unmöglich den Schlüssel unter der Matte zurücklassen. Sie pochte noch einmal gegen die Tür. »Mama? Papa? Macht auf, ich bin's, Emma.«

Nur Stille antwortete ihr. Emma fühlte, wie die Enttäuschung sie überfiel. Ihre Eltern waren bestimmt noch im Bergischen. Sie würde allein sehen müssen, wie sie hier klarkäme. Vielleicht hatte jemand von den Nachbarn einen Wohnungsschlüssel. Sie wollte gerade zurückgehen, als ihr die angelehnte Tür zum Hinterhof auffiel. Sie ging hinaus. Der Hinterhof lag in der Abenddämmerung vor ihr, doch er ähnelte kaum noch dem Hof, den sie von früher kannte. Trümmer lagen überall verstreut. Dort, wo der Schuppen gestanden hatte, lag ein Haufen Schutt, und auch die kleine Laube, in der sie abends oft gesessen hatten, war verschwunden. Immerhin stand der Apfelbaum noch. Ihr Vater saß auf einem großen Stein und rauchte. Als er die Tür hörte, wandte er sich um. Er erhob sich langsam, als müsste er erst begreifen, dass sie es wirklich war.

Sie fielen sich in die Arme. »Emma«, sagte er nur. »Emma!«

Er umklammerte ihre Schultern, als wollte er sich an ihr festhalten. Sein Gesicht war schmaler geworden, mit rötlichen Flecken an den Wangen. Nur noch ein Hauch seines silbernen Haares umgab seinen Kopf, der zu klein für die Brille zu sein schien. Aber er trug seinen Sonntagsanzug, Krawatte und ein weißes Hemd. »Wo kommst du denn jetzt her?«

»Na, von Meinersleben.«

»Bist du den ganzen Weg zu Fuß gelaufen? Allein?«

Emma nickte. »Ich musste doch wissen, wie es euch geht.«

Er schüttelte ungläubig den Kopf. »Und Christian? Ist er immer noch nicht zurück?«

»Nein«, sagte sie und wich seinem Blick aus, um das Mitleid darin nicht sehen zu müssen.

»Du hast immer noch nichts von ihm gehört?«

»Nein, Papa«, sagte sie traurig. Sie hörte, wie er seufzte.

»Was ist denn nur hier passiert?«, fragte sie hastig, um abzulenken, und deutete auf den zerstörten Hof.

»Eine Bombe, beim letzten Angriff im März. Zum Glück hat sie nur den Schuppen getroffen.«

Sie sahen beide traurig auf den Schutthaufen, der einst ihr Schuppen gewesen war. »Herr Schneider und ich konnten uns darum noch nicht kümmern, wir mussten erst das Dach dicht machen«, erklärte ihr Vater. »Und oben bei Hülsers hat's reingeregnet. Die werden sich auch freuen, wenn die wiederkommen. So, wie's aussieht, kann da niemand mehr wohnen. Na, komm erst mal rein.«

Sie gingen durch den dunklen Flur in die Wohnung. In der Küche zündete er mit dem Rest seiner Zigarette einen Kerzenstummel an. Emma legte Rucksack und Akkordeon auf das Küchensofa am Tisch. »Wo sind Mama und Armin, Papa?«

Er ließ sich auf einen Stuhl sinken. Im Licht der Kerze sah er sehr erschöpft aus. »Sie sind noch bei den Klaasens, ist ja eh noch keine Schule. Aber sie werden bald wiederkommen.« Seine Stimme verbarg nur mühsam seine Angst.

»Warum bist du nicht bei ihnen?«

Er seufzte und rieb sich eine Stelle an der Stirn. »Sie haben mich bei den Klaasens entdeckt. Irgendein Nachbar muss mich verraten haben. Sie haben mich abgeholt und ins Volkssturm-Hauptquartier nach Dellbrück gebracht. Ich hatte Glück, dass sie mich nicht gleich an die Wand gestellt haben. Bin zur Flak gekommen. Ich konnte nicht mehr zurück zu Mama und Armin.«

»Also weißt du nicht, ob sie noch leben?« Emma ließ sich auf den anderen Stuhl sinken. Als ihr Vater zusammenzuckte, begriff sie, dass sie schon zu viel gesagt hatte.

»Nein«, sagte er leise. »Aber bevor das passierte, hatten wir verabredet, dass wir uns zu Hause wiedertreffen, wenn alles vorbei ist. Sie werden bestimmt bald kommen.« Es hörte sich beschwörend an.

Emma schwieg. Die Angst drohte, sie zu überwältigen, dann riss sie sich zusammen. »Sicher kommen sie bald. Es ist doch nur ein kleines Dorf mitten im Wald. Was soll denn da schon passieren?«

Sie wussten beide, dass in der Zwischenzeit alles Mögliche hätte passiert sein können. Aber ihr Vater widersprach nicht.

»Ich hab was Schönes dabei.« Sie langte in ihre Manteltaschen und legte die beiden Pökelfleischdosen auf den Tisch. »Na, was sagst du?«

Ihr Vater hob die Dose und drehte sie in seinen Händen. »Wehrmachtsbestände«, las er und stellte sie wieder auf den Tisch zurück. »Hier sind viele Lager geplündert worden. Ich war leider zu spät. Hab nur ein paar Kisten Seife mitraffen können.« Er hob die Mundwinkel zu einem kleinen Lächeln und deutete zum Tisch hinüber. »Du kannst hier schlafen, auf dem Sofa. Ich schlaf nebenan im Schlafzimmer.«

Emma sah nun auch in die dunkleren Winkel, die nicht vom Kerzenschein erhellt wurden. Die Wohnung sah schlimm aus. In der Nähe des Tisches stand der eiserne Kanonenofen, dessen Abzugsrohr durch eine Öffnung im Brett, das das Fenster verschloss, nach draußen führte. Daneben lagerten Briketts und verkohlte Holzstücke. Die schönen holländischen Fliesen auf dem Fußboden waren verschmutzt und rissig. Emma dachte an ihre schöne, lichtdurchflutete Wohnung. Nun herrschte wegen der vernagelten Fenster Dunkelheit. Die Tür, die von der Küche ins Wohnzimmer führte, war verschlossen und durch zusätzlich davorgenagelte Bretter geschützt. »Was ist denn da passiert?«

»Ausgeplündert, als wir weg waren«, erklärte ihr Vater leise. »Sie sind durchs Fenster rein, wahrscheinlich, weil unser Eingang so versteckt liegt, dass sie ihn nicht gefunden haben. Sie haben alles mitgenommen, was sie brauchen konnten. Irgendwann muss noch mal jemand durchs offene Fenster gestiegen sein, der sich aufwärmen wollte. Der hat ein Feuerchen gemacht. Das Zimmer ist unbewohnbar.«

»Und was ist mit den Möbeln?«

Er schüttelte den Kopf.

»Und die Bücher?«

»Nichts mehr zu retten.«

»Kein einziges Buch? Alles weg?«

Papa schüttelte unglücklich den Kopf. »Gestohlen oder verbrannt. Wir hatten Glück, dass der Mensch sein Feuer noch rechtzeitig gelöscht hat.«

Sie musste an die Bücherwand denken, an die alten ledergebundenen Klassiker, die sie so gern gelesen hatte, die Bildbände, die Romane. Sie sah ihren Vater lesend im Sessel sitzen, vollkommen in einen Roman versunken. Was würde er nur ohne seine geliebten Bücher machen? Sie beugte sich nach vorn. »Papa, was ist mit den Fotoalben passiert?«

»Wir haben einiges in ein Versteck gebracht, bevor wir weggingen – Fotos, das Silberbesteck und so weiter. Der Rest ist im Keller. Mehr konnten wir nicht tun. Als ich wiederkam, sah ich die Bescherung. Wir haben Glück, dass sie nicht noch mehr gestohlen haben. Und Gott sei Dank hat der Josef mir mit dem Wohnzimmer geholfen.« Er seufzte tief.

Seine Mutlosigkeit machte Emma traurig. Sie dachte an ihre schönen Wohnzimmermöbel – das zierliche Sofa, den Esstisch und die Stühle aus Kirschbaumholz, die antike Anrichte mit den teuren Weingläsern und dem wertvollen Meissener Porzellan, das ihre Mutter von ihren Eltern zur Hochzeit bekommen hatte. Emma konnte sich nicht erinnern, dass sie es je benutzt hätten, als sie sonntagnachmittags hier Kaffee getrunken hatten, wenn Tante Lydia gekommen war und sie danach im Volksgarten spazieren gegangen waren. Sie hatte die langweiligen Sonntagnachmittage, an denen sie nicht mit den Nachbarmädchen hatte spielen dürfen, immer gehasst, aber nun erschienen sie ihr wie Filme aus einer schönen Welt. Ihr war, als gehörten jene Tage, obwohl sie gerade mal zehn Jahre vergangen waren, nicht zu ihr, sondern zu einem früheren, fremden Leben.

»Das tut mir leid, Papa«, sagte sie mit erstickter Stimme. »Darf ich nicht in Armins Zimmer schlafen, solange er noch nicht da ist?«

Sie wollte erst sagen, in *meinem* Zimmer, aber das war es schon längst nicht mehr. Seitdem sie auf dem Gut lebte, gehörte es ihrem Bruder.

»Geht leider nicht. Ich hab's vermietet«, sagte ihr Vater.

»Was?«

»Ich musste es untervermieten, es ging nicht anders. Aber keine Sorge, der Mieter ist ein netter Kerl, wenig hier und zahlt trotzdem immer pünktlich.«

Die Aussicht, ihre ohnehin schon zu klein gewordene Wohnung noch mit einem fremden Mann teilen zu müssen, gefiel Emma nicht.

»Wir müssen ein bisschen zusammenrücken, dann wird's schon gehen«, setzte ihr Vater hinzu, nachdem er ihr wohl angesehen hatte, was sie dachte.

»So eine Enge bist du nicht gewöhnt von Gut Meinersleben, nicht?«, sagte Papa.

Emma fiel auf, dass er gar nicht fragte, wie es ihr ergangen und warum sie überhaupt hergekommen war. Aber so war es immer schon gewesen: Das Fragen war die Domäne ihrer Mutter, sie erfuhr alles von den Kindern und erzählte es ihm.

Emma beschloss, ihm nichts von ihrem Streit mit Christians Eltern zu verraten. Er sollte sich nicht noch mehr Sorgen machen. Im Vorratsschrank fand sie außer ein paar Gläsern mit Rübensirup und einem Korb mit Zwiebeln noch ein Brot, das sie zusammen mit dem Pökelfleisch aßen. Währenddessen erzählte Emma ihrem Vater von der Plünderung auf Gut Meinersleben und dass sie sich Sorgen gemacht habe und deshalb hier sei – was ja auch stimmte.

»Das ist schön von dir, Kind«, sagte Papa.

»Darf ich eine Weile hierbleiben?«

»Eine Weile?«

»Nun, ich … zumindest, bis Mama und Armin wieder da sind.« Und bitte noch länger, vollendete sie den Satz in Gedanken. »Du brauchst doch dringend Hilfe.«

Papa nickte. »Stimmt schon. Dann hab ich mehr Zeit, um mit Schneiders Josef den Hinterhof zu räumen, wenn du den Haushalt machst. Wir müssen einen Garten anlegen.«

»Gut.« Emma sah auf den fleckigen Fußboden hinunter und dachte, dass ein wenig Hausarbeit hier nicht schaden könnte.

»Kannst für mich kochen«, sagte er. »Bisher hab ich immer bei Schneiders mitgegessen, aber das kann ich auch nicht ewig machen. Das ging nur, weil ich der Schneiderschen meine Essenszuteilungen gab, und ich hab für die auch Holz gehackt.«

Als müsste er es beweisen, hielt er Emma seine Hände hin, die rau und schwielig waren von der ungewohnten körperlichen Arbeit. Früher war er einmal höherer Angestellter einer traditionsreichen Kölner Bank gewesen, bis deren Besitzer wegen ihrer jüdischen Wurzeln aus ihren Ämtern gedrängt wurden. Die Bank wurde verkleinert und umbenannt. Emmas Vater wechselte in ein anderes Bankhaus, das bei einem der Bombenangriffe zerstört wurde. Seitdem hatte er keine neue Anstellung mehr gefunden, wahrscheinlich, nahmen sie ihn wegen seines Alters nicht mehr, mutmaßte Emma.

»Du musst dich registrieren lassen, am besten gleich morgen«, sagte er. »Du brauchst eine Lebensmittelkarte.«

»Natürlich.«

»Hast du vielleicht noch etwas mitgebracht?«

Emma schüttelte den Kopf. Als sie die enttäuschte Miene ihres Vaters sah, tat es ihr leid, dass sie so überstürzt weggegangen war und nicht einmal daran gedacht hatte, ein paar Lageräpfel oder Brot mitzunehmen. Die Leere im Vorratsschrank zeigte deutlich, wie knapp es war. Alles, was ihr Vater auf seine

Lebensmittelkarten bekommen hatte, musste er sofort gegessen haben.

»Aber du kannst doch bestimmt am Wochenende wieder hin und etwas holen, oder? Du kannst Mutters Rad nehmen, das ist noch da, muss nur noch Luft drauf. Sie haben es nicht gesehen, als sie hier plünderten, sie haben unseren Keller nicht gesehen. Nur mit den Lebensmittelkarten kommt man hier nicht über die Runden. Deine Schwiegereltern werden uns doch etwas geben, oder nicht? Schließlich haben die ein großes Gut, und wir gehören zur Familie.«

Hoffnungsvoll sah er sie an.

»Ich fürchte nicht, Papa«, antwortete sie ausweichend. »Die haben selbst kaum noch was nach der Plünderung. Ich kann versuchen, bei den Bauern in der Umgebung was zu bekommen.«

»Ach, da fahren doch alle hin.« Er winkte ab. »Wir sollten besser ins Bett gehen, morgen müssen wir früh raus. Das Brot gibt's nur ganz früh. Ich stell mich in der Bäckerei an und du gehst dich registrieren. Du hast doch Geld? Das brauchst du jedenfalls.«

Emma nickte, sie hatte ihre ganzen Ersparnisse mitgenommen. Es war nicht viel, aber sie würde erst mal über die Runden kommen. Früher hätte ihr Vater so etwas niemals gefragt. Er hatte immer genug Geld gehabt, genug für sie alle. Er hätte sie selbstverständlich eingeladen.

Sie gingen früh zu Bett. Emma kuschelte sich in die Wolldecke, die ihr Vater ihr gegeben hatte. Sie hatte sich noch ihren Wintermantel darübergelegt, erst damit war die Kälte so einigermaßen zu ertragen. Kühle Nachtluft kroch durch die großen Fenster herein und ließ es drinnen so kalt wie draußen werden. Vielleicht war es ein Fehler gewesen, herzukommen. Es hätte zwar auch wenig, aber sicher immer noch mehr als hier zu essen gegeben, wenn sie auf Gut Meinersleben geblieben wäre. Sie hätte in einem Zimmer mit Fensterscheiben geschlafen, in einem richtigen Bett, unter einer warmen Decke. Doch dann dachte sie an Elisabeth, sah die steile Falte zwischen ihren Brauen, hörte den gereizten Ton ihrer Stimme. Für sie war sie immer nur die Tochter eines Kölner Bankangestellten gewesen, eine vollkommen ungeeignete Partie für ihren einzigen Sohn und den Erben von Gut Meinersleben. Emma war ihr nie gut genug gewesen.

Wut stieg wieder in ihr auf. Unmöglich konnte sie wieder zurück, nicht einen Tag würde sie es dort aushalten. Sie musste es hier schaffen, irgendwie. Mit diesem Gedanken tröstete sie sich und schlief ein.

Mitten in der Nacht erwachte sie von Schritten auf der Straße. Jemand kletterte im Dunkeln über den Schutt, es mussten mehrere sein. Sie lag stocksteif und erwartete, dass jeden Augenblick die Bretter an den Fenstern eingedrückt werden würden oder jemand durch die Wohnzimmertür hereinbrach. Aber nach einer Weile entfernten sich die Schritte und verklangen in der Nacht. Emma tastete sich zitternd zur Toilette in den Hausflur, die sie sich mit den Schneiders teilten. Auf dem Rückweg kam sie an ihrem ehemaligen Zimmer vorbei. Aus dem Türspalt unten drang Licht, aber nichts war zu hören.

KAPITEL 3

Früh am nächsten Morgen ging sie, um sich registrieren zu lassen und ihre Lebensmittelkarte zu holen. Es war ein frischer, wolkenloser Tag. Sie bahnte sich zu Fuß ihren Weg durch die Trümmerpfade. Die wichtigsten Straßen hatte man inzwischen geräumt, sodass ein Durchkommen möglich war. Emma fragte sich, wie viele Tote noch unter den Trümmern lagen und geborgen werden mussten. Wie viele Tränen noch fließen würden, wenn man endlich Klarheit hätte, was mit den verschwundenen Eltern, Eheleuten oder Nachbarn geschehen war. Wie viele Waisen es gab.

Es durchfuhr sie kalt, als sie am alten Opernhaus vorbeikam. Der prächtige Bau, der einst als der größte Theaterbau im ganzen Reich gegolten hatte, war halb zerstört und auf einen Bruchteil seiner einstigen Größe zusammengeschrumpft. Das prunkvolle Dach und die reich verzierten Türme fehlten, und im Obergeschoss klafften riesige leere Fensteröffnungen. Sie hatte das schon gesehen, denn das Opernhaus war bereits vor einem Jahr zerbombt worden, aber sein Anblick tat ihr immer noch leid. Schnell ging sie weiter.

Vor dem halbwegs erhaltenen Gebäude der amerikanischen Militärregierung am Kaiser-Wilhelm-Ring standen die Menschen Schlange. Ein GI mit geschultertem Gewehr bewachte den Eingang. Einige Männer studierten die Aushänge unter dem Schild mit der Aufschrift »Militärregierung«. Emma stellte sich zu ihnen. Eine Proklamation besagte, dass sich mit Billigung der Militärregierung eine neue Stadtverwaltung gebildet habe, die die Aufgaben der bisherigen Reichs- und Staatsbehörden übernähme, bis Wahlen zu einer Stadtverordnetenversammlung möglich wären. Auf einem vergilbten Zettel stand, dass die Sperrzonen nun aufgehoben seien.

Ein Mann in der Warteschlange erzählte ihr, dass Konrad Adenauer, der ehemalige Oberbürgermeister von Köln, der kurz nach der Machtergreifung von den Nationalsozialisten abgesetzt worden war, nun von den Amerikanern wieder in sein Amt eingesetzt worden sei. Klar, meinte der Mann, die Amis würden jetzt natürlich alle alten Machthaber absetzen und neue einsetzen, die ihnen passten.

Die Angestellte in dem kalten Büro des ehemaligen Allianzgebäudes, vor der Emma Stunden später saß, sah aber noch wie eine Parteigängerin aus. Sie bellte Emma ihre Fragen zu, und Emma, die sich an die Kommandos ihrer ehemaligen Mädelschaftsführerin erinnerte, antwortete aus alter Gewohnheit zackig und schnell.

»Geburtsname?«

»Wolrath.«

»Alter?«

»Zwanzig.«

»Beruf?«

»Musikerin.«

Die Frau runzelte die Stirn. »Aber auf Ihrer Kennkarte steht landwirtschaftliche Helferin.«

»Stimmt«, beeilte sich Emma. »Entschuldigung.«

»Musikerin« war ihr nur rausgerutscht, sie hatte nicht darüber nachgedacht. Es hatte so gut geklungen, als der Mann sie gestern im Lkw danach gefragt hatte. Musikerin sein. Je länger der Krieg gedauert hatte, desto mehr war ihr Traum in unerfüllbare Ferne gerückt, und er erschien ihr jetzt, in der behelfsmäßigen Amtsstube der zerstörten Stadt, beinahe aberwitzig. »Ich habe die letzten zwei Jahre auf dem Gut meiner Schwiegereltern geholfen«, erklärte sie.

»Dann sind Sie landwirtschaftliche Helferin«, bestimmte die Frau und übertrug die Bezeichnung in sorgfältigen Druckbuchstaben auf die neue Registrierkarte, ohne eine Antwort abzuwarten. Emma widersprach nicht.

Die Angestellte hob den Kopf. »Adresse?«

Emma nannte die Adresse ihres Elternhauses, während sie spürte, wie sie zu schwitzen begann. Dabei war es ziemlich kalt in dem Gebäude. Endlich war die Frau fertig mit ihren Eintragungen und nahm zum Schluss ihren Fingerabdruck. Emma presste ihren Daumen auf die Registrierkarte und ließ die Belehrungen der Frau, dass sie sich nicht aus Köln entfernen dürfe, diese Karte immer bei sich zu führen und im Übrigen immer für Entschuttungsarbeiten bereitzustehen habe, über sich ergehen. Danach hastete sie hinaus. In den Stunden, die sie mit Schlangestehen und Warten verbracht hatte, war die Sonne höher gestiegen. Ein mildes Lüftchen wehte. Vögel zwitscherten in halb zerschossenen Bäumen. Emma setzte sich auf den Mauerrest vor einer Ruine und zog einen Brotkanten aus ihrer Manteltasche. Außer dem dünnen Malzkaffee, den sie am Morgen aufgebrüht hatte, hatte sie noch nichts gegessen, und das würde wohl auch erst mal so bleiben. Sie aß langsam, obwohl ihr Magen knurrte und sie am liebsten alles auf einmal verschlungen hätte. Trockenes Brot. Von Butter konnte man nur träumen. Nun musste sie noch ihre Lebensmittelkarte besorgen, was bestimmt ebenso lange dauern würde wie die

Prozedur gerade. Sie hoffte, dass ihr Vater inzwischen wenigstens neues Brot bekommen hatte. Morgen würde sie im Laden anstehen müssen.

Es war schon später Nachmittag, als sie mit der Lebensmittelkarte in der Tasche wieder auf die Straße trat. Auf ihrem Rückweg mied sie den Stadtkern, der ein einziges Trümmerfeld war, lief stattdessen über dieselben geräumten Straßen wie auf dem Hinweg. Es war kaum jemand unterwegs. Ein paar Fußgänger mit Handkarren, ein paar Radfahrer, manchmal ein Pferdegespann. Ein amerikanischer Militärlaster überholte sie.

Die Sonne war inzwischen hinter Wolken verschwunden. Emma war froh, dass sie ihren Wintermantel anhatte. Sie hatte kalte Oberschenkel unter ihrem Wollrock, unter dem sie nur ihre halbhohen Strümpfe trug. Die Türme des Doms ragten in den wolkigen Himmel. Wie durch ein Wunder hatte er standgehalten. Das läge an der Bauart einer gotischen Kathedrale, hatte ihr Vater, der sich für Geschichte interessierte, ihr einmal erklärt. Während eine romanische Kirche durch die Erschütterungen zusammengestürzt wäre, habe die Kathedrale nur leicht gefedert. Zudem seien ihre Grundpfeiler von den mittelalterlichen Baumeistern so tief ins Fundament gerammt worden, dass sie allem hätten standhalten können. Emma glaubte jedoch eher, dass die britischen und amerikanischen Bomberpiloten vielleicht einen letzten Rest Achtung vor der menschlichen Bauleistung besessen und den Dom deshalb verschont hätten. Sie war jedenfalls froh, als sie wieder in ihre Straße einbog. Ihre Schuhe waren staubig, die Füße taten ihr weh. Das nächste Mal würde sie das Rad nehmen. Im Hausflur roch es verführerisch nach Eintopf. Sie sah Frau Schneider mit einem Mann sprechen. »Hör mal, Jung, halt dat Klosett so sauber, wie dat jeder hee im Haus tut, und spritz nit immer daneben. Et geht nit, dass ich immer dinge Dreck wegmache muss. Benemm dich in Zukunft.«

Der Mann hörte ihr ruhig zu, nur ein Treten von einem Bein aufs andere verriet seine Ungeduld. Emma sah ihn nur von hinten, er trug einen hellgrauen Mantel und einen gleichfarbigen Hut. »Nun, Frau …«

»Schneider.«

»Frau Schneider, Sie haben natürlich recht. Jeder muss die Toilette so verlassen, wie er sie vorgefunden hat, möglichst sauber. Wenn ich der Übeltäter bin, werde ich die Flecken selbstverständlich entfernen. Wenn das Klosett schon vorher beschmutzt wurde – vielleicht von einem anderen Herrn –, dann tue ich mich, ehrlich gesagt, schwer damit, die Flecken eines anderen wegzuwischen.«

Emma hörte den leichten Spott in seiner Stimme. Frau Schneider grunzte. Ihr dickes Gesicht unter dem Kopftuch, das sie wie einen Turban um ihren Kopf gewickelt hatte, lief rot an. »Willst du domet sagen, dat der Herr Wolrath oder ming Josef dat Klo so hinterlassen han? Nee, Jung, dat kannst du mich nit weismache. Die beiden han ich jut erzogen. Dat Klo is erst so dreckig, seitdem du do bist.«

Sie fuchtelte mit dem Zeigefinger vor dem Gesicht des Mannes herum, dass das Fett an ihrem Oberarm wackelte. Selbst die Lebensmittelrationierungen im Krieg hatten ihrer rundlichen Figur nichts anhaben können. Ihr Kittel saß nur wenig lockerer als bisher.

Emma räusperte sich und trat näher. Die beiden fuhren zu ihr herum. Ein Strahlen überlief Frau Schneiders Gesicht. »Mädsche! Do is ja ming Emma wigger!« Sehr schnell trotz ihrer Leibesfülle kam sie zu Emma und schlang die Arme um sie. »Ach, ming Mädsche. Schön, dat du wigger hee bist. Dinge Vatter freut sich auch so.«

»Ich freu mich auch«, sagte Emma ergriffen und strich der alten Frau über den Rücken. Ihr Blick fiel auf den Mann, der sie ungläubig anstarrte. Er war der Lastwagenfahrer von gestern. Überrascht ließ Emma Frau Schneider los.

Der Mann hob kurz seinen Hut, unter dem dunkelblondes Haar zum Vorschein kam. Er reichte ihr die Hand. »Schön, Sie wiederzusehen, Frau … Wolrath?« Wenn er ebenfalls überrascht war, sie wiederzutreffen, dann hatte er sich schnell wieder gefangen.

Emma nahm seine raue, kräftige Hand. »Van Kall«, sagte sie mechanisch. »Emma van Kall.«

»Ah«, machte er und setzte seinen Hut wieder auf. »Dann wohnen Sie auch hier im Haus?«

»… bei meinem Vater Erich Wolrath«, erklärte Emma und deutete mit dem Kopf zu ihrer Wohnungstür. »Wolrath ist mein Mädchenname.«

Das hätte sie eigentlich nicht erklären müssen. Sie sah, dass er es schon verstanden hatte.

Einen Augenblick sah er ernst aus. »Es freut mich, dass Sie gestern noch gut angekommen sind. Ich bin Kurt Groß, der Untermieter von Herrn Wolrath. Wir werden uns in Zukunft also öfter sehen.«

»Das freut mich«, sagte Emma förmlich. Sie fragte sich, wohin er die Pökelfleischdosen gebracht hatte und was er mit ihnen vorhatte. »Ich hoffe, Sie haben Ihre … Sie haben gestern noch alles erledigen können?«

Er schien erleichtert zu sein, dass sie nichts Genaueres gesagt hatte. »Das habe ich.«

»Gut.«

»Und Sie haben hoffentlich keine Blasen an den Füßen?« Jetzt sah er ein wenig aus wie ein Junge, der bei einem Streich erwischt worden war.

Emma schüttelte den Kopf. Sie wunderte sich, warum er heute so fein aussah. Unter seinem Mantel trug er ein hellgraues Hemd und eine schwarze Krawatte, und er hatte sich sorgfältig rasiert.

»Ihr kennt üch?«, fragte Frau Schneider, die inzwischen wieder herangekommen war, neugierig.

»Ich hatte das Vergnügen, Frau van Kall gestern schon zu treffen«, meinte Kurt Groß.

»Wir sind uns auf dem Weg begegnet«, ergänzte Emma. »Er hat mich ein Stück mitgenommen.«

»Und jetzt is der bei euch Untermieter! Dat is aber eene Zufall.« Frau Schneider musterte Herrn Groß stirnrunzelnd. Sie schien immer noch ärgerlich zu sein.

»Kann man wohl sagen«, bestätigte Emma und fragte sich, warum Kurt Groß wochentags seinen Sonntagsstaat trug. Warum sah er sonntags aus wie ein Landarbeiter und montags wie ein Bankangestellter? Vielleicht arbeitete er tatsächlich bei einer Bank oder bei einer Versicherung, und sonntags ging er irgendwelchen Geschäften nach. Sie nahm sich vor, es herauszufinden.

Frau Schneider tippte ihr auf die Schulter. »Emma, du kannst gleich zum Essen komme. Et gibt Ä*ä*zezupp.«

Emma nickte erfreut und folgte ihrer Nachbarin die Treppe hinauf in deren Wohnung, wo der Geruch nach Erbsensuppe verführerisch durch die ganze Wohnung waberte.

»Wat für 'ne feine Pinkel«, sagte Frau Schneider, nachdem sie die Tür geschlossen hatte. »Der kütt ävver och nit von hier.«

»Ich weiß es nicht«, sagte Emma. »Ich kenne ihn nicht.«

Frau Schneider rümpfte die Nase. »Außen hui un inne pfui. Dat sind mir schon die richtigen feine Pinkele. Wenn der dat Klo nit sauber hält, dann ist aber wat los. *Ävver* ich werde mich denne schon richtig ertrecke.«

Davon war Emma überzeugt.

Die nächsten Tage verbrachte sie damit, vor den verschiedenen Lebensmittelgeschäften in ihrem Viertel, die wieder geöffnet hatten, Schlange zu stehen. Sie ergatterte getrocknete Erbsen, Kartoffeln, Mehl, ein wenig Milch – was gerade da war. Es war nie genug. Mittags aßen sie den dünnen Eintopf, den Frau Schneider kochte, abends Brot mit Rübensirup. Emma war immer hungrig. In dem fleckigen Spiegel über dem Spülstein in der Küche sah sie ihr Gesicht schmaler werden. Sie träumte von Sauerbraten mit Klößen und Rotkohl, von fetter Salami, von Apfeltorte und Käsekuchen. Ihr Vater begann, mit Josef Schneider die Trümmer vom Hinterhof zu räumen, um einen Garten anzulegen, aber die beiden alten Männer kamen nur langsam voran. Abends saßen sie im Hof, bis es kalt wurde, und ihr Vater starrte resigniert auf die vielen Steine.

Emma wusste, was er in Wahrheit dachte, nämlich wann ihre Mutter und Armin wiederkommen würden. Sie wusste, er vermisste die beiden mindestens ebenso sehr wie sie. Nachdem er die Reifen am Rad ihrer Mutter aufgepumpt hatte, fuhr sie über die passierbaren Straßen zum Rhein hinunter und beobachtete die Fährboote, die neben der gesprengten Hohenzollernbrücke viele Rückkehrer von Deutz auf der anderen Rheinseite herüberbrachten. Früher waren es Ausflugsschiffe gewesen, aber nun brachten sie die vielen Heimkehrer zurück. Emma beobachtete, wie eins der Schiffe anlegte und sich ein Strom vollgepackter Fußgänger ans Ufer ergoss, doch ihre Mutter und ihr Bruder waren nicht dabei. Sie starrte zum anderen Ufer hinüber und schickte einen sehnsüchtigen Wunsch, die beiden mochten endlich nach Hause kommen, hinterher. Und wenn endlich auch Christian wiederkommen würde! Sie stellte sich vor, er wäre auf einem der Boote. Er würde blass aussehen, sicher auch mager und heruntergekommen wie viele von den Heimkehrern, aber das war ihr gleichgültig. Sie würde ihn in die Arme nehmen, so, wie er wäre, und sich unendlich freuen.

Am nächsten Tag fuhr sie zum Roten Kreuz und gab eine Suchanzeige für ihn auf, wobei sie die Adresse ihrer Eltern als neue Anschrift angab. An den Ruinenwänden klebten viele handbeschriebene Zettel, Nachrichten für die Heimkehrer.

»Sind bei Pullmanns in Zollstock«, stand da, oder »Meiss jetzt Alteburger Str. 7«.

An eine Tür hatte jemand mit weißer Farbe gemalt: »Elsner? Frau Elsner tot. Herr Elsner lebt, ist bei Meyers. Frau Sturm, wo bist du? Annemarie.«

Emma war froh, dass sie keinen Zettel an ihrer Hauswand vorgefunden hatte.

»Wo ist eigentlich mein Koffer mit den alten Sachen?«, fragte sie ihren Vater am Abend nach dem kärglichen Mahl.

Er sah vom *Kölnischen Kurier* auf, den er bei Kerzenschein lesen musste, weil der Strom immer noch ausgefallen war. »Welche Sachen?«

»Den Koffer mit meinen Kleidern von den Schulaufführungen.«

»Ach so.« Er seufzte und ließ die Zeitung auf den Küchentisch sinken. Der Lichtschein der Flamme zuckte über die silbernen Stoppeln seines Dreitagebarts. Unter seinen Augen hingen Säckchen, die vorher nicht da gewesen waren und seinem Gesicht etwas Trauriges verliehen. »Was willst du denn damit?«

»Gibt es den Koffer noch?«

»Da müssen wir im Keller nachschaun.«

»Bitte, lass uns gleich runtergehen!« Emma sprang auf.

Ihr Vater erhob sich widerwillig und kramte sein Schlüsselbund aus der Tasche seiner ausgebeulten Cordhose. Sie gingen durch den dunklen Hausflur und stiegen die schmale hölzerne Treppe hinab. Emma hielt die Hand schützend vor die flackernde Kerzenflamme. Sie durfte nicht ausgehen, denn

Streichhölzer waren knapp und wurden für den Herd gebraucht. »Wir haben alles vom Dachboden hier runtergeschafft«, erklärte Papa. Er führte sie in einen dunklen Kellerraum mit mehreren Verschlägen, die mit Vorhängeschlössern an dicken Ketten gesichert waren. Vor einem hielt er an und entriegelte das Schloss. Die Brettertür öffnete sich. Emma hielt die Kerze hinein. Der Lichtschein fiel auf ein Regal mit mehreren Körben und Kisten. Emma erkannte ihre Puppen und ein paar ihrer alten Schulbücher im Halbdunkel, Armins altes Dreirad, die Kiste mit seinen Zinnsoldaten, ihren alten Holzschlitten. Ein zusammengerollter Teppich lag davor. Oben im Regal stand ihr Koffer. Gott sei Dank! Emma atmete auf. Hier war mehr, als sie erwartet hatte, und ihr Koffer war noch da. Sie ging zum Regal, hob ihn herunter und pustete den Staub vom Leder.

Oben in der Küche klappte sie ihn auf. Alles war noch so, wie sie es vor einer gefühlten Ewigkeit hineingelegt hatte. Rock und Kopftuch ihres Kostüms, als sie die Eve in »Der zerbrochene Krug« gewesen war, ihre Kinderkarnevalskostüme, ihr Harlekinkostüm.

Später, als ihr Vater ins Bett gegangen war, packte sie den Koffer aus und betrachtete die Kostüme im matten Lichtschein. Sie strich über den schwarzen Samt der Harlekinhose. Es gab sogar noch das schwarz-weiße Oberteil, das ihre Mutter damals genäht hatte, und den passenden Hut. Selbst die Dose mit der weißen Schminke war noch da, aber es war kaum noch etwas drin. Emma ließ die Sachen sinken. Sie fühlte sich auf einmal reich. Sie war reicher als die meisten Menschen, weil sie das alles noch besaß. Wie durch ein Wunder hatten die Sachen unzählige Bombennächte und -tage überstanden und waren hinübergerettet worden in den Frieden. Das durfte nicht umsonst gewesen sein.

Emma stellte sich vor den Spiegel, steckte sich ihre langen Haare hoch, setzte sich den Harlekinhut auf. Der schwarz-weiße, hohe Hut war ihr etwas zu klein geworden, würde aber noch passen, wenn sie ihn feststeckte. Sie nahm ihren alten Lippenstift aus der Handtasche, zog sich die Lippen nach. Die weiße Creme rührte sie nicht an, sie würde den Rest noch brauchen. Zufrieden betrachtete sie sich im Spiegel, als sie fertig war. Ein Harlekin mit einem schmalen Gesicht sah ihr entgegen. Genau so müsste es gehen. Wenn sie noch die weiße Schminke trüge, würde sie niemand mehr erkennen.

Am nächsten Morgen nach dem Frühstück, nachdem ihr Vater mit Herrn Schneider in den Hof gegangen war, verstaute sie ihr Harlekinkostüm, die Schminke und das Akkordeon in Christians Wanderrucksack und ging zum Rhein. An der Frankenwerft gab es einen Schwarzmarkt. Emma kannte diese Märkte von früher, sie war während des Krieges ein paarmal da gewesen. Sie wusste, dass man hier alles bekommen konnte, was es in den Geschäften nicht gab: Lebensmittel, Glühbirnen, Kleidung, Schuhe, Zigaretten, Schnaps, Wein – zu hohen Preisen. Die Schwarzhändler standen auf dem Bürgersteig und in den Hauseingängen der Ruinen und trugen ihre weiten Mäntel, unter denen sie ihre Waren verbargen. Emma schlüpfte an ihnen vorbei in eine Ruine. Hinter einer halb eingestürzten Mauer legte sie ihren Rucksack ab und kramte ihr Harlekinkostüm und ihren winzigen Handspiegel hervor. Sie hatte sich gerade ihren Mantel ausgezogen, als ein Junge aus dem hinteren Teil der Ruine kam.

Er baute sich drohend vor ihr auf. »Was machst du hier?«

»Was machst *du* hier?«, blaffte sie zurück. Sie erhob sich, stemmte die Hände in die Hüften und musterte ihn mit gerunzelter Stirn. Staubige Jacke, weite Hose, Schlägermütze. Schuhe, in denen er gut laufen konnte.

»Hau ab!«, knurrte er. Schnell hob er einen Stein auf, wiegte ihn in seiner Hand und starrte sie angriffslustig an.

49

Emma stand wie vom Donner gerührt. Dieser Bengel mit dem Stein – ob er es wirklich wagen würde? Es waren schon Menschen aus den geringsten Anlässen getötet worden, immer wieder berichtete der *Kurier* darüber. Das Bild von sich selbst, eine tote Frau in den Ruinen mit einer Wunde und getrocknetem Blut am Kopf, durchzuckte sie. Nein, sie hatte nicht den Krieg überlebt, um jetzt so zu enden. Sie hatte nicht so viele Monate auf Christian gewartet, um jetzt zu sterben, ohne ihn je wiedergesehen zu haben. Emma raffte Mantel und Rucksack und rannte weg. Sie hastete über die Trümmer hinter die nächste Mauer in einen gut erhaltenen Raum mit hohen Decken – wohl eine der ehemaligen Markthallen. Doch offenbar hatte sie den falschen Weg eingeschlagen. Unter einem der großen Fenster wachte ein weiterer Junge vor einer Reihe gebrauchter Fahrräder. Er wandte sich überrascht zu ihr um. Emma hielt inne. Schon hörte sie die Schritte des anderen hinter sich. Sie lief weiter zur nächsten Fensteröffnung, kletterte über die Brüstung und sprang ins Freie. Endlich kam ihr einmal zugute, was sie beim Bund deutscher Mädel in zahllosen Samstagen und vielen Zeltlagern unter dem unbarmherzigen Kommando ihrer Mädelschaftsführerin getan hatte. Diese Frau hatte Sport und Spiele im Freien geliebt, lange Wanderungen mit Gepäck und anschließende Lagerfeuer, Schwimmen im Rhein – alles, was sonst nur die Jungs taten. Sie wollte die Jungs immer mit ihrem Sportprogramm übertrumpfen. Nur im Winter machten sie Handarbeiten und schrieben Briefe an Frontsoldaten. Das war Emma immer am schwersten gefallen.

Sie landete auf einem Trümmerhaufen, kletterte die wackeligen Steine hinab und duckte sich hinter ein Gebüsch. Mit klopfendem Herzen wartete sie ab und hörte die hastigen Schritte des Jungen in der Ruine, sein unwilliges Schnaufen, als er sie nicht mehr sah. Aber er verfolgte sie nicht.

Emma wartete noch etwas ab, dann kroch sie hinter dem Busch hervor und ging zurück zur Straßenkreuzung. Sie suchte sich eine andere Ruine, die weiter entfernt vom Schwarzmarkt lag, und schlüpfte dort in ihr Harlekinkostüm. Die Ruine war ein altes Haus in einer Seitenstraße, von dem nur noch das Erdgeschoss existierte. Durch die großen Fensteröffnungen kamen viel Licht und Luft herein. Jemand hatte Wäscheleinen gespannt, an denen Bettwäsche und -laken im Frühlingswind hin und her wogten. Emma schminkte ihr Gesicht weiß und setzte ihren Hut auf. Sie warf einen letzten prüfenden Blick in den Handspiegel und nickte zufrieden. Ihr volles Haar steckte fast vollständig unter dem Hut. Sie war zu einem Harlekin geworden, der nur noch im Entferntesten an Emma erinnerte. Wie in *Der Sommernachtstraum,* das sie damals mit ihrer Schultheatergruppe aufgeführt hatten. Sie hatte dort eine Nebenrolle als Akkordeon spielender Harlekin gehabt. Das Publikum hatte es geliebt, und so würde es auch jetzt wieder sein.

Sie verließ die Ruine und ging zum Schwarzmarkt zurück. An einer belebten Kreuzung lehnte sie sich gegen einen Mauerrest, zog die alte Mütze ihres Vaters hervor, legte sie vor sich hin, nahm ihr Akkordeon und begann zu spielen. Sie spielte zum Auftakt ein paar Volkslieder, wobei sie darauf achtete, nicht zu fröhliche, aber auch nicht zu traurige Melodien zu spielen. Bald, hoffte sie, würde sich der Hut ihres Vaters füllen und sie könnte etwas zur Haushaltskasse beitragen und ihre schrumpfenden Ersparnisse wieder auffüllen.

Die Töne des Akkordeons klangen durch die warme Frühlingsluft. Es wurde wärmer, je höher die Sonne stieg. Aus dem ruhig dahinströmenden Rhein ragten die Überreste der Deutzer Hängebrücke heraus. Die Brücke war im Winter 1945 eingestürzt und hatte viele Menschen in den Tod gerissen. Neben ihr bauten die Amerikaner jetzt eine neue Pfahlbrücke, die aber noch nicht fertig war. Baulärm drang zu Emma herüber. Menschen, die von den Fährbooten weiter in die Stadt oder zum Schwarzmarkt wollten, strömten an ihr vorbei, viele zogen voll beladende Handkarren hinter sich her, schoben Kinderwagen. Die meisten beachteten sie nicht weiter. Ein Mädchen kam zu ihr und starrte sie neugierig an, ehe es von seiner Mutter gerufen wurde.

Emma ließ sich nicht entmutigen und spielte weiter, aber nur wenige warfen ihr etwas in den Hut. Sie beschloss, etwas anderes zu spielen, etwas, das sie kannten und das sie berühren *musste*. Im Krieg war das Lied verboten gewesen, aber sie hatte es oft heimlich auf Meinersleben in der Scheune gespielt, wenn Elisabeth nicht da gewesen war.

Ihre Finger glitten auf die Tasten, und sie spielte einmal kurz die Melodie an, dann spielte sie »Heimweh nach Köln«.

Einige Menschen blieben stehen und hörten zu. Emma, dankbar für diese Anerkennung, spielte weiter. Nach und nach bildete sich eine Traube von Zuhörern vor ihr. Die Menschen standen still und lauschten, als sie das bekannte Lied von Willi Ostermann spielte. Manche hatten Tränen in den Augen. Als sie den Refrain spielte, sangen einige mit:

> *Wenn ich su an ming Heimat denke*
> *Un sin d'r Dom su vür mer stonn,*
> *Mööch ich direk op Heim an schwenke,*
> *Ich mööch zo Foß noh Kölle jon.*
> *Mööch ich direk op Heim an schwenke,*
> *Ich mööch zo Foß noh Kölle jon ...«*

Nachdem sie geendet hatte, war es still bis auf den Baulärm von der Brücke und das Stimmengewirr, das vom Schwarzmarkt herüberklang. Emma hielt inne. Da endlich kamen einige und warfen ihr etwas in den Hut. Ermutigt spielte sie ein zweites Lied von Ostermann. »Och wat wor dat fröher schön en Colonia.« Sie kannte die Melodie schon lange, hatte sie von ihrem Akkordeonlehrer gelernt, aber länger nicht mehr gespielt. Auch dieses Lied schien zu passen. Einige sangen den Refrain mit. Ein paar Zuhörerinnen hakten sich ein und begannen zu schunkeln. Emma lächelte, sie hatte offenbar einen Nerv getroffen. Mutig spielte sie »Einmal am Rhein«, aber das war wohl doch zu fröhlich. Enttäuscht sah sie, wie die Traube sich auflöste und die Menschen wieder weitereilten.

Doch sie wollte nicht aufgeben. Sie wechselte den Platz und ließ sich näher am Schwarzmarkt nieder. Die Heimkehrer, vermutete sie, hatten es einfach zu eilig und kaum Sinn für Musik. Sie beobachtete, wie die Menschen mit ihren Taschen an den Schwarzhändlern vorbeigingen und manche stehen blieben, um zu feilschen. Einige folgten den Schwarzhändlern in die Ruinen und kamen nach einer Weile mit vollen Taschen wieder heraus. Emma spielte und hatte währenddessen immer ein Auge auf das Marktgeschehen, ob nicht plötzlich die Polizei zu einer Razzia auftauchte. Erst neulich hatte es eine Razzia auf dem Schwarzmarkt in ihrer Nähe gegeben, bei dem viele Schwarzhändler verhaftet worden waren. Ihr Vater hatte es im *Kurier* gelesen.

Aber auch dieser Platz war ungünstig. Die Menschen hasteten an ihr vorbei. Manche schüttelten ungläubig den Kopf, als sie sie sahen. Emma ließ ihr Akkordeon sinken. Warm brannte die Sonne auf sie herab, und ihre Haut schwitzte unter der Schminke. Sie hatte Durst, ihre Zunge klebte trocken am Gaumen und der Hunger bohrte ihr im Magen. Enttäuscht sah sie auf die wenigen Münzen im Hut. Wie hatte sie nur glauben können, sie würde hier etwas verdienen? Die Leute hatten kein Geld, sie hörten nur ihre Lieder und zahlten nichts dafür. Sie nahm ihren Rucksack, um ihr Akkordeon darin zu verstauen, als einer der Schwarzhändler auf sie zukam. Er sah eleganter aus als die anderen, trug nicht die übliche Mütze, sondern einen Hut und einen dunklen Mantel. Emma fielen sofort seine blank geputzten Lederschuhe auf. Sie mussten ein Vermögen gekostet haben.

»Schöne Musik«, sagte er lächelnd und überflog Emmas Verkleidung und das Akkordeon mit einem raschen Blick. »Sie spielen gut. Es hat keine Missklänge. Wie alt ist es?« Er deutete auf das Instrument in ihren Armen.

Emma hielt es fest. »Sieben Jahre.«

»Ein Geburtstagsgeschenk?«

Sie nickte.

Der Mann sah kurz zu den Schwarzhändlern hinüber, als wollte er dort etwas prüfen, dann wieder zu ihr. »Wissen Sie – Sie werden damit kein Geld verdienen, das ist zwecklos. Verwenden Sie Ihre Mühe lieber für andere Dinge. Die Menschen kommen hierher, um die Dinge zu erhandeln, die man jetzt wirklich braucht. Sie haben keinen Sinn für Musik.«

Emma strich über ihr Akkordeon und fragte sich, worauf der Mann hinauswollte. »Kann schon sein. Vielleicht ist heute aber auch nur ein schlechter Tag.«

Der Mann zog ein silbernes Feuerzeug hervor und zündete sich eine Zigarette an. Tief sog er den Rauch ein und blies ihn langsam wieder in die laue Luft hinaus. »Glauben Sie wirklich? Nun, Sie können es gern ausprobieren und die Menschen mit Ihren Liedern erfreuen. Aber Sie werden damit nicht mehr verdienen als ein paar Pfennige, wenn Sie Glück haben. Wissen Sie, was diese Zigarette kostet?« Er hielt seine glimmende Zigarette hoch.

Emma schüttelte den Kopf.

»Die wird momentan für fünf Reichsmark gehandelt. Fünf Mark! Das ist ungefähr so viel, wie ein Arbeiter an einem Tag verdient. Wissen Sie was? Ich biete Ihnen eine Stange Zigaretten für Ihr Akkordeon an. Dafür bekommen Sie hier schon einiges,

Butter, Damenstrümpfe, Seife – was immer Sie wollen. Vielleicht auch leckeren fetten Speck.« Er lächelte gewinnend.

Emma umklammerte ihr Akkordeon. Bei dem Gedanken an Speck lief ihr das Wasser im Mund zusammen. »Ich gebe es nicht ab. Es ist unverkäuflich.«

Der Mann rauchte weiter und musterte das Instrument eine Weile. Er war schon älter und sah mit seiner Brille eher aus wie ein Universitätsprofessor als ein Schwarzhändler. »Ich verstehe, dass Sie daran hängen, und es hat sicher Andenkenwert für Sie, nicht wahr? Es war ein Geburtstagsgeschenk von Ihren Eltern oder Großeltern oder ...«

»... von meiner Tante.«

»Aha, sehen Sie. Aber jetzt ist es nutzlos für Sie, denn Sie können nichts damit verdienen. Aber Sie können es gut verkaufen. Ich würde sogar noch eine Schachtel Zigaretten obendrauf legen, wenn Sie es sich noch überlegen. Es sind nicht irgendwelche Glimmstängel, das sind gute Lucky Strikes.«

Er deutete auf seine Zigarette.

Emma kniff die Augen zu, und der Mann und mit ihm die Wirklichkeit verschwammen im grellen Sonnenlicht. Sie sah Christians Gesicht wieder in der rauchgeschwängerten Gastwirtschaft, wie er sie angestarrt hatte, während sie ihre Lieder gespielt hatte. Der Tisch mit seiner Kameradschaft war der lauteste im Kapitolskeller gewesen. Die Jungs ereiferten sich über die Ostfront und den verheerenden Bombenangriff auf Köln Ende Mai 1942. Lautstark verfluchten sie die »verdammten Tommys« und überboten sich gegenseitig mit Schilderungen, was sie mit denen alles machen würden. Sie waren kaum stiller, als Emma spielte. Christian sah sie oft lange an, zurückgelehnt auf dem Stuhl, die Arme vor der Brust verschränkt. Sein Gesicht war winterblass, die Augen dunkel im dämmrigen Kneipenlicht, seine dunklen Haare lockig und außergewöhnlich lang für einen Kameradschaftsführer. Nachdem seine

Kumpel gegangen waren, sprach er sie an. »Ein Mädchen, das Akkordeon spielt, wie ungewöhnlich. Darf ich den Namen dieses ungewöhnlichen Mädchens erfahren?«

Sie spürte, wie die Hitze im Schankraum und die Verlegenheit ihr Gesicht rot werden ließen und sie vor Aufregung feuchte Hände bekam. Was sonst gar nicht ihre Art war. »Emma Wolrath«, sagte sie, als müsste sie einem Polizisten Auskunft erteilen.

»Emma Wolrath«, wiederholte er langsam. »Schöner Name. Du spielst gut. Hat dir das schon mal jemand gesagt?«

»N-nein.«

»Also, dann sag ich's dir noch mal, du spielst gut. Wo hast du das gelernt?«

Sie starrte ihn an und fühlte ihr Inneres vibrieren, als würde ein dauernder Ton erklingen, gleichzeitig war sie befangen wie bei einer Schulprüfung. Stockend erzählte sie ihm von den Unterrichtsstunden, die Tante Lydia ihr gleichzeitig mit dem Akkordeon zu ihrem dreizehnten Geburtstag spendiert hatte. Ihre Patentante meinte, Emma sei musikalisch und ein Mädchen solle ein Instrument beherrschen. Aber das erzählte sie Christian nicht, auch nicht, dass sie sich mit ihren Auftritten im Kapitolskeller etwas dazuverdiente, das ihrer Familie über die Runden half, nachdem ihr Vater seine Anstellung verloren hatte. Christian brachte sie an diesem Abend nach Hause und erkundigte sich nach ihrem nächsten Auftritt. Sie hatte ihr Glück nicht glauben können.

Seit jenem Abend hatte er keinen ihrer Auftritte mehr verpasst und es als seine persönliche Aufgabe angesehen, sie anschließend nach Hause zu bringen. Von da an hatte es nicht mehr lange gedauert bis zu ihrem ersten gemeinsamen Sonntagsspaziergang im Volksgarten. Und zu ihrem ersten Kuss.

»Nun?« Die Stimme des Mannes riss sie wieder in die Wirklichkeit zurück. Er betrachtete sie durch seine Brillengläser, während er auf eine Antwort wartete. »Eine Stange Lucky Strike und eine Schachtel noch dazu. Mehr bekommen Sie nirgendwo.« Offenbar deutete er ihr Zögern als Verkaufsstrategie.

Emma setzte ihr Instrument ab und verstaute es im Rucksack, um ihren Worten Nachdruck zu verleihen. »Ich verkaufe mein Akkordeon nicht.«

»Was wollen Sie denn damit noch? Weiter hier spielen? Sie werden nichts verdienen. Außerdem könnte es für eine Frau allein gefährlich werden, vor allem, wenn sie so auffällig verkleidet ist. Sehen Sie nur die vielen jungen Burschen, die Ihnen Ihr Akkordeon einfach stehlen könnten.«

Er machte eine Rundumbewegung, und Emma musste an die Jungs denken, die die Fahrräder in der Ruine bewacht hatten. Sie schluckte ihre aufsteigende Angst hinunter. »Wollen Sie mir etwa drohen? So kommen Sie nicht weiter.«

Der Mann schnippte seinen Zigarettenstummel weg. Er nahm eine neue Zigarette aus der Packung und warf sie in ihren Hut. »Hier, die ist für Ihr Spiel. Falls Sie es sich doch noch anders überlegen sollten, kommen Sie wieder und fragen nach dem Vermittler. Vielleicht haben Sie Glück und ich bin hier.« Er lupfte kurz seinen Hut, wandte sich um und ging fort.

Emma sah ihm hinterher, wie er hinter den Ruinen am Rhein verschwand. Ein Junge hob seinen glimmenden Zigarettenstummel auf und rannte davon. Sie stand auf und stellte ihren Rucksack auf eine kleine Mauer. Deshalb fiel ihr der andere Mann zunächst nicht auf, erst, als er schon vor ihr stand. Als sie seinen grauen Mantel und den gleichfarbigen Hut sah, dachte sie, es wäre ein weiterer Schwarzhändler. Aber es war Kurt Groß, ihr Untermieter.

»Herr Groß!«, rief sie überrascht. »Wollen Sie mir etwa auch mein Akkordeon abkaufen?«

»Oh, Sie sind es doch! Ich war mir nicht sicher.« Er hob seinen Hut für eine förmliche Begrüßung, und sie sah sein dunkelblondes Haar, das in der Sonne heller schimmerte. Es war oben länger als an den Seiten und wellte sich etwas. Seine hellen Augen sahen ernst aus, seine Miene war reglos. »Sie sehen … ungewöhnlich aus. Ich habe Sie erst nicht erkannt.« Er setzte seinen Hut wieder auf, kam ein paar Schritte näher und deutete mit dem Kopf dorthin, wo der Vermittler gerade verschwunden war. »Wollte er Ihnen Ihr Akkordeon abkaufen?«

Emma nickte. »Er war ziemlich hartnäckig. Aber an mir hat er sich die Zähne ausgebissen. Ich verkaufe mein Akkordeon nicht.«

»Zeigen Sie es mir doch mal.«

»Es ist unverkäuflich, wirklich.«

»Bitte.«

Er sah sie mit seinen hellen Augen an, und sie starrte zurück und fragte sich, was für eine Farbe sie eigentlich hatten. Grün oder blau? Sie waren eine irritierende Mischung aus beidem, stellte Emma jetzt im Sonnenlicht fest. Sie gab nach und holte ihr Akkordeon wieder aus dem Rucksack.

Er beugte sich darüber und begutachtete es. »Ein schönes Instrument, sehr gut erhalten. Was hat er Ihnen dafür geboten?«

Emma nannte ihm das Angebot des Vermittlers. Er zog überrascht die Augenbrauen hoch. »Ein gutes Angebot. Sie hätten es verkaufen können.«

Emma zwinkerte gegen das Sonnenlicht an. Sie fühlte, wie die Sonne die Schminke in ihrem Gesicht langsam schmelzen ließ. Sie stieß sich vom Mauerrest ab und stellte sich so, dass das Licht sie nicht mehr blendete. »Ich sagte doch, dass ich das Akkordeon nicht verkaufe. Oder wollen Sie es mir etwa doch abhandeln? Wollen Sie mir Ihr Pökelfleisch dafür bieten?«

Nichts in seinem Gesicht verriet, dass er ihre Provokation gehört hätte. »Wäre das so schlimm?«, versetzte er ungerührt.

Emma verstaute das Akkordeon wieder in ihrem Rucksack. Ihr Magen rebellierte bei dem Gedanken an Pökelfleisch, hingegen hatte die Vorstellung vom ewig gleichen Eintopf, den sie am Mittag wieder bei Frau Schneider bekäme, nichts Verlockendes an sich. Aber das würde sie Herrn Groß gegenüber nicht zugeben. Sie verschloss ihren Rucksack und wandte sich zu ihm um. »Wie viele Dosen bekäme ich denn hierfür?« Sie hielt ihm ihre Lucky Strike hin.

Wieder ein überraschtes Augenbrauenhochziehen. »Oh, die hat er Ihnen gegeben? Sehr großzügig von ihm.«

»Sie haben meine Frage nicht beantwortet.«

Er streckte seine Hand aus, berührte sanft ihren Arm. »Kommen Sie, ich bringe Sie zurück nach Hause.«

Emmas Arm zuckte zurück. Sie war schon lange nicht mehr berührt worden. »Ich … muss mich noch irgendwo umziehen. *So* kann ich nicht nach Hause.«

»Dann begleite ich Sie dahin. Keine Angst, ich werde Sie nicht heimlich beobachten.« Der Anflug eines Grinsens flog kurz über sein Gesicht.

Emma starrte ihn überrascht an, während sie sich fragte, warum er das tat. Sicher wollte er unterwegs in Ruhe mit ihr ins Geschäft kommen. Vielleicht war er auch ein Schwarzhändler. Bestimmt war er das. Warum wäre er sonst hier? Die Dosen hatte er veruntreut, und hier machte er weitere Geschäfte. Er schien sich gut mit den Preisen auszukennen. Sie fragte sich, ob er unter seinem Mantel auch Waren trug, die er verkaufen wollte.

»Versprechen Sie es?«, fragte sie.

Er hob die Hand. »Großes Ehrenwort.« Ein winziges Lächeln umspielte seine Mundwinkel. Auf einmal sah er viel netter aus.

»Sie haben mir meine Frage immer noch nicht beantwortet«, wiederholte Emma, als sie zur Ruine gingen, in der sie sich umgezogen hatte. »Wie viele Fleischdosen bekomme ich für die Zigarette?«

»Ich fürchte, keine einzige.«

»Nein? Aber der Mann sagte mir, dass sie für fünf Mark gehandelt wird, so viel, wie ein Arbeiter nicht an einem Tag verdient. Dafür müsste ich doch wenigstens eine Dose Fleisch bekommen.«

»Vielleicht, aber dann müssten die Dosen vorhanden sein. Ich kann Ihnen leider kein Pökelfleisch mehr geben, da ich es gar nicht mehr besitze. Es wurde von den Amis konfisziert, es gehört ihnen.«

Emma kickte wütend einen Stein beiseite. Sie hatte das untrügliche Gefühl, dass er log. Bestimmt hatte er die ganze Ladung irgendwo versteckt und verkaufte sie nun auf den Schwarzmärkten oder tauschte sie gegen andere Sachen ein.

»Frau van Kall, Sie haben die falsche Frage gestellt«, fuhr er fort. »Sie sollten sich fragen, wie viele Dosen Fleisch – sollte es noch irgendwo welche geben – Sie für Ihr Akkordeon bekommen würden.«

Sie blieben stehen, als sie vor der Ruine angelangt waren. Emma gab einen unwilligen Laut von sich. »Ich werde mein Akkordeon nie verkaufen. Wenn wir alles gegen Lebensmittel eintauschen müssten, was wir besitzen, wo kämen wir da hin? Was machen wir, wenn wir nichts mehr haben? Wäre es nicht viel besser, uns stünden alle Lebensmittel zur Verfügung, die auf den Schwarzmärkten gehandelt werden? Dann könnten wir alles gerecht verteilen, und niemand müsste hungern oder würde sich … bereichern.« Sie musterte ihn von oben bis unten, dann ließ sie ihn stehen und stapfte in die Ruine, um sich umzuziehen. Die Wäsche hing immer noch dort. Emma tauchte hinter ein großes Laken und zog sich um, während sie ihr Herz pochen hörte und sich fragte, ob sie ihn nun verscheucht hatte oder ob er auf sie warten würde. Sie schlüpfte in ihren Wollrock, zog sich ihren Strickpullover über. Mit einem Taschentuch wischte sie sich die Schminke ab, dann steckte sie sich das Haar hoch. Zum Schluss zog sie sich ihren Mantel über und setzte den Rucksack wieder auf. Ihre Wut war verraucht, als sie wieder vor die Ruine trat, und ihre harschen Worte von eben taten ihr leid.

Kurt Groß stand im Sonnenlicht an die Mauer gelehnt. Er hielt den Hut in den Händen und sonnte sich mit geschlossenen Augen. Sein Profil zeichnete sich gegen das Sonnenlicht ab. Sein Gesicht hatte etwas Verletzliches, als es die zur Schau gestellte Miene aufgegeben und sich in der Sonne entspannt hatte. Emma hielt inne und betrachtete ihn. Wäre sie Malerin, würde sie ihn malen, schoss es ihr durch den Kopf. Aber sie war Musikerin.

Er bemerkte sie, stieß sich von der Wand ab und setzte den Hut wieder auf. »Ist es nicht herrlich, diese Stille, dieser Frieden?«, sagte er, als sie weitergingen. »Heute wäre hervorragendes Jabo-Wetter. Viele hätten wieder sterben müssen.«

Emma nickte. Auch sie hatte diese kleinen schnellen Tiefflieger der Amerikaner gefürchtet, die oft unvermittelt aufgetaucht waren und auf alles geschossen hatten, was sich bewegte. Natürlich war auch sie froh darüber, dass nun endlich Frieden herrschte. Nur zu gut erinnerte sie sich an die Bombennächte in Köln, in denen sie den auf- und abschwellenden Sirenenton gehört und sich in den Bunker geflüchtet hatten. Das hatte bedeutet, zitternd im Dunkeln abzuwarten, wie das Dröhnen der sich nähernden Flieger erklang, gefolgt von dem unheimlichen Pfeifen der Luftminen und dem Krachen der einschlagenden Bomben. Das Zittern der Wände, wenn sie in der Nähe eingeschlagen waren. Die Angst, eine Bombe könnte ihr Haus treffen. Jetzt konnten sie endlich durchschlafen. Sie mussten keine Angst mehr haben.

»Wo haben Sie eigentlich gedient?«, fragte sie.

»Oh, an verschiedenen Orten. Ostfront, Westfront. Wir wurden immer wieder verlegt. Zuletzt war ich im Rheinwiesenlager.«

»Wurden Sie denn schon entlassen?«

Er grinste. »Wäre ich sonst hier, Frau van Kall? Das Lager ist den Amis zu voll geworden. Es platzte aus allen Nähten. Da haben sie ein paar gehen lassen. Es war mein Glück, dass ich Englisch kann.«

Emma hörte den Sarkasmus in seiner Stimme. Wieder warnte sie etwas in ihrem Inneren, dass er log. Selbst die Amerikaner würden die deutschen Soldaten nicht so früh entlassen, doch sie fragte nicht weiter. Er bewegte sich mit einer so selbstverständlichen und gelassenen Sicherheit neben ihr, als fürchtete er nichts, und so nahm sie an, dass er seinen Entlassungsschein bei sich trug und vorzeigen konnte.

»Wo ist Ihr Mann?«, hörte sie ihn fragen.

Emma erzählte ihm, dass Christian zuletzt an der Ostfront gewesen war und sie seit einem halben Jahr nichts mehr von ihm gehört hätte.

»Haben Sie es schon beim Suchdienst probiert?«

»Gestern. Vielleicht bekomme ich bald eine Nachricht«, sagte sie hoffnungsvoll.

Als er nicht antwortete, warf sie ihm einen raschen Seitenblick zu. Seine Miene verriet nicht, was er dachte. Nach einer Weile des Schweigens sagte er: »Ich habe Sie gerade spielen hören. Sie spielen gut, aber Sie verschwenden Ihre Zeit. Niemand gibt Ihnen dort was für Ihre Musik.«

»Das hat mir der Vermittler auch schon gesagt. Er meinte, es wäre gefährlich auf dem Schwarzmarkt, ich könnte bestohlen werden.«

»Bestohlen? Na ja, so unrecht hat er damit nicht.«

»Aber was bekomme ich denn für meine Lucky Strike?«, bohrte Emma weiter. Sie dachte an ihren hungrigen Magen und an ihre schrumpfenden Ersparnisse. Wenn nicht bald etwas geschähe, sähe es düster für sie aus.

»Mit einer Zigarette kommen Sie nicht weit. Sie brauchen viele.«

»Wie viele Zigaretten bekäme ich für eine Seife?«, fragte Emma, die sich an die Kiste mit Seifen erinnerte, die ihr Vater aus dem Lager entwendet hatte.

»Ich weiß nicht. Vielleicht sieben oder acht.« Sie waren jetzt in ihrer Straße angelangt. Kurt Groß blieb stehen. »Wie kommen Sie eigentlich darauf, dass ich Ihnen helfen könnte?«

»Weil Sie …« Emma klappte ihren Mund zu, weil sie ihm nicht offen sagen wollte, was sie dachte: *Sie sehen aus wie ein Schwarzhändler. Sie transportieren Lastwagenladungen Pökelfleischdosen.* Stattdessen starrte sie auf seine Wange, die einen winzigen Kratzer vom Rasieren hatte, auf dem das Blut getrocknet war. »Sie scheinen sich mit den Preisen gut auszukennen«, sagte sie stattdessen.

Er schluckte. »Nun, jeder geht manchmal auf die Märkte, es ist besser, sich damit auszukennen. Aber Sie sollten vorsichtig sein, Sie könnten leicht übers Ohr gehauen werden. Da sind viele Betrüger unterwegs. Fahren Sie besser aufs Land zu den Bauern.«

Emma dachte an Elisabeth und presste die Lippen zusammen. Sie konnte sich nicht vorstellen, ihre Schwiegermutter um Lebensmittel zu bitten. Sie dachte an das Pökelfleisch, und das Wasser lief ihr im Mund zusammen. Eine bissige Bemerkung lag ihr auf der Zunge, aber ihr Stolz hielt sie zurück. Ob er die Dosen wirklich nicht mehr besaß?

»Wissen Sie was?«, meinte er, als sie nichts erwiderte. »Ich gebe Ihnen fünf Amis, wenn Sie meine Wäsche machen.«

»Amis?«

»Ich meine Chesterfield-Zigaretten. Für einmal im Monat Wäsche. Es ist nicht viel, und glauben Sie mir, die Chesterfields sind so gut wie die Lucky Strikes.«

Emma rechnete hastig nach. Wenn der Vermittler recht gehabt hatte und eine Zigarette ungefähr so viel wert wäre wie der Tageslohn eines Arbeiters, dann hätte sie Lohn für fünf Tage Arbeit. Für die Wäsche würde sie aber nur zwei Tage brauchen, und sie würde sie natürlich gemeinsam mit der gesamten Wäsche erledigen. Es war also ein gutes Angebot. Aber sie glaubte nicht, dass ein Arbeiter nur so wenig verdiente. Vielleicht hatte der Mann das nur gesagt, um den Wert der Zigarette hervorzuheben.

»Sechs Chesterfields«, hörte sie sich sagen.

Kurt Groß zögerte. Er überlegte lange, während er sie ernst ansah. »Also gut«, sagte er schließlich.

Sie gaben sich förmlich die Hände. Schmal und kalt lag ihre Hand in seiner. Er hatte einen kurzen festen Händedruck, während ihre Hand fast in seiner verschwand. Sie drückte fest zurück. Schweigend gingen sie weiter, bis sie vor ihrem Haus angelangt waren. Der Geruch nach Frau Schneiders Eintopf drang durch die vernagelten Fenster nach draußen. »Kommen Sie nicht mit rein?«, fragte Emma. »Ich könnte Frau Schneider fragen, ob Sie mitessen dürfen.«

»Danke, ist schon gut, aber ich muss weiter. Ich habe noch viel zu erledigen.« Er hob kurz seinen Hut, verabschiedete sich und eilte die Straße hinunter.

Emma beobachtete, wie er mit wehendem Mantel hinter der Straßenecke verschwand, und fragte sich, was er wohl Dringendes zu tun hätte. Ihr Untermieter ging seine eigenen mysteriösen Wege. Sie konnte nicht glauben, dass sie sich bereit erklärt hatte, seine Wäsche zu machen.

KAPITEL 4

Rheinwiesenlager, April 1945

Es war ein regnerischer Spätnachmittag, als Esser starb. Der abgemagerte Mann lag unter der Zeltplane, die sie sich teilten, und nahm Kurts Hand, was er sonst nie getan hatte. Er stöhnte. Seine dürren Finger umklammerten und drückten Kurts Hand so sehr, dass Kurt begriff, dass es ihm ernst war. Es ging zu Ende mit ihm.

Esser hob seinen kahlen Schädel und formte seine Lippen für mühsam hervorgepresste Worte. »Es wird Zeit, Kurt, ich schaff das nicht mehr. Trete gleich vor den Herrjott. Hoffe, dass der mich reinlässt.«

Ein schwaches Lächeln trat in seine Züge, und fast war Kurt, als hätte er im Halbdunkel unter der Zeltplane ein Augenzwinkern im Gesicht des älteren Mannes gesehen. Typisch Esser und sein rheinischer Humor. Besser lachen als weinen. Wenn er ehrlich zu sich war, hätte er es ohne den Mut, die Zuversicht und Verschlagenheit des älteren Soldaten hier nicht geschafft zu überleben. Esser stammte aus Köln und war von Beruf Feinmechaniker, was ihm den Kriegsdienst erspart hatte, denn er hatte in der Rüstungsindustrie gearbeitet. Sein Pech war gewesen, dass er kurz vor Kriegsende in einem Wehrmachts-Lkw in der Nähe von Köln von den Amerikanern verhaftet worden war. Sie hatten ihn hierhergebracht, ins kürzlich aus dem Boden gestampfte Rheinwiesenlager bei Sinzig. Hier vegetierten sie nun schon seit Wochen auf einem Areal zwischen Ort und Rhein, unter freiem Himmel jedem Wetter ausgesetzt, umgeben von einem hohen Stacheldrahtzaun. Nachdem die Soldaten ihres Transport-Lkw nach der Ankunft auf verschiedene abgezäunte Bereiche verteilt worden waren und er allein gewesen war, war Kurt froh gewesen, Esser zu begegnen. Esser, der seinen Vornamen Johannes nicht mochte und ihm sagte, er solle ihn nur mit seinem Nachnamen ansprechen. Sie nahmen ihre Löffel vom Essgeschirr und gruben sich ein gemeinsames Erdloch. Auf unerfindlichen Wegen gelang es Esser, eine Zeltplane zu beschaffen, unter der sie schlafen konnten. Sie schützte sie und ihre wenigen Habseligkeiten wenigstens etwas vor dem Regen. Und es regnete oft in diesem verdammten April. Das Lager wurde immer voller, es gab kaum etwas zu essen, um nicht zu sagen nichts. Aber Esser – dessen Name in diesen Wochen wie blanker Hohn zu klingen begann – wusste, wo Brennnesseln und Löwenzahn wuchsen, und er konnte die Nesseln so mit einem Messer bearbeiten, dass sie sie roh essen konnten. Einmal kam er sogar mit einer Büchse Fleisch zurück, weiß der Himmel, wo er die herhatte. Sie mussten den Inhalt kalt essen, weil sie nichts hatten, womit sie das Fleisch hätten erwärmen können. Sonst bekamen sie nur das gechlorte Rheinwasser zu trinken und manchmal ein Stück Brot.

Kurt klammerte sich an Esser, der immer sagte: »Wir schaffen es gemeinsam, nicht wahr? Wir schaffen es hier raus. Der Herrjott wird's schon richten.« Und er klopfte ihm auf die Schulter.

Kurt nickte immer, obwohl er es nicht wirklich glauben konnte. Doch gemeinsam waren sie stärker als allein. Wenn einer weg war, konnte der andere ihre Habseligkeiten bewachen. Sie konnten sich an unendlich langen verregneten Tagen und Abenden etwas erzählen. Sie konnten sich gegenseitig wärmen, wenn die schneidende Kälte der Aprilnächte sie umzubringen drohte. Esser war eigentlich noch nicht so alt, er mochte vielleicht zwanzig Jahre älter sein als Kurt. Doch in diesen Wochen alterte er um Jahre. Er wurde immer dünner, seine Wangen fielen ein, seine Haare fielen aus, und er verlor einige seiner Zähne. Irgendwann schien er zu wissen, dass er sterben würde, und er begann, Kurt abwechselnd wie einen Beichtvater oder einen Sohn zu behandeln. Kurt hatte bereitwillig die jeweiligen Rollen angenommen, zugehört, Trost gespendet und sogar eine Lebensbeichte abgenommen.

Esser schob seine dürre Hand in die Hosentasche, zog ein paar kleine Gegenstände hervor und drückte sie Kurt in die Hand. »Es ist so weit, Jung. Hier haste die Schlüssel. Der hier ist für das Tor und dieser für die Halle. Du weißt, wo das ist?«

Kurt merkte sich die verschiedenen Schlüssel, nickte und umklammerte sie fest. Er räusperte sich. »Und es wird niemand …«

Esser schüttelte seinen kahlen Schädel. »Niemand weiß das. Du bist der Erste. Geh zu Biernath in Zollstock. Die Adresse kennste. Der kann dir den Lkw flottmachen.«

Kurt versprach es. Er hatte alles zigmal gehört und auswendig lernen müssen, bis Esser zufrieden war. Keine Notizen, viel zu gefährlich. Nur die Schlüssel. Kurt schluckte und sah auf die drei silbernen Schlüssel in seiner Hand. Er hatte auf einmal ein Kratzen im Hals.

Esser beobachtete ihn. »Nun steck sie weg«, sagte er. »Pass gut darauf auf. Denk an meine Mutter und an Klara. Du wirst es ihnen sagen?« Seine Stimme wurde immer leiser, jetzt war sie fast nur noch ein Hauch.

»Auf jeden Fall«, versicherte Kurt. Er hatte noch einige Sätze auswendig gelernt: Essers letzte Worte an seine Mutter und seine Freundin, Kurt kannte ihre Adressen. »Ich sag ihnen alles, wie du's mir gesagt hast.«

Esser nickte, ein zufriedener Ausdruck glitt über sein ausgezehrtes Gesicht. »Mach es gut, Jung«, flüsterte er Kurt ins Ohr.

»Esser, geh nicht!«, flehte Kurt. »Was mach ich denn ohne dich?« Die Vorstellung, dass der andere nicht mehr da sein würde und er allein unter der Zeltplane schlafen müsste, versetzte ihn in Panik, so sehr hatte er sich an den Mann gewöhnt. Er war seine Stütze, sein Vater im Lager, sein Lehrer. Wie sollte er hier ohne ihn überleben? »Bitte, lass mich nicht allein!«

Doch der ältere Mann lag still mit geschlossenen Augen. Kurt beobachtete, wie sich seine magere Brust hob und senkte, und hörte, wie ein rauer Hauch seinen Mund verließ. Dann bewegte sich Essers Brust nicht mehr.

Kurt starrte auf den Toten und faltete die Hände über dessen Brust. Er hockte vor dem Totenlager und weinte still vor sich hin. Das war etwas, das er lange schon nicht mehr getan hatte; er konnte sich nicht erinnern, wann er das letzte Mal geweint hatte. Er hatte nicht mal geweint, als er mit seiner Verletzung im Lazarett gewesen war, obwohl die Brandwunde entsetzlich geschmerzt und es ein paar Tage sehr schlimm um ihn gestanden hatte. Auch nicht, als sie den Amis in die Hände gefallen waren und die sie nicht nach Amerika gebracht hatten wie erhofft, sondern hierhin in dieses Lager auf die Rheinwiesen.

Als es dunkel geworden war, erhob sich Kurt und ging hinaus. Er war jetzt ein bisschen ruhiger geworden. Der Regen hatte endlich aufgehört, und die Erde roch feucht und modrig. Aus den Erdlöchern nebenan drangen leise Stimmen und Schnarchgeräusche. Von den Baracken vom hinteren Teil des Lagers glommen ein paar ferne Lichter herüber, noch mehr Lichter leuchteten aus dem Ort. Was die Menschen dort wohl taten? Wussten sie, wie es ihnen hier im Lager erging? Riskierten sie es vielleicht sogar, ihnen an den Wachmännern vorbei etwas zu essen ins Lager zu schmuggeln? Woher sollte Esser sonst seine Fleischdosen gehabt haben?

Kurt sog tief die kühle Luft ein. Er hatte nie geraucht, aber jetzt hatte er plötzlich das Verlangen nach einer Zigarette. Er ging ein paar leise Schritte im Matsch hin und her, wobei er darauf achtete, nicht in ein Erdloch abzugleiten oder gegen einen Schlafenden zu stoßen. Bis morgen würde er Essers Tod noch geheim halten können. Danach müsste er sich andere Verbündete suchen. Das würde nicht leicht werden, aber er musste eine Möglichkeit finden, hier zu überleben. Was er von Esser gelernt hatte, konnte ihm helfen.

Kurt blieb stehen und lauschte, hörte das leise Glucksen des Rheinwassers, das der Wind herantrug, und auf einmal war ihm, als hätte sich Essers alte Zuversicht auf ihn übertragen. Er hatte verdammt noch mal nicht den ganzen Krieg überstanden, um jetzt unterzugehen. Nein, er wollte überleben, für einen Neuanfang. Denn dieser, das war ihm in den vielen langen Tagen und Nächten hier klar geworden, könnte ihm mit Essers Geheimnis gelingen.

KAPITEL 5

An einem sonnigen Tag Anfang Juni kam Kurt mit seinem Lastwagen zu den Wolraths und brachte Erde für ihren Hinterhof. Staunend beobachtete Emma, wie er mit ihrem Vater und Herrn Schneider mit Erde gefüllte Säcke vom Lastwagen in den Hinterhof schleppte und dann Trümmer und Schutt auflud, als hätte er nie etwas anderes getan. »Sehen Sie, Frau Schneider, er ist doch nicht so ein feiner Pinkel«, raunte sie ihrer Nachbarin zu, die neben ihr saß und mit ihr Mörtel von den noch gut erhaltenen Ziegelsteinen des Schuppens klopfte. »Er kann gut mit anpacken.«

Frau Schneider brummte etwas vor sich hin. »Dafür hat er sich *ävver* auch gut bezahle losse. Für ein halv Jahr keen Miet zu bezahlen. Et gibt halt nix umesonst.«

»Nein, jeder muss gucken, wo er bleibt«, meinte Emma und dachte, dass Frau Schneider in ihrer Neugier aber auch alles herausbekam. »Ich glaube, es war ein gutes Geschäft für uns, er ist ja kaum da. Außerdem wird's höchste Zeit, dass der Garten endlich fertig wird. Der Kaninchenstall muss noch gebaut werden.«

»Ich möchte jerne ens wisse, wo der sonst noch su aushängt. Dat jeht doch irgendwie nit mit rechten Dingen zu«, raunte

Frau Schneider und warf Kurt Groß einen misstrauischen Blick zu.

»Er war im Gefangenenlager bei den Amis, in den Rheinwiesen. Ist schon entlassen worden«, erklärte Emma.

Frau Schneider verzog erstaunt ihr fülliges Gesicht. »Wie, ist der schon entlassen worden? Da hat der aber Glück jehat. Hast du wat von dingem Mann jehört?«

»Nein.« Es gab Emma einen Stich, auf Christian angesprochen zu werden. Sie legte ihren Stein weg und erhob sich. »Ich geh mal zum Wagen, die Pänz verscheuchen.« Sie ging durch Hof und Hausflur zum Lastwagen, der vor dem Eingang parkte. Tatsächlich war er die Attraktion der ganzen Straße. Zwei Hände voll Kinder umringten ihn und beobachteten, wie die Männer die Steine aufluden. Emmas Vater stand mit rotem Kopf auf der Ladefläche, nahm die Steine an und schichtete sie auf.

»Verflucht, mit Schubkarre wär das alles viel schneller gegangen«, brummte Herr Schneider, als er schwer bepackt an Emma vorbeilief.

Emma nickte. Ihr Nachbar war so alt, dass er nicht einmal mehr zum Volkssturm eingezogen worden war. Früher war er einmal Malermeister mit eigenem Geschäft gewesen, aber Emma hatte ihn schon immer nur als Hausmeister gekannt – als einen Handwerker, der alles reparieren konnte.

Kurt wechselte ein paar Worte mit den drei kräftigsten Jungen, offenbar die Anführer der Kinderbande. Wenig später liefen sie an Emma vorbei in den Hof, um zu helfen. »Sie spannen wohl alle für sich ein«, bemerkte sie.

Er grinste und klopfte sich den Staub von den Händen. Mit seiner Schlägermütze, der Weste und der ausgebeulten Hose sah er wieder aus wie an dem Tag, an dem Emma ihn kennengelernt hatte. »Zwei von denen können schon gut einen Mann ersetzen«, erwiderte er. »Sie wissen, die Chesterfields wirken Wunder.«

»Man muss sie nur besitzen. Wie viele bekommen die Pänz?«

»Jeder eine.«

»Großzügig von Ihnen.«

Er hob seine Schlägermütze und wischte sich mit dem Handrücken den Schweiß von der Stirn. »Purer Eigennutz. Ich habe wenig Lust, bis heute Abend Steine zu schleppen.« Er setzte die Mütze wieder auf, und ein belustigter Ausdruck trat in seine Miene. »Sie sehen heute ganz anders aus, Frau van Kall. Sie sind eine richtige Verwandlungskünstlerin.«

Emma strich mit der Hand über ihren Turban, den sie sich wegen der staubigen Arbeit umgebunden hatte. »Ungewöhnliche Tätigkeiten erfordern ungewöhnliche Kleidung«, versetzte sie. »Aber dasselbe könnte ich von Ihnen auch sagen.«

Er grinste nur.

»Wo fahren Sie sie hin?« Sie deutete mit dem Kopf auf die Steine, die auf der Ladefläche lagen. »Wie haben Sie es überhaupt hierher geschafft durch die ganzen Trümmer?«

»Oh, ich kenn mich aus. Aber Sie haben recht, der Wagen hätte keinen Zentimeter breiter sein dürfen.«

Emma fiel auf, dass er ihre Frage nicht beantwortet hatte, wohin er die Steine fahren würde. Dieser Mann hatte wirklich seine Geheimnisse. Vor ein paar Tagen hatte sie noch gedacht, er wäre ein Schwarzhändler. Nun sah er wieder aus wie ein Bauarbeiter. Lautstark knurrte ihr Magen, und sie legte schnell eine Hand darauf.

Kurt musste es gehört haben. Er sah sie mit einem undeutbaren Blick an. »Passen Sie gut auf die Ziegelsteine auf, die werden Sie noch brauchen«, meinte er. »Verstecken Sie sie gut, sonst war Ihre ganze Arbeit umsonst.«

»Das haben wir uns auch schon gedacht. Sehen Sie, da bekommen Sie noch Hilfe.« Sie deutete die Straße hinunter, wo ein magerer, hoch aufgeschossener Junge langsam herankam, einen voll beladenen Handkarren hinter sich herziehend. Emma kniff die Augen gegen die Sonne zusammen. Der Junge kam nur mühsam voran, so schwer war sein Karren. Sein dichtes blondes Haar leuchtete strohweiß in der Sonne, darunter schimmerte helle Haut. Als er den Kopf hob, erkannte ihn Emma. Sie rannte zu ihm, fiel ihm in die Arme, umklammerte ihn. Ihr Bruder Armin ließ den Handwagen los und erwiderte Emmas Umarmung. Sie lagen sich eine Weile wortlos in den Armen, ehe Armin sie losließ.

Verlegen musterte er sie. »Emma, was machst du denn hier?«

»Ich bin hier, um euch zu helfen. Musste doch wissen, wie es euch geht. Ach, wie schön, dass du wieder da bist!« Sie strubbelte sein Haar. »Aber so dünn bist du geworden! Habt ihr von den Klaasens nichts zu essen bekommen?«

»Doch, geht so. Du siehst aber auch dünn aus.« Armin musterte sie stirnrunzelnd. Er war schon monatelang nicht mehr in der Schule gewesen und würde wahrscheinlich die sechste Klasse wiederholen müssen. Der Altersunterschied bei ihnen war deshalb so groß, weil noch ein Geschwisterchen zwischen ihnen gewesen war – ein kleines Mädchen, das als Säugling gestorben war. Ihre Mutter war nie über diesen Verlust hinweggekommen.

»Wo ist Mama?« Emma beschattete die Augen mit der Hand und sah die Straße hinunter.

»Sie kommt nicht.«

»Sie kommt nicht? Warum nicht?«

»Weil sie … sie ist krank. Ich soll schon mal vorgehen, hat sie gesagt, sie kommt nach, sobald sie wieder gesund ist.«

Emma fröstelte. Der blaue Frühlingshimmel, der sich über ihr spannte, schien sie auf einmal zu verhöhnen, die Vögel in den Bäumen zwitscherten schrill in ihren Ohren. »Was hat sie denn?«, fragte sie mit dünner Stimme.

»Ich weiß nicht, Fieber. Sie wollte unbedingt, dass ich nach Hause gehe, damit ich mich nicht anstecke.«

»Wer kümmert sich jetzt um sie?«

»Frau Klaasen.«

Emma seufzte. Die Angst bohrte in ihrer Magengrube. Sie half Armin, den Handwagen zum Haus zu ziehen. Ihr Vater stieg vom Lastwagen, umarmte seinen Sohn. Als er hörte, dass seine Frau krank war, lehnte er sich gegen den Wagen und schlug sich die Hände vors Gesicht.

Herr Schneider klopfte ihm auf den Rücken. »Deine Frau wird's schon schaffen, Erich. Schau mal, du hast deinen Jungen wieder bei dir, und deine Frau kommt nach, sobald sie wieder auf den Beinen ist.«

Ihr Vater schüttelte den Kopf und schwieg lange, ohne die Hand vom Gesicht zu nehmen.

Emma legte ihm einen Arm um die Schultern. »Willst du reingehen und ein Glas Wasser trinken, Papa?«

Er nickte, und Armin folgte ihnen. Drinnen ließ er sich kraftlos auf seinen Küchenstuhl sinken. In dem Licht, das durch das Fenster hereinfiel – Herr Schneider hatte inzwischen ein halbes Brett entfernt und die Öffnung mit Papierglas verschlossen –, fiel Emma auf, wie schlecht er aussah. Seine Haut schimmerte bleich, mit unnatürlichen roten Flecken auf den Wangen. Zusammengesunken hockte er am Tisch und beobachtete, wie sie ihre Gläser mit Wasser aus einem Krug füllte. Die schwere Arbeit war nichts für ihn, dachte Emma. Wenn Mama was passierte, würde er seines Lebens nicht mehr froh werden.

Sie versuchte, ihre Angst zu verdrängen, indem sie für Ablenkung sorgte, fragte Armin, wie er es zurückgeschafft und wie lange er für den Weg gebraucht hätte, und je mehr sie ihn ins Gespräch verwickelte, desto mehr taute er auf.

»Ich bin den ganzen Weg gelaufen«, berichtete er stolz. »Geschlafen habe ich in einem Schuppen. Dann bin ich mit dem Fährboot hierher. Frau Klaasen hat mir Äpfel mitgegeben. Ich habe sie für uns aufbewahrt.« Er zog einen kleinen Beutel hervor und legte jedem einen rotwangigen Apfel hin.

»Du hast sie nicht gegessen? Wie schön von dir«, lobte Emma, die ahnte, wie viel Überwindung es ihn gekostet haben musste. Sie nahm ihren Apfel, wischte ihn mit dem Ärmel ab und biss hinein. Er war saftig, ein Lagerapfel vom letzten Jahr. Ihr Vater rührte seinen Apfel nicht an.

»Du musst bei Mama und Papa im Zimmer schlafen«, sagte Emma zu ihrem Bruder. »Dein Zimmer ist untervermietet. Ich schlaf hier.« Sie klopfte auf das Küchensofa.

Armin sah nicht begeistert aus. Gemeinsam packten sie den Handwagen aus und sortierten seine Sachen. Ihr Wäscheberg türmte sich auf. Armin hatte sein Bettzeug dabei, eine alte Wolldecke, ein paar Schuhe von Mama. Emma stiegen Tränen in die Augen, als sie die ausgetretenen Winterschuhe hochhielt.

Ihr Vater seufzte auf.

»Sie … hat gesagt, ich soll sie schon mal mitnehmen, sie braucht sie nicht«, beeilte sich Armin zu sagen.

Emma nahm ihn mit ins Elternschlafzimmer, wo sie das alte Sofa von ihrer Großmutter herrichteten, auf dem er schlafen würde. Sie nahm einen Bettbezug, den sie frisch gewaschen hatte, und bezog seine Decke. »Wie lange ist Mama schon krank?«, fragte sie Armin leise.

»Ein paar Tage.«

»Hat sie hohes Fieber?«

Er zuckte mit den Schultern. »Ich weiß nicht. Sie wollte, dass ich gehe, also habe ich gepackt und bin gegangen.«

Angst bohrte in Emma. Sie stellte sich vor, wie ihre Mutter mit hohem Fieber allein in der Dachkammer der Klaasens lag. Ihre Eltern kannten die Klaasens von früher, sie hatten manchmal ihre Urlaube auf dem Bauernhof verbracht. Es waren Bekannte, aber würden sie sich auch um ihre kranke Mutter kümmern?

»Ich fahre zu Mama und helfe ihr«, verkündete sie, als sie wieder in die Küche zurückkehrten. »Ich nehme das Rad. Armin, du bleibst hier und hilfst Papa.« Ihr Vater hatte seinen Apfel immer noch nicht angerührt. Er hob den Kopf und sah sie mit müden Augen an. Sie hockte sich vor ihn hin. »Keine Sorge, Papa, ich kümmere mich um Mama. Gleich nach dem Essen geh ich los.«

Er nickte, erhob sich wortlos und nahm eine Rolle Geldscheine aus einer Tasse im Bord. »Das ist meine letzte Reserve«, sagte er und klopfte ihr auf die Schulter. »Danke, Kind.«

Zum Mittagessen gab es an diesem Tag zur Abwechslung mal keinen Eintopf, sondern Bratkartoffeln. Zum ersten Mal aß auch Kurt mit ihnen. Frau Schneider teilte ihnen streng ihre Portionen zu und achtete darauf, dass niemand zu viel bekam. Doch es war wie immer zu wenig. Emma sehnte sich nach Spiegeleiern und gebratenem Speck. Als sie nach dem Abwasch ihre Sachen zusammenpackte, kam Kurt in die Küche. Er schrubbte sich im Spülstein die schmutzigen Hände. Sie schenkte ihm ein Glas Wasser ein und betrachtete ihn unauffällig. Die Weste spannte sich über seinem Rücken. Als er den Ärmel seines Hemds hochschob, wurde die Brandnarbe an seinem Arm sichtbar. Er legte die Mütze ab und fuhr sich mit den nassen Händen durch die Haare. Als Emma einfiel, dass er sie durch den Spiegel sehen konnte, war es schon zu spät. Ihre Blicke begegneten sich. Er hielt inne. Seine Mundwinkel hoben sich zu einem Lächeln. Emma sah verlegen weg und kramte in ihren Sachen.

»Wo wollen Sie hin?«, erkundigte er sich.

Sie fuhr herum. Er stand direkt hinter ihr. Seine Haare glänzten feucht und dunkel, eine Locke war ihm in die Stirn gefallen.

»Ich …« Sie schluckte. »Zu meiner kranken Mutter. Ich muss sie gesund pflegen.«

»Ah. Zu Fuß? In *den* Schuhen?« Er blickte missbilligend auf ihre Halbschuhe hinunter.

»Ich habe keine anderen«, gab sie zurück und stopfte eine zweite Garnitur in Christians Rucksack. »Außerdem nehme ich das Rad.«

»Wo ist Ihre Mutter?«

»Noch in der Evakuierung, im Bergischen.« Sie nannte ihm den Namen des kleinen Dorfes, ohne zu erwarten, dass er es kannte. Aber sie irrte sich. Er wusste, wo es war, offenbar kannte er sich dort aus. »Da werden Sie aber lange brauchen, selbst mit dem Rad.«

»Deshalb fahr ich auch gleich los.«

»Wo wollen Sie übernachten?«

Sie presste ihre Lippen zusammen. »Ich werde schon was finden. Was mein kleiner Bruder schafft, das werde ich doch wohl auch schaffen.« Sie würde keinen Augenblick mehr länger hierbleiben können mit dem Wissen, dass ihre Mutter irgendwo allein krank dalag und man sich vielleicht nicht um sie kümmerte.

»Das ist unvernünftig«, stellte Kurt fest.

»Wie bitte?«

»Als Frau allein sollten Sie solche … Unternehmungen nicht wagen. Es ist zu viel übles Volk unterwegs. Es könnte sonst was passieren. Ihre Mutter würde das nicht wollen.«

Emma verschnürte den Rucksack und wandte sich zu ihm um. »Ich *muss* aber zu ihr. Wer weiß, was sie hat. Vielleicht ist sie schon …«

Er legte ihr die Hand auf die Schulter. »Bitte beruhigen Sie sich und denken einmal in Ruhe nach. Selbst wenn Sie sofort losfahren, wären Sie auch mit dem Rad nicht vor morgen Abend dort, und Sie müssten irgendwo in der Wildnis übernachten. Ich könnte Sie mit dem Wagen hinbringen, über die neue Brücke. Ich würde versuchen, heute noch einen Passierschein bei den Amis zu bekommen. Wir könnten morgen früh losfahren und wären mittags da.«

Er hatte die Hand wieder fortgenommen, doch Emma fühlte immer noch die Wärme dort, wo er sie berührt hatte. Sie forschte in seinem Gesicht, ob er es ehrlich meinte oder vielleicht irgendwelche Hintergedanken hatte. Aber sie sah nichts Verdächtiges in seiner Miene. Konnte es sein, dass er ihr wirklich nur helfen wollte? Aber nein, er war ein Schwarzhändler, bei ihm gab es gewiss nichts umsonst. »Was verlangen Sie dafür?«, fragte sie.

Er sah sie eine Weile an. »Können Sie sich vorstellen, dass jemand Ihnen einfach nur helfen will?«

»Nein, bitte, Sie sollen es nicht umsonst tun. Ich werde mit meinem Vater sprechen. Sagen Sie mir, was Sie dafür bekommen.«

Er fuhr sich mit einer ungeduldigen Geste durch das Haar. »Also gut, wenn Sie unbedingt wollen. Die Miete muss ich schon nicht mehr zahlen für meine Hilfe. Alles andere können Sie und Ihr Vater nicht bezahlen. Sie schulden mir also einen Gefallen.«

»Was für einen Gefallen?« Emma spürte, wie sich die feinen Härchen auf ihren Oberarmen aufrichteten, als ein feiner Luftzug vom Fenster hereinzog. Sie hatte ihn eigentlich nicht *so* eingeschätzt. »Sie wissen, ich bin verheiratet.«

Seine Miene verhärtete sich. »Es liegt mir fern, etwas von Ihnen zu verlangen, das Sie kompromittieren könnte«, sagte er mit kalter Stimme. »Sie sollten mich besser kennen, als etwas

Derartiges anzunehmen. Wiederum kann ich Ihnen den Preis nicht sagen, weil der Gefallen, den Sie mir tun werden, in der Zukunft liegt und ich nicht weiß, um was es sich handeln wird.«

Emma starrte ihn an. Wie förmlich er auf einmal war! Sie musste ihn mit ihrem Verdacht wirklich verletzt haben, wenn er sich so verhielt. Die Fahrt bedeutete viel Aufwand für ihn und wäre eine große Hilfe für sie, und alles nur für einen vagen Gefallen in der Zukunft. »Es tut mir leid, ich wollte Sie nicht verletzen«, lenkte sie ein. »Ich nehme Ihr Angebot gern an.«

»Sehr gute Entscheidung.« Er zog seine Mütze aus der Tasche und setzte sie wieder auf. »Also dann, bis morgen früh, sieben Uhr. Ich warte an der Ecke Bonner Straße auf Sie.« Er tippte sich kurz an die Mütze und verließ die Küche. Emma ging zum Fenster und beobachtete, wie er wenig später seinen voll beladenen Lastwagen wegfuhr. Sie fühlte sich erleichtert und dankbar, trotz der Sorge um ihre Mutter.

Ihr Vater war einverstanden, und so wartete sie früh am nächsten Morgen an einer der Ausfallstraßen aus der Stadt, die schon so weit geräumt war, dass man sie gut befahren konnte. Emma musste nicht lange warten, bis der Lastwagen kam. Die Trümmer waren von seiner Ladefläche verschwunden, stattdessen lag etwas unter einer Plane.

Kurt begrüßte sie gut gelaunt. »Ich muss später noch weiter über ein paar bergische Dörfer, wenn Sie bei Ihrer Mutter sind«, erklärte er, nachdem sie eingestiegen war. »Aber keine Sorge, ich werde rechtzeitig wieder zurück sein. Hier, nehmen Sie.« Er reichte ihr eine Brotdose.

Emma nahm sie überrascht, legte sie auf ihren Schoß und hob den Deckel. Der Geruch nach Salami stieg ihr in die Nase. Ein Wurstbrot. Unglaublich! Sie nahm es aus der Dose und biss hinein. Der lange nicht mehr gefühlte Geschmack nach fetter Wurst verteilte sich wohltuend an ihrem Gaumen. »Wo haben

Sie denn das her?«, fragte sie, nachdem sie den Bissen runterge-
schluckt hatte.

Er schüttelte den Kopf und grinste nur. »Können wir nicht
›Du‹ sagen? Ich bin Kurt.«

»Emma«, sagte sie und biss erneut ins Brot.

»Willst du Kaffee?« Er hielt ihr eine Feldflasche hin.

Emma schluckte. »Sie haben, äh, du hast … echten Kaffee?
Keinen Muckefuck oder das Getreidezeug?«

»Ja, echten Kaffee.«

»Oh Gott.« Das war nicht zu glauben. Hastig schraubte
sie den Becher von der Flasche, zog den Verschluss heraus und
füllte die Tasse. Der Kaffeeduft erfüllte das Führerhaus des
Wagens und verdrängte den Geruch nach Reifen und Benzin.
Emma trank in kleinen Schlucken und fühlte, wie das köst-
liche Getränk heiß ihre Kehle hinunterrann. Sie nahm sich
zusammen, aß weniger gierig und kaute jeden Bissen sorgfältig.
Die Frage, woher er den Kaffee hatte, sparte sie sich, weil Kurt
sicher ebenso wenig darauf antworten würde wie auf ihre Frage
nach dem Brot.

»Es ist nicht immer so«, sagte er.

»Was meinst du?«

»Na, der Bohnenkaffee, den gibt es nur zu besonderen
Gelegenheiten. Normalerweise trinke ich Muckefuck, aber ich
habe ein paar Lot vom Kaffee günstig auf dem Schwarzmarkt
bekommen.«

Emma betrachtete ihn von der Seite und fragte sich, ob er
ihre ungestellten Fragen immer erriet.

Er ging nicht darauf ein. »Heute ist ein besonders schöner
Tag«, meinte er nur. »Schau doch, was für ein herrliches Wetter
wir haben! Ich bin dankbar für jeden Tag ohne Schüsse.«

»Stimmt.« Emma fragte sich, was er im Krieg wohl erlebt
hatte. Es gab sicher niemanden im Land, der nicht seine eigene
schreckliche Geschichte hatte. Sie hielt ihren Becher fest

umklammert, während Kurt den Wagen geschickt durch die Trümmer lenkte. Ob Christian wohl auch jetzt den Himmel sehen konnte, dort, wo er war? Würde er jemals wiederkommen oder lag sein Körper schon in der kühlen Erde, irgendwo verscharrt im Schützengraben? Würde sie eine der unglücklichen Frauen werden, die niemals erfuhren, was mit ihren Männern geschehen war?

Obwohl die Morgensonne warm durch die Seitenscheibe fiel und sie ihren Mantel trug, fröstelte Emma. Sie leerte den Kaffeebecher und schraubte den Verschluss wieder auf die Flasche. Eigentlich hatte sie diese Gedanken gut in der Gewalt, vor allem, seit sie nicht mehr in Meinersleben war, aber manchmal tauchten sie doch wieder auf. Dann rissen sie sie in einen Abgrund, selbst an so einem wunderschönen Tag wie diesem, und sie musste sich mit aller Kraft dagegenstemmen, damit sie nicht unterging.

Sie verschloss die Brotdose und starrte durch die staubige Windschutzscheibe nach draußen. Inzwischen waren sie an der neuen Rheinbrücke angelangt, die vor Kurzem fertiggestellt worden war. Obwohl es noch früh war, hatte sich bereits eine Schlange an Fahrzeugen und Fußgängern davor gebildet. Die Wachposten kontrollierten die Passierscheine vor der Kommandobaracke der Militärpolizei. Kurt hielt den Wagen an und kramte nach seinem Passierschein.

Emma bedankte sich für das Brot und den Kaffee.

Er warf ihr einen kurzen Blick zu. »Tat gut, nicht?«

»Es war wunderbar. Ich meine danke, weil Sie mich bringen, äh, weil du mich bringst.«

»Ach, ich wäre ein paar Tage später sowieso gefahren«, erwiderte er gut gelaunt.

Wie raffiniert, dachte Emma. Für ihn war die Fahrt kein Umstand, aber sie schuldete ihm nun einen Gefallen. Trotzdem war sie ihm sehr dankbar. Ihretwegen hatte er die Fahrt früher unternommen. Sie brauchte nicht die ganze Strecke mit dem Rad zurückzulegen und musste nicht irgendwo draußen übernachten.

Es dauerte nicht lange, bis sie an der Reihe waren. Kurt kurbelte die Scheibe herunter, begrüßte den Wachmann in flüssigem Englisch und hielt ihm sein Formular hin. Der Mann überflog es kurz und erwiderte ein paar freundliche Worte, als würde er Kurt schon lange kennen. Dann legte er lässig zwei Finger an seinen Helm und öffnete den Schlagbaum für sie. Kurt grüßte zurück und steuerte den Lastwagen langsam über die Pfahlbrücke. Mit vollem Namen hieß sie Lesley-McNair-Brücke, benannt nach einem amerikanischen Generalleutnant. Ihre zahlreichen Holzpfähle steckten im Fluss, weshalb sie von den Kölnern auch »Tausendfüßler« genannt wurde. Emma blickte auf das Rheinwasser, das grüngrau in der Sonne schimmerte, mit kleinen silbrig glitzernden Krönchen auf den Wellen. Sie vermied es, zur anderen Seite zu schauen, wo die Überreste der alten Deutzer Brücke unheimlich aus dem Wasser ragten, und konzentrierte sich stattdessen auf die vielen vollgepackten Menschen und Fuhrwerke, die ihnen entgegenkamen.

Nach einer Weile durchbrach Kurt ihr Schweigen. »Hast du eigentlich noch eine andere Arbeit?«

Emma wandte ihren Blick vom Seitenfenster ab und sah auf seine Hände am Lenkrad. Sie musste an die Angestellte im Registrierungsamt denken. »Eine *richtige* Arbeit, meinst du?«, sagte sie. »Nein, sonst habe ich keinen Beruf. Ich war auf einem Mädchengymnasium, einer höheren Töchterschule, wie man so sagt. Mein Mann und ich haben gleich nach meiner Schulentlassung geheiratet, das hat mir den Reichsarbeitsdienst erspart. Er musste in den Krieg, und ich blieb auf dem Gut meiner Schwiegereltern.«

»Deine Schwiegereltern besitzen ein Gut?«

»Ein Landgut in der Nähe von Köln, Richtung Brühl. Du hast mich auf dem Weg von dort mitgenommen.«

»Also bist du zu deinen Eltern nach Köln zurückgegangen?« Es lag echtes Interesse in seiner Stimme.

»Meine Schwiegereltern sind nicht gerade einfach«, sagte sie. »Seit mein Mann weg ist, habe ich ihnen auf dem Gut geholfen. Akkordeon spielen konnte ich nur nebenher, wenn Zeit war.«

»Würdest du gern mehr spielen, wenn du könntest?«

Das hatte sie noch niemand gefragt. Keiner hatte sich seit dem Tod ihrer Tante für ihre Musik interessiert. Sie musste selbst erst ein wenig darüber nachdenken, ehe sie antwortete. »Eigentlich schon«, gab sie zu. »Wenn ich mehr Zeit hätte. In meiner Familie gibt's keine Künstler, schon gar keine Musiker. Mein Vater ist Bankkaufmann und meine Mutter kommt aus einer Familie von Immobilienmaklern. Meine Patentante war die Kunstbegeisterte in der Familie. Sie hat mir das Akkordeon geschenkt und mir die Musikstunden bezahlt. Sie wollte unbedingt, dass ich in der Schule in die Theatergruppe kam. Der Harlekin, das war übrigens ein Kostüm aus *Der Sommernachtstraum*. Ich hatte da eine Nebenrolle. Es war ein Riesenerfolg, die Zuschauer sind den ganzen Sommer in die Aula geströmt. Bis die Aula zerstört wurde. Danach haben wir noch eine Aufführung im Schulgarten gehabt, aber das war nicht mehr dasselbe.« Sie legte eine Pause ein und dachte an Christian. Er hatte bei ihrer letzten Aufführung in der Aula in der ersten Reihe gesessen, seine Blicke hatten an jeder ihrer Bewegungen geklebt. Hingerissen hatte er ihren Liedern gelauscht. Noch am selben Abend hatte er ihr einen Heiratsantrag gemacht, und in jenem Sommer hatten sie geheiratet.

»Meine Tante wollte, dass aus mir eine Künstlerin wird«, fuhr sie fort. »Schauspielerin oder Musikerin. Aber sie starb bei einem Bombenangriff. Ich habe mir mit Auftritten im

Kapitolskeller etwas dazuverdient. Dabei habe ich übrigens meinen Mann kennengelernt.«

»Ich verstehe«, sagte Kurt. »Deshalb wolltest du das Akkordeon nicht verkaufen.« Er legte einen kleineren Gang ein, als der Lastwagen den Berg hinaufschnaufte.

»Schade, dass es das alles heute nicht mehr gibt«, sagte sie mit rauer Stimme. »Keinen Kapitolskeller, keine Theatergruppe, keine Schule, und die ehemaligen Klassenkameradinnen sind in alle Winde verstreut. Menschen sind tot oder … verschwunden. Und ich wurde Bäuerin und klopfe jetzt Steine.« Sie lachte bitter auf, was sonst nicht ihre Art war. Sie schwiegen eine Weile, und Emma sah durch das Seitenfenster die bergische Landschaft vorüberziehen. Sie fuhren gerade über eine kurvige, enge Straße. Um sie herum erhoben sich bewaldete Berge, die Bäume blühten in zartem Grün.

»Was gut ist, kommt wieder«, meinte Kurt.

Sie wandte sich überrascht zu ihm um. Oh nein, ganz und gar nicht, hätte sie am liebsten entgegnet. Es hatte Tage gegeben, die waren so schön gewesen, wie man es nur einmal erleben konnte. Vielleicht würde sie eines Tages nur noch die Erinnerungen an diese wenigen schönen Tage haben, wenn Christian nicht zurückkäme.

»Meinst du wirklich?«, fragte sie.

»Ganz bestimmt. Im Moment sieht es nicht danach aus, aber wir müssen nur geduldig sein. Hauptsache, es ist Frieden.«

»Hm.« Er hatte leicht reden, offenbar vermisste er niemanden.

Als sie nichts sagte, fragte er: »Willst du denn wieder auftreten?«

»Vielleicht irgendwann mal, aber wohl erst mal nicht«, sagte sie resigniert.

»Warum nicht? Es wird bestimmt wieder Gaststätten geben, Theater, Varietés.«

»Es ist doch alles kaputt«, erwiderte Emma. »Außerdem haben die Leute kein Geld, und die Spieler brauchen was zu essen. Musik geht nur mit vollem Magen.«

»Ach, das wird schon«, meinte Kurt. »Die Menschen lieben Musik. Sie brauchen sie, gerade jetzt.«

»Hm.« Emma fragte sich, warum er so gut gelaunt war. Vielleicht hatte er sich gestern Abend noch mit anderen Schwarzmarkthändlern in irgendeiner Bar vergnügt. »Du kennst dich gut hier aus«, bemerkte sie. »Kommst du aus dem Bergischen?«

»Nein.«

»Ah, dann aus dem Ruhrgebiet. Wusste ich doch gleich.«

»Wie kommst du denn darauf?«

»Du hast so einen leichten Einschlag … es hört sich ein bisschen nach Ruhrgebiet an, wenn du sprichst.« Sie beobachtete seine Reaktion, ob sie vielleicht recht hatte.

Aber er grinste nur und schüttelte den Kopf. »Ich spreche keinen Dialekt«, korrigierte er sie. »Aber du hast recht, mein Vater kam aus dem Ruhrgebiet.«

»Und du willst nicht mehr zurück? Zu deiner Familie? Entschuldige, dass ich so neugierig bin.« Sie hatte ihm so viel von sich erzählt, nun wollte sie auch mehr von ihm wissen.

»Meine Familie …«, sagte er gedehnt und brach ab, um ein großes Schlagloch auf der Straße zu umfahren. »Meine Familie ist tot.«

»Deine ganze Familie?«

Er nickte. Als er nicht weitersprach, warf sie ihm einen schnellen Blick zu. Er hatte die Lippen fest zusammengepresst, und in seinem Gesicht lag ein ernster Ausdruck. Sie verstand, dass er nicht darüber sprechen wollte. »Tut mir leid«, sagte sie hastig. Nun hatte sie ihm wohl seine gute Laune verdorben. Mist!

»Aber deine Frau lebt doch noch?«, fragte sie zaghaft.

»Ich bin nicht verheiratet.«

»Ah.« Emma starrte ihn ungläubig an. Er war doch sicher fünf Jahre älter als sie, und noch nicht verheiratet? Wenn er hässlich wäre, hätte sie es verstanden, aber so?

»Dann kannst du in Köln einen neuen Anfang machen«, beeilte sie sich, ihm etwas Tröstliches zu sagen. »Obwohl es so zerstört ist, ist es immer noch irgendwie … schön.« Sie hörte, wie unglaubwürdig ihre Worte klangen. Lächerlich. Was würde er von ihr denken, wenn sie eine total zerstörte Stadt als schön bezeichnete? »Ich meine, für mich ist es immer noch meine Heimat«, setzte sie hinzu.

»Wir sind gleich da«, meinte Kurt nur.

Sie fuhren durch ein enges, wildromantisches Tal, als er in eine Seitenstraße einbog. Der Lastwagen schnaufte das enge Sträßchen hinauf, das in Serpentinen in die Höhe führte. Oben bogen sie in eine noch schmalere Straße ab. Nachdem der Wagen eine Weile über die unbefestigte Straße geschaukelt war, erreichten sie ein kleines Dorf. Eine Handvoll Häuser gruppierte sich hinter einem ausgeblichenen Ortsschild.

Emma hielt nach dem Haus Ausschau, das Armin ihr beschrieben hatte. Es war das größte Bauernhaus in der Mitte des Dorfes, mit Weinranken am Fachwerk und grünen Fensterläden. Sie war noch nie dort gewesen, ihre Eltern hatten erst in späteren Jahren ihre Urlaube hier verbracht. Kurt parkte den Lastwagen auf dem Hof. Ein alter Mann empfing sie. Er war nicht besonders freundlich und wurde auch nicht freundlicher, nachdem sie sich vorgestellt hatten. Er führte sie durch einen dunklen Hausflur eine schmale Treppe hinauf ins Obergeschoss. Hier deutete er auf eine noch schmalere Stiege, die ins Dachgeschoss führte, wandte sich wortlos um und ging wieder hinunter. Emma, überrascht über sein eiliges Verschwinden, kletterte hastig die Stiege hinauf und öffnete die Tür.

Der Geruch nach Heu, alten Säcken und Staub, der sich mit dem Duft nach Kamillentee mischte, schlug ihr entgegen. Die Dachkammer war lang gestreckt und mit altem Gerümpel zugestellt. Sie war so niedrig, dass man nur unter dem Dachfirst stehen konnte. Irgendwo hinter dem Gerümpel musste sich ein Dachfenster befinden, durch das etwas Licht hereinkam. Im Halbdunkel erkannte sie eine Matratze. Ihre Mutter lag reglos unter der Wolldecke, ihre Augen in dem blassen Gesicht waren geschlossen, die Hände über der Brust verschränkt. Ihr Haar, einst rotblond und dick wie Emmas, lag grau und strähnig auf dem Kissen.

Emma kniete sich vor die Matratze und versuchte zu erkennen, ob ihre Mutter noch atmete, aber sie konnte im Halbdunkel nichts sehen. Sie tastete nach ihrer Hand, drückte sie sanft. Sie fühlte nur Haut und Knochen. »Mama!«

Ihre Mutter rührte sich nicht. Emma warf Kurt, der an der Tür wartete, einen verzweifelten Blick zu. Dann streckte sie die Hand aus und fühlte die Stirn der Kranken, so, wie ihre Mutter es früher immer bei ihr getan hatte, als sie krank gewesen war. Die Haut fühlte sich kühl und leicht schweißig an. Von der Berührung erwachte ihre Mutter und schlug die Augen auf. »Emma.«

»Ich bin hier.« Ein dicker Stein fiel Emma vom Herzen.

»Aber was machst du denn hier?« Es war mehr ein Hauch als ein Murmeln.

»Papa hat mich geschickt«, log Emma. »Armin ist zu Hause. Es geht ihm gut und Papa auch.«

Mama lächelte und drückte ihr die Hand. Emma brauchte eine Weile, um sich zu beruhigen, dann richtete sie Mama mit Kurts Hilfe auf und flößte ihr etwas vom Kamillentee ein. Wenigstens den hatten sie ihr gegeben.

»Das ist Kurt, unser Untermieter«, erklärte Emma. »Papa hat ihm das Kinderzimmer vermietet. Er hat mich hergebracht.«

Ihre Mutter erwiderte nichts. Nur ein schwaches Nicken zeigte, dass sie sie verstanden hatte. Emma fühlte die Rippen am mageren Rücken, als sie ihrer Mutter das Kissen unterschob.

Auf einmal wünschte sie sich, sie hätte ihr Butterbrot aufbewahrt, damit sie es ihr geben konnte. Sie spürte etwas Kaltes in ihrem Magen, eine Wut, die so heiß war, dass sie sich eisig anfühlte. Was waren das nur für Menschen, die ihre Mutter hier einfach sich selbst überließen? Hatten ihre Eltern nicht früher ihre Urlaube und viele Wanderwochenenden hier verbracht?

Sie erhob sich. »Ich geh nach unten und hol dir was aus der Küche«, sagte sie entschlossen und nahm die leere Kanne.

An der Stiege hielt Kurt sie zurück. »Hast du was zum Tauschen dabei?«

»Wie bitte?«

»Ob du was zum Tauschen dabeihast. Du musst ihnen etwas geben, sonst rücken die nichts heraus.«

»Ich soll handeln? Aber meine Mutter verhungert!«

Kurt seufzte und sah sie mit einem bedauernden Blick an. »Ich fürchte, das ist denen egal. Wenn du ihnen Vorwürfe machst, kommst du nicht weit, im Gegenteil. Sei freundlich und biete ihnen etwas an.«

Emma starrte ihn an. Freundlich sollte sie sein zu Menschen, die ihre schwer kranke Mutter hier sich selbst überließen? Aber wahrscheinlich hatte er recht. Sie holte das Geldbündel ihres Vaters aus dem Mieder, rollte es auf und entnahm ihm drei größere Scheine. »Also gut«, sagte sie mit dunkler Stimme. »Dann werde ich eben freundlich sein.«

Kurt gab ihr noch fünf Chesterfield-Zigaretten als Vorschuss für ihren ersten Waschlohn, und sie ging nach unten. Sie fand Frau Klaasen in der Küche, wo die Bäuerin gerade mit einem Holzstiel Wäsche in einem großen Kessel mit Seifenlauge stampfte. Emma schluckte ihre Wut hinunter, setzte eine glatte Miene auf und begrüßte sie.

»Ah, Sie sind die Tochter«, sagte Frau Klaasen.

»Emma van Kall.«

Frau Klaasen unterbrach ihre Arbeit und wischte sich die Hände am Kittel ab. »Ist der Junge gut zu Hause angekommen?«

»Ja, deshalb bin ich hier. Ich möchte mich um meine kranke Mutter kümmern. Wenn's Ihnen recht ist.« Emma räusperte sich. Sie musste aufpassen, dass ihre Stimme nicht zu verärgert klang.

»Ich hab ihr schon Kamillentee gegeben«, sagte die Bäuerin. »Ich glaub, sie ist überm Berg, aber noch schwach. Fieber halt, das nimmt einen immer mit.«

Emma rang sich ein Lächeln ab und hielt ihre leere Kanne hoch. »Vielen Dank, dass Sie sich um sie gekümmert haben, Frau Klaasen. Dürfte ich noch einen Kamillentee für sie machen?«

»Ach, kommen Sie, ich mach das schon.« Die Bäuerin nahm ihr die Kanne ab. »Schön, dass Sie Ihre Mutter nach Hause holen.«

Emma hatte ursprünglich gehofft, dass sie ihre Mutter hier würde pflegen können, aber nun wollte sie keinen Tag mehr länger hierbleiben. Obwohl sie sich nicht vorstellen konnte, wie sie ihre Mutter in ihrem kranken Zustand transportieren konnten. »Herr Groß muss noch etwas ausliefern. Wenn Sie erlauben, Frau Klaasen, würde ich noch bleiben, bis er wieder zurück ist.«

»Hm, geht schon«, brummte die Frau.

»Danke, das ist sehr großzügig von Ihnen.«

Frau Klaasen winkte ab. Offenbar hatte Kurt recht und die freundlichen Worte zeigten Wirkung. So ermutigt, machte Emma einen Schritt nach vorn. »Haben Sie vielleicht noch etwas zu essen für uns, das wir mitnehmen könnten? Meine Mutter muss wieder zu Kräften kommen.«

Die Bäuerin verzog unwillig das Gesicht.

89

Emma nahm die Geldscheine und legte sie vor der Frau auf den Tisch. »Mein Vater lässt Ihnen schöne Grüße ausrichten. Er möchte sich für Ihre … Mühe bedanken«, log sie.

Frau Klaasen warf einen kurzen Blick auf die Scheine, faltete sie und steckte sie in ihre Kitteltasche. »Ach, hat er's nach Köln geschafft? Da hat er aber Glück gehabt.«

Emma horchte auf. »Er war beim Volkssturm«, erklärte sie, als ihr wieder einfiel, was ihr Vater ihr erzählt hatte. Irgendjemand aus dem Dorf hatte ihn verraten, woraufhin er nach Dellbrück ins Volkssturm-Hauptquartier gebracht worden war.

Ein boshaftes Lächeln trat in Frau Klaasens Gesicht. Sie drückte Emma die volle Teekanne in die Hand. »Tja, wir mussten alle unseren Beitrag leisten. Drückebergerei gibt's hier nicht.«

Emma bewegte sich nicht. Die Kanne schien in ihren Händen immer schwerer zu werden. »Man hätte ihn beinahe vor die Wand gestellt«, sagte sie mit tonloser Stimme.

Frau Klaasen nickte nur, ein zufriedener Ausdruck lag auf ihrem Gesicht.

Emma ließ die Kanne sinken. Einen Augenblick verblüffte sie die Unverblümtheit der Frau, dann stieg ein Verdacht in ihr auf. Sie schluckte gegen die Trockenheit in ihrem Mund an. »Sie … *Sie* waren es, nicht?«

Frau Klaasen erwiderte nichts.

»Sie haben meinen Vater verraten.«

Die Bäuerin rührte sich nicht. »Wie ich sagte, Drückebergerei dulden wir hier nicht.« Sie nahm ihren Holzstiel und tauchte ihn wieder in den Kessel.

Emmas Wut kochte hoch. Sie fühlte die schwere Kanne in den Händen und das Verlangen, sie der Frau ins Gesicht zu schmettern. Aber dann hätte sie keinen Tee mehr für ihre

Mutter gehabt. Sie trat einen Schritt näher an Frau Klaasen heran. »Mein Vater wäre beinahe gestorben.«

Die Frau rührte weiter, ohne sie zu beachten.

Da kochte Emmas Zorn über. »Sie haben ihn verraten, weil Sie ihn nicht mehr hier haben wollten!«, rief sie. »Er war nur ein weiterer Esser in der Evakuierung, das wollten Sie nicht. Da haben Sie ihn lieber ausgeliefert.«

Frau Klaasen ließ den Stiel sinken und wandte sich zu ihr um. »Was erlauben Sie sich! Was für eine Unverschämtheit!«

»Meine Mutter haben Sie fast verhungern lassen. Haben Sie nicht gesehen, wie abgemagert sie ist? Wenn wir nicht gekommen wären, wäre sie bald gestorben.« Ihre Stimme verebbte. Kurz dachte sie, dass sie nun nichts mehr zu essen bekommen würde, aber das musste sie in Kauf nehmen. »Mein Vater hat schon im Ersten Weltkrieg gedient, und Sie schicken ihn in seinem Alter noch mal in den Krieg. Gott wird Ihnen das niemals verzeihen.«

Frau Klaasen schnappte nach Luft, ihr Gesicht lief rot an. Doch ehe sie etwas sagen konnte, wandte Emma sich um und lief mit der Kanne nach oben.

»Sie verlassen augenblicklich mein Haus!«, hörte sie die Bäuerin unten an der Treppe brüllen. »Wenn nicht, hol ich die Polizei!«

Emma erwiderte nichts, sondern hastete die Stiege zum Dachboden hinauf und warf die Tür hinter sich zu. Drinnen verschnaufte sie und wartete ab, bis ihr Atem wieder langsamer ging.

Kurt nahm ihr die volle Kanne ab und stellte sie ihrer Mutter an die Matratze. »Nun, das ist nicht wie erhofft ausgegangen.«

»Nein. Sie hat Vater verraten«, sagte Emma und erklärte ihm kurz, was passiert war.

»Dann haben wir also keine Lebensmittel.«

»Nein, und das Geld hat sie auch behalten«, sagte Emma seufzend. Ihre Wut war abgebrannt wie ein Feuer und hatte nichts hinterlassen außer einem tiefen Groll und einem Gefühl der Erschöpfung. Sie ließ sich auf eine Holzkiste sinken und blickte auf ihre Mutter hinunter. »Wir müssen sie mit nach Hause nehmen. Ich möchte sofort hier weg.« Hoffentlich würde ihre Mutter die lange Fahrt überstehen.

Kurt musterte sie. Er hatte die Arme vor der Brust verschränkt. Im Halbdunkel war ihm nicht anzusehen, was er dachte. »Ich muss nur eine Stelle beliefern, ist nicht weit von hier. Sie wird es schon schaffen.«

Emma flößte ihrer Mutter noch einen Becher Tee ein, dann half sie ihr auf den Nachttopf, während Kurt vor der Tür wartete. Anschließend packten sie die wenigen Habseligkeiten zusammen, wickelten die Kranke in eine Decke, und Kurt trug sie die Treppen hinunter aus dem Haus. Frau Klaasen wartete mit grimmigem Gesicht in der Küchentür und ließ sie nicht aus den Augen. Ihr Mann wartete draußen auf dem Hof und warf ihnen feindselige Blicke zu. Emma sah, wie ihre Mutter müde die Hand hob, um sich zu verabschieden, doch das Ehepaar reagierte nicht. Kein Gruß zum Abschied.

Kurt und Emma setzten die Kranke zwischen sich auf den Beifahrersitz, dann fuhr Kurt los. Erleichtert beobachtete Emma, wie das Bauernhaus hinter ihnen verschwand. Der Lastwagen schaukelte das Sträßchen zurück und die Serpentinen hinunter bis ins Tal. Der Kopf ihrer Mutter sank auf Emmas Schulter, und sie nahm ihre Hand und drückte sie. Sie hörte ihren eigenen leeren Magen knurren.

Ein paar Dörfer weiter hielt Kurt vor einer Reparaturwerkstatt. Gemeinsam mit dem Mann von der Werkstatt entlud er die Ladefläche und rollte mehrere große Reifen in eine Halle. Emma vertrat sich die Beine. Sie hörte, wie Kurt mit dem

Mann verhandelte, verstand aber nur Bruchstücke. Es ging um eine bestimmte Anzahl an Kanistern, Benzin zum Tausch gegen Kartoffelsäcke. Wenn sie bisher nicht geglaubt hätte, dass Kurt sein Geld mit Schwarzhandel und Tauschgeschäften verdiente, jetzt hätte sie es spätestens gewusst.

Schließlich wurden Kurt und der Mann sich handelseinig und besiegelten es mit einem Handschlag. Dann luden sie ein paar Kisten auf den Wagen sowie mehrere Kartoffelsäcke. Als sie fertig waren, verschwand Kurt mit dem Mann in der Werkstatt. Emma kletterte wieder in den Wagen und deckte ihre Mutter zu, deren Decke heruntergerutscht war. Kurt kam mit einem Paket im Arm aus der Werkstatt, das er ihr im Wagen in die Hand drückte – frisches Brot. Emma wäre ihm beinahe um den Hals gefallen. Sie aßen das Brot noch auf dem Parkplatz vor der Werkstatt, und ihre Mutter erwachte von dem Geruch und aß ein paar Stückchen mit.

»Willst du die Kartoffeln auf dem Schwarzmarkt verkaufen?«, fragte Emma auf dem Rückweg, nachdem ihre Mutter wieder eingeschlafen war.

Kurt antwortete nicht, sondern fuhr vorsichtig um eine Kurve herum.

»Was kostet ein Sack Kartoffeln?«

»Sie werden nicht so verkauft, sondern in kleineren Beuteln. Dafür gibt's dann mehr.«

»Ich verstehe. Was möchtest du für den ganzen Sack?« Sie holte das Geldbündel ihres Vaters aus ihrem Mieder und entnahm ihm drei Scheine. »Reicht das?«

Er warf einen kurzen Blick darauf. »Emma, so läuft das nicht.«

»Wie dann? Erklär es mir bitte!«

Kurt zögerte. Er schien einen inneren Kampf auszufechten. »Also gut, wir fahren noch eine Stelle an. Danach reden wir weiter.«

Wenig später bogen sie in eine Zufahrt und hielten vor einem großen Bauernhaus. »Bleib im Wagen, es dauert nicht lange«, sagte Kurt und stieg aus.

Sie beobachtete, wie er mit einem Kanister zum Hof ging. Ein Mann öffnete ihm die Tür, und sie gingen gemeinsam zur Scheune. Wenig später tauchten sie wieder auf, und jeder trug eine Kiste mit Gemüse, die sie auf der Ladefläche verstauten. Sie luden noch mehr Gemüsekisten auf, dann zurrte Kurt die Plane sorgfältig fest und verabschiedete sich von dem Bauern. Er klopfte ihm auf die Schulter und tippte sich an die Schlägermütze, wie er es immer tat.

»Jetzt fahren wir zurück nach Haus«, meinte Kurt mit einem Blick auf ihre Mutter, als der Wagen den Weg wieder zurückrumpelte.

»Ich hätte gern eine Kiste Gemüse und einen Sack Kartoffeln«, bat Emma. »Mit unseren Kartoffeln kommen wir nicht mehr weit. Was muss ich dafür tun, wenn du kein Geld willst?«

Sie sah, wie sein Adamsapfel über dem weißen Hemd hüpfte, als er schluckte. Er schüttelte den Kopf.

»Bitte. Außerdem schulde ich dir einen Gefallen.«

»Also gut«, sagte er endlich. »Es gibt etwas, das du für mich tun kannst.«

KAPITEL 6

Köln, April 1945

Kurt fiel Essers Freundin förmlich in die Arme, als er endlich nach dem stundenlangen Fußmarsch durch die Ruinen von Köln bei ihr war. Er konnte sich kaum noch auf den Beinen halten. Klara Fährmann bettete ihn überrascht auf ihr weiches Wohnzimmersofa, wo er dann für viele Tage blieb, obwohl er ein vollkommen Fremder für sie war. Sie musste geahnt haben, was geschehen war, nachdem er »Esser schickt mich«, gemurmelt hatte. Das hatte gereicht, damit sie sich um ihn kümmerte, ihn schlafen ließ, ihm dünne Brühen einflößte, wenn er wach war. Als er ihr endlich erzählen konnte, was mit Esser geschehen war, wurde sie bleich, drückte seine Hand und schwieg tagelang, und nachts hörte er sie weinen. Aber sie kümmerte sich weiter um ihn, brachte ihm dickere Suppen, Obst, Brot. Schleppte eimerweise Wasser für sein erstes Bad heran, nahm seine alte, dreckige, stinkende Wehrmachtsuniform fort und gab ihm ein paar von Essers Sachen: weißes Hemd, Weste, eine Hose, die sie für ihn kürzte.

Dann wollte sie alles über Esser wissen. Während sie an Kurts Bett saß und die Hose umsäumte, erzählte er ihr, was er

95

von Esser wusste. Ihre gemeinsame Zeit im Lager, wie sie sich gegenseitig geholfen hatten. Als er ihr von seinem Tod erzählte, weinte Klara. »Er hat viel von Ihnen gesprochen«, tröstete Kurt sie und fand, dass jetzt der geeignete Augenblick wäre, um endlich auszurichten, was Esser ihm aufgetragen hatte. »Er liebt Sie von Herzen und war froh für jeden Tag, den er mit Ihnen verbringen konnte. Eines Tages, sagte er, werden Sie sich beim Herrn wiedersehen.«

Da war es mit Klaras Beherrschung vorbei. Sie schluchzte auf und lief in ihr Schlafzimmer, in dem, wie Kurt einmal bei einem heimlichen Erkundungszug gesehen hatte, als sie bei der Arbeit war, Essers Bett frisch bezogen neben ihrem auf ihn wartete. Sein Rasierzeug stand über dem Spülstein in der Küche, ein silbergerahmtes Bild von ihm im Wohnzimmer. Klara hatte das Glück, nicht ausgebombt worden zu sein; sie bewohnte eine kleine Wohnung in einem der weniger zerstörten Stadtteile, der man ihren bescheidenen Wohlstand ansah. Es gab polierte Kirschholzmöbel, schwere Samtvorhänge und einen Teppich auf dem Parkettfußboden. Sie musste gut durch den Krieg gekommen sein, und gewiss hatte auch Esser für sie gesorgt. Sie selbst arbeitete als Sekretärin bei den Ford-Werken, hatte keine Kinder und Esser allein deswegen nicht geheiratet, weil sie noch verheiratet war. Ihr Mann war direkt zu Beginn in den Krieg eingezogen worden, und schon früh hatte sie nichts mehr von ihm gehört und die Nachricht erhalten, dass er hinter den feindlichen Linien vermisst wäre. Sie hatte sich bis zuletzt geweigert, ihn für tot erklären zu lassen.

Sie brauchte einige Tage, bis sie sich nach der Nachricht von Essers Tod etwas gefasst hatte. Sie hatte Gemüse aus dem Garten geholt, das sie nun gemeinsam mit Kurt am Küchentisch für den Eintopf schnitt. Er hatte sich inzwischen wieder so weit erholt, dass er aufstehen und am Tisch essen konnte, kein Vergleich zu vorher. Allein das Baden hatte bewirkt, dass er sich wie ein neuer Mensch fühlte, als hätte er alles, was sich in den letzten Monaten und Jahren an Staub, Verletzungen und Verwundungen auf und in ihm angesammelt hatte, abgewaschen. Er hatte sich sogar mit Essers Rasierzeug rasieren dürfen, und Klara hatte ihm die Haare geschnitten, sodass er wieder annehmbar aussah. Er war ihr unendlich dankbar, dass sie sich trotz ihrer Trauer so um ihn kümmerte. Sie sagte, es sei selbstverständlich für sie, jemandem zu helfen, der ihrem Verlobten geholfen habe. Sie nannte Esser »ihren Verlobten«, obwohl er nie von einer Verlobung gesprochen hatte. Aber dass er sie liebte, war offensichtlich, so oft, wie er von ihr erzählt hatte.

»Es gibt ein Testament«, sagte Kurt in die Stille hinein, in der nur ihre schabenden Messer zu hören waren. »Er hat dich darin bedacht. Sein Geld und ein paar Wertpapiere sollst du bekommen, und noch ein paar Dinge, die er vor dem letzten Bombenangriff dort versteckt hat. Es liegt im Grab seines Vaters. Du wüsstest, wo das ist.« Er durfte sie Klara nennen, nachdem ihm »Frau Fährmann« nur schwer über die Lippen gekommen war, weil Esser sie immer nur Klara genannt hatte.

Klara hob den Kopf. Sie ließ das Messer sinken und starrte ihn mit ihren dunklen Augen an. Trotz ihres Alters war sie immer noch schön: schlanke Gestalt, dichtes schwarzes Haar, klassisch ebenmäßige Gesichtszüge wie bei Statuen der römischen Göttinnen, die Kurt von herrschaftlichen Parks her kannte.

»Wie kann er mir so viel hinterlassen? Wir waren doch gar nicht verheiratet«, sagte sie.

»Er wollte, dass du das alles bekommst. Du sollst so bald wie möglich zum Versteck gehen und die Sachen holen.«

»Und seine Mutter?«

»Er hat sie im Testament ausgeschlossen.«

»Ich verstehe.« Klaras Lippen waren weiß geworden. Sie griff nach dem Messer und schälte weiter Kartoffeln. »Hast du ihr auch was auszurichten? Ich kann dir nicht sagen, wo sie ist. Ihr Haus ist zerbombt worden.«

Kurt nickte. Er mochte ihr nicht sagen, was er Essers Mutter ausrichten sollte, es waren keine freundlichen Worte. Aber er musste diese Frau suchen und finden, das hatte er Esser versprochen. »Du sollst dich an seinen Anwalt wenden, Doktor Schmitz. Der wüsste Bescheid.«

Klara seufzte.

»Es tut mir leid«, wiederholte Kurt zum x-ten Mal. »Er hatte alles vorbereitet. Ob er wusste, dass … War er vielleicht krank?«

Klara hielt inne. Ihr Gesicht verzerrte sich, sie warf das Messer hin und lief ins Schlafzimmer.

Kurt hörte ihre Schluchzer noch den ganzen Nachmittag lang, und er kochte die Suppe allein, so gut er konnte. Er fragte sich, ob sie wohl von Essers anderem Geheimnis etwas wusste. Esser hatte gesagt, das sei nicht der Fall und er wolle sie aus allem heraushalten, weshalb er Kurt die Schlüssel geben werde. Nur er wisse nun von Essers geheimem Versteck, und so solle es auch bleiben. Kurt hatte ihm versprechen müssen, nie auch nur ein Wort davon an Klara zu verraten, denn sie dürfe nicht in diese Sache verwickelt werden. Sie dürfe nicht einmal ahnen, dass er jemals so etwas getan habe. Sie solle ihn so in Erinnerung behalten, wie sie ihn gekannt habe.

Kurt knetete nachdenklich die Schlüssel in seiner Hosentasche. Er würde Klara nichts von Essers Geheimnis verraten. Sie hatte ihm angeboten, so lange bei ihr wohnen zu bleiben, bis er etwas anderes gefunden hätte. Was er sehr großzügig von ihr fand. Es passte ihm gut, denn er hatte tatsächlich keine Bleibe mehr. Das kleine Zimmer, das er während seiner Studienzeit in der Innenstadt von Köln bewohnt hatte, gab es nicht mehr.

Er nahm sich vor, Klara seine Hilfe beim Ausgraben der versteckten Sachen anzubieten. Schließlich hatte er im Krieg und im Lager genügend Erfahrungen im Graben von Erdlöchern machen können.

Er zog die Schlüssel aus der Tasche und legte sie vor sich auf den Tisch. Sie waren abgegriffen, mit schwarzen Spuren in den Rillen. Etwas in ihm rief, er solle sie in den Rhein werfen und seiner Wege gehen, doch eine andere Stimme raunte, die Schlüssel würden ihm die Tür zu seinem Neubeginn öffnen. Sein altes Leben, das er vor dem Krieg geführt hatte, war für immer zerstört, denn er würde nicht mehr zurückkehren. Das war ihm in den langen Stunden im Schützengraben während des letzten Jahres klar geworden. War es nicht ein Zeichen des Schicksals, dass er im Lager ausgerechnet Esser begegnet war? Die Schlüssel wegzuwerfen, hieße, eine Gelegenheit ungenutzt zu lassen – etwas, das ihm zutiefst widerstrebte.

»Man muss die Gelegenheiten nutzen, wenn sie sich einem bieten«, hatte sein Vater immer gesagt, und dies war eine seiner wenigen Ansichten, die er teilte.

Kurt nahm die Schlüssel und steckte sie wieder in seine Tasche.

KAPITEL 7

Obwohl es ein warmer Junitag war, trug Emma ihren Mantel. Die Nachmittagssonne wärmte sie und warf helles Licht auf die Ruinen um sie herum. In der Straße war es jetzt noch einmal voller geworden. Immer mehr Gruppen von Menschen scharten sich um begehrte Objekte und feilschten, während einige Männer und Frauen scheinbar gelassen die Straße auf und ab schlenderten. Mit vorgegebener Gleichgültigkeit gingen sie aneinander vorbei. Niemand schien in Eile, doch sie beobachteten alles um sie herum mit wachsamen Blicken. Jeder murmelte immer wieder dieselben Worte. Emma wusste, dass die vorgegebene Lässigkeit nur Schau war. Sie selbst achtete darauf, sich nie zu weit von einer bestimmten Ruine zu entfernen, durch die sie fliehen könnte, falls die deutsche Polizei mit den Amerikanern eine Razzia durchführen würde. Immer, wenn ihr jemand entgegenkam, flüsterte sie »Kartoffeln, Gemüse«.

Die anderen Schwarzhändler flüsterten »Nähgarn«, »Wein« oder »Brotmarken«. Ein Mädchen mit langen Zöpfen raunte »Amis«. So bot man hier seine Waren an. Das Angebot war groß, wie Emma aus den geflüsterten Worten heraushörte. Es gab Schuhe, Wurst, Schinken, Schnaps, Kaffee, Aale und Hechte aus dem Rhein.

Marktstände gab es nicht, die Schwarzhändler trugen ihre Sachen in den Taschen ihrer weiten Mäntel oder hielten sie in den Ruinen verborgen. Ein paar Jungs warteten in Hauseingängen ausgebrannter Häuser auf Käufer ihrer Feuersteine und Zigaretten.

Emma fühlte sich unbehaglich, obwohl sie für ihren ersten Tag schon erfolgreich gewesen war und fast alles verkauft hatte. Nur noch ein letzter Kunde, und die Kartoffeln und das Gemüse, das sie aus dem Bergischen mitgebracht hatten, wären verkauft, und sie hätte sich ihren Anteil verdient. Für Kurt wäre das Geschäft noch einträglicher: Zahlreiche Zigarettenschachteln, ein Paket Butter, eine Flasche Schnaps, eine Flasche Bratöl und ein Bündel Geldscheine befanden sich in ihrer Tasche und in ihrem sicheren Versteck in der Ruine. Trotzdem war Emma viel zu angespannt, um sich zu freuen. Sie gehörte nicht zu den Menschen, denen diese illegalen Geschäfte einen besonderen Reiz verschafften. Scharf hielt sie die nahe Kreuzung im Auge und achtete auf das Geräusch herannahender Lastwagen. Kurt hatte ihr eingeschärft, sofort zu fliehen, sobald sie etwas Verdächtiges hörte, er hatte ihr sogar einen Fluchtweg gezeigt – einen unterirdischen Gang durch die Keller der Ruinen.

Das beruhigte sie keinesfalls, im Gegenteil. Wenn man sie erwischte, müsste sie mit einer saftigen Geldstrafe rechnen oder würde sogar im Gefängnis landen. Misstrauisch spähte sie die Straße hinunter. Es waren ein paar Bauern da, die Gemüse, Kartoffeln und Eier anboten, aber sie würde ihren Rest sicher noch loswerden. Die Not war einfach zu groß. Kurt würde zufrieden mit ihr sein.

Emma wunderte sich immer noch darüber, dass er ihr vertraut hatte. Erst hatte er lange gezögert, es hatte ihn offenbar viel Überwindung gekostet, sie in dieses Geschäft einzuweihen. Aber nun war sie sogar ein wenig stolz darauf. Er würde ihr vielleicht noch mehr anvertrauen, und das konnte ihr nur recht sein. Schließlich waren jetzt zwei Esser mehr im Haus.

Der Verkauf war nicht allzu schwer. Man bekam schnell heraus, wie die Menschen tickten, wie viel sie bereit waren zu geben.

Emma musterte die Frau genau, die gerade vor ihr stehen geblieben war, nachdem sie »Kartoffeln, Gemüse« gemurmelt hatte. Sie war schon älter, die Wangenknochen traten hervor. Ihre Tasche hielt sie fest umklammert. Sie bot Emma eine Garnitur Bettwäsche für die Lebensmittel an. Emma zögerte. Kurt hatte ihr vorgegeben, was sie annehmen durfte: nur gute Tauschwaren, und Bettwäsche gehörte nicht dazu.

»Schauen Sie, der Bezug ist aus weißem Damast«, sagte die Frau und hielt ihr den Bettbezug hin. »Noch fast neu, aus meiner Aussteuer.« Beinahe zärtlich strich sie über das feine Muster des Bezugs. Emma erinnerte sich an ihre eigene Aussteuer. Das Wenige, das sie noch besaß, hatte sie auf Gut Meinersleben zurücklassen müssen. Vorsichtig befühlte sie den Stoff. Er war noch dick und sorgfältig gestärkt, nicht zu dünn vom vielen Waschen. Die Frau sagte offenbar die Wahrheit. An den Säumen schimmerten eingestickte Initialen – *CS,* zwei kunstvoll ineinander verschlungene Buchstaben.

»Es ist gute Vorkriegsware«, erklärte die Frau. »Ich habe einmal viel Geld dafür bezahlt. Aber jetzt … na ja, man braucht nicht mehr alles.«

Emma nickte. Sie fragte sich, warum die Frau ihre Aussteuer nicht gebraucht hatte. Ob sie nicht geheiratet hatte? War ihr Mann im Krieg gefallen, die Familie kleiner geblieben als gedacht, weil keine Kinder gekommen waren? Oder war es einfach nur Hehlerware, und die Frau arbeitete für einen Dieb und belog sie nach Strich und Faden? Alles war möglich. Doch Emma hatte das Gefühl, dass die Frau ihr die Wahrheit sagte. Sie tat ihr leid. Die Initialen würden einen Wiederverkauf erschweren, aber Kurts Vorgaben hin oder her, sie würde das Bettzeug nehmen. Notfalls könnte sie es wieder gegen etwas anderes eintauschen.

Sie brachte es nicht übers Herz, den Preis wegen der Initialen herunterzuhandeln. So wurden sie sich schnell handelseinig und gingen in die Ruine, wo Armin ihre Vorräte bewachte. Emma bekam die Bettwäsche und gab der Frau einen Beutel mit Kartoffeln und Gemüse, danach verschwand die Frau eilig aus der Ruine.

»Mensch, klasse, ist schon alles weg!« Armin strahlte und rieb sich die Hände.

Emma zwang sich zu einem Lächeln. Eigentlich hatte sie ihn nicht einweihen wollen, aber sie brauchte seine Hilfe. Sie konnte sich nicht über ihren Erfolg freuen. Es gefiel ihr nicht, dass die Menschen ihr Hab und Gut gegen Lebensmittel eintauschen mussten. Aber was blieb ihnen anderes übrig? Mit dem wenigen, das man auf Lebensmittelmarken bekam, konnte man nicht überleben. Sie roch an der Bettwäsche, die einen leichten Lavendelgeruch ausströmte, dann rollte sie sie sorgfältig ein und steckte sie in ihren Wanderrucksack zu den anderen Sachen. »Du kannst dich auf den Heimweg machen«, sagte sie zu ihrem Bruder. »Und kein Wort zu Mama und Papa, verstanden?«

Armin setzte sich den prall gefüllten Rucksack auf. »Versprochen. Ich bringe alles sofort in den Keller.«

»Ich verkaufe noch die Seife, dann komme ich nach.« Emma sah ihm hinterher, wie er hinter den Mauerresten verschwand. Normalerweise hätte er bald große Ferien gehabt und mit den anderen Jungs ihres Viertels im Park Fußball gespielt. Danach wären sie mit Tante Lydia in die Sommerferien an die Nordsee gefahren und wochenlang dortgeblieben. Früher, in den besseren Zeiten.

Emma ging wieder zur Straße zurück. So durfte sie nicht denken, das wusste sie. Man wurde nur trübsinnig darüber.

Wie ihr Vater, der nicht mehr von der Seite ihrer Mutter wich. Wortlos saß er jeden Tag an ihrem Bett, las Zeitung oder starrte vor sich hin. Emma war froh, dass er sie wenigstens fütterte, wenn er sich schon nicht mehr um den Hinterhof kümmerte und die Schneiders den Garten allein anlegen ließ. Auch der Kaninchenstall musste dringend gebaut werden, und Emma wollte einen Hühnerstall. Sie hatte vor, Küken zu kaufen von dem, was sie für die Seifen bekommen würde. Küken, die sie großziehen würde zu Hühnern. Hühner, die Eier legten. Überall sah man jetzt Ställe für Kleintiere auf den Balkonen. Morgen würde sie mit Frau Schneider Steine klopfen. Und sie musste noch am Stadtrand Kräuter und Brennnesseln für Mamas Tees sammeln. Sie hatte viel zu tun. Wenn sie nicht gerade für irgendetwas anstehen musste oder nach ihrer Mutter sah, musste sie kochen, denn Frau Schneider kochte nicht mehr für sie, seit sie und ihre Mutter wieder zu Hause waren. Außerdem wartete ein großer Wäscheberg auf sie. Emma seufzte. »Seife«, flüsterte sie mechanisch, als eine junge Frau auf sie zukam. »Seife.«

Die Frau blieb stehen. »Emma?«

Emma hielt inne und sah die Frau genauer an. Getupftes Sommerkleid, weißer Hut, Halbschuhe, die nur mit einer dünnen Staubschicht bedeckt waren. Sie sah aus, als würde sie sonntags auf dem Ring spazieren gehen. Doch dann erkannte Emma das rundliche Gesicht unter dem Hut, das von dunklen kurzen Haaren umrahmt wurde. Gerade hatte sie noch an die besseren Zeiten mit Urlauben und Theateraufführungen gedacht, und schon standen sie vor ihr. »Irma!«

Sie reichten sich die Hände. Der belustigte Ausdruck, mit dem Irma sie ansah, entging ihr nicht. Sie musste aussehen wie ein Kartoffelsack in ihrem unförmigen Mantel, dazu den altmodischen Hut ihrer Mutter, der vor vielen neugierigen Blicken schützte und notfalls davor, von der Polizei erkannt zu werden. Ein Muss auf dem Schwarzmarkt. Aber dann trat ein Ausdruck des Verstehens in Irmas Miene, gefolgt von Überraschung. Sie fragte zum Glück nicht, was Emma hier tat. »Wie geht's dir?«, fragte sie stattdessen.

»Es geht so.«

»Warum bist du hier in Köln? Wohnt ihr nicht mehr auf Meinersleben?«

»Eigentlich schon. Ich bin zu Besuch hier und helfe meinen Eltern. Christian ist noch … nicht wieder da.«

»Ah.« Sie schwiegen eine Weile. Emma tat, als bemerkte sie das Fehlen von Anteilnahme in Irmas Tonfall nicht. Sie freute sich, ihre alte Freundin unversehrt wiederzusehen. Sie kannten sich schon lange, ihre Großeltern und Irmas Eltern waren Nachbarn gewesen. Wenn sie früher bei ihren Großeltern in Lindenthal zu Besuch gewesen war, hatte sie immer mit Irma gespielt. Später waren sie zusammen im Mädchengymnasium gewesen und gemeinsam in der Theatergruppe. Erst nach dem Schulabschluss hatten sie sich aus den Augen verloren.

»Lass uns ein bisschen die Straße runtergehen, raus aus dem Gewühl.« Emma deutete zur Kreuzung. Sie wollte nicht das Risiko eingehen, die Polizei nicht zu bemerken, während sie abgelenkt war.

Irma folgte ihr. »Also steht das Haus deiner Eltern noch?«, fragte sie.

Emma nickte. »Und eures?«

»Warst du noch nicht wieder dort?«

Emma schüttelte heftig den Kopf.

»Unser Haus steht noch«, sagte Irma. »Aber wir waren ein paar Monate evakuiert, und sie haben uns in der Zeit ausgeplündert. Jetzt haben wir nur noch das, was wir vorher verstecken konnten.«

»Bei uns haben sie auch geplündert. Das Wohnzimmer ist zerstört. Alles, was drinnen war, ist weg«, erzählte Emma. »Mein altes Zimmer hat Papa untervermietet. Ich muss in der Küche schlafen.«

»Und trotzdem können wir noch froh sein, dass wir nicht alles verloren haben. Wir hätten jetzt in Kellern oder Behelfsbaracken am Stadtrand hausen können.«

Emma nickte. Es tat gut, wieder mit Irma wie früher zu reden. Als wäre das, was sie entfremdet hatte, nie geschehen. »Wie geht es deinen Eltern?«, fragte sie.

»Zum Glück gut. Sie haben die Evakuierung gut überstanden. Wir sind erst seit drei Wochen wieder da. Und deinen?«

Emma erzählte ihr von der Krankheit ihrer Mutter, während sie dachte, dass Irma sich nicht verändert hatte. Sie wirkte jung und frisch wie ein reifer Apfel, als hätten ihr Krieg, Verwüstung und Evakuierung nichts anhaben können. Ihr Vater war Arzt, und offenbar besaßen sie noch genug, das sie gegen Lebensmittel eintauschen konnten.

»Tut mir leid«, meinte Irma. »Wenn du willst, komm mal vorbei. Mein Vater hat einen Tee, der deiner Mutter helfen kann.«

»Danke, mache ich«, sagte Emma erfreut. Sie schöpfte Hoffnung. Vielleicht könnte mit Irma wieder alles so werden wie vor zwei Jahren. »Weißt du, dass ich neulich noch an unsere Theateraufführungen in der Schulaula gedacht habe?«

»Ach ja?«

»*Der Sommernachtstraum.* Wir hatten beide nur Nebenrollen, und die doofe Rügenberg durfte die Titania spielen.«

»Fräulein Schubert hatte immer eine merkwürdige Auswahl. Bei der ging's nur nach Parteibuch.«

»Stimmt. Und nach Rasse.«

Als Irma nichts erwiderte, fasste sie Mut für die nächste Frage. »Spielst du eigentlich noch?«

Irmas Miene verschloss sich von einem Augenblick zum anderen, als wäre ein Vorhang heruntergefallen. Sie starrte Emma unverwandt an. »Nein.«

»Nein? Aber warum denn nicht?« Emma brach ab, als sie Irmas Gesicht sah. »Und deine Gitarre?«

»Was kümmert dich meine Gitarre?«

»Haben die Plünderer sie gestohlen?«

Irma seufzte leise, und das Weiche kehrte in ihr rundliches Gesicht zurück. »Nein, sie ist noch da.«

»Und warum spielst du dann nicht?« Emma konnte sich nicht vorstellen, wie jemand, der so gern musiziert hatte wie Irma, das jemals aufgeben könnte.

Doch Irma schien auf ihre Frage nicht eingehen zu wollen. »Hast du dein Akkordeon noch?«, fragte sie stattdessen.

»Ja, und ich spiele noch.«

Irma hob die Mundwinkel für ein kleines freudloses Lächeln an. »Natürlich spielst du noch. Ich habe auch nichts anderes erwartet.«

Emma überhörte den spöttischen Unterton. »Meistens abends, wenn ich Zeit hatte nach der Feldarbeit«, fuhr sie fort, als würde es Irma wie früher interessieren.

»Hatten deine Schwiegereltern nicht ihre Gefangenen für die schweren Arbeiten?«, fragte Irma schroff.

Emma seufzte in sich hinein und sah auf die Tupfer auf Irmas Sommerkleid, das sich im leichten Wind wölbte. Ihr lag eine heftige Erwiderung auf der Zunge, aber sie schluckte sie herunter. »Die Gefangenen haben sie ausgeplündert«, sagte sie knapp, um dann auf ihr eigentliches Anliegen zu kommen. »Du kannst so gut spielen. Es wäre schade, wenn du das aufgibst.«

Irma sah an ihr vorbei und machte eine Bewegung, als müsste sie ein Insekt von ihrem Hut verscheuchen. »Ich muss jetzt gehen«, sagte sie. »Komm mal vorbei und hol dir den Tee. Bei uns ist immer jemand da.«

Emma versprach es und ging zurück zum Schwarzmarkt. Sie war so durcheinander, dass sie beinahe ihre Seifen vergaß und stattdessen um ein Haar »Tee« gemurmelt hätte. Es gelang ihr nur mit Mühe, ihre Seifen, die ihr Vater aus dem Vorratslager entwendet hatte, gegen Zigaretten einzutauschen und diese wiederum bei den Bauern gegen ein paar Hühnerküken. Irma, dachte sie. Wie hatte sie sich verändert!

Aber vielleicht könnte es mit ihr doch wieder so wie früher werden, als sie gemeinsam im Rosengarten ihre Lieder gespielt hatten.

KAPITEL 8

»Was liest du da?«

Emma sah von ihrem Buch auf, als sie die Stimme ihrer Mutter hörte, und ließ es auf ihren Schoß sinken. So hatte die Stimme schon lange nicht mehr geklungen, klar und deutlich. Ihre Mutter lag auf dem Kissen und betrachtete sie. Ihr graues Haar floss – zu einem Zopf geflochten – über ihre Schulter auf die Bettdecke. Emma konnte sich nicht erinnern, wann ihre Mutter sie das letzte Mal so aufmerksam angesehen hatte.

»Na? Was ist das für ein Buch?« Mama deutete mit ihrem mageren Finger auf Emmas Schoß.

»Oh, das … das ist ein Musikbuch. Ich hab's in einer Kellerbuchhandlung entdeckt.« Emma klappte das Buch zu und legte es hinter sich auf die Fensterbank. Sie hatte es von einem Buchhändler in der Nordstadt gekauft, der ein Lager aus gebrauchten Büchern im Keller seines ausgebombten Ladens untergebracht hatte. Mit Mühe hatte sie es dem Mann gegen ihren halben Waschlohn abgehandelt.

»Ein Musikbuch?«

»Ein Buch über amerikanische Musik.«

Die dünnen Lippen ihrer Mutter kräuselten sich. »Musik aus Amerika? Etwa dieser Jazz?«

»Nein, Tanzmusik aus den Sümpfen von Louisiana.« Es war auch ein Kapitel über Jazzmusik enthalten, weshalb sie das Buch hauptsächlich gekauft hatte, aber das musste Mama ja nicht wissen.

»Du und deine Musik.« Ihre Mutter drehte den Kopf etwas, sodass ihr Gesicht in dem Viereck Sonnenlicht lag, das durch das Fenster auf ihr Kopfkissen fiel. Immer noch der aufmerksame Blick. Die Augen lagen klar und blau wie zwei Gebirgsseen in der hellen Haut.

Emma erhob sich. »Möchtest du etwas trinken, Mama? Ich habe Kamillentee, alles frisch gesammelt. Möchtest du ein Butterbrot? Wir haben sogar etwas Butter.«

»Ja, alles.« Ihre Mutter legte den Kopf wieder in den Schatten. Emma flößte ihr den Kamillentee ein, dessen Blüten sie gestern am Stadtrand mit Armin gesammelt hatte. Sie lief in die Küche und schmierte das Brot. Ihre Mutter war über den Berg. Endlich.

Emma richtete sie vorsichtig im Bett auf und beobachtete, wie sie das Brot Stück für Stück aß. Ihre grauen Haare machten sie älter, als sie war, doch sie würde erst nächstes Jahr fünfzig werden. Mit Ende zwanzig, als sie schon nicht mehr daran geglaubt hatte, einen Ehemann zu finden, war sie dem zehn Jahre älteren Junggesellen Erich Wolrath begegnet und hatte ihn ein halbes Jahr später geheiratet. Eine Liebesheirat, mit der Emmas Großeltern, die sich eine bessere Partie für ihre Tochter gewünscht hatten, nicht einverstanden waren. Erst später hatten sie es widerwillig hingenommen. Besser dieser Bankkaufmann als gar kein Ehemann, mochten sie gedacht haben. Aber sie hatten nie auch nur einen Fuß in ihre Wohnung gesetzt und sie stattdessen immer nur in ihrer Villa in Lindenthal empfangen.

Ihre Mutter kaute langsam Bissen für Bissen, während Emma ihr erzählte, wie es ihr in den letzten Wochen ergangen war. Als ihre Mutter fertig war, drückte sie ihr mit schwachem Griff die Hand. »Ihr habt mich geholt, du und der junge Mann.«

»Unser Untermieter, Kurt Groß. Die Klaasens waren … sie haben …«

»Ich weiß.« Ihre Mutter schloss die Augen. Ihre Kiefernmuskeln spannten sich an. »Sie waren die Parteigänger im Dorf, die Papa verraten haben. Sie meinten, alle müssten bis zum letzten Blutstropfen kämpfen. Sag Papa bloß nicht, wie sie mich behandelt haben.«

»Warum nicht?«

»Es würde ihn nur zu sehr aufregen. Du weißt doch, seine Nerven sind nicht mehr die besten.« Sie sprach mit leiser Stimme und deutete mit dem Kopf zum Fenster, wo ihr Vater mit Josef Schneider im Garten arbeitete. Die Stimmen der Männer drangen durch das offene Fenster herein.

Ihre Mutter hob die Hand und strich Emma über die Wange. Sie lächelte. Emma wusste, was das bedeutete. Ihre Mutter wollte sich bei ihr bedanken. Dafür, dass sie ihr das Leben gerettet hatten.

»Ich hab alles dem Armin gegeben, er musste doch stark sein für die Rückreise. Gut, dass ihr gekommen seid.«

»Natürlich. Vater wäre …« Emma brach ab. Kaum vorzustellen, was passiert wäre, wenn er zurückgekehrt wäre, um seine Frau zu holen.

»Ist Herr Groß da? Ich möchte mich bei ihm bedanken.«

»Nein. Aber er müsste eigentlich bald wiederkommen.« Kurt war schon seit Tagen nicht mehr hier gewesen. Sie hatte ihn das letzte Mal gesehen, als er ihr ihren Lohn an Lebensmitteln für den Schwarzmarktverkauf gegeben hatte. Wo er wohl war? Ob er irgendwo eine Freundin hatte, von der er ihr nichts erzählt hatte?

Während Emma ihren Gedanken nachhing, spürte sie, wie ihre Mutter sie wieder betrachtete. Schnell riss sie sich zusammen und lächelte. »Wenn er wiederkommt, kannst du dich bei ihm bedanken«, sagte sie.

Ihre Mutter schob das Brotbrett auf das Nachtschränkchen zurück. »Wir leben alle noch. Das ist das Wichtigste.«

Emma nahm die Hände ihrer Mutter und hielt sie fest. Eine Weile blieb sie so und genoss es, die Hand ihrer Mutter zu fühlen und die Stimmen der alten Männer von draußen zu hören. Frieden. Vorbei die Monate der Evakuierung, wo sie sich Sorgen um ihre Familie hatte machen müssen.

»Und Christian?«, fragte Mama. »Hast du immer noch nichts von ihm gehört?«

Emma schluckte. Sie schüttelte den Kopf. »Ich … habe ihn beim Suchdienst gemeldet.«

»Gut.« Die Gebirgssee-Augen sahen traurig aus.

»Dabei habe ich diese Adresse angegeben, Mama. Ich kann doch noch hierbleiben? Ich hab's nicht mehr ausgehalten bei denen!«

Die Hand in ihrer versteifte sich. »Bist du weggegangen?«

Emma nickte.

Mama zog die Hand fort. »Du bist von Gut Meinersleben weggegangen? Jetzt?«

»Ja.«

»Warum denn? Hast du dich mit Robert und Elisabeth gestritten?«

Emma nickte. Sie lehnte sich zurück und legte die Hände auf ihre Knie. »Du kennst doch Elisabeth. Sie hasst mich. Ich war nie gut genug für ihren Sohn.«

Ihre Mutter sah betroffen aus. »Du hast dich mit ihnen überworfen und jetzt kannst du nicht mehr zurück«, murmelte sie. »Gerade jetzt, wo wir die Lebensmittel so nötig brauchen.«

»Ich fahre zu den Bauern hamstern, gleich am Samstag wollen Armin und ich los. Außerdem kann ich einiges auf dem Schwarzmarkt besorgen. Wir schaffen das schon«, versicherte

Emma. Sie wollte ihrer Mutter nicht sagen, dass sie inzwischen auch Sachen auf dem Schwarzmarkt verkaufen konnte.

»Aber die van Kalls gehören doch zur Familie! Und sie haben ein großes Gut, das würde uns das Leben hier sehr erleichtern. Kannst du denn nicht mehr zurück?«

Emma sah auf ihre Hände hinunter. Sie begriff, dass ihre Mutter es am liebsten hätte, wenn alles so geblieben wäre wie bisher. Wenn sie bei den van Kalls geblieben und manchmal zu Besuch gekommen wäre. Sie hob den Kopf. »Du kannst dir nicht vorstellen, wie es war, Mama. Elisabeth ist geizig. Ich musste für jeden Bissen hart arbeiten, habe nichts umsonst gekriegt. Sie haben die Fremdarbeiter behandelt wie Dreck.« Sie erzählte ihrer Mutter von ihrem Streit mit den van Kalls. »Darf ich bleiben, Mama?«, fragte sie, als sie fertig war. »Ich *kann* nicht mehr zurück. Ich verspreche dir, wir werden es auch so schaffen, ich werde alles dafür tun.«

Mama hatte zugehört. Ihr Mund formte eine harte Linie. »Warum bist du nur immer so impulsiv?«, murmelte sie.

Emma richtete sich auf dem Stuhl auf. Sie kannte diesen Blick. Unverständnis. Ihre Mutter konnte die Gründe ihres Streits nicht verstehen. »Bitte, Mama!«

»Du kannst bleiben«, sagte ihre Mutter. »Aber es wäre besser für alle, wenn du dich wieder mit ihnen verträgst.«

Emma erhob sich, nahm ihr Buch und das Holzbrett vom Nachtschrank. »Möchtest du noch ein Butterbrot?«, fragte sie.

»Ja.«

Enttäuscht ging Emma in die Küche. Sicher wäre es einfacher für alle mit den Lebensmitteln von Gut Meinersleben. Aber bei dem Gedanken, reumütig zu Elisabeth zurückzukehren und sie um etwas zu bitten, drehte sich ihr der Magen um. Außerdem war sie sich nicht sicher, ob ihre Schwiegermutter einlenken würde.

Das Brot verschwamm vor ihren Augen, während sie es dünn mit Butter bestrich. Warum konnte ihre Mutter sie nicht verstehen, sah sie nicht, was sie alles für sie tat? Sie hatte ihr das Leben gerettet. Mama könnte ruhig dankbarer sein.

Emma warf das Brot ärgerlich auf das Holzbrett. Sie musste sich sehr beherrschen, nicht selbst hineinzubeißen. Irgendwie musste sie es hier ohne die van Kalls schaffen, es musste gehen. Und Mama würde einsehen müssen, dass sie ihre Hilfe brauchte. Sie würde sich unentbehrlich machen.

Nach ein paar Tagen hatte sich ihre Mutter wieder so weit erholt, dass sie aufstehen konnte. Aber sie war noch zu schwach, sodass Emma den Haushalt erledigen musste. Sie kochte, teilte sich mit Armin und ihrem Vater das Anstehen bei den Geschäften, half im Garten und klopfte bis abends mit Frau Schneider Mörtel von den Ziegelsteinen, während ihr Vater mit Herrn Schneider den Kaninchenstall baute oder das verkohlte Holz, das Armin in den Ruinen sammelte, zerhackte.

Manchmal schaffte sie es auch, mit ihrem Bruder, der immer noch keine Schule hatte, etwas zu lernen. Sie holte ihre alten Schulbücher aus dem Keller und übte mit ihm rechnen, und manchmal konnte sie ihn sogar dazu bringen, mit ihr lesen zu üben. An diesem Samstag im Juli übten sie morgens, als es noch kühl war, in der Küche. Armin saß am Küchentisch und las aus *Ein Sommernachtstraum,* während er mit dem Finger die Zeilen entlangfuhr. »Titania, wie kannst du dich vermessen, anzuspielen auf mein Verständnis mit Hipp… Hipp…olyta?« Armin hielt den Finger still, als er über das Wort stolperte, sich mühsam fing und dann weiterlas.

Emma unterdrückte ein Seufzen. Es wurde dringend Zeit, dass ihr Bruder wieder in die Schule kam. »Kannst du dir nicht ein bisschen mehr Mühe geben?«

Armin lehnte sich zurück und rieb sich die Augen. »Ich hab Hunger!«

Emma ließ ihre Hände sinken. »Ich auch«, gestand sie. Mittlerweile hatte sich der Hunger bei ihnen eingenistet wie ein Dauerfahrer, der immer wieder über dieselben Spurrillen fuhr und sie weiter vertiefte. Dazu gehörte nicht nur das Gefühl des leeren Magens, die schärferen Konturen im Gesicht, sondern auch eine gespanntere Aufmerksamkeit. Ein Lauern, ob nicht irgendwo etwas Essbares wäre oder jemand gerade kochte. Der Drang, an fremde Türen zu klopfen, wenn Essensgeruch aus den offenen Fenstern herauskam. Die quälende Vorstellung von gutem, reichlichem Essen. Sie hatten heute Morgen schon gegessen, aber das reichte nie lange vor.

Armin stand auf und ging zum Schrank, nahm eine Scheibe Brot heraus. »Du auch?«

Emma wandte sich zu ihm um. »Du weißt, die Scheiben sind abgezählt. Das gibt einen Riesenärger.«

Doch Armin hörte nicht auf sie. Ungerührt nahm er Brot und ein Glas Rübensirup heraus und stellte es auf den Tisch. Emma beobachtete seine hochaufgeschossene, magere Gestalt, als er Messer und ein Holzbrett aus der Schublade des Küchenschranks nahm. Es lag eine neue Sicherheit in seinen Bewegungen, eine Entschiedenheit, die früher nicht da gewesen war. Er setzte sich, hob das Sirupglas und sah sie auffordernd an.

Sie ließ sich auf den Stuhl neben ihm sinken. »Mama wird das merken, das ist dir klar, nicht? Es wird ein Schloss am Schrank geben. Denk an gestern.« Am Vortag hatte es Streit gegeben, als ihre Mutter bemerkt hatte, dass ihr Vater die Butter, die Emma auf dem Schwarzmarkt erstanden hatte, heimlich gegen Zigaretten eingetauscht hatte.

Armin tat, als hätte er sie nicht gehört. Er nahm das Brot und biss hinein. Während er kaute, sah er sie trotzig an.

Da nahm Emma sich auch ein Brot. »Du findest also, wir hätten eine Pause verdient?«, fragte sie lächelnd, während sie eine dünne Schicht Sirup auf dem Brot verteilte. »Schließlich hast du neue Vorräte gefunden.«

Er grinste kauend. Dann erhob er sich, ging wieder zum Schrank, nahm ein Einmachglas Kirschen heraus und hob es hoch. »Ich lade dich ein, Titania, komm, iss von meinen Speisen, die meine Getreuen und ich in den Kellern der Katakomben gefunden haben!« Er stellte das Glas mit einer Verbeugung auf den Tisch. Sie mussten beide lachen.

Armin hatte Anschluss an eine Kinderbande aus dem Viertel gefunden. Vor einigen Tagen hatten sie noch gut erhaltene Einmachgläser im Vorratskeller einer Ruine aufgestöbert.

»Deine Getreuen? Dann seid Ihr also der König?«, erkundigte sich Emma und biss in ihr Brot.

Ihr Bruder nickte stolz.

»Oh, dann werde ich mich künftig vor Euch verneigen müssen. Über wie viele Getreue gebietet Ihr?«

Weil er kaute, hob er nur seine beiden Hände und danach noch mal zwei Finger.

»Eine stattliche Zahl«, sagte Emma anerkennend. »Und Euer Reich? Wie groß ist es?«

Armin grinste. »Das Reich umfasst alle Straßen des Viertels bis zur Kreuzung des Schwarzmarkts, dann weiter bis zur Kirche und im Norden bis dorthin, wo die Sonne nie erscheint. Danach beginnen die Grenzen des Reiches der Severinsbande.«

»Die Severinsbande«, wiederholte Emma nachdenklich. »Wie nennt Ihr Euch?«

»Die vom Turm.«

»Ah. Warum vom Turm?«

»Na, weil … wir treffen uns da, am Kirchturm … in der Nähe.«

Offenbar wollte er nicht zu viel verraten. Emma fragte auch nicht weiter. »War der Name dein Einfall?«

Armin nickte. »Wir haben darüber abgestimmt. Er wurde einstimmig angenommen.«

Emma dachte, dass sie dabei war, neue Seiten an ihrem Bruder zu entdecken. Was sie bisher gekannt hatte, war ein schweigsamer blonder Schuljunge gewesen, nun sah sie einen selbstbewussten Jugendlichen. »Lass gut sein«, sagte sie, als sie seinen begehrlichen Blick auf das Einmachglas bemerkte, nachdem sie die Brote gegessen hatten. »Wir sollten es nicht übertreiben. Oder willst du Stubenarrest?«

Er schüttelte den Kopf, und sie erhob sich und räumte ab. Sorgfältig wischte sie die Krümel vom Tisch und beeilte sich, als sie hörte, wie sich der Schlüssel im Schloss drehte. Ihre Eltern kamen aus dem Garten zurück. Armin und sie verständigten sich mit Blicken.

Er nahm das Buch und las die letzten Sätze des Oberon. »... Warst du nicht schuld, dass er der schönen Aegle Treue brach, der Ariadne und Antiopa?«

Ihre Mutter würde zufrieden sein und mit der Küchenarbeit beginnen, ihr Vater sich schweigend ans Fenster setzen, und danach würden sie nur noch das Rascheln des Zeitungspapiers von ihm hören.

Doch es waren nicht ihre Eltern. Die Tür öffnete sich, und Kurt kam herein. Er war beladen mit einer prall gefüllten Aktentasche und einem Leinenbeutel und hatte die Ärmel seines weißen Hemds bis zu den Ellenbogen hochgekrempelt. Mit einem Ruck wuchtete er die Taschen auf den Tisch neben dem Spülstein, drehte sich zu ihnen um und lehnte sich gegen das Becken. Er nahm die Mütze ab und fuhr sich mit der Hand durch das schweißnasse Haar. »Guten Tag allerseits. Schön kühl habt ihr's hier.«

Armin grüßte höflich zurück.

»Tag, Kurt«, sagte Emma lächelnd.

»Störe ich?« Er deutete auf das Buch auf dem Tisch.

»Nein, du störst nicht«, beeilte sich Emma zu versichern und strich sich eine Strähne ihres Haars aus dem Gesicht. Auf einmal war sie froh darüber, dass sie heute gebadet und sich die Haare gewaschen hatte. Ihre halb trockenen Haare fielen ihr lang und offen den Rücken herunter auf ihr leichtes Sommerkleid. Sie bemerkte, wie Kurt sie ansah.

Er kam neugierig näher und spähte Armin über die Schulter. »Was liest du denn da Schönes?«

Armin zog ein wenig den Kopf ein. »Nichts Schönes.«

»Darf ich?« Kurt hob das Buch auf. »*Ein Sommernachtstraum*. Ich nehme an, das ist die Lektüre deiner Schwester?«

»Nein, meine. Wir üben lesen.«

Kurt beugte sich über das Buch. »Wie lange denkt Ihr hier im Hain zu weilen? Vielleicht bis nach des Theseus Hochzeitsfest. Wollt Ihr in unseren Ringen ruhig tanzen und unsre lust'gen Mondscheinspiele seh'n, so kommt mit uns! Wo nicht: vermeidet mich, und ich will nie mich nahen, wo Ihr haust.« Er ließ das Buch sinken. »Keine leichte Lektüre für einen Samstagmorgen. Schön, dass du mit deiner Schwester übst.«

Armin hob den Kopf und lächelte schief.

»Ich habe euch was mitgebracht.« Kurt ging zum Tisch neben dem Spülstein, öffnete die Aktentasche und den Beutel und holte ein paar Papierpakete heraus.

Emma war ihm neugierig gefolgt und sah staunend das Papier, das an vielen Stellen rot durchfeuchtet war. Der Geruch nach Blut strömte ihr in die Nase.

Kurt wickelte die Pakete aus. »Ihr solltet es am besten sofort einmachen.«

Emma starrte auf die rosafarbene Masse, aus der Speck und Knochen hervorschimmerten. Fleisch. Ein Berg von

Schweinefleisch. So viel, wie Emma das letzte Mal auf Gut Meinersleben gesehen hatte. Sie schrie erfreut auf.

Armin sprang auf und bekam große Augen.

Sie schluckte. »Hast du ... ich meine habt ihr ...« Sie musterte Kurt genauer. Er sah übernächtigt aus, Schatten lagen unter seinen Augen. Sein Hemd war schmuddelig und hatte winzige rote Flecken an Brust und Armen. Sie hatte davon gehört, dass es jetzt Schwarzschlachtungen gab. Wenn man dabei erwischt wurde, konnte man eine hohe Strafe bekommen.

Kurt wich ihrem Blick aus, während er die anderen Pakete auspackte. »Frag lieber nicht.«

Emma drückte vorsichtig einen Finger in das Fleisch, als wollte sie sich vergewissern, dass es echt war. Sie beugte sich vor und schnupperte. Nicht zu fassen.

»Ist das alles für uns?«

Kurt nickte.

»Aber das können wir unmöglich bezahlen.«

Er hielt inne und wandte sich zu ihr um. »Ich gebe zu, es ist ein eigennütziges Geschenk. Ich möchte nämlich gern auch mal Fleisch essen, wenn ich hier bin. Ehrlich gesagt, heute hätte ich gern die erste Portion.«

Emma strahlte. Ihre Müdigkeit wich neuer Energie. »Armin, hol Mama und Papa. Wir fangen sofort an.«

Armin rannte hinaus. Kurt lehnte am Spülstein, die Arme vor der Brust verschränkt. Emma hörte ihr Herz in der Stille klopfen.

»Sag nichts«, hörte sie seine leise Stimme. »Zu niemandem, ja?«

»Nein, ich sag nichts.«

»Du weißt auch nichts.«

»Ich weiß gar nichts«, versicherte Emma, obwohl ihr flau wurde bei dem Gedanken, in was Kurt alles verwickelt war. Pökelfleisch aus Wehrmachtsbeständen. Schwarzmarkt und Schwarzschlachtungen. Wo hatte er überhaupt seinen Lastwagen her? Und wo steckte er, wenn er nicht hier war?

Sie warf ihm einen fragenden Blick zu. Auch er sah sie im selben Moment an. Durch die Müdigkeit wirkte sein Gesicht weicher und schmaler, mit dem Schatten eines Barts auf Kinn und Wangen. Emma begriff, dass auch ihm das Leben zusetzte, das sie gezwungen waren zu führen. Sie spürte das Verlangen, ihn zu trösten. Alles von ihm abzuwaschen, was sich durch den Alltag an Trümmerstaub auf ihm abgelagert hatte. Welcher Mann würde wohl zum Vorschein kommen? Wer war er? Sie wollte gerade etwas sagen, als sie Schritte auf dem Flur hörte, die Tür aufging und ihre Familie hereinkam.

Ihre Eltern konnten ihr Glück kaum fassen. Sie bedankten sich mehrmals bei Kurt, fragten, wie sie ihm seine Großzügigkeit vergelten könnten, boten ihm alles Mögliche an, doch er lehnte ab. Den ganzen Tag kochten Emma und ihre Mutter das Fleisch ein. Nun bewährten sich die Einmachgläser, die Armin und seine Bande gefunden hatten, und ihr Vater holte noch ein paar alte Einmachgläser aus dem Keller. Im größten Topf schmorte der Sonntagsbraten für morgen. Den Rest des Fleisches brieten sie in der Pfanne, dazu schnippelte Emma Kartoffeln. Unbeschreibliche Gerüche nach gekochtem und gebratenem Fleisch erfüllten die Küche. Emma und ihre Mutter konnten nicht an sich halten zu probieren, und sie ließen sich das zarte Fleisch auf der Zunge zergehen. Der Geruch lockte alle an, auch die Schneiders, und ihre Mutter kam nicht umhin, das alte Ehepaar zum Essen einzuladen. Am frühen Abend versammelten sich alle um den Esstisch in der Küche, aßen Koteletts und Schnitzel mit Bratkartoffeln. Es herrschte eine auffällige Stille am Tisch. Alle aßen langsam und schweigend, genossen die seltene üppige Mahlzeit, selbst Frau Schneider, deren Mundwerk sonst nie stillstand. Emma spürte das beglückende Gefühl, dass noch genug da war. Genug für morgen, für die nächsten Tage. Endlich genug.

Nach dem Essen wischten sie die Teller sorgfältig mit Brot ab. Kein einziger Zwiebelrest, kein Fetttropfen blieb übrig.

Sie lehnten sich behaglich zurück. Herr Schneider holte seine letzte Weinflasche aus dem Keller und schenkte jedem ein. Die Frauen erledigten den Abwasch.

Emma fühlte eine behagliche Schwere in den Gliedern und Müdigkeit. Sie spürte Blicke in ihrem Rücken, während sie abtrocknete, und wandte sich um. Kurt saß an die Bank gelehnt, das Weinglas in der Hand, und sah sie an. Sein Gesicht lag im Schatten über dem Kerzenlicht am Tisch. Er hob das Glas und prostete ihr wortlos zu, und sie nickte und wandte sich rasch wieder um. In ihr breitete sich etwas aus, das sie schon lange nicht mehr gespürt hatte. Nicht mehr, seit Christian fortmusste. Das wohlige Gefühl, das der Blick eines Mannes in ihr verursachen konnte. Sie klammerte sich am Teller fest und tat so, als bemerkte sie Kurts Blicke nicht.

Die Männer redeten über den Beschluss der Alliierten, Deutschland in vier Besatzungszonen aufzuteilen, in denen die Siegermächte das Sagen hätten. Köln gehörte nun zur britischen Zone, und die Amerikaner würden bald aus der Stadt abziehen. Die neue britische Militärregierung war vor ein paar Tagen mit einer feierlichen Zeremonie begrüßt worden. Herr Schneider, der dabei gewesen war, erzählte, wie die Ehrenkompanie der Irish Guards unter Begleitung einer Kapelle der Scotts Guards aufmarschierte und unter Abspielen der jeweiligen Nationalhymnen die amerikanische Flagge eingeholt und die englische Fahne gehisst wurde. Anschließend habe der amerikanische Stadtkommandant den Stadtschlüssel an den englischen Militärgouverneur übergeben. Die Männer fragten sich, was sie nun unter den Tommys erwarten würde. Ob die ebenso umgänglich wie die Amis wären.

Frau Schneider wandte sich an Emmas Mutter. »Wo hatt ihr dat Fleesch her?«

Emmas Mutter deutete unauffällig auf Kurt.

Frau Schneider hob überrascht die Brauen. »Un woher hätt er dat Fleesch?«

»Ich glaub, er war bei einem Bauern im Vorgebirge, Hildegard«, log ihre Mutter.

Ihre Nachbarin nickte und warf einen misstrauischen Blick auf Kurt, der freundlich zurücklächelte. Sie gab einen unbestimmbaren Laut von sich und wandte sich ab.

»Aber ist es nicht schön?«, sagte Emma. »Wir sind endlich mal wieder satt.«

»Wir haben so gut gegessen, jetzt fehlt nur noch Musik«, rief Herr Schneider vom Tisch herüber.

Frau Schneider hängte das Trockentuch an den Haken und fasste Emma am Arm. »Hol ens de Quetsch eruss un spill os jet.«

»Ja, spiel was, Emma!«, rief Kurt, und Armin klopfte auf den Tisch. »Musik, Musik!«, riefen die beiden im Chor.

Emma fühlte sich eigentlich zu müde zum Spielen, aber wann gäbe es eine bessere Gelegenheit dazu? Sie holte ihr Akkordeon und hängte es sich um. Ihre Finger glitten auf die Tasten, und sie spielte kurz an, bewegte die Ziehharmonika. Sie dachte wieder an das Lied von Willi Ostermann, das sie neulich auf dem Schwarzmarkt gespielt hatte. Wie die Leute stehen geblieben waren. Sie spielte einmal kurz die Melodie, und alle horchten auf. Dann sang sie dazu.

> *»In Köln am Rhing ben ich jebore,*
> *Ich han, un dat lieht mer em Senn,*
> *Ming Muttersproch noch nit verlore,*
> *Dat es jet, wo ich stolz drop ben.«*

Ein rascher Blick in die Tischrunde verriet ihr, dass es richtig war. Mama nickte, und Emma, dankbar für diese winzige Anerkennung, sang weiter. Beim Refrain saßen alle still. Herr Schneider und ihr Vater starrten vor sich hin. Armin hielt den Blick in unbestimmte Ferne gerichtet. Frau Schneider hatte Tränen in den Augen.

Sie sang weiter.

> »*Un deiht d'r Herrjott mich ens rofe,*
> *Dem Petrus sagen ich alsdann:*
> ›*Ich kann et räuhig dir verzälle,*
> *Dat Sehnsucht ich noh Kölle han.*‹
> *Wenn ich su an ming Heimat denke*
> *Un sin d‹r Dom su vör mer stonn,*
> *Mööch ich direk op Heim ahn schwenke,*
> *Ich mööch zo Foß noh Kölle jon.*«

Sie wiederholte noch einmal den Refrain, und als sie geendet hatte, hatten alle Tränen in den Augen. Eine Weile war es still, dann schlug Herr Schneider mit der Hand auf den Tisch, und alle klatschten.

»Jot, Emma!«, rief Frau Schneider. »Häste noch ä kölsch Leedsche?«

»Klar!«, rief Emma, und sie griff in die Tasten und stimmte »Einmal am Rhein« an.

Frau Schneider hakte Mama ein, und sie begannen zu schunkeln. Die Männer taten es ihnen nach. Emma beobachtete sie zufrieden, und als das Lied zu Ende war, spielte sie noch mehr Walzer und kölsche Schunkellieder. Sie hatte sie kaum angestimmt, da sangen alle mit, selbst Kurt, der die Texte nicht kannte, hatte schnell die Refrains auswendig gelernt und schmetterte sie mit. Die Fröhlichkeit steckte Emma an, und sie legte sich richtig ins Zeug und sang aus vollem Hals. Aus dem Kapitolskeller wusste sie, welche Lieder das Publikum in Stimmung brachten, und so war es auch jetzt wieder.

»Wann d'r Pitter Ärm en Ärm mem Appolonia
stell verjnög om Heimwäg ahn ze knuutsche fing«,
schloss sie.

Sie verbeugte sich. Ihr Publikum hörte auf zu schunkeln und applaudierte. Die Männer klopften auf den Tisch. Frau Schneider zog ein Taschentuch aus ihrer Kitteltasche und tupfte sich die Augen trocken. Dann erhob sie sich schwerfällig, umarmte Emma und drückte ihr zwei dicke Schmatzer auf die Wangen. »Ach Mädsche, wat kannste fein spille!«

Kurt hob sein Glas und prostete ihr wieder zu. In seinem Blick lag Anerkennung, gemischt mit Überraschung, und noch etwas anderes, das sie nicht deuten konnte.

Später, nachdem alle gegangen waren und sie zum Schlafen auf dem Küchensofa lag, musste Emma an diese Blicke denken. Sie legte die Hand auf ihren vollen Magen und fühlte sich glücklich.

KAPITEL 9

Sie erwachte von einem tröpfelnden Wasserhahn. Plop, plop, plop fielen die Tropfen in den Spülstein.

Verflucht, wer hatte den Hahn nicht richtig zugedreht?, dachte sie im Halbschlaf und wollte sich gerade wieder umdrehen, als sie ein Rascheln vernahm. Sie blieb still liegen und lauschte. Der Geruch nach Seife erfüllte die Küche und vermischte sich mit den Gerüchen nach Kohlenglut und den Bratendünsten vom Abend zuvor. Durch das Fenster wehte frische Morgenluft herein und der Gesang der Vögel aus den Straßenbäumen. Dazwischen ein Klacken, als wenn jemand eine Schale auf einem Tisch bewegte.

Emma stellte sich schlafend. Es kam vom Spülstein her. In das Plop, plop, plop vom Wasserhahn mischte sich ein Geräusch, mit dem ein Pinsel Rasierschaum auf der Haut verteilte. Dann erklang ein Schaben. Emma öffnete die Augen.

Kurt stand am Waschbecken und rasierte sich. Konzentriert fuhr er mit dem Rasierer über seine Wange und zog Bahnen von Rasierschaum weg. Sein Rücken schwang sich in einer eleganten Linie vom Hals bis zum Gürtel – oben breit, unten schmal. Emma sah das Spiel seiner Muskeln unter dem Unterhemd. Die Brandnarbe an seinem Arm zog sich bis zur Schulter und wurde am Rücken von seinem Hemd verdeckt. Die Haut sah aus wie ein gelbliches Kratergelände auf seinem perfekten Körper. Am Hals war sie wieder glatt und mündete am Kopf in den sorgfältig geschnittenen Haaransatz.

Emma erschrak darüber, wie groß die Narbe war. Was war nur geschehen? Was hatte Kurt durchmachen müssen? Sie lag still und beobachtete, wie er sich mit geübten Handgriffen Wangen, Hals und Kinn rasierte und zwischendurch den Rasierer in einen kleinen Emailletopf mit warmem Wasser tauchte. Als er bei der Oberlippe angelangt war, hielt er inne und wandte sich zu ihr um.

»Guten Morgen, Emma!« Sein Lächeln war umwerfend. Rasch überflog sein Blick ihre Gestalt unter der Bettdecke, ihr verstrubbeltes Haar und blieb an ihrem verschlafenen Gesicht hängen. »Tut mir leid, wenn ich dich geweckt habe.«

Sie richtete sich auf. »Das macht doch nichts«, murmelte sie mit rauer Stimme. Herrgott, dass er sie so sehen musste! Sie wäre am liebsten zurück auf ihr Bett gesunken und hätte sich die Decke über den Kopf gezogen. Stattdessen lächelte sie. Er rührte sich nicht, sah sie nur weiter an. Sein Adamsapfel hob und senkte sich rasch, dann wandte er sich wieder um und rasierte sich weiter.

Hastig warf sie ihren langen Zopf, den sie sich jeden Abend vor dem Schlafengehen flocht, nach vorn über die Schulter, bis ihr einfiel, dass er sie durch den Spiegel beobachten konnte. Was er wohl auch tat. Er schien sie zu beobachten, wie sie ihn eben beobachtet hatte. Bei dem Gedanken, dass er gerade an ihr vorbeigegangen und sie schlafend gesehen hatte, wurde sie noch verlegener. So verlegen, wie sie anfangs bei Christian gewesen war. Meine Güte, Christian! Sie musste sich zusammenreißen, musste ihre irrlichternden Gefühle zurückpfeifen. Kurt war ein fremder Mann, und sie war verheiratet.

Sie beobachtete, wie er den Rasierer in den Emailletopf tauchte und sich dann Wasser ins Gesicht warf. Er langte nach dem Handtuch und trocknete sich ab, dann fuhr er sich mit halb feuchten Händen durch die Haare. Emma sah kurz aus dem Fenster. Es war noch nicht mal richtig hell. Sie räusperte sich. »Du ... musst wieder los? So früh schon?«

Er schüttete das Wasser aus dem Emailletopf in den Spülstein. »Es gibt viel zu erledigen«, sagte er ausweichend, während er den Rasierpinsel auswusch.

Natürlich, keine Antwort. Wie immer.

»Hier oder musst du ... fort?« Emma dachte, dass sie fragte wie eine Geliebte, die gerade verlassen wurde. Sie biss sich auf die Unterlippe.

Kurt verstaute sein Rasierzeug in seiner Kulturtasche, warf sich sein Handtuch über die Schulter und kam zu ihr. »Du hast gestern wunderbar gespielt«, lobte er sie. »Wir haben die Zeit vergessen. Du hast eine schöne Stimme.«

Emma spürte, wie sie rot wurde. Er roch nach Rasierseife. Sie starrte auf den Ansatz seiner Brusthaare unter dem Unterhemd. Seine Haut schimmerte hell im dämmrigen Morgenlicht, nur an den Unterarmen dunkler, wo er das Hemd hochgekrempelt hatte und die Sonne hingekommen war. Sie sah auf seine muskulösen Oberarme und dann in sein Gesicht. Die Müdigkeit war daraus verschwunden, er sah wieder energisch und nach Tatendrang aus wie sonst.

Emma schluckte. »Ich ...« Ihr fiel so schnell keine Erwiderung ein. Ihre Unbekümmertheit und Direktheit waren verschwunden. »Ich ... danke für das Fleisch.« Meine Güte, ihr waren schon mal weit bessere Sätze eingefallen.

Er winkte ab. »Ich hoffe, wir werden noch mehr solcher Abende haben«, sagte er und zwinkerte ihr zu. Dann verschwand er aus der Küche. Sie hörte seine Schritte auf dem Flur und ihre Kinderzimmertür sich öffnen und wieder schließen.

Nur wenige Minuten später verließ er die Wohnung. Leise fiel die Tür hinter ihm ins Schloss.

Emma starrte auf das Schälchen mit der Rasierseife im Regal. Sie rührte sich nicht, atmete nur. Langsam beruhigte sich ihr Herzschlag, aber das Kribbeln in ihrer Magengegend blieb. Ihr fiel ein, dass er sie nicht gefragt hatte, ob sie noch mal etwas für ihn auf dem Schwarzmarkt verkaufen wollte. Aber auch sie hatte ihn nicht gefragt. Sie seufzte, nahm ihr Buch und begann zu lesen.

Am Dienstagmorgen fuhr sie früh mit dem Rad nach Lindenthal. Sie wollte Irmas Angebot mit dem Tee für ihre Mutter endlich einlösen, auch wenn es Mama inzwischen wieder besser ging und es nur ein Vorwand für einen Besuch bei Irma war. Sie trug ihr bestes Sommerkleid, darüber eine Strickjacke. Ihre Sommerschuhe hatte sie sorgfältig geputzt und hoffte, sie würden nach der Fahrt durch die Ruinen nicht allzu staubig sein. Dieses Mal wollte sie Irma wie früher begegnen, nicht als Schwarzhändlerin. Kühler Fahrtwind wehte ihr entgegen, als sie über die Ringstraße fuhr. Sie konnte nur die geräumten Straßen benutzen und musste viele Umwege fahren, aber das war ihr egal. Sie hoffte, sie würde Irma zu Hause antreffen.

Zum Glück regnete es nicht. Es wehte ein frischer Wind, der die Luft von den umliegenden Feldern in die Stadt trug, als sie durch Lindenthal fuhr. In den Vorgärten wuchsen Blumen, manchmal sah sie Bauarbeiter, die beschädigte Dächer neu deckten und schadhafte Mauern ausbesserten. Baumaterial war kaum zu bekommen, nur auf dem Schwarzmarkt zu weit überhöhten Preisen, die sich kaum jemand leisten konnte. Man musste sich in den Trümmern bedienen.

Noch bevor Emma Irmas Haus erreicht hatte, hielt sie vor einer Mauer an, hinter der Büsche wucherten und den Blick auf das versperrten, was dahinterlag. Sie schob ihr Rad ein Stück weiter zu einem schmiedeeisernen Tor, das mit einer Kette verschlossen war. Von hier aus konnte man mehr sehen. Schon lange war sie nicht mehr hier gewesen, sie hatte es immer vermieden. Sie schloss die Augen, atmete tief, spürte, wie die kühle Morgenluft in ihre Lungen strömte. Vögel zwitscherten in den Bäumen auf dem Bürgersteig.

Die Bilder fluteten Emma wie Wasser. Sie sah eine weiß getünchte Villa mit Sprossenfenstern, Dachgauben und einem halbrunden Erker wieder vor sich. Die sorgfältig geschnittenen Sträucher im Vorgarten leuchteten tiefgrün. Oma hatte immer gelächelt, wenn sie ihr die Tür geöffnet hatte. Es war ein gütiges Lächeln gewesen, eins, das von Herzen kam. Opa hatte im Wohnzimmer gesessen, das nach hinten zum Garten hinausging, Zeitung gelesen und getan, als wäre ihm ihr Besuch gleichgültig. Schließlich war sie die Tochter des Bankkaufmanns, des nicht akzeptierten Schwiegersohns. Aber immer, wenn sie die Arme um seine Schultern schlang und ihm einen Kuss auf die Wange gab, sah sie das winzige Lächeln in seinem Gesicht, hörte das Brummen, das ihr zeigte, dass sie willkommen war. Es roch nach Essen, wenn sie kam, nach herzhafter Rinderbrühe und Omas wunderbarem Sauerbraten, den ihnen das Dienstmädchen servierte.

Später, in Tante Lydias Zeit, hatte Lydia das Essen selbst serviert. Emma sah ihre Tante am Esstisch stehen, schlank, in aufrechter Haltung, eine andere, dunklere Ausgabe ihrer Mutter mit braunen Haaren und einem dunklen Hautton. Die Frauen aus ihrer mütterlichen Familie waren alle schlank und eher groß, nur Tante Lydia war noch größer als sie alle. Beim Essen hatten sie meistens über die Bücher geredet, die sie gerade lasen; ihre Patentante hatte ihr Bücher geliehen, von denen sie meinte, dass Emma sie lesen sollte. Sie sprachen über die Schule, über Musik, über Emmas Aufführungen und das nächste Stück, das sie sich im Theater ansehen wollten.

Nachdem Emma ihr wieder einmal ihr Leid über ihre strenge Mädelschaftsführerin geklagt hatte, hatte Lydia sie gewarnt. »Lass dich von der Mädelschaft nicht vereinnahmen«, sagte sie. »Hitler ist ein dummer Schreihals. Ich habe ihn 1930 hier in der Rheinlandhalle gesehen. Ich kann nicht verstehen, warum ihn so viele gewählt haben. Jetzt haben wir den Krieg, und wer weiß, wo das alles noch hinführt!« Sie nahm ihr Weinglas und stürzte den teuren Rotwein, an dem sie sonst nur nippte, hinunter. »Die Frauen sollen schön brav sein und haben sonst nichts zu sagen, sie sollen Kinder bekommen für das Reich, neue Soldaten und neue Mütter gebären, damit das Reich ewig in alle Himmelsrichtungen wächst.«

Wieder trank sie, und Emma beobachtete sie verwundert, während sie spürte, wie ernst es ihrer Tante war. Dabei hätte Lydia gar nichts zu sagen brauchen. Sie hatte sich nicht darum gerissen, dem Bund Deutscher Mädel beizutreten, tat es erst, nachdem ihr Vater sie dazu gedrängt hatte. Es sei nun endlich Zeit für sie hinzugehen, hatte er gesagt, alle Töchter seiner Arbeitskollegen in der Bank seien bereits dort. Sie müssten sich anpassen, er habe einen schlechten Stand, weil er vorher bei der »Judenbank« gewesen sei, wie sein Chef sie immer nenne. Emma verachtete ihre Mädelschaftsführerin, die sie mit kaltem Herzen kommandierte, und mochte auch die Gruppenstunden nicht. Nur die Wanderungen und das Musizieren am Lagerfeuer mochte sie. Sie hatte natürlich auf ihrem Akkordeon Volkslieder und auf Befehl ihrer Anführerin auch andere Lieder spielen müssen. Lieder, die sie nur widerwillig spielte, von denen sie ihrer Tante nie erzählt hatte, dass sie sie beherrschte. Lydia hatte auch nie danach gefragt. Sie sparten das Thema weitgehend aus, wenn Emma an den Sonntagnachmittagen bei ihr war. Als sie noch kleiner war, war Tante Lydia oft bei ihnen gewesen, und sie waren im Volksgarten spazieren gegangen. Doch dann, nach dem Tod ihrer Großeltern und erst recht, nachdem ihr Vater

Emma gedrängt hatte, dem BDM beizutreten, hatten sich die beiden Schwestern mehr entfremdet. Tante Lydias Besuche bei ihnen waren seltener geworden, bis Emma zum Schluss nur noch allein nach Lindenthal fuhr, um sie zu besuchen.

Einmal war sie zu früh gekommen und hatte gesehen, wie sich jemand hinter Lydia die Treppe hinaufschlich. Lydia hatte alles getan, damit sie es nicht bemerkte, hatte laut geredet und sie an den Kaffeetisch gebeten, doch Emma hörte die knarrende Stufe und sah eine fremde Frau die Treppe hinaufeilen. Im Wohnzimmer hing noch der Geruch eines fremden Parfüms.

»Wer ist das?«, fragte sie. »Willst du sie mir nicht vorstellen?«

Sie hatte immer schon den Verdacht gehabt, dass ihre Tante Frauen bevorzugte, weil sie sich nie sonderlich um Männer gekümmert hatte und in ihrem Alter immer noch unverheiratet war.

Lydia zögerte lange. Erst, als sie sich am Tisch niedergelassen hatten und sie Emma das Versprechen abgenommen hatte, nichts zu verraten, sagte sie: »Es ist nicht so, wie du vielleicht denkst. Es ist eine Mutter mit ihrem Sohn. Sie verstecken sich oben im Gästezimmer. Sie dürfen nie raus, verstehst du? Niemand darf sie sehen.«

Emma ließ die Kuchengabel sinken, schluckte mühsam den trockenen Kuchen hinunter. »Wie sind sie …«

»… hierhergekommen?« Lydia lächelte. Ihre Hand, die den Kuchen hielt, zitterte. »Das ist eine andere Geschichte. Ich kann sie dir nicht erzählen. Je weniger du weißt, desto besser. Aber ich konnte nicht zulassen, dass sie ins Deutzer Lager kommen.«

Ihre Tante Lydia. Ein Herz unter den Menschen. Sie hatte nicht mitansehen können, wie eine jüdische Mutter und ihr Sohn ins Sammellager kamen, von wo aus man sie in weit schlimmere Lager brachte.

»Ich verrate nichts«, versprach Emma. »Zu niemandem, kein einziges Wort.« Sie wusste, was dann geschehen würde.

Tante Lydia würde verhaftet werden und in die Gestapo-Zentrale kommen, vielleicht auch in ein Lager. Wie mutig ihre Tante war. Mutiger als alle anderen.

Emma hielt ihr Versprechen und schwieg, kein Wort kam ihr jemals über die Lippen. Wenn sie Lydia sonntags besuchte, sah sie die Frau nie, roch nur den feinen Duft nach Rosenparfüm im Wohnzimmer, der ihr verriet, dass sie noch da war. Bis zu jenem letzten Tag im Mai 1942, als Köln den schlimmsten Bombenangriff überhaupt erlebte. In jener nie enden wollenden Schreckensnacht wurde das Haus ihrer Großeltern zerstört. Man fand später drei Leichen in den Trümmern, Lydias Leichnam und die der beiden anderen.

Emma verriet nichts. Auf die Fragen ihrer Eltern hin behauptete sie, nicht zu wissen, wer das war. Sie sagte, vielleicht hätte Tante Lydia Besuch gehabt. Sie hätte nie jemanden bei Tante Lydia gesehen. Zum Glück stellte niemand weitere Fragen, und alles ging im allgemeinen Durcheinander nach jener Nacht unter. Tante Lydia wurde in der Familiengrabstelle beigesetzt, die anderen beiden in einem Sammelgrab. Emma hatte um ihre Patentante geweint, um die Mutter und ihren Jungen. So viele Menschen waren damals gestorben, in jener Nacht und in den Nächten danach.

Sie öffnete die Augen. Auf dem Trümmerhügel, wo einst die Villa gestanden hatte, wuchsen Gras und Sträucher, sogar junge Birken reckten ihre dünnen Stämmchen empor. Ein paar Gartenblumen, die sich wild vermehrt hatten, blühten am Rand der Sträucher. Sie würde nie wieder das Haus ihrer Großeltern betreten, nie mehr mit Tante Lydia beim Kaffee über Bücher reden. Die Toten, sie lebten nur noch in der Erinnerung. Emma schob ihr Rad langsam weiter und versuchte, ihre Traurigkeit abzuschütteln, doch es gelang ihr nicht. Vielleicht war es ein Fehler gewesen, herzukommen. Aber sie wollte unbedingt Irma wiedersehen. Ihr Wiedertreffen auf dem Schwarzmarkt neulich war ein guter Zufall gewesen, es könnte ein neuer Anfang werden. Vielleicht könnten sie wieder dort anknüpfen, wo sie sich verloren hatten.

Sie schob ihr Rad zum Nachbarhaus, stellte es vor der Tür ab und klingelte. »Dr. Steiner« stand wie eh und jeh am Klingelschild, und zu ihrer Überraschung öffnete ihr Irmas Vater selbst. Er brauchte einen Augenblick, bis er sie wiedererkannte. »Emma! Na, das ist aber eine Überraschung! Komm rein.«

Sie betrat einen kalten dunklen Flur. Doktor Steiner hinkte zur Treppe. »Irma, Besuch für dich!«, rief er nach oben.

Emma sah sich unauffällig um. Der Teppich von früher war verschwunden, und dort, wo die Bilder gehangen hatten, zeichneten sich weiße Flecke an den Tapeten ab. Nur der dünne Teppich auf der Treppe lag noch da.

Bald erschien Irma oben. Sie lächelte überrascht, als sie Emma sah, und kam langsam herunter. »Wie geht es deiner Mutter?«

»Besser. Aber es wäre nicht schlecht, wenn wir euren Tee im Haus hätten, für alle Fälle.« Emma war froh über diesen Vorwand, Irma wiederzusehen. Sie holte den winzigen Beutel Kartoffeln hervor, den sie zum Tausch mitgebracht hatte.

»Aber das wäre doch nicht nötig gewesen«, sagte Irma pflichtschuldigst und wartete ab, bis Emma ihr die Kartoffeln aufgenötigt hatte. Dann ging sie, um den Tee zu holen, während Doktor Steiner Emma in ein Gespräch verwickelte, in dem er sich nach ihr und ihrer Familie erkundigte.

»Siehst du, hier hat sich einiges verändert«, sagte er und deutete auf die leeren Flecken an den Wänden. »Irma hat dir bestimmt erzählt, dass wir Besuch von Plünderern hatten, als wir evakuiert waren.«

»Wir auch«, sagte Emma. Wahrscheinlich bat er sie deshalb wohl nicht ins Wohnzimmer. Soweit sie wusste, war er als Arzt bei einer Sanitätseinheit im Krieg gewesen und wegen seiner schweren Beinverletzung kriegsuntauglich geworden.

»Meine Frau ist nicht hier, sie ist einkaufen«, erklärte er. »Es dauert ja jetzt immer etwas länger.« Er lachte über seinen eigenen Witz, und Emma lachte aus Höflichkeit mit. Irmas Vater und seine Witze, das hatte sich nicht geändert.

Irma kam mit dem Tee zurück und zog sich ihre Strickjacke über. »Lass uns ein bisschen spazieren gehen, ja?«

Emma nickte erfreut. Was hatten sie früher nicht alles für Spaziergänge gemacht, nicht nur im Volksgarten und in den Parks in der Nähe. Sie waren einmal sogar für eine Tageswanderung ins Siegerland gefahren, gemeinsam mit Irmas Gruppe, bevor sie Christian kennengelernt hatte.

Doch Irma schlenderte nicht wie früher. Zielgerichtet lenkte sie ihre Schritte durch die Allee, während sie über Unverfängliches sprachen. »Was möchtest du von mir, Emma?«, fragte sie, als sie an der kleinen Parkanlage am Lindenthaler Kanal angelangt waren.

Emma, überrascht von der plötzlichen direkten Frage, brauchte einen Moment, um sich zu sammeln. Aber sie wusste, was sie wollte. »Können wir nicht wieder gemeinsam spielen, Irma? Deine Gitarre fehlt mir. Wir waren so gut zusammen.«

Irma blieb stehen und sah unverwandt auf das grünlich schimmernde Wasser des Kanals. »Ich habe dir doch gesagt, dass ich nicht mehr spiele. Seit Brunos Tod nicht mehr.«

Also war der Tod von Irmas Freund der Grund für ihre Entscheidung, ihr Gitarrenspiel aufzugeben. Emma hatte es befürchtet. »Christian ist ... auch nicht mehr da. Ich weiß nicht, was mit ihm ist, ob er tot ist oder noch lebt, aber ich spiele trotzdem noch.«

»Wie kannst du das nur vergleichen?«, rief Irma. »Bruno war wochenlang in der Gestapo-Zentrale. Sie haben ihn verhaftet, obwohl er nicht mal im Widerstand war. Er war nur bei den Edelweißpiraten, das reichte schon, um ihn wochenlang dazubehalten und ihn dann ins Gefängnis nach Siegburg zu bringen.« Ihre Stimme hatte einen harten, verzweifelten Klang.

Emma wusste, was danach passiert war. Bruno war in dem Gefängnis an Fleckfieber gestorben. Sie dachte an ihn, seinen langen Pony, der ihm immer in die Stirn gefallen war, seine kurze Hose mit dem Lederbesatz am Saum. Sie hatte sich darüber gewundert, als sie ihn kennengelernt hatte, an jenem Tag, an dem sie das erste Mal in Irmas neuer Gruppe gewesen war, den Edelweißpiraten. Sie war siebzehn, es war Sommer 1942, kurz nach der furchtbarsten Bombennacht in Köln, in der Tante Lydia ihr Leben verloren hatte und die Villa zerstört worden war. Die Nacht, die alles veränderte. Die Lücke, die Lydia hinterließ, war groß – ein schwarzes Loch, das Emma zu verschlingen drohte. Taumelnd suchte sie Halt, auch bei Irma. Aber die hatte sich gerade zum ersten Mal verliebt, in Bruno, den sie bei den Edelweißpiraten kennengelernt hatte. Die Gruppe traf sich im Rosengarten des Volksgartens, ganz in ihrer Nähe, sie spielten und sangen ihre eigenen Lieder. Lieder von Freiheit, Cowboylieder, Schlagerschnulzen – ganz andere Lieder, als sie es gewohnt war. Die Jungs trugen Riemchen an den Handgelenken, auf denen ein Edelweiß abgebildet war, die Mädchen Faltenröcke. Auch Irma trug bald nur noch Faltenröcke. Sie fuhren zum Wandern ins Siegerland und trafen sich dort an einem großen See. Abends wurden ein Lagerfeuer angezündet und Lieder gespielt. Emma spielte mit Irma »Es war in Shanghai«, eins der Lieblingslieder der Edelweißpiraten. Als Emma nach dem Ausflug nach Hause zurückkehrte, bekam sie Hausarrest und Gruppenverbot. Niemals früher oder später waren ihre Eltern so entschieden gewesen. In den Kapitolskeller durfte sie, um den willkommenen Zuschuss zu ihrem Schulgeld zu verdienen, und sie musste zur Mädelschaft. Aber die Edelweißpiraten seien eine Gefährdung für die Jugend, sagten ihre Eltern, das seien Aufmüpfige, und sich mit denen abzugeben, sei viel zu gefährlich. Emmas Wut verging erst, als sie Christian kennenlernte. Er gab ihr Halt und füllte die Lücke, die Lydia hinterlassen hatte. Ganz wie ihre Eltern war er der Meinung, dass sie nicht mehr zu den Edelweißpiraten gehen sollte.

Danach war die Freundschaft zwischen Irma und ihr nicht mehr dieselbe. Wie bei einem Apfel, dem durch Trocknung allmählich der Saft entzogen wurde, trocknete sie aus. Sie sahen sich nur noch in der Schule und zu den Theateraufführungen. Sie spielten keine Lieder mehr zusammen. Dass Irma Christian nicht mochte, machte die Sache nicht besser. Eines Tages gab es eine Prügelei zwischen den Jungs der Edelweißpiraten und Hitlerjungen. Bruno auf der einen Seite, Christian auf der anderen. Das gab Emmas und Irmas Freundschaft den Rest. Sie gingen sich bis zur Schulentlassung, die kurz darauf folgte, aus dem Weg. Weil Christian es nicht wollte, lud Emma Irma zu ihrer Hochzeit nicht ein. Ihre Wege trennten sich. Später bei einem ihrer Besuche zu Hause hatte ihre Mutter ihr dann von Brunos Verhaftung und Tod erzählt. »Siehst du, so ergeht es den Unruhestiftern«, hatte sie gesagt und ihre Erleichterung darüber ausgedrückt, dass sie Emma vor der Gruppe bewahrt hätten.

»Dabei war er nicht mal bei denen, die im Untergrund lebten und Sabotageakte planten«, fuhr Irma fort. »Wir kannten die, ja, aber dann hätten sie mich auch verhaften können.«

»Ich verstehe, dass das eine schlimme Zeit für dich war«, sagte Emma und bemühte sich, ihre Stimme ruhig klingen zu lassen. »Monatelang zu warten und nicht zu wissen, wie es Bruno geht. Ob er überhaupt noch lebt. Mir geht es jetzt so mit meinem Mann.«

»Ich hab nie verstanden, was du an ihm findest«, gab Irma schroff zurück. »Er konnte es doch gar nicht abwarten, in den Krieg zu gehen.«

Immer noch die alte Ablehnung. Emma schluckte die heftige Erwiderung, die ihr auf den Lippen lag, hinunter. Sie wollte sich wieder mit Irma aussöhnen. Sie sehnte sich danach, wieder mit ihr Lieder zu spielen. »Ach Irma, lass uns doch nicht wegen unserer Männer streiten. War es nicht ein schöner Zufall, dass wir uns wiedergetroffen haben? Ich habe in letzter Zeit oft an früher gedacht, an unsere Theatergruppe, an unsere Lieder. Weißt du noch, unsere Musiknachmittage bei euch?«

Irmas Stirn glättete sich wieder, was Emma den Mut gab, fortzufahren. »Allein zu spielen ist nicht dasselbe wie zusammen. Wir könnten doch zusammen auftreten, du und ich als Duo.«

Irma warf ihr einen langen Blick zu. »Auftreten? Wir beide zusammen? Nein! Ich sagte dir doch, dass ich nicht mehr spiele.«

Sie standen sich gegenüber und maßen sich stumm mit Blicken. »Meinst du, das würde Bruno gefallen, wenn du gar nicht mehr spielst?«, fragte Emma leise. »Du schneidest dir etwas ab, Irma, etwas Wichtiges.«

Irma schwieg. Sie gingen langsam am Kanal wieder zurück. »Es ist nicht mehr so wie früher«, meinte sie schließlich. »Die Zeiten haben sich geändert. Das, was war, kommt nie mehr wieder.«

»Aber die Musik bleibt.«

Irma gab einen undeutbaren Ton von sich. »Wenn du meinst. Aber die Lieder … für *unsere* Lieder ist es zu spät.«

»Was meinst du damit? Die Lieder der Edelweißpiraten? Die könntest du gerade jetzt wieder spielen, ohne Angst haben zu müssen.«

Irma schüttelte den Kopf. »Du verstehst das nicht. Niemand will sie mehr hören. Und die, die sie gespielt haben, sind tot oder in alle Winde verstreut.« Ihr Gesicht verzerrte sich, als wollte sie in Tränen ausbrechen.

Emma legte ihr die Hand auf den Arm. »Das ist traurig. Aber wir dürfen deswegen nicht aufgeben. Wir müssen weitermachen.«

Mit einer ruckartigen Bewegung schüttelte Irma die Hand ab und beschleunigte ihre Schritte. »Nein. Hör auf, es hat keinen Zweck. Ich spiele nicht mehr.«

Emma begriff, dass ihre Bemühungen zwecklos waren. Sie würde keinen Erfolg bei ihr haben. Enttäuscht räusperte sie sich. »Ich verstehe. Aber wenn du dich doch anders entscheiden solltest, komm einfach vorbei. Du weißt ja, wo ich jetzt wohne.«

Inzwischen waren sie vor Irmas Haus angelangt und suchten Emmas Rad. Es stellte sich heraus, dass Doktor Steiner es aus Angst vor Dieben in den Schuppen gestellt hatte. Sie verabschiedeten sich, ohne sich zu verabreden.

Auf dem Rückweg ging Emma ihr Gespräch nicht mehr aus dem Kopf. Irma hatte sich verändert, Brunos Tod hatte sie verändert. Bruno war für das, woran er glaubte, gestorben. So jung. Ein vollkommen sinnloser Tod, so hatte sie immer gedacht. Oder hätte auch sie Widerstand leisten sollen, anstatt lustlos in der Mädelschaftsgruppe mitzumachen? Wäre alles eher beendet gewesen, wenn mehr Leute wie sie mutiger gewesen wären? Sie hatte immer leben wollen. Sie hatte mit Christian zusammenleben wollen, eine Familie gründen, Kinder haben wollen. Und doch war Christian jetzt fort. Emma seufzte.

Sie verstand nicht, wie eine Musikerin auf das Spielen verzichten konnte, noch dazu eine so begabte wie Irma. Sie hatte sich umsonst Hoffnungen gemacht. Immerhin hatten sie sich wiedergetroffen, und vielleicht würden sie eines Tages wieder miteinander sprechen können. Wenn etwas mehr Zeit vergangen war.

Dieser Gedanke tröstete sie ein wenig, als sie durch die Trümmer nach Hause fuhr.

KAPITEL 10

Köln, Mai 1945

An einem sonnigen Maitag fühlte Kurt sich stark genug, um von
Essers Schlüsseln Gebrauch zu machen. Er ging zu Fuß in ein
altes Industriegebiet in der Nordstadt, wo er in einer verlasse-
nen Straße haltmachte. Eine mannshohe, rote Ziegelsteinmauer
zog sich lang am Straßenrand hin. Sie war erst vor Kurzem
ausgebessert worden, wie einige helle Steine in der Vorderfront
zeigten. Das mächtige, doppelflügelige Eisentor war stark verrostet und hatte oben lange, dünne Stäbe, die sich in einem
Halbrund schwangen und vor unerwünschten Eindringlingen
schützen sollten. Das Schloss im Tor sah neu aus. Kurt blickte
sich um, ob jemand in der Nähe wäre. Nebenan lag eine Brache,
gegenüber zogen sich nur weitere Mauern mit verschlossenen
Toren hin.

Er zog sich die Schlägermütze, die Klara ihm von Esser
gegeben hatte, tiefer ins Gesicht und schob den Schlüssel ins
Schloss. Er passte. Kurt entriegelte das Tor, öffnete es einen
Spalt und schlich hindurch. Die Tür schabte über die Steine, als
er sie wieder schloss.

Die Fabrikhalle war nicht groß. Hohe, mit Brettern vernagelte Fenstergerippe lagen in den roten Ziegelsteinen. An den Mauern wucherte Unkraut, nicht jedoch vor dem Tor, vor dem ausgefahrene Spurrillen im Weg darauf hindeuteten, dass es oft benutzt wurde. Ob jemand hier war? Vielleicht waren Plünderer eingedrungen und hatten schon alles herausgeholt. Die Mauer war zwar hoch, aber nicht unüberwindlich. Kurt lauschte, hörte aber nichts. Er öffnete das Tor zur Halle.

Sie lag im Halbdunkel. Nur durch kleine Öffnungen in den vernagelten Fenstern kam ein wenig Tageslicht herein. Es roch nach Staub, Motoröl und Benzin. An einer Seite standen unter den hochgelegenen Fenstern mehrere Fässer, an der Wand gegenüber stapelten sich Reifen aller Größenordnungen und Gebrauchsstadien sowie ein paar Maschinen und Geräte. In der Mitte der Halle stand ein Lkw.

Kurt holte tief Luft. Der Wagen war kleiner, als er ihn sich vorgestellt hatte, Esser hatte wohl übertrieben. Aber er fahre wie ein zäher Esel, hatte Esser gesagt. Kurt ging zu einem alten, ausrangierten Küchenschrank, der wohl als Werkzeugschrank diente, und wühlte in einer Schublade nach dem Schlüssel. Er fand ihn, schloss den Lkw auf und stieg ein. Zum Glück hatte er während des Krieges gelernt, einen Lkw zu fahren. Vorher hatte er so gut wie keine Fahrerfahrung gehabt, nur einmal hatte er den Mercedes seines Vaters fahren dürfen. Er startete den Wagen und atmete auf, als er das laute Rattern hörte. Er machte den Motor wieder aus. Niemand sollte hören, dass er hier war. Durch die fleckigen Fenster des Führerhauses erblickte er den eisernen Schrank am Ende der Halle. Das musste der Geräteschrank sein, von dem Esser gesprochen hatte.

Kurt stieg aus dem Wagen und ging hin. Der kleinste der drei Schlüssel passte. Mit einem kurzen Plop sprang die Schranktür auf. Esser hatte nur von ein paar Dingen gesprochen, die er hier aufbewahren würde, und er neigte zur

Übertreibung. Aber dieses hier waren weit mehr als ein »paar Dinge«. Auf dem obersten Brett stapelten sich Metallhelme, darunter mehrere Behälter für Kochgeschirr, Kartentaschen, sorgfältig eingerollte Gürtel mit Koppelschlössern. Kurts Blick fiel auf einige Ferngläser in der Mitte des Schranks. Daneben standen sorgfältig aufgereiht drei Leicas. Vorsichtig hob er eine auf. Sie war schwarz, mit einem silbernen Objektiv und noch gut erhalten. Die anderen beiden ebenso. Ganz unten auf dem Schrankboden standen mehrere Paar sorgfältig geputzter und polierter Knobelbecher in verschiedenen Größen neben mehreren Kisten mit Pökelfleischdosen.

Kurt wurde es schwindelig. Er musste sich gegen den Kotflügel des Lkw lehnen, so schwach fühlte er sich. Er versuchte, tief und gleichmäßig zu atmen, obwohl sein Herz wie verrückt klopfte. Unglaublich, was Esser alles aus Wehrmachtsbeständen zusammengeklaut hatte. Alles gehörte nun ihm, ihm allein. Essers Schätze, die er – wie er Kurt an einem verregneten Aprilabend im Lager unter ihrer Zeltplane gestanden hatte – nach und nach aus seiner Dienststelle beiseitegeschafft hatte. In dem Durcheinander der letzten Kriegstage und kurz vor dem Einmarsch der Amerikaner in Köln sei es ihm gelungen, das meiste zu holen, vor allem die Benzinfässer hätten er und Biernath unter Lebensgefahr hierhergebracht. Er habe zwar Biernath dafür etwas abgeben müssen, aber er habe doch nicht zulassen können, dass alles den Amis in die Hände falle.

Vorausschauend hatte Esser sich schon vor Monaten diese alte Halle für wenig Geld von seinem Lohn gemietet, Mauer und Fenster instandgesetzt und die Schlösser erneuert. So hatte er sich eine Burg geschaffen, in der seine Schätze sicher waren, und es waren Schätze, das erkannte Kurt sofort. Die Mangelwirtschaft der Kriegsjahre würde sich noch verstärken, es brächen Zeiten an, in denen es nichts gab, in denen der Besitz dieser Sachen sehr viel bedeuten würde. Er besaß genügend

Fantasie und Kenntnisse vom Kaufmännischen, um sich das ausmalen zu können, auch wenn sein Vater ihn niemals in alles eingeweiht hatte. Aber das war auch nicht mehr nötig. Er würde es allein schaffen, und es würde sein neuer Anfang sein. Endlich.

Er stieß sich vom Kotflügel ab, nachdem sein Herzschlag sich beruhigt hatte, hob die Faust und reckte sie in die Luft. Dann schloss er alles ab, verließ die Halle und ging zurück zu Klara.

Esser, du Teufelskerl!, dachte er und hob seinen Blick zum Himmel. Du armer, wunderbarer Teufelskerl!

Kapitel 11

Die Julisonne schien heiß auf Emma und ihre Mutter herab, als sie im Hinterhof Wäsche bleichten. Der Hof war inzwischen einigermaßen wiederhergestellt. Sie hatten die Trümmer vom Schuppen beseitigt, die Mauer zum Nachbarhaus ausgebessert und einen Gemüsegarten angelegt, der durch Bretter und eine neue Ziegelsteinmauer geschützt war. Wäscheleinen spannten sich von der Mauer zum Haus, wo unter dem reparierten Vordach die neuen Küken, die Emma von dem Erlös der Seife auf dem Schwarzmarkt gekauft hatte, in einer Kiste lebten. Da jeder Zoll nun genutzt wurde, hatten sie zum Wäschebleichen kaum noch Platz übrig, sie mussten sich mit dem sonnigen Fundament des alten Schuppens begnügen. Emma breitete gerade die Wäsche dort aus, als ihre Mutter eine volle Gießkanne Wasser heranschleppte. Herr Schneider hatte es irgendwie fertiggebracht, die alte Wasserpumpe im Hof zu reparieren.

»Mama, das wollte ich doch machen«, sagte Emma und warf ihrer Mutter einen missbilligenden Blick zu.

»Ach, du hast doch genug.« Ihre Mutter deutete auf den Wäschekorb, den sie noch leeren mussten. Sie sah wieder besser aus, ihr Gesicht hatte sogar ein wenig Sonnenbräune bekommen.

Emma richtete sich auf und wischte sich den Schweiß von der Stirn. Beide trugen sie Kittel ihrer Mutter, darüber die üblichen Kopftuch-Turbane, die vorn mit Knoten gebunden wurden. Nach der aktuellen Mode, dachte Emma oft, die Haute Couture der Trümmer.

»Zu wenig Platz für die Wäsche«, meinte sie und deutete auf das Fundament. »Das wird nicht reichen.«

»Dann müssen wir eben mit dem Rest auf den Dachboden.«

»Wie umständlich. Außerdem ist's da nicht hell genug.«

Ihre Mutter nickte und breitete Kurts weißes Hemd über einem Mauerrest aus. »Was sollen wir machen? Wir haben keinen Platz mehr, seit der Garten hier ist.«

»Gut, dass wir einen Garten haben.«

»Der wird nicht reichen, das kann ich dir jetzt schon sagen. Wir sind zu spät und es ist zu wenig Platz.« Sie richtete sich auf und beschattete sich mit der Hand die Augen, als sie zu der frisch geharkten Erde hinübersah, aus der grüne Salatspitzen ragten. »Wir brauchen mehr, Emma. Du musst nach Meinersleben fahren und mit Robert und Elisabeth reden. Vielleicht hat Christian geschrieben. Willst du das denn gar nicht wissen?«

Emma blinzelte. Das Sonnenlicht wurde von den weißen Laken und Handtüchern, die ausgebreitet vor ihr lagen, reflektiert und flimmerte in ihren Augen. »Natürlich will ich das. Ich habe ihnen gesagt, wo ich bin. Wenn sie etwas hören, geben sie mir Bescheid.«

»Bist du dir da sicher?«

Der dunkle Ton in Mamas Stimme ließ Emma aufhorchen. So gemein konnten doch selbst ihre Schwiegereltern nicht sein, dass sie ihr keine Nachricht zukommen ließen, wenn sie etwas von Christian hörten. Sie stemmte die Hände in die Hüften. »Ich denke schon.«

Ihre Mutter brummte etwas vor sich hin. »Geh zu ihnen, Emma, dann bist du auf der sicheren Seite. Vertrag dich mit ihnen. Wir brauchen doch was zu essen!«

Emma schluckte gegen die Trockenheit in ihrem Mund an. Sie hatte nicht im Mindesten Lust, nach Gut Meinersleben zurückzugehen. Anfangs hatte sie manchmal noch gedacht, sie würde es bald tun, aber je länger sie hier lebte, desto mehr hatte sie den Zeitpunkt hinausgeschoben. »Ich kann aber nicht mehr bei denen leben, Mama!«

Ihre Mutter schüttelte mit kräftigen Bewegungen ein großes Handtuch aus, ehe sie es ausbreitete. »Darum geht es doch gar nicht. Ich habe dir doch gesagt, dass du hierbleiben kannst«, sagte sie. Sie richtete sich auf und holte tief Luft, als müsste sie Anlauf nehmen. »Nur … wenn du auf Dauer hierbleibst, dann wirst du uns leider etwas abgeben müssen.«

Emma strich das Wäschestück glatt und richtete sich auf. »Etwas … abgeben?«

»Kostgeld. Es tut mir leid, aber es geht nicht anders. Papa und ich hatten gehofft, dass es auch so geht. Wir hatten nicht gedacht, dass alles so teuer werden würde. Du wirst uns Kostgeld zahlen müssen, wenn du nicht doch wieder zu den van Kalls zurückgehst.«

Emma schnappte nach Luft. »Aber ich tu doch schon so viel«, erwiderte sie. Erst gestern hatte sie allein stundenlang für ein Paket Waschmittel angestanden. Am Sonntag war sie mit Armin auf den Rädern – er hatte sich eins von seinem Freund geliehen – ins Vorgebirge gefahren und hatte dort bei den Bauern den Wohnzimmerteppich und ein paar Tischdecken aus dem Versteck ihrer Eltern gegen Räucherwürste, Butter, ein paar Eier und eine Trinkflasche Milch eingetauscht. Sie wusste, dass sie eine wichtige Stütze der Familie war. Außerdem hatte sie ihrer Mutter das Leben gerettet. »Ich nehme euch so viele Arbeiten ab. Ohne mich würdet ihr nicht so gut dastehen.«

Ihre Mutter nickte. »Glaub mir, wir würden das nicht von dir verlangen, wenn es anders ginge«, sagte sie leise. »Aber wir sind auf das Geld angewiesen, Emma. Unsere Ersparnisse sind bald aufgebraucht. Papa will sich bei der Sparkasse vorstellen, aber ich glaube nicht, dass sie ihn in seinem Alter noch nehmen werden. Ich versuche auch, noch zusätzlich etwas zu finden, aber wer weiß, wann das klappt.«

Emma ließ sich auf einen Mauerrest sinken und kämpfte gegen den Kloß in ihrem Hals an. Ihre dürftigen Ersparnisse würde sie für das Wenige, das man auf die Lebensmittelmarken bekam, ausgeben müssen. Sie würden noch für diese, vielleicht noch für die nächste Woche reichen. Sie wusste ohnehin nicht, wie es danach weitergehen sollte. »Wovon soll ich das bezahlen? Ich möchte doch wieder auftreten«, hörte sie sich sagen.

Ihre Mutter ließ das Handtuch sinken und setzte sich zu ihr.

»Auftreten? Wo denn? Der Kapitolskeller ist doch kaputt.«

Als Emma nichts erwiderte, legte sie den Arm um Emmas Schultern. »Ach Kind, warum denn das? Ich glaube, die Lydia hat dir damals einen Floh ins Ohr gesetzt mit der Musik und der Theatergruppe. Such dir besser eine Arbeit, dann hast du was, bis Christian wiederkommt.«

Emma holte ein Taschentuch aus ihrer Kitteltasche und schnäuzte sich die Nase. Dass Mama ausgerechnet jetzt wieder damit anfangen musste! Sie hatte es nicht mehr getan, seit Emma die Schule beendet hatte. Sie sollte etwas Vernünftiges lernen. Sehen, dass man etwas in den Magen bekam. In den Augen ihrer Mutter war ihre Akkordeonspielerei nichts als bloße Zeitverschwendung gewesen. Sie knüllte ihr Taschentuch und hob den Kopf. »Ich möchte Musikerin werden.«

Ihre Mutter verzog den Mund und schüttelte den Kopf. »Da verdienst du doch nichts. Geh besser zur Glanzstofffabrik, die zahlen gut und suchen Leute, wie ich gehört habe.«

Emma konnte sich nicht vorstellen, in einer Fabrik zu arbeiten. Lange genug hatte sie von morgens bis abends auf Gut Meinersleben schuften müssen und kaum Zeit für ihre Musik gehabt. Kurt hatte recht: Es würde hier bestimmt bald wieder Gaststätten geben, in denen sie auftreten könnte. Mama sorgte sich um sie, aber würde sie sie je verstehen? Dass sie es liebte, zu spielen und den Menschen mit ihren Liedern Freude zu bereiten? »Es ist kein Floh, Mama. Ich meine es ernst. Ich möchte Musikerin werden.«

Ihre Mutter legte die Hände auf die Knie und sah eine Weile darauf hinunter. Dann hob sie den Kopf und blickte Emma an. »Damit verdienst du nie genug.«

Emma steckte ihr Taschentuch in die Kitteltasche zurück. »Wie viel wollt ihr denn von mir? So viel wie von Herrn Groß? Oder bekomme ich einen Familienrabatt?«, fragte sie.

Ihre Mutter versteifte sich. »Hör auf damit«, sagte sie gereizt. »Wir brauchen eine kleine Abgabe von dir, mehr nicht.«

Emma schluckte den Kloß in ihrem Hals herunter. »Wie viel?«

Ihre Mutter räusperte sich. Es fiel ihr sichtlich schwer, darauf eine Antwort zu geben. Dann nannte sie einen Betrag, der höher war als nur eine kleine Abgabe, aber noch unter Kurts Monatsmiete lag.

»Werdet ihr bekommen«, murmelte Emma. Sie erhob sich, nahm den halb vollen Korb und verließ den Hof, um die Wäsche auf den Dachboden zu bringen. Sie würde das Kostgeld für ihre Eltern schon aufbringen, dachte sie. Aber auf ihre Weise.

In dieser Nacht träumte sie von Christian. Sie träumte, sie wäre er. Sie hockte in einem Erdloch und sah einen Panzer auf sich zukommen. Ehe er sie überrollte, wachte sie herzklopfend und schweißgebadet auf. Danach konnte sie die restliche Nacht nicht mehr schlafen und fuhr früh am nächsten Morgen mit dem Rad zum Roten Kreuz und fragte nach ihm. Sie hatten immer noch keine Nachricht von ihm. Die Dame hinter dem Schalter meinte, man tue, was man könne, sie solle sich in Geduld fassen.

Emma trat vor das schwarze Brett, an dem unzählige Zettel hingen, viel mehr als beim letzten Mal. Frauen suchten ihre Männer, Mütter ihre Kinder. Wie lange würde es noch dauern, bis niemand mehr irgendwen vermisste? Wie weit würde das Leid, das der Krieg angerichtet hatte, noch wachsen? Es musste doch eine Art von Gerechtigkeit geben, ein Gleichgewicht, das den Dingen innewohnte und die Aufs und Abs regelte. Irgendwann musste das Schlimme enden. Eines Tages musste es wieder aufwärtsgehen, so wie die Menschen in den Trümmern ihrer Stadt die Gaststätten und Theater wieder errichteten. Emma wollte Teil davon sein.

Wann immer es ihr in den nächsten Tagen möglich war, nahm sie ihr Akkordeon und ging in die Innenstadt, um in den wenigen Gaststätten, die schon wieder eröffnet hatten, zu fragen, ob sie eine Musikerin brauchten. Ohne Erfolg. Ein Wirt hatte schon einen Musiker, ein anderer wollte keine Frau. Ein dritter ließ sie vorspielen, lobte ihr Spiel wortgewaltig, wollte sie dann aber doch nicht.

Enttäuscht ging Emma nach Hause, setzte sich im Hinterhof auf einen Stein und spielte ein wenig. Eine neue Melodie ging ihr seit Tagen im Kopf herum, und sie wollte sie endlich ausprobieren. Die Sonne war gerade hinter den Hausmauern untergegangen, und die Blätter des Apfelbaums färbten sich dunkler in der Dämmerung. Es hatte eine gute Blüte gegeben und jetzt viele junge Äpfel, die Emma manchmal pflückte und heimlich aß. Sie war sicher nicht die Einzige. Wenn es ihnen gelänge, sich zusammenzunehmen, würde es eine gute Ernte geben. Im Garten wuchsen Bohnen, Gurken, Salat- und Kohlköpfe, gut geschützt durch Bretter und die neue Ziegelsteinmauer, damit niemand auf die Idee kam, über das unwegsame Gelände, das ihren Hinterhof von den anderen Häusern trennte, in ihren Hof zu klettern und den Garten zu plündern. Ihr Hinterhof war zu einem kleinen, sichtgeschützten Areal geworden, in dem ihre wertvollen Lebensmittel heranwuchsen, Tag und Nacht sorgsam von ihnen bewacht, weil tagsüber immer jemand hier war und man nachts alles durch die offenen Fenster hören konnte. Ihr friedlicher Vater hatte Steine unter seinem Schlafzimmerfenster aufgeschichtet, die er nachts auf Eindringlinge werfen konnte, Armin bewahrte seine selbst gebastelte Steinschleuder unter dem Bett auf und Herr Schneider besaß eine Trommel, die noch aus den Jahren stammte, in der er in der Musikkapelle eines Karnevalsvereins gespielt hatte. Mit Lärm, sagte er, ließen sich gut Einbrecher verscheuchen.

Emma ließ das Akkordeon sinken, als sie ein Rascheln vom Haus her hörte. Sie ging zu der Holzkiste mit den Küken, die an der Hausmauer stand. Armin hatte vergessen, sie mit in die Wohnung zu nehmen, wie es seine Aufgabe war. Ob er sie wohl gefüttert hatte? Zufrieden sah Emma, dass die Winzlinge wieder etwas zugelegt hatten, und strich vorsichtig über den Flaum eines Kükens. Bald würden sie so groß sein, dass die Kiste nicht mehr reichen würde, dann bräuchten sie einen Stall. Emma nahm den Wassernapf aus der Kiste und ging zur Pumpe, um ihn nachzufüllen. Als sie zurückkam, hörte sie die Tür. Sie dachte erst, es wäre ihr Vater, der gießen wollte, aber es war Kurt.

»N'Abend.« Er lehnte seine Aktentasche gegen den großen Trümmerstein, auf dem Emma gesessen hatte, und ließ sich darauf sinken, streckte die Beine aus und lockerte seine Krawatte. »Meine Güte, ist das immer noch warm. Den ganzen Tag so heiß und auch jetzt kühlt es sich kaum ab. Trinkst du ein Bier mit mir?« Er lächelte gewinnend.

»Klar!« Emma freute sich, ihn endlich wiederzusehen. Schon seit Tagen hatte sie ihn zurückerwartet. Sie wollte etwas mit ihm besprechen. »Warte, ich bringe den Küken noch ihr Wasser.«

Sie stellte den Napf in die Holzkiste und setzte sich dann neben Kurt auf den großen Stein, den man als Bank im Hof hatte liegen lassen. Kurt öffnete seine Aktentasche und holte zwei Flaschen Bier heraus, als sein Blick auf ihr Akkordeon fiel. »Oh, du hast gespielt. Ich wollte dich nicht stören.«

»Du störst nicht.« Sie beobachtete, wie er die Verschlüsse öffnete, die mit Metallbügeln an den Flaschenhälsen befestigt waren. Er reichte ihr eine Flasche. »Prost!«

Das Glas klirrte gegeneinander. Emma trank mit durstigen Schlucken und genoss es, wie das kühle Bier ihre trockene Kehle hinunterrann. »Schmeckt gut. Wo hast du das nur her?«

Er lächelte geheimnisvoll. »Es sind nicht alle Brauereien zerstört. Und die Engländer haben viel Durst.«

Emma überlegte, wie er wohl an das Bier herangekommen war, fragte aber nicht weiter. Er hatte wieder seine vornehme Kluft mit der grauen Stoffhose an und die Ärmel seines weißen Hemds hochgekrempelt. Auf seinen schwarzen Lederschuhen lag eine dünne Staubschicht.

»Mann, ist das eine Stadt! Überall nur Halunken und Bauernfänger«, sagte er kopfschüttelnd, beugte sich nach vorn und stützte seine Ellenbogen auf die Knie.

Emma war froh, dass sie eins ihrer guten Sommerkleider trug. Sie zupfte an einer Haarsträhne und schlug die Beine übereinander, während sie sich fragte, wo er wohl gewesen war. Wahrscheinlich in einer Gastwirtschaft. Er roch nach Zigarettenqualm und Essensdünsten. »Was ist los, hat dich jemand über den Leisten gezogen? Alle wollen doch nur überleben.«

»Klar wollen das alle, aber manche mit einem riesigen Gewinn.« Er trank wieder, als müsste er jede Menge Ärger hinunterspülen. Emmas Neugier war geweckt, und sie wollte gerade etwas fragen, als er sie musterte. »Schönes Kleid«, meinte er. »Hattest du einen besonderen Anlass?«

Meine Güte, dachte sie, wie weit war es nur gekommen, wenn er sie nach dem Anlass fragte, wenn sie nur mal ein Kleid trug. Immerhin war es ihm aufgefallen. Sie erzählte ihm von ihren erfolglosen Vorstellungsgesprächen in den Kneipen.

»Tut mir leid für dich. Wenigstens hat einer dich angehört. Das ist doch schon mal was.«

»Aber es hat nicht gereicht. Ich glaube, die Wirte würden lieber Männer nehmen.«

»Da werden sie sich noch umstellen müssen, wenn es kaum noch Männer gibt«, sagte Kurt nüchtern.

Emma nickte. Sie tranken schweigend und hörten den Vögeln zu, die ihr Abendlied pfiffen.

»Nimm's sportlich«, meinte Kurt. »Du versuchst es einfach weiter, und bei jedem Vorsprechen lernst du dazu. Ich habe gehört, der Oberbürgermeister will mehr Kultur für die Stadt, und die Briten wollen das auch. Eines Tages klappt es.«

Nimm's sportlich. Er hatte gut reden, seine Geschäfte liefen offenbar hervorragend. Er musste nicht den beklemmenden Druck aushalten, bald nicht einmal das Geld zu besitzen, um auf die Lebensmittelmarken etwas zu bekommen. Aber das wollte sie ihm nicht sagen. »Vielleicht«, sagte sie nur und sah auf sein weißes Hemd, das an seinem feuchten Unterhemd klebte. Der Wunsch, ihn wieder nur im Unterhemd zu sehen wie neulich in der Küche, durchfuhr sie. Sie schluckte ihn herunter und besann sich auf das, was sie mit ihm besprechen wollte.

Er lehnte sich zurück, sodass ihre Schultern sich beinahe berührten. »Du wirst es doch weiter versuchen?«

»Sicher«, sagte sie, obwohl sie überhaupt nicht wusste, wie es weitergehen sollte. Zuerst musste sie dafür sorgen, dass sie ihren Eltern das Kostgeld zahlen konnte. »Ich fürchte aber, dass ich schon durch bin mit den paar Lokalen in der Stadt, die wieder geöffnet haben. Alles ist im Moment schwierig. Meine Eltern wollen, dass ich ihnen Kostgeld zahle. Ich soll mir eine Arbeit suchen. Aber wenn ich von morgens bis abends arbeite, habe ich keine Zeit mehr für Musik und Auftritte.« Sie überlegte, ob sie ihm gestehen sollte, dass ihre Ersparnisse bald aufgebraucht wären, entschied sich aber anders. »Dann würde es wohl nichts mehr mit der Musik«, sagte sie stattdessen. Sie warf ihm einen raschen Seitenblick zu, ob er ihr zuhörte, aber das tat er offensichtlich.

»Hm«, machte er und trank einen großen Schluck.

»Außerdem verdient man doch so wenig«, fuhr sie fort. »Ich würde nicht mehr als ein Arbeiter verdienen, fünf Mark am Tag, so viel wie eine Zigarette.« Bei dem Gedanken daran stieg die Wut erneut in ihr hoch, doch sie schluckte sie herunter. Es würde zu nichts führen. Außerdem hatte sie sich an einem der langen Abende, als sie schlaflos im Bett lag, klargemacht, dass sie froh sein konnte, bei ihren Eltern wohnen zu können. Dass sie sie wieder bei sich aufgenommen hatten und nicht von ihr verlangten, zurück zu den van Kalls zu gehen, um sie alle mit den Erträgen vom Gutshof durchzubringen. Ihr war bewusst geworden, dass ihre Eltern nie Geld von ihr verlangen würden, wenn sie nicht selbst in Not wären. Trotzdem fühlte sie Bitterkeit. Und Traurigkeit, weil die besseren Tage vergangen waren, jene Tage, die sie in Leichtigkeit und Unbeschwertheit hatten verbringen können, ohne einen Gedanken an Geld verschwenden zu müssen, weil immer genügend da gewesen war.

Kurt betrachtete sie mit seiner ausdruckslosen Miene und nahm einen Schluck Bier. »Was möchtest du von mir, Emma?«, fragte er direkt.

»Ich … ich hatte gedacht, dass du mir vielleicht helfen könntest, etwas … auf andere Weise zu verdienen.«

»Und wie?« Seine Miene war immer noch ausdruckslos. Dabei wusste er doch bestimmt genau, was sie meinte.

Sie zupfte an ihrer Haarsträhne. »Ich könnte ... etwas auf dem Schwarzmarkt für dich verkaufen, so wie neulich, das hat doch gut geklappt. Ich verkaufe es, und du gibst mir meinen Anteil.«

»Ich habe nichts mehr zu verkaufen«, sagte Kurt mit gesenkter Stimme. Offenbar war ihm bewusst, dass die Fenster zu den Wohnungen offen waren.

Emma warf ihre Haarsträhne nach hinten. Sollte sie ihm das wirklich glauben? Doch in seinem Gesichtsausdruck las sie, dass es ihm ernst war. »Ach, komm schon, Kurt.«

Er schüttelte den Kopf. »Ich hatte gehofft, du fragst nicht mehr«, sagte er leise. »Ich hätte dich nicht mitnehmen dürfen, ich hätte überhaupt nicht ...« Er beugte sich nach vorn und rieb sich mit den Händen das Gesicht.

Sie saß eine Weile reglos daneben und beobachtete ihn. Bereute er, dass er sie in seine Schwarzmarktgeschäfte miteinbezogen hatte? Sie beugte sich zu ihm nach vorn. »Ich werde ganz bestimmt niemals etwas verraten. Da kannst du dir sicher sein. Du kannst mir vertrauen. Außerdem weiß ich doch kaum etwas von dir.« Das große Ganze fehlte. Sie würde niemandem sagen können, wer Kurt Groß eigentlich war.

Er stieß einen unverständlichen Laut aus, der sich anhörte wie etwas zwischen Stöhnen und Seufzen. »Es ist zu gefährlich.«

»Aber ich hab's doch schon getan. War das etwa nicht gut genug?«

»Doch, aber wenn sie dich erwischen ... Ich weiß nicht, wie die Briten mit den Schwarzmärkten umgehen werden. Es wird sicher mehr Razzien geben unter der neuen Militärregierung.«

»Ich würde auf jeden Fall aufpassen. Bitte, Kurt.« Sie umklammerte ihre Flasche. Ihr fiel nichts ein, was sie sonst tun könnte. Er musste ihr einfach helfen! Sie sah, wie er mit sich kämpfte. Er fuhr sich mit der Hand durch die Haare. Dann schien er auf einmal ganz ruhig zu werden. Er nahm seine leere

Bierflasche, drehte sie um, damit der letzte Tropfen herausfiel, und verstaute sie in seiner Aktentasche. »Ich gebe dir deinen Waschlohn in Reichsmark, dann hast du schon mal einen Teil der Abgabe. Aber du wirst nicht für mich arbeiten.«

»Warum nicht?«

Er seufzte leise. »Das habe ich doch schon gesagt. Es ist zu gefährlich.«

»Du brauchst mich nicht zu beschützen. Ich kann sehr gut auf mich allein aufpassen.«

Doch ihr Widerspruch verhallte. Er nahm seine Aktentasche und stand auf. »Versteh bitte, ich möchte nicht, dass du das tust. Soll ich dir Geld leihen? Wenn du willst, kann ich dir die erste Abgabe leihen und du zahlst sie mir zurück, wenn du etwas verdient hast. Ohne Zinsen.«

Emma reichte ihm mechanisch ihre leere Flasche. Sie verstand nicht, warum er ihr nicht helfen wollte. Der Schwarzhandel machte ihr zwar keine Freude, aber er lag ihr. Sie wusste, dass sie es konnte, und sie würde auch vorsichtig sein. Es wäre einfach, damit sein Geld zu verdienen. Einfacher, als von montags bis samstags in einer Fabrik zu schuften und trotzdem nicht genug Geld zu verdienen. Aber sie spürte Kurts Entschlossenheit. Wenn er so aussah wie jetzt, war es zwecklos, ihn überzeugen zu wollen.

Sie erhob sich. »Ist schon gut, du brauchst mir nichts zu leihen. Gib mir meinen Waschlohn in Geld, ansonsten komm ich schon klar.« Ihre Stimme klang dünn, wenig überzeugend. »Gute Nacht, Kurt«, setzte sie mit festerer Stimme hinzu, wandte sich ab und ging zu den Küken. Sie nahm die Kiste und ging zur Tür, doch es gelang ihr nicht, sie mit der Kiste in den Armen zu öffnen. Kurt hielt ihr die Tür auf und schloss ihr die Wohnungstür auf. Sie wich seinen Blicken aus. Im Flur ging sie schnurstracks in die Küche und wandte sich nicht mehr nach ihm um.

KAPITEL 12

Köln, Mai 1945

Der Raum in dem Gebäude der amerikanischen Militärregierung am Kaiser-Wilhelm-Ring war klein und wirkte bedrückend durch den braunen Dielenfußboden und die dunklen Möbel. Kurt saß in einem klobigen Sessel, musterte die abgetretenen Stellen auf den Dielen und trommelte mit den Fingern auf die Sessellehnen. Es roch nach abgestandenem Rauch, und der volle Aschenbecher bestätigte das. Die Amerikaner brauchten sich um ihren Nachschub an Zigaretten keine Sorgen zu machen.

Endlich öffnete sich die Tür und Major Weaver betrat den Raum. Kurt erhob sich und grüßte militärisch, wie er es gewohnt war, doch der Major winkte nur ab und bedeutete ihm mit einer Handbewegung, sich zu setzen. Kurt wartete, bis die Ordonanz die Tür geschlossen hatte und er mit dem Major allein war. Für ihn war es die erste Begegnung mit dem amerikanischen Offizier, er hatte bisher nur mit den GIs geredet. Seine guten englischen Sprachkenntnisse waren nun von unschätzbarem Wert. Er begrüßte Major Weaver in fließendem Englisch. Der war sichtlich beeindruckt, schien sich aber nicht mit langem Vorgeplänkel aufhalten zu wollen.

»Was haben Sie?«, kam er direkt zur Sache.

Kurt zog ein Blatt Papier aus seiner Anzugtasche. Er hatte sich den Anzug eigens für solche Anlässe von einer Näherin schneidern lassen, was ihn viel gekostet hatte, doch nun war er froh darüber. Er war auch froh über die Manieren und das Auftreten, das er von Kindesbeinen an erlernt hatte und das ihm nun den Umgang mit dem Offizier erleichterte. Er legte das Papier auf das Rauchtischchen und studierte Weavers Gesicht, während der die Zeichnung betrachtete. Es blieb ausdruckslos. War die Zeichnung gut genug, um den Major zu überzeugen? Aber ja, der Zeichner hatte die Medaille gut getroffen, er war sein Geld wirklich wert.

Weaver tippte auf das Papier. »Was steht da?«

»Treue für Führer und Volk«, übersetzte Kurt. Er versuchte, ruhig zu atmen. Hoffentlich fragte Weaver nicht nach der Herkunft der Medaille. Er hoffte inständig, dass die Mühe, die er sich mit den GIs gegeben hatte, nicht umsonst gewesen war. Es hatte Tage gedauert, sie auszuhorchen und zu bestechen, bis er schließlich erfahren hatte, wer für die Erteilung von Fahrerlaubnissen für Deutsche zuständig war und wofür dieser Weaver brannte. Er war froh, dass es nur Wehrmachtsabzeichen und -orden waren und nicht Frauen oder kleine Jungs, dann hätte er seine Fahrerlaubnis gleich vergessen können. Schließlich hatte er diese NSDAP-Dienstauszeichnung, die sich noch am Band in ihrer Schmuckschatulle befand, auf dem Schwarzmarkt erhandelt und zeichnen lassen. Sie war zwar kein militärischer Orden, doch er hoffte, dass sie trotzdem reichte, um Weavers Gier zu wecken.

»Sie ist in Gold«, setzte er ruhig hinzu, »und kaum getragen.«

Der Major hob den Kopf und betrachtete Kurt mit seinen kalten Fischaugen. »Was wollen Sie dafür haben?«

Kurt hatte Mühe, seine Freude und Erleichterung zu verbergen und eine ausdruckslose Miene zu bewahren. Der

Major hatte angebissen. Als er nicht sofort antwortete, erhob sich Weaver, ging zum Schrank und nahm zwei Stangen Chesterfield-Zigaretten heraus, die er kommentarlos vor Kurt auf das Rauchtischchen legte.

Kurt wusste, dass nun der entscheidende Teil der Verhandlungen folgte. Alles kam jetzt darauf an, dass er ruhig und sicher blieb, ja sogar überlegen wirkte. Er hatte sich sorgfältig vorbereitet. Er beugte sich vor und schob die Zigarettenstangen wortlos wieder über den Tisch zurück, während er den Kopf schüttelte.

Der Major trat an den Schrank und holte eine weitere Stange Zigaretten heraus, doch Kurt hob die Hände. »Ich brauche eine Fahrlizenz«, sagte er in seinem besten Englisch.

Weaver musterte ihn eine Weile schweigend, dann schüttelte er den Kopf. »Das kostet ein bisschen mehr.«

Damit hatte Kurt gerechnet. Er musste nun seinen Joker ziehen. Er griff in seine Anzugtasche und zog ein zweites Papier heraus, das er auf das Rauchtischchen legte, eine Skizze, die eine von Essers drei Leicas zeigte. Mit einer Mischung aus Bedauern und Freude sah er die unverhohlene Gier in das Gesicht des Majors treten. Er deutete auf die Skizze. »Das können Sie mir wirklich besorgen?«

Kurt nickte nur.

»Gut, Mann!« Der Major lächelte, ohne dass das Lächeln seine Augen erreichte. Er gab ihm jedoch nicht die Hand, nachdem sie für den nächsten Tag die Übergabe verabredet hatten, sondern nickte ihm nur zu, ehe er den Raum verließ.

Sie trafen sich am nächsten Tag außerhalb der Stadt am Rheinufer an der Straße, die nach Bonn führte. Kurt war schon vor der verabredeten Zeit da, und nur wenig später brauste der Major im Jeep heran in Begleitung zweier GIs, die mit Maschinenpistolen bewaffnet waren. Sie tauschten ihre Sachen aus. Als Weaver das Abzeichen in der Schmuckschatulle glänzen sah, leuchteten seine Augen. Er warf einen Blick auf die Leica, nickte zufrieden und händigte Kurt ein Papier aus, dann tippte er sich kurz an seine Schirmmütze und stieg wieder in den Jeep. Nachdem der davongefahren war, faltete Kurt das ersehnte Papier auseinander und erkannte die Fahrlizenz der amerikanischen Streitkräfte für Pkw und Lkw. Nun konnte es also losgehen. Sein Neuanfang hatte begonnen, und der Major – das ahnte er, als er den Jeep in der Ferne verschwinden sah – würde gewiss nicht das letzte Geschäft mit ihm abgeschlossen haben.

KAPITEL 13

In den nächsten Tagen versuchte Emma es bei den restlichen Gastwirtschaften. Sie fuhr ein Stück mit der Straßenbahn zum Hansaring, um nicht mit dem Rad durch die zerstörte Innenstadt fahren zu müssen, und klapperte zwei behelfsmäßige Gaststätten am Eigelstein ab – erfolglos. Man brauche niemanden, hörte sie. Ein Wirt zeigte nur Interesse an ihrem Akkordeon, der andere sagte ihr lachend, er habe kein Geld übrig für Musik.

Traurig fuhr sie wieder nach Hause. Sie tröstete sich damit, dass dieser Stadtteil sowieso nicht ihr bevorzugtes Gebiet gewesen war, weil er zu weit entfernt lag. Wie hätte sie spätabends noch nach Hause zurückkommen können? Wiederum, was sollte sie tun, wenn sie nirgendwo spielen konnte? Auf keinen Fall wollte sie ihre nächsten Jahre in einer Fabrik verbringen. Sie stieg am Chlodwigplatz aus und beschloss, noch einen Versuch bei einer Gaststätte zu machen, die neulich noch geschlossen hatte. Sie war müde und hungrig und hätte sich am liebsten zu Hause auf ihr Sofa gekuschelt, aber diesen einen Versuch wollte sie noch schaffen. Wahrscheinlich hatte die Kneipe sowieso zu.

Doch sie irrte sich. Schon von Weitem hörte sie Stimmengewirr und Gelächter, als sie in der Nähe der

Severinstorburg in eine kleine Nebenstraße einbog. Die Kneipe lag zwischen zwei zerstörten Häusern; man hatte einfach eine Zeltstoffplane zwischen die Ruinen gespannt. Darunter saßen die Leute auf umgekippten Holzkisten und zusammengesuchten Stühlen und tranken Kölsch. Als Tische dienten lange Bretter, die auf gestapelten Kisten lagen. Darauf flackerten winzige Hindenburglichter. »Bei Kutschers Rudi« stand auf einem angekohlten Holzschild, das an der Ruinenwand hing. Der Wirt war nicht zu übersehen. Er war so groß, dass sein Kopf beinahe an die Zeltplane stieß. Emsig hinkte er durch die Tischreihen und verteilte das Bier unter seinen Gästen, nahm Geld und Lebensmittelmarken entgegen. Emma beobachtete ihn eine Weile und dachte, dass es jetzt unpassend wäre, sich vorzustellen, wo sein Laden so voll war und er alle Hände voll zu tun hatte, aber dann wagte sie es doch. Als er durch eine offene Tür in einer der Ruinen verschwand, folgte sie ihm einfach.

»Herr Kutscher?«, rief sie in die Dunkelheit des Raums hinein, in dem es nach erkaltetem Feuer roch. Sie brauchte ein wenig, um etwas erkennen zu können. Der Raum war leer bis auf das Bierfass und aufgestapelte Getränkekästen an einer Wand. Die Wände waren schwarz verkohlt und die Fenster mit Brettern vernagelt, was den Raum noch dunkler machte. An einer Wand schimmerten ein paar helle Fliesen. Ob das mal ein alter Schankraum war, fragte sich Emma und dachte an das verkohlte Kneipenschild draußen. Aber sie konnte sich nicht erinnern, dass hier eine Gaststätte gewesen wäre. Vielleicht war sie ihr aber auch nie aufgefallen.

Es erklangen schwerfällige Schritte von der Treppe her. Der Wirt schleppte einen Getränkekasten die Treppe herauf. »Die Wirtschaft ist draußen«, rief er, als er sie in der Tür stehen sah.

Emma wartete, bis er den Kasten abgestellt und sich die Hände an dem Tuch abgewischt hatte, das er über der Hose trug. Dann stellte sie sich vor und sagte ihm, was sie wollte.

Er fuhr sich mit der Hand über die feuchte Glatze und musterte sie kurz. Aus der Nähe sah er doch älter aus, als sie ihn zunächst geschätzt hatte, er musste um die sechzig sein. So alt wie ihr Vater. Ein paar lebhafte helle Augen schimmerten aus einem braun gebrannten Gesicht voller winziger Falten. »Hm, ich könnte eine Kellnerin gebrauchen. Haste Zeit, Mädchen? Dann kannste gleich anfangen.«

Er beobachtete sie, um ihre Reaktion abzuschätzen.

»Ich wollte eigentlich Akkordeon spielen«, meinte sie und warf einen Blick auf die vielen durstigen Leute draußen. »Ich habe noch nie gekellnert.«

Der Wirt winkte ab. »Die Leute brauchen keine Musik, die wollen was zu trinken. Mein Kölsch muss unter die Leute. Wenn du's heute schaffst, nehm ich dich als Kellnerin«, versprach er.

Emma dachte an ihr Sofa zu Hause, auf dem sie sich gleich ausstrecken wollte. Sie wollte Musik machen und nicht als Kellnerin arbeiten. Aber andererseits brauchte sie das Geld.

»Was zahlen Sie mir denn?«

»Kann ich noch nicht sagen, kommt drauf an, was heute rumkommt.«

»Bezahlen Sie in Mark?«

Er nickte.

Emma überlegte. Er könnte sie betrügen und ihr nach vielen Stunden Schufterei nur einen Hungerlohn oder gar nichts geben. Doch dann dachte sie, dass er als alteingesessener Wirt, der er offenbar war, nicht den Ruf haben wollte, seine Leute schlecht zu bezahlen. Außerdem sah er ehrlich aus. »Gut, ich mach's.«

Er lächelte, und sie reichten sich die Hände zum beschlossenen Handel. Dann erklärte er ihr, was sie machen sollte. Bestellungen aufnehmen und auf einem kleinen Block notieren, das Kölsch, das Rudi im Schankraum zapfte, zu den

Leuten bringen. Es gab auch eine Brause, die Emma aus einem großen Kanister in Gläser füllte und hinausbrachte. Offenbar war sie selbst gemacht. Essen gab es nicht. Herr Kutscher kassierte mit einer großen schwarzen Geldbörse, die er unter dem Tuch an seinem Gürtel trug und die umso praller wurde, je weiter der Abend fortschritt. Emma bekam mit, dass er auch Lebensmittelmarken annahm, sie wusste aber nicht, wie das genau vonstattenging. Als kurz vor der Sperrstunde der letzte Gast gegangen war, wickelte Herr Kutscher einfach die Stoffbahnen herunter, die seitlich an der Zeltplane festgenäht waren, und befestigte sie am Boden. Emma räumte die leeren Gläser weg und wischte die Tische ab. Sie fühlte sich erschöpft und benommen vor Hunger. Ihre Füße schmerzten vom vielen Laufen. Ihre Eltern würden sich schon fragen, wo sie bliebe. In einem Anflug von Groll dachte sie, dass sie damit leben müssten, wenn sie sich verhielt wie eine Erwachsene und so lange ausging, wie es ihr gefiel. Schließlich wäre sie ohnehin bald volljährig. Alt genug, Kostgeld zu bezahlen, war sie jetzt schon.

»Danke, Mädchen, kannst wiederkommen.« Der Wirt klopfte ihr auf die Schulter. »Willste denn?«

Emma nahm das Leinentuch ab, das sie anstatt einer Schürze umgebunden hatte, und faltete es ordentlich. »Was zahlen Sie denn?«

»Ach so, dein Lohn, beinah hätt ich ihn vergessen.« Er zog seine dicke Geldtasche hervor und nahm einen Fünfmarkschein heraus.

Emma starrte auf den Schein mit dem Kopf eines jungen Mannes darauf. Ein reichlicher Lohn, falls der Vermittler recht gehabt hatte und es der Tageslohn eines Arbeiters wäre. »Danke«, sagte sie und stopfte sich das Geld in die Tasche ihres Kleides. »Wann soll ich denn wiederkommen?«

»Morgen Abend um sechs, wenn's geht. Ich hab noch einige Fässer, die müssen unter die Leute kommen. Es ist trocken, da haben alle viel Durst.«

»In Ordnung, ich komme. Bis dann, Herr Kutscher.«

Er hob kurz die Hand zum Abschied und verschwand in der Ruine, wo er offenbar irgendwo schlief. Trotz ihrer Müdigkeit und des nagenden Hungers ging Emma voller Freude nach Hause. Eine Woche mit solchen Abenden, und das Geld würde gemeinsam mit ihrem Waschlohn reichen, um ihre Eltern in diesem Monat zu bezahlen. Weiter wollte sie nicht denken.

Zu Hause brannte noch Licht in der Küche. Ihre Eltern saßen am Küchentisch und sprachen leise miteinander. Sie hörten sofort auf, als Emma eintrat. Ihre Mutter hatte das Kopftuch abgebunden, und ihr langes, hinten zu einem Knoten gestecktes Haar glänzte im Kerzenlicht.

Sie blickte Emma vorwurfsvoll an. »Wo warst du denn so lange? Wir haben uns Sorgen gemacht.«

»Entschuldigung«, sagte Emma, legte ihre Tasche ab und ging zum Vorratsschrank, um Brot und den unvermeidlichen Rübensirup herauszuholen. Aber es gab frische Erdbeermarmelade. Ihr entfuhr ein kleiner Freudenschrei. »Wo ist die denn her?«

»Wo warst du?«, wiederholte Mama ihre Frage, anstatt zu antworten.

Emma setzte sich auf das Sofa, ihren Eltern gegenüber, und erzählte ihnen von ihrer neuen Arbeit, während sie ihr Brot schmierte. Mama sah nicht begeistert aus. »Aber das ist doch nur eine Gelegenheitsarbeit. Kannst du dir nicht eine richtige Arbeit suchen?«

Emma runzelte die Stirn. Sie hasste die Bedenkenträgerei ihrer Mutter. Immer fielen ihr tausend Dinge ein, die schiefgehen konnten. »Besser als keine Arbeit. Außerdem ist die Kneipe ganz in der Nähe.«

»Ach, hat Kutschers Rudi wieder auf? Wo hat der denn das Bier her? Das ist nicht weit, Sybille«, warf Papa ein. Er sah klein und schmächtig in seinem zu groß gewordenen Anzug aus.

Emma fragte sich, warum er ihn trug.

»Aber so spät!«, rief Mama. »Bei dem Gesindel, das nachts überall rumläuft!«

»Sybille, lass gut sein. Es ist *wirklich* nicht weit. Unsere Emma kann gut auf sich aufpassen.«

»Und ich muss doch was verdienen«, setzte Emma mit spitzer Stimme hinzu.

Ihre Eltern schwiegen. Zu ihrem Schrecken bemerkte Emma das Glitzern in den Augen ihres Vaters. Sie ließ ihr angebissenes Brot sinken. »Was ist los, Papa?«

Ihre Mutter antwortete an seiner Stelle. »Er hat sich heute bei der Sparkasse vorgestellt. Sie können ihn nicht einstellen, haben sie gesagt.«

»Warum nicht?«

Ihre Eltern sahen wortlos auf die Tischplatte hinunter.

»Haben sie keinen Grund genannt?«

»Doch«, sagte Mama. Ihre Beklommenheit schien den ganzen Raum auszufüllen.

»Weil ich in der Partei war«, erklärte Papa. »Sie nehmen keinen, der in der NSDAP war.«

Emma legte das Brot auf den Teller. Sie spürte ihren Hunger nicht mehr. »Aber das trifft doch auf viele zu.«

Ihr Vater starrte auf den Tisch. »Sie können sich die besten Leute aussuchen«, sagte er traurig. »Ich glaube, der wahre Grund ist mein Alter.«

Ihr Vater war nie begeisterter Nationalsozialist gewesen, er war nur in die Partei eingetreten, weil ihn die andere Bank sonst nicht eingestellt hätte. Doch jetzt wurde ihm sein

Opportunismus zum Verhängnis. Auf einmal kam er ihr noch kleiner vor – ein niedergeschlagener Mann in einem zu großen Anzug, den er nie wieder ausfüllen würde.

»Er kann nicht mehr in seinen Beruf zurück«, meinte Mama unglücklich. »Wenn sie diese Regelung einmal aufheben sollten, wird er zu alt sein.« Sie legte die Hand auf Papas Arm.

Auch Emma hatte Mitleid für ihren Vater. Es würde schwierig werden, in seinem Alter noch etwas anderes zu finden. Wenn nicht gar unmöglich.

»Könnt ihr nicht das Grundstück in Lindenthal verkaufen? Es hat eine gute Lage, und das Geld würde uns sicher ein paar Jahre über die Runden bringen«, hörte sie sich vorschlagen.

Ihre Eltern starrten sie an, als hätte sie gesagt, dass der Krieg wieder ausbrechen würde. »Auf keinen Fall!«, beschied sie Mama mit scharfer Stimme. »Das bleibt im Familienbesitz. Eher würde ich verhungern.«

»Es wäre momentan auch unsinnig, es zu verkaufen bei dieser Inflation, ganz davon abgesehen, ob wir überhaupt einen Käufer finden würden«, erklärte Papa.

»Es war nur eine Idee«, ruderte Emma wieder zurück. Sie war froh, als ihre Eltern schlafen gingen und sie sich endlich auf ihrem Sofa ausstrecken konnte. Nun würde es also noch schwieriger für ihre Familie werden, wenn sie das Grundstück nicht verkaufen wollten und ihr Vater keine Arbeit mehr fände. Sie hoffte, sie würde bald irgendwo auftreten können.

Am nächsten Abend war sie pünktlich um kurz vor sechs bei Kutschers Rudi, als er gerade die Seitenwände hochrollte. Er winkte sie sofort in den alten, ausgebrannten Gastraum der Ruine und befahl ihr, die Gläser abzutrocknen, die er gerade gespült hatte. »Nenn mich ruhig Rudi, ist einfacher«, setzte er lächelnd hinzu.

Sie beeilte sich und polierte die Gläser, als auch schon die ersten Gäste eintrafen. Rudi hatte es richtig gemacht, sie als Kellnerin einzustellen, denn es wurde brechend voll. Es hatte sich herumgesprochen, dass es hier Kölsch gab. Die Plätze reichten nicht, so lehnten sich die Leute an die Ruinenwände und tranken im Stehen.

»He Rudi, wann machst du drinnen wieder auf?«, rief einer, und Rudi brüllte »Wenn's regnet!« über die Köpfe der Sitzenden zurück. Der Mann lachte und prostete ihm zu.

Sie kamen kaum noch hinterher, alle mit Getränken zu versorgen. Emma flitzte wie ein Wiesel zwischen den Leuten umher und hatte Mühe, alle im Blick zu behalten und nichts zu vergessen. Sie schleppte Tabletts, spülte. Heute ließ Rudi sie auch schon kassieren; sie bekam eine mit Wechselgeld gefüllte Geldbörse und Order, wie viele Lebensmittelmarken sie zu nehmen hatte. Manchmal beobachtete sie, wie Rudi sich auch heimlich Lebensmittel zustecken ließ. Als der Abend fortschritt, schwirrte Emma der Kopf von der Wärme und der rauchge-schwängerten Luft unter der Zeltplane. Sie schwitzte. Es war ein heißer Tag gewesen, und die vielen Menschen verbreiteten zusätzliche Wärme. Sie notierte gerade die Bestellungen einiger Männer, die an der Wand standen, als ihr ein Mann auffiel, der sie beobachtete. Das war keine Seltenheit. Die Männer, meistens ältere, weil die jüngeren im Krieg gefallen oder noch in Gefangenschaft waren, starrten sie oft meist unverhohlen an, als hätten sie das Recht, sie anzusehen, mit dem Bier gekauft. Dieser hier war besonders hartnäckig. Sie fühlte seine Blicke auf sich kleben wie den Schweiß auf ihrer Haut. Emma baute sich mit ihrem Block vor ihm auf. Sie kannte den Mann. Hut und Krawatte selbst an diesem heißen Tag, eine Brille, die ihn wie einen Universitätsprofessor aussehen ließ. Der Vermittler, den sie auf dem Schwarzmarkt getroffen hatte.

»Ein Kölsch?«, fragte sie kühl, und er nickte. Sie machte einen Strich auf ihrem Block. »Oder wollen Sie etwa wieder mein Akkordeon kaufen?«

Ein Ausdruck von Unverständnis glitt über seine Miene, der von Hilflosigkeit abgelöst wurde. »Helfen Sie mir bitte, Sie sind …?«

»Der Harlekin mit dem Akkordeon. Neulich am Markt.«

»Ahhh!« Er lächelte und reichte ihr die Hand.

Emma bereute schon, es ihm verraten zu haben. Er hätte sie nicht erkannt.

»Es freut mich, Sie wiederzusehen«, sagte er galant. »Spielen Sie hier auch Akkordeon?«

»Nein.«

»Warum nicht? Es würde wunderbar hierhinpassen. Ein wenig Musik an langen Abenden in den Ruinen der Stadt wäre doch tröstlich, oder nicht?«

»Sicher. Vielleicht später mal.« Sie zwang sich zu einem Lächeln. »Ich muss jetzt weiter.«

Sie ging in den Gastraum, um die Getränke zu holen. Als sie nach einigen Minuten zu ihm zurückkam und ihm sein Bier brachte, gab er ihr ein reichliches Trinkgeld. Er hielt eine seiner Lucky Strikes hoch. »Rauchen Sie?«

»Nein.«

»Nehmen Sie sie trotzdem.« Er hielt ihr die Zigarette hin. Emma nahm sie rasch und ließ sie in ihre Tasche gleiten. Der Vermittler beobachtete sie. »Sehen Sie, davon können Sie noch viel mehr haben«, sagte er. »Zigaretten, so viel Sie brauchen. Sie bekommen das Stück für fünf Mark und verkaufen es für fünf Mark fünfzig. Rechnen Sie aus, was das für Sie für ein Gewinn wäre.«

Emma, überrascht von dem plötzlichen Angebot, brauchte nicht viel zu rechnen. »Ich soll sie … hier verkaufen?«

»Wo immer Sie wollen. Hier wäre es am leichtesten für Sie. Sie können sich natürlich auch an der Frankenwerft in die Hauseingänge stellen und den Jungs Konkurrenz machen, wenn Ihnen das lieber ist.«

»Ich weiß nicht, ob ich das hier darf«, meinte Emma unsicher und warf einen raschen Blick auf Rudi, der gerade einen kleinen Beutel unter seinem Tuch verschwinden ließ.

Der Vermittler war ihrem Blick gefolgt und lachte leise auf. »Sehen Sie? Ich glaube schon, dass er es Ihnen erlaubt. Sie werden ihn natürlich beteiligen müssen.«

Beteiligen. Ob Rudi so etwas machen würde? Überhaupt, konnte sie jemandem wie dem Vermittler trauen? Sie sah in seine kleinen Augen hinter den dicken Brillengläsern und fragte sich, was er wohl von Beruf gewesen war. Lehrer? Oder tatsächlich ein Universitätsprofessor? Seine Hände sahen eher nach Schreibtischarbeit aus.

»Warum machen Sie das? Warum fragen Sie ausgerechnet mich?«, fragte sie.

»Was meinen Sie denn, was die Kellner in den anderen Gaststätten machen?«, fragte er ungerührt zurück. »Wir alle müssen irgendwie überleben. Ich habe Sie beobachtet, Sie können mit Geld umgehen, und es ist eine Chance für Sie.«

Er hatte recht, es war ein verlockendes Angebot, und sie brauchte dringend das Geld. Nirgendwo könnte sie es leichter verdienen. Sie straffte sich und erwiderte seinen Blick. »Kommen Sie morgen wieder, dann sage ich Ihnen Bescheid.«

»Gut.« Der Vermittler trank und verzog die Miene. »Herrjeh, was ist das für eine dünne Plörre? Soll das Kölsch sein?« Er ließ das Glas angewidert sinken und seufzte. »Also bis morgen. Aber sagen Sie mir doch bitte, wie ich Sie nennen darf!«

Alle Sirenen schrillten. Emma wusste instinktiv, dass sie dem Mann auf keinen Fall ihren echten Namen verraten durfte. »Harlekin«, fiel ihr als Erstes ein, doch dann überlegte sie, dass es wohl besser ein echter Name wäre. »Lydia«, sagte sie. »Nennen Sie mich Lydia.«

Kapitel 14

Rudi war einverstanden, aber sie musste ihn zur Hälfte am Gewinn beteiligen. Sie solle sich bloß nicht erwischen lassen, warnte er, im Zweifel wisse er von nichts. Aber auch er machte neben seinen Tauschgeschäften mit dem Bier noch weitere Geschäfte mit Männern, die manchmal in seine Kneipe kamen und ihm Baumaterial brachten. Ein paar Tage nach Emmas Arbeitsbeginn lagen dicke Säcke im alten Gastraum, und wenig später kamen spätabends noch Maurer und verputzten die Fensteröffnungen neu. Bis zum Winter wolle er seine Bude wieder dicht haben, sagte Rudi, wenn auch nie wieder alles so werden würde wie früher. Früher, da habe er mal zwei Gasträume gehabt, eine Küche und Toiletten. Es habe eine kleine, aber feine Speisekarte mit einheimischen Gerichten gegeben. Seine Wirtschaft sei immer gut gegangen; der Fußballverein und der Männergesangsverein des Veedels hätten ihre Stammtische hier gehabt, viele Menschen aus den umliegenden Geschäften seien zum Feierabendbier vorbeigekommen. Sein Laden sei immer proppenvoll gewesen. Das jetzt sei kein Vergleich zu früher, erzählte Rudi. Trotzdem konnte Emma die Zigaretten, mit denen sie der Vermittler belieferte, verkaufen. Schon nach ein paar Abenden hatte sie mehr Übung im Beobachten, wen es sich lohnte anzusprechen und wen besser nicht, und bald sprachen sie die Leute auch von selbst an. Zum Glück blieb das Wetter gut genug, und Rudi bekam noch eine Lieferung von der »dünnen Plörre«, wie der Vermittler es nannte, aus unbekannten Quellen. Emma konnte ihren Eltern das erste Kostgeld zahlen.

Aber mit Geld allein kam man bald nicht mehr weit. Immer mehr Heimkehrer strömten in die Stadt zurück. Die Preise auf den Schwarzmärkten stiegen. Die Schlangen vor der Bäckerei und dem Laden in ihrem Viertel wurden immer länger. Sie mussten immer früher aufstehen, um noch etwas zu bekommen, und wechselten sich mit dem Warten ab. Eines Tages im August, als sie stundenlang in der Hitze für getrocknete Linsen und Mehl angestanden hatte, hieß es, es wäre alles ausverkauft, kurz bevor Emma an der Reihe war.

Danach fühlte sie sich den ganzen Tag lang niedergeschlagen, und eine große Wut bohrte in ihr. Sie fühlte sich nicht an wie die Wut, die wie eine Stichflamme aufloderte und genauso schnell wieder verrauchte, sondern anders. So, wie sie noch nie gewesen war. Wie eine Faust, die in ihr hämmerte, weil das Leben selbst hart zu ihr geworden war. Unbarmherzig. Sie musste ihm etwas entgegensetzen, das ebenso hart und kalt war, wenn die Zeiten weiter so blieben. Sie wollte überleben, und sie wollte satt werden. Nie mehr würde ihr jemand die letzten Säcke mit Lebensmitteln vor der Nase wegschnappen, schwor sie sich, was immer sie dafür tun musste. Es musste sich etwas ändern.

So tröstete sie sich, doch es blieb das schale Gefühl von unterdrücktem Zorn und Traurigkeit zurück. Daran änderte sich auch nichts, als Armin eine Nähmaschine auf einem Handkarren anschleppte, die er im Nähsaal einer eingestürzten Berufsschule gefunden hatte, und ihre Mutter sich freute, weil sie endlich wieder nähen konnte.

Am nächsten Abend nahm Emma ihr Akkordeon zu Kutschers Rudi mit. Er hatte Nachschub bekommen, das Wetter war gut und die Kneipe voll. Bestimmt würde sie bis zur Sperrstunde offen sein. Sie fragte Rudi um Erlaubnis, spielen zu dürfen. Er ließ sie musizieren, obwohl es voll war und er sie besser als Kellnerin gebraucht hätte. Sie spielte ihr Musikrepertoire, das sie früher immer im Kapitolskeller gespielt hatte. Als sie »Einmal am Rhein« spielte, begannen die Menschen zu schunkeln. Manche blieben auf der Straße vor Rudis behelfsmäßigem Zelt stehen, hakten sich unter und schunkelten mit. Selbst Rudi machte eine kleine Pause, klatschte im Takt mit und grinste stolz. Nachdem sie ihr Spiel beendet hatte, stand Emma auf und verneigte sich vor ihrem Publikum. Sie erntete langen Applaus, manche warfen ihr sogar Kusshände zu. Ermutigt von diesem Erfolg ließ sie Vaters alten Hut herumgehen, und dieses Mal kam er voller Münzen und sogar Scheinen wieder zu ihr zurück.

»Was für ein schöner Erfolg.«

Emma, die gerade ihr Akkordeon wieder in der Tasche verstaute, blickte sich um. Der Vermittler. »Sie tragen ja gar keinen Hut«, rutschte es ihr heraus. Ohne seinen Hut sah er aus wie ein schlichter älterer Herr, nicht wie ein Schwarzhändler. Die Haut auf seinem fast kahlen Schädel war hell und hatte Altersflecken.

Statt einer Antwort lächelte er nur und schüttelte den Kopf. »Haben Sie es schon gezählt?« Er deutete auf das Geld im Hut.

»Nein.«

»Es dürfte ein schönes Taschengeld sein. Aber davon leben können Sie nicht. Sie kriegen kaum noch was dafür.«

»Stimmt«, gab sie verdrießlich zurück.

»Und doch haben sie Sie großzügig bezahlt«, erwiderte der Vermittler mit Blick auf den Hut. »Besser als neulich auf dem Schwarzmarkt.«

»Er war der falsche Ort zum Spielen.«

»Sicher. Gewiss verdienen Sie mit der Kellnerei und Ihrem kleinen Zusatzverdienst mehr als mit der Musik, nicht wahr?«

Emma presste die Lippen aufeinander. War er nur gekommen, um ihr erneut vorzuhalten, wie zwecklos ihre Akkordeonspielerei war? »Was wollen Sie von mir? Ich verkaufe mein Akkordeon nicht, das habe ich Ihnen doch schon gesagt.« Sie nahm das Geld aus dem Hut und stopfte es ungezählt in die Tasche ihres Kleides.

»Das habe ich verstanden. Ich möchte Ihr Akkordeon nicht kaufen. Eigentlich wollte ich Ihnen nur sagen, dass Ihr Auftritt vorhin ein Erfolg war, wenn die Leute so viel dafür geben. Ihre Musik ist schön, Sie sollten weiterspielen.«

Emma starrte den Vermittler an. Sie konnte sich nicht vorstellen, dass er so etwas ohne Hintergedanken sagte. »Ich verstehe nicht, worauf Sie hinauswollen.«

Er lächelte. »Nun, Sie haben mich dazu gebracht, meine Einstellung zu überdenken. Ich glaubte immer, in diesen Zeiten hätten die Menschen keinen Sinn für Kunst. Aber es scheint anders zu sein. Vor Kurzem habe ich das städtische Orchester in den Ruinen des Opernhauses wieder proben gehört. Mitte August gibt es tatsächlich ein erstes Sinfoniekonzert. Wunderbar, nicht wahr? Der Vorverkauf hat schon begonnen. Das Schauspiel gibt demnächst *Ein Sommernachtstraum*. Haben Sie davon gehört?«

»Nein«, sagte Emma und lächelte wehmütig.

»Sehen Sie, ich habe mich geirrt. Gerade jetzt brauchen die Menschen Erbauung und Ablenkung. Womit geht das besser als mit der Kunst?«

Er legte eine Pause ein, wohl, um ihre Reaktion abzuwarten. Sie nickte, während sie sich immer noch fragte, worauf er hinauswollte.

»Wissen Sie, als ich das Orchester in den Ruinen Mendelssohn proben hörte, da wurde mir klar, dass wir keine tote Stadt sind. Es gibt Dinge, die unzerstörbar sind, die Krieg und Tod überleben, Dinge, die existieren, solange es Menschen gibt. Dazu gehört auch die Musik.«

Emma sah den Vermittler an, erstaunt über seine Worte und den Eifer, mit dem er sprach, was so gar nicht zu ihm passte. Er brach ab, wohl überrascht über sich selbst, räusperte sich und sprach in seiner üblichen geschmeidigen Art weiter. »Ich hatte schon zweimal das Vergnügen, Ihnen zuzuhören, und finde, dass Sie Ihr schönes Spiel nicht in einer kleinen Behelfskneipe wie dieser verschwenden sollten. Haben Sie sich schon mal überlegt, an einem größeren Ort zu spielen, vor mehr Publikum?«

Emma wollte spontan zustimmen, doch dann überlegte sie es sich anders. »Was meinen Sie damit?«

»Ach, Sie müssen entschuldigen, dass ich heute so weitschweifig bin«, sagte er lächelnd. »Es muss wohl an meiner Freude über das Erwachen der Kunst in dieser Stadt liegen, und an dem vielen Neuen, das hier gerade passiert. Es gibt ein neu eröffnetes Lokal in der Innenstadt. Der Inhaber ist ein großer Musikliebhaber und -kenner. Er legt viel Wert auf das musikalische Programm in seinem Lokal. Ich kann mir vorstellen, dass er Interesse an Ihnen haben wird.«

Das klang in der Tat sehr verlockend, doch Emma zögerte. »Mal sehen«, sagte sie ausweichend. »Rudi ... Herr Kutscher braucht mich.«

»Oh, er findet bestimmt eine andere tüchtige Kellnerin. Überhaupt scheint mir dieses hier nur ein Sommerlokal zu sein. Es ist eine Frage der Zeit, bis er wieder schließen muss.«

»Das steht noch nicht fest. Er lässt gerade seine Innenräume wieder herrichten. Vielleicht kann er auch im Winter öffnen.«

»Nun, das wird davon abhängen, ob er genug Kölsch und Baumaterial bekommt«, erwiderte der Vermittler. Er beugte sich näher zu ihr. »Wenn Sie meinen Rat wollen: Verlassen Sie sich nicht darauf! Das hier ist mehr als unsicher. Sie wollen doch bestimmt noch im Winter Arbeit und etwas zu essen haben, oder?«

Emma zögerte. Sie wusste nicht, was sie von diesem Mann und seinem Tipp halten sollte. Wahrscheinlich hatte er recht und Rudi müsste im Winter schließen. Die Bauarbeiten waren in den letzten Tagen nicht weiter vorangekommen. Bei Regen konnte Rudi sowieso nicht öffnen, und ob er immer Bier bekäme, war fraglich. Wenn er schließen müsste, stünde sie wieder mit leeren Händen da, und das konnte sie sich nicht leisten.

»Um welches Lokal geht es denn überhaupt?«, fragte sie.

»Es ist ein besonderes Lokal mit erlesenen Gästen.«

»Was meinen Sie damit?«, fragte sie, plötzlich misstrauisch geworden. Sie hatte davon gehört, dass in der Stadt einige zwielichtige Kaschemmen eröffnet hatten, in deren Hinterzimmern auch ganz andere Dienste angeboten wurden.

»Nicht das, was Sie vielleicht denken«, versicherte er lächelnd. »Glauben Sie wirklich, ich würde Ihnen Arbeit in einem Lokal empfehlen, das keinen guten Ruf hat? Sie müssten mich besser kennen. Mit erlesen meinte ich vor allem zahlungskräftig. Ihr Zuverdienst, den Sie hier mit dem Zigarettenverkauf erzielen, wäre weitaus größer. Und Sie hätten viel mehr Publikum.«

»Ich könnte dort weiter für Sie verkaufen?«

»Selbstverständlich.«

Emma überlegte. Das war ein sehr gutes Angebot. »Gut, ich stelle mich dort vor.«

»Sehr gute Entscheidung.« Er zog einen Zettel aus seiner Hosentasche und hielt ihn ihr hin. Als sie danach griff, zog er den Zettel wieder fort. »Ich habe noch eine Bitte. Wie Sie sich vorstellen können, ist dieser Hinweis nicht umsonst. Sie werden sich verbessern, Sie werden mehr verdienen. Ich würde mich bei dem Inhaber für Sie verwenden. Dafür wünsche ich mir eine kleine Gegenleistung.«

»Eine … Gegenleistung?«

»Meine Liebe, die Welt ist nicht umsonst, gerade nicht in diesen Tagen. Das verstehen Sie bestimmt, oder nicht?«

Emma nickte. Also hatte sie sich nicht geirrt. Seine ganze lange Vorrede war nicht ohne Hintergedanken gewesen, sie war nur Vorgeplänkel für das, was jetzt kommen würde. Sie bemerkte, dass Rudi ihr ein Zeichen gab, weiterzumachen. »Was wollen Sie?«, fragte sie ungeduldig.

Er beugte sich nah zu ihr. »Ich habe eine Arbeit zu vergeben und könnte mir vorstellen, dass Sie die passende Person dafür wären.«

Emma gab Rudi ein Zeichen und hörte sich an, was der Vermittler ihr zu sagen hatte.

Als sie kurz nach der Sperrstunde nach Hause kam, hörte sie ein vertrautes Motorengeräusch in ihrer Straße. Der Lkw kam ihr entgegen und hielt vor ihrem Haus. Sie beobachtete, wie Kurt ausstieg, eine Kiste und seine Aktentasche vom Beifahrersitz nahm und dann alles zwischen sich und den Lastwagen klemmte, um die Tür abzuschließen. Sie spürte, wie ihr Herzschlag sich beschleunigte. Wurde aber auch Zeit, dass er endlich wieder hier war.

»Kann ich dir helfen?« Sie deutete auf die Kiste. »Ich glaube, das ist ein bisschen zu viel auf einmal.«

Kurt zuckte zusammen, als sie so plötzlich aus dem Dunkel vor ihm auftauchte, doch dann lächelte er. »Tja, das hat man nun davon, wenn man zu viel auf einmal will«, meinte er und beobachtete, wie sie die Kiste an sich nahm. Dabei streifte sie mit ihrem Arm leicht seinen Oberkörper. Ein Schauer durchfuhr sie, und die feinen Härchen an ihren Armen richteten sich auf.

»Oh, Kohlrabi«, meinte sie, als sie die Gemüseknollen im Licht des Vollmonds erkannte. »Dann weiß ich, was wir bald jeden Tag essen.« Sie hoffte, dass er ihr Lächeln erkennen konnte, um zu wissen, dass sie nur scherzte.

»Magst du Kohlrabi?«

»Jaha. Wenn ich ehrlich bin, würde mir gerade jedes Gemüse schmecken.«

Er lachte leise. »Mir auch. Wär' gut, wenn sie am Stadtrand endlich mal Ackerland schaffen würden, dann müsste ich nicht immer ins Bergische fahren.« Er verriegelte den Wagen und nahm ihr die Kiste wieder ab. »Wo kommst du denn jetzt so spät her?«

»Von Kutschers Rudi. Hab da Arbeit gefunden als Kellnerin und Musikerin. Reicht fürs Kostgeld.«

»Schön, dass du Arbeit gefunden hast«, sagte er mit rauer Stimme.

»Heute hab ich Akkordeon gespielt und ziemlich viel eingenommen«, fügte sie stolz hinzu. »Die Gäste waren richtig gut in Stimmung.«

»Das ist … das freut mich sehr.« Er sah betroffen aus, als würde er etwas bereuen. Ob er noch an ihren Streit dachte? Bereute er vielleicht sogar, ihr nicht geholfen zu haben? Emma fühlte ein bisschen Genugtuung, obwohl sie ihm schon lange nicht mehr grollte. Sie nahm ihm seine Aktentasche ab, und sie gingen gemeinsam ins Haus. Die Tasche war ziemlich schwer. Ob wieder Fleisch darin war?

Ihre Hoffnung wurde zerstört, als sie in die Küche kamen, die still und dunkel dalag. Nebenan im Schlafzimmer war es ruhig, ihre Eltern und ihr Bruder schliefen schon. Kurt stellte die Kiste auf den Küchentisch und nahm zwei Flaschen aus der Aktentasche. »Trinken wir noch was zusammen?« Er hielt eine Flasche hoch. Dieses Mal war es Limonade.

»Klar.« Emma versuchte, sich ihre Freude nicht allzu sehr anmerken zu lassen, während sie die Kerze anzündete.

Kurt stellte ihr die Flasche hin und ließ sich auf einen Stuhl sinken. Er setzte seine Schlägermütze ab, fuhr sich mit den Händen durch das schweißnasse Haar und kämmte sie nach hinten, aber ganz ließen sich seine Wellen nicht bändigen. Eine Locke fiel zurück in die Stirn und blieb dort kleben. Er deutete auf die Kerze. »Immer noch keinen Strom?«

»Nur zeitweise. Wir müssen immer den Schalter anlassen, damit wir wissen, wann es mal Strom gibt.«

Kurt nickte. Emma setzte sich ihm gegenüber auf ihr Sofa. »War bestimmt heiß im Wagen«, meinte sie. »Warst du den ganzen Tag unterwegs?«

»Kann man wohl sagen«, meinte er, während er die Flaschen öffnete. »Ich habe den ganzen Tag die Bauern im Bergischen abgeklappert. Du kannst dir nicht vorstellen, was die inzwischen alles haben. Einer hatte sogar einen Kronleuchter im Stall hängen.« Er lachte leise und schüttelte den Kopf. »Mittlerweile wollen sie alle nur noch Benzin für ihre Lebensmittel, aber das ist endlich. Ich muss mir was einfallen lassen.«

Emma freute sich, dass er endlich mal ein bisschen von seinen Geschäften erzählte. Sie hoffte, er würde von sich aus noch mehr erzählen, aber er hob nur seine Flasche und prostete ihr zu. Das Glas klirrte gegeneinander, und ihre Blicke begegneten sich. Er sah sie erst unverwandt an, dann hoben sich seine Lippen zu einem kleinen Lächeln. Sie erwiderte es. Er trank mit großen durstigen Schlucken, und als er die Flasche wieder absetzte, war sie halb leer.

»Hier hat sich allerhand verändert.« Er deutete auf die Nähmaschine am Fenster und den Stapel an Stoffen und halb fertiggenähter Kleidung. »Deine Mutter näht jetzt? Wo habt ihr die Nähmaschine her?«

»Die hat Armin gefunden«, antwortete Emma und erzählte ihm von jenem verregneten Tag, als sie und ihr Bruder noch zwei weitere Maschinen aus dem eingestürzten Nähsaal der Berufsschule gezogen hatten.

»Wie viele habt ihr denn gefunden?«

»Drei. Mama hat sich die beste rausgesucht, die beiden anderen wollen wir verkaufen. Wenn du jemanden kennst, der Nähmaschinen braucht …«

»Bestimmt. Mal sehen, was sich machen lässt.« Er stand auf und unterzog die Maschine einer genauen Prüfung. »Sind alle so gut erhalten?«

»Na ja, die letzten beiden haben mehr Blessuren. Aber Herr Schneider repariert sie gerade wieder. Funktionieren werden die alle, das hat er versprochen.«

»Hm.« Kurt bewegte vorsichtig das Rad, woraufhin sich das Trittbrett hob und senkte. Emma fiel auf, dass er nicht mehr die alte ausgebeulte Cordhose trug, sondern eine neue Hose aus blauem Stoff, die ihm besser passte. Hosenträger spannten sich über sein weißes Hemd. Er schien es zu bemerken und wandte sich so plötzlich um, dass sie zusammenzuckte. Hastig nahm sie die Flasche und trank. Angenehm kühl und sprudelig rann ihr die Limonade die Kehle hinunter.

Er steckte die Hände in die Taschen und blieb vor ihr stehen. »Was wollt ihr dafür haben?«

»Wir brauchen vor allem Garn und Stoffe. Aber auch Kerzen, Streichhölzer, Butter, Kartoffeln. Ich kann gar nicht alles aufzählen.«

»Mach eine Liste, ich höre mich mal um. Aber schön, jetzt kann deine Mutter nähen. Man braucht manchmal etwas Glück für einen Neuanfang.« Er lächelte, während er unschlüssig vor ihr stehen blieb. »Tut mir leid wegen neulich«, sagte er auf einmal. »Unser Streit … tut mir leid, dass wir so auseinandergegangen sind.«

Er sah ehrlich zerknirscht aus.

»Ach, ist doch schon vergessen.« Emma winkte ab.

»Nein, das hätte nicht sein dürfen. Ich hätte dir helfen müssen.«

»Du wolltest nicht, dass ich dir bei deinen Verkäufen helfe, weil du meintest, es wäre zu gefährlich für mich.«

»Ist es auch.«

»Na siehst du, du bist also immer noch derselben Meinung.« Emma lächelte und nahm wieder einen Schluck, während er sich nicht vom Fleck rührte. Sein Haar war getrocknet und fiel ihm jetzt wieder wellig in die Stirn, was seinen klaren Gesichtskonturen etwas Lockeres verlieh. Ein Hauch von Bart lag auf seinen Wangen. Reglos stand er da und ließ sie nicht aus den Augen. »Ich habe etwas für dich.«

Er ging zum Küchenstuhl, auf dem seine Aktentasche lag. Er wühlte ein wenig darin herum und legte ein kleines Papier vor sie hin.

Neugierig beugte sie sich darüber. »Bühnen der Stadt Köln, Aula der Universität«, stand in roten Lettern auf dem Abschnitt. »11. Reihe, 1. Parkett rechts. Abend«, hatte jemand dazugestempelt, und dann, so winzig, dass sie es kaum lesen konnte: 17. August 1945.

Eine Eintrittskarte. Emma musste schlucken. »Für was ist das?«, fragte sie mit trockener Stimme.

»*Ein Sommernachtstraum*«, sagte Kurt. »Ich hoffe, du kannst nächsten Freitag in die Abendvorstellung?«

»Natürlich kann ich.« Ihre Stimme hörte sich immer noch gepresst an, während sie sich so sehr freute.

»Es macht dir doch nichts aus, wenn wir zusammen dorthin gehen?«

Sie hob den Kopf und begegnete seinem Blick. Mit einem Ausdruck gespannter Aufmerksamkeit sah er sie an.

»Aber nein«, brachte sie hervor. Rasch sprang sie auf und drehte sich tanzend im Kreis herum. »Wie wunderbar, ich seh Titania! Kommt, einen Ringe, einen Feensang, ich werde Titania schlafen sehen.«

Sie blieb stehen und merkte, wie der Raum sich um sie drehte. Sie hörte ein Geräusch. Auf einmal stand Kurt vor ihr. Eine Weile standen sie sich wortlos gegenüber. Er öffnete den Mund, um etwas zu sagen, da ging die Tür zum Elternschlafzimmer auf.

»Ah, Emma, du bist zurück.« Ihre Mutter stand im dunklen Türrahmen und blinzelte gegen das Kerzenlicht an. Als sie Kurt sah, verschränkte sie die Hände in Brusthöhe über dem Nachthemd. »Guten Abend, Herr Groß.«

»Guten Abend, Frau Wolrath. Tut mir leid, wenn ich so spät noch störe.«

Sie nickte ihm mit einem ärgerlichen Blick zu, dann rauschte sie wortlos an ihnen vorbei in den Flur.

»Oh, das war wohl deutlich.« Kurt ging zum Tisch und leerte seine Flasche in einem Zug aus. »Ich glaube, ich muss dann wohl gehen. Gute Nacht, Emma.« Er streifte sie mit einem Blick, in dem Bedauern lag, ehe er ihre Flaschen einsammelte und wieder in seiner Aktentasche verstaute.

»Gute Nacht, Kurt.«

Sie hörte, wie er über den Flur in sein Zimmer ging und die Tür sich hinter ihm schloss. Kaum war er verschwunden, kam ihre Mutter wieder zurück. Emma hatte inzwischen die Theaterkarte und ihre Einnahmen in Christians Wanderrucksack verstaut und rollte die Bettdecke für ihr Nachtlager auf dem Sofa aus. Sie vermied es, ihre Mutter anzusehen.

»Du lässt dich doch nicht mit ihm ein?«

Emma hielt inne und wandte sich zu ihr um. »Wie kommst du denn darauf?«

Ihre Mutter schob das Kinn nach vorn, wie sie es immer tat, wenn sie wütend war. Ihre dicken langen Haare hatte sie zu einem Zopf geflochten, der ihr auf den Rücken fiel. »Ich hab Augen im Kopf.«

»Ach Mama, da ist nichts. Wir haben nur eine Limonade zusammen getrunken.«

Ihre Mutter trat einen Schritt nach vorn. »Nur eine Limonade? Denk dran, du bist verheiratet. Lass dich nicht mit einem fremden Mann ein, das bringt nur Ärger.«

»Mama!«

Ihre Mutter schüttelte warnend den Kopf, dann wandte sie sich um und tappte wortlos auf ihren Pantoffeln zurück ins Schlafzimmer.

Emma seufzte, nahm die Kerze und tastete sich durch den dunklen Hausflur zur Toilette. Als sie wiederkam, sah sie kein Licht mehr aus dem Türspalt ihres alten Kinderzimmers dringen. Ob Kurt schon schlief? Wie merkwürdig, dass er nur wenige Meter von ihr entfernt war. Wo hatte er nur die letzten Wochen verbracht? Eines Tages, dachte sie, würde sie es herausfinden, dann würde sie sein Geheimnis lüften. Ihre Mutter hatte recht, sie machte sich viele Gedanken über Kurt. Sie erschrak über diese Erkenntnis, und sofort rief sie sich Christians Bild in Erinnerung, dachte an seinen letzten Heimaturlaub auf Gut Meinersleben im Frühjahr 1944. Sie waren den Weg am Roggenfeld entlangspaziert. Er nahm nicht ihre Hand wie früher, sondern verschränkte die Arme auf dem Rücken, als sie die leichte Anhöhe hinaufschritten, um von oben einen noch besseren Ausblick über das Rheintal zu haben. Die vielen Monate, die sie sich nicht gesehen hatten, lasteten zwischen ihnen. Im Weihnachtsurlaub zuvor war er noch wie früher gewesen, nur die Haare etwas kürzer, aber sein Lächeln wie immer, und sie waren über die hart gefrorenen Feldwege spaziert und morgens kaum aus dem Bett gekommen. Doch nun trug er sein Haar raspelkurz geschnitten, und eine kleine Narbe von einem Streifschuss glänzte rot am Hinterkopf. Stolz präsentierte er seine Nahkampfspange, die man ihm verliehen hatte, nachdem er einen russischen Soldaten getötet hatte, der ihn mit seinem Bajonett erstechen wollte. Er erzählte stundenlang von seiner Division, von Operationen und taktischen Manövern, von den Kumpels aus seiner Kompanie.

Emma hörte schaudernd zu. Sie bemerkte die Begeisterung, mit der er sprach, die Leidenschaft, den unbedingten Siegeswillen, aber auch den Hass. »Nur ein toter Bolschewik ist ein guter Bolschewik«, sagte er und nahm das stolze Lächeln seiner Mutter auf wie ein Schwamm. Sie bestätigte ihn immer und bewunderte ihn vorbehaltlos, während Emma still hoffte, dass eines Tages der alte Christian wiederauftauchen würde, mit seinem unbekümmerten Lächeln, und sie fragen würde, ob sie mit ihm wandern wolle. Sie hoffte es, weil sie ihn liebte, weil er ihr leidtat, weil sie auf ihre gemeinsame Zukunft nach dem Krieg hoffte. Oben auf der Anhöhe – ihrem Lieblingsplatz, der Bank am Aussichtspunkt – nahm er sie endlich wieder in die Arme und küsste sie, und in jener Nacht war alles wie früher. Sie konnte es kaum ertragen, als er sich auf dem Bahnsteig von ihr verabschiedete, sah dem Zug lange hinterher, selbst dann noch, als er längst in der Ferne verschwunden war, und wartete sehnsüchtig auf seine Briefe. Christian war kein großer Briefeschreiber, war er nie gewesen. Seine Briefe erinnerten eher an nüchterne Sachstandsberichte, und auch seinen Satz *Hab dich lieb und denke an dich*, den er stets am Schluss anfügte, konnte nicht viel daran ändern. Aber im Januar 1945, kurz nachdem die sowjetische Offensive, die im Sommer zuvor zum Stehen gekommen war, wieder begonnen hatte, hatten seine Briefe plötzlich aufgehört.

Emma erhob sich und holte Christians letzten Brief aus der Tasche seines Rucksacks, legte ihn vor sich auf den Küchentisch und betrachtete die schwungvollen Buchstaben seiner Schrift. Er würde ihr immer schreiben, da war sie sich sicher. Es musste ihm etwas passiert sein. Entweder war er in russische Gefangenschaft geraten oder tot. Oder vermisst. Warum konnte ihr das niemand sagen? Warum musste sie nur mit dieser furchtbaren Ungewissheit leben?

Sie starrte zur Schlafzimmertür, hinter der ihre Mutter verschwunden war. Mama wusste nicht, wie viel sie geweint hatte, wie viele Nächte sie schlaflos im Bett gelegen und sich klein und schwach gefühlt hatte vor Angst um Christian. Wie gnädig hatte sich der Tag angefühlt, an dem ihr bewusst geworden war, dass sie nach dem Aufstehen eine halbe Stunde nicht an ihn gedacht hatte. Die acht Monate, die seit seinem letzten Brief vergangen waren, waren für sie eine Ewigkeit. Eine Ewigkeit, in der jede Ablenkung, jeder Moment, in dem sie nicht an ihn denken musste, sogar ihr Kampf ums Überleben hier in Köln, eine Gnade war.

Aber jetzt waren ihre Abgrundgedanken wieder da. Emma forschte in ihrem Inneren, wie schon so oft, ob sie fühlen konnte, ob Christian noch lebte oder nicht. Vielleicht gäbe es doch Telepathie mit Menschen, die man liebte und zu denen man starke Verbindungen hatte. Sie glaubte fast, es fühlen zu können, wenn ihrem Mann etwas geschehen wäre. Aber sie fühlte nichts, nur Angst. Sie hob die Hand, strich sanft mit dem Finger über die schwungvolle Schrift. Wenn sie nur mehr wüsste! Wenn er gefallen wäre, könnte sie ihn betrauern. Wenn er in Gefangenschaft wäre, wüsste sie, dass er vielleicht eines Tages zurückkehren würde. Aber vermisst zu werden, das war das Schlimmste. Es würde für sie bedeuten, mit der furchtbaren Ungewissheit weiterzuleben. Waren da nicht ihre Gedanken an Kurt eine gnädige Ablenkung? Etwas, das ihr zeigte, wie schön und normal das Leben sein konnte? Sie wollte wenigstens ein kleines Stück normales Leben, um alles andere besser ertragen zu können.

Emma seufzte tief. Als sie merkte, dass sie zitterte, steckte sie den Brief zurück in den Rucksack, blies die Kerze aus und legte sich auf ihr Sofa. Der Kerzenqualm mischte sich mit einem kühlen Lufthauch, der durch das offene Fenster hereinwehte. Emma dachte an den *Sommernachtstraum*, und in ihre Angst mischte sich Freude.

KAPITEL 15

Villa Hüffenberg, Sommer 1943

Er hatte die beiden Herren zuerst auf dem Balkon gesehen. Sein Vater in Schwarz, mit steifem weißem Kragen wie immer, der Gauleiter in seiner grauen Uniform, seine glatten Gesichtszüge lagen im Schatten unter der Schirmmütze. Sein Vater streckte den Arm aus, um dem hohen Funktionär etwas zu zeigen, vermutlich die neuen Blumenrabatten, die erst kürzlich angelegt worden waren. Ihn sahen sie nicht, denn er flüchtete sich schnell in den Wintergarten.

Dann ist er also jetzt schon gekommen, früher als erwartet, dachte Kurt. Er wusste, dass der Besuch des Gauleiters ins Haus stand, seine Eltern sprachen seit Wochen über nichts anderes, aber dass es jetzt schon so weit war, überraschte ihn. Er fragte sich, ob das nicht ein Ablenkungsmanöver seines Vaters gewesen war. Ihn, seinen Zweitgeborenen, rauszuhalten, damit er nicht ins Gesichtsfeld des mächtigen Funktionärs rückte. Zweiundzwanzig Jahre alt und noch nicht im Kriegsdienst für Volk und Vaterland. Durch seine guten Beziehungen war es seinem Vater bisher gelungen, seine beiden Söhne unabkömmlich stellen zu lassen.

Kurt hörte die hastigen Schritte der Diener im Treppenhaus, ihr aufgeregtes Geflüster, das Gläsergeklirr aus dem Empfangsraum, wo die Ordonanzen bewirtet wurden. Er fragte sich, ob der Gauleiter hier essen würde und wo die Männer den Aperitif nehmen würden. Wahrscheinlich im Esszimmer. Doch die Männer schienen die Stille des großen Salons vorzuziehen. Hierhin bat sein Vater die Gäste, um ungestörte Gespräche zu führen. Es war ein beeindruckender Raum mit poliertem Parkettboden im Würfelmuster, einer gewölbten Decke, an der lange, goldene Kronleuchter hingen. Die hohen Sprossenfenster gingen zum Garten hinaus und ließen viel Licht herein. Kurt stellte sich vor, wie der Gauleiter auf einem der seidenbezogenen Barocksessel Platz nahm mit Blick auf den Balkon, wie sein Vater ihm Feuer gab, wie sie gemeinsam rauchten und sich unterhielten. Was mochte sein Vater mit ihm besprechen? Tauschten sie sich über die allgemeine Kriegslage aus? Es sah nicht gut aus nach Stalingrad, das wusste jeder. Die deutsche Propaganda lief auf Hochtouren, und Joseph Goebbels' Rede im Berliner Sportpalast, mit der er zum totalen Krieg aufgerufen hatte, zeigte, dass nun alle Kräfte mobilisiert werden mussten, um den Krieg noch zu gewinnen.

Aber eigentlich glaubten immer weniger Menschen daran.

Kurt konnte es nicht mehr aushalten vor Neugier. Er hätte ihr nicht nachgeben dürfen, und später hatte er sich viele Male gefragt, was anders gelaufen wäre, wenn er es nicht getan hätte.

Alles. Und doch wusste er, dass er nur das erlauscht hatte, was er ohnehin schon lange wusste.

Er ging nach oben in den ersten Stock. In diesem Haus war er aufgewachsen und kannte jeden Winkel. Er wusste, an welchen Stellen das Parkett knarrte und wo das Hauspersonal heimlich rauchte. Er wusste, dass es in der Bibliothek, die an den großen Salon grenzte, eine Tür gab, durch die man jedes gesprochene

Wort im Nebenraum verstehen konnte. Dort versteckte er sich. Die Balkontür im Salon nebenan musste offen stehen, denn der Wind trug jedes Geräusch zu ihm heran. Umso besser. Er hörte zunächst nur leises Geklirr und ein Geräusch, wie es entstand, wenn Flüssigkeit in Gläser gegossen wurde. Dann Schritte und eine Tür, die geschlossen wurde. Die Herren nahmen ihr Gespräch wieder auf, nachdem der Hausdiener den Raum verlassen hatte.

»Möchten Sie nicht doch zum Essen bleiben? Meine Frau und ich würden uns glücklich schätzen, wenn Sie unser Gast wären. Probieren Sie die gute westfälische Küche, sie wird Ihnen gefallen, Herr Grohé.« Die geschmeidige Stimme seines Vaters. So sprach er nur zu hohen Gästen und Geschäftspartnern.

»Davon bin ich überzeugt, mein Lieber. Aber ich muss gleich weiter, mein Terminplan für heute ist eng. Meine Sekretärin hat die Wegezeiten nicht miteingerechnet. Glaubt wohl, ich könnte das ganze Bergische an einem Tag bereisen, das dumme Ding.« Er lachte, und sein Vater fiel in das Lachen mit ein.

»Schade«, sagte sein Vater, als es wieder still geworden war. »Aber dann stoßen wir wenigstens mit Moselwein an. Heil Hitler!«

»Heil Hitler.«

Gläser klirrten. »Ich bin froh über Ihren Einsatz für unser Vaterland, mein Lieber«, sagte der Gauleiter. »Was Sie schon möglich gemacht haben! Dann noch die Erhöhung der Kapazitäten – das hören die im Reichstag ganz sicher, das garantiere ich Ihnen.« Er hatte eine laute Stimme. Kurt konnte sie durch die geschlossene Tür gut verstehen.

»Aber ich bitte Sie! Wir tun, was möglich ist. Mit dem nötigen Nachschub aus dem Außenlager ist uns vieles möglich.«

»Klar bekommen Sie den Nachschub, wie versprochen. Wir stehen zu unserem Wort. Wie immer.«

»Sicher. Es ist nur …« Sein Vater hüstelte, wie er es immer tat, wenn er eine Pause zum Nachdenken brauchte. »Die Leute, die Sie uns schicken, sind oft in einem sehr schlechten Zustand. Es wäre mir daran gelegen, wenn wir bessere Arbeitskräfte bekämen.« Erneut das Hüsteln. Ein ungemütliches Schweigen entstand, das bis in den Nebenraum zu spüren war.

»Wir tun, was wir können. Sie bekommen gute Leute, ich kümmere mich persönlich darum.« Die kalte Stimme des Gauleiters ließ ahnen, dass er sich auf den Schlips getreten fühlte. Dass er auch ganz anders konnte. Der Ruf seiner Brutalität, der ihm noch aus SA-Tagen anhaftete und seitdem nicht besser geworden war, war allgemein bekannt. Kurt wurde es flau im Magen, als er begriff, über wen die beiden redeten. Es ging um die armen Gefangenen in den Fabrikhallen seines Vaters. Er hatte nie verstanden, wie sein Vater und sein Bruder so etwas gutheißen konnten. Er fand es abscheulich, wie man diese Menschen behandelte, aber immer, wenn er dieses Thema vor seinem Vater anschnitt, stieß er auf eine Wand des Schweigens. Wie bei so vielem. Zum Schluss war er nur noch froh gewesen, nach der Schule endlich nach Köln gehen zu dürfen. Doch die Semesterferien waren eine Zeit, die er traditionell zu Hause verbrachte, und ausgerechnet jetzt musste der Gauleiter hier auftauchen. Er hörte wieder seine Stimme. »Sie haben doch zwei Söhne im kriegsfähigen Alter, Herr Hüffenberg?«

»Hans und Kurt.« Kurt kannte die Stimmlagen seines Vaters gut genug, um den nervösen Unterton herauszuhören.

»Es sind sicher prächtige junge Männer, der ganze Stolz des Vaters, nicht wahr?«

»Gewiss, Hans ist meine rechte Hand im Betrieb und Kurt studiert Medizin in Köln.«

»Hm, Medizin, sehr gut. Und beide noch unabkömmlich?«

»Ja. Es wäre gut, wenn dies auch so bliebe in Anbetracht der Mehrarbeit, die wir nun durch das erhöhte Auftragsvolumen zu erwarten haben. Da werden mir beide Söhne helfen müssen«, beeilte sich sein Vater mit Flattern in der Stimme. Er schien zu ahnen, worauf das Gespräch hinauslaufen würde.

»Na, mein Lieber, das kann ich gut verstehen«, erwiderte der Gauleiter. Er hatte nun wieder seine volltönende Stimme von eben. »Doch in Anbetracht der Lage, in der Deutschland sich befindet, brauchen wir jeden Mann zur Verteidigung des Reiches. Jeder muss seinen Mann für Führer, Volk und Vaterland stehen, das ist Ihnen doch klar, Herr Hüffenberg?«

»Natürlich.«

»Also verstehen Sie sicher auch, dass ich Ihnen nicht beide Söhne zur Unterstützung hierlassen kann.«

»Ja.« Das war kaum hörbar.

»Hans ist der Ältere? Wie alt ist er?«

»Fünfundzwanzig.«

»Dann hatte er doch schon seinen Wehrdienst, oder?«

Sein Vater schien zu nicken, denn eine Weile war nichts zu hören. »Und der Jüngere, wie hieß er noch gleich?«

»Kurt. Er ist gleich nach der Schule zum Studium zugelassen worden.«

»Aha. Also wäre der Ältere die bessere Wahl für uns.«

»Herr Grohé, Hans ist mir eine unersetzliche Stütze in der Firma.« Gepresste Stimme.

»Aha, dann sollen wir also den Jüngeren nehmen, verstehe. Nun, mein Lieber, so machen wir es.« Ein Glucksen ertönte, als ob der Gauleiter sein Glas leeren würde. Immer wieder hatten sich seine Eltern über das ungehobelte Benehmen des Gauleiters echauffiert, der Sohn eines Bauern und Kleinkrämers sei er, nur durch seinen Aufstieg in der Partei in eine machtvolle Stellung gekommen. Aber seine niedere Herkunft werde ihm noch aus jeder Pore kommen, daran könne seine Uniform und sein akkurater Haarschnitt niemals etwas ändern, selbst wenn er einst im Großdeutschen Reich zu vielen Ehren kommen sollte.

»Nun, wenn es schon unvermeidlich ist, dass Sie meinen jüngeren Sohn wollen, dann setzen Sie ihn bitte in nicht umkämpften Bereichen ein.« Die Stimme seines Vaters klang schwach.

»Darauf habe ich leider keinen Einfluss.«

»Ich denke doch, Herr Grohé. Kurt könnte vielleicht einmal die Firma übernehmen müssen, wenn Hans etwas geschehen sollte. Ich brauche *beide* Söhne, das ist nicht zuletzt im Hinblick auf die Auftragserweiterung in der Firma sehr wichtig. Sie wissen, dass es ein kriegswichtiger Betrieb ist.«

Seine Stimme hatte ihre übliche Sicherheit wiedergewonnen.

»Nun, ich will sehen, was sich machen lässt«, sagte Grohé.

»Danke, Herr Gauleiter.«

Stühlerücken war zu hören. Doch Kurt hörte die anschließenden Abschiedsworte nicht mehr, die in kühlerer Atmosphäre stattfanden, als die Begegnung begonnen hatte. Er schlich sich aus der Bibliothek, floh über die Dienstbotentreppe in den Keller und von dort durch einen Hintereingang nach draußen, lief in den angrenzenden Wald. Im Schatten einer alten Eiche hielt er inne. Die Waldvögel sangen schöne Lieder, aber er hörte sie nicht. Die Worte seines Vaters klebten in seinem Kopf, das Ungeheuerliche, das er gesagt hatte. Er versuchte, es zu begreifen, konnte es aber nicht. Hans. Nicht er. Er war verzichtbar.

Sein Vater hatte sich für Hans entschieden, seine unersetzliche Stütze in der Firma, zu der er ihn ja erst geformt hatte. Hans, der ihm so ähnlich war, der ihm immer schon nachgeeifert hatte. Vater und Sohn, die größere und kleinere Ausgabe aus demselben Stoff. Kurt war immer der andere, der fremde Sohn gewesen. Der sich kaum für die Firma interessierte und lieber Medizin studierte. Doch wenn er ehrlich war, war auch die Medizin nicht das, was er wirklich wollte. Er studierte es nur, weil er auf diese Weise weit weg sein konnte von zu Hause. Es war der einzige Studiengang, der ihn interessierte, und außerdem gefiel es seiner Mutter. Eigentlich wusste er nicht, was er wirklich wollte.

Kurt ballte die Hand zur Faust und schlug gegen die raue Baumrinde. Erst am späten Nachmittag ging er zur Villa zurück.

Beim Abendessen war alles wie immer. Hans erzählte lang und breit von der Wanderung, die er mit ein paar Freunden zusammen unternommen hatte, und war sichtlich enttäuscht, dass er den Gauleiter verpasst hatte. »Hast du den Auftrag bekommen?«, wollte er sofort von Vater wissen.

»Natürlich.«

Hans strahlte. »Dann können wir endlich den Jägerhof kaufen!«

Vater nippte an seinem Merlot. Seine wahre Liebe galt den französischen Rotweinen, nur für den Gauleiter hatte er den deutschen Wein öffnen lassen und so getan, als wäre der Moselriesling sein Lieblingswein. »Zuerst werden wir in eine neue Halle investieren müssen.«

Hans' Kinnlade fiel herunter. »Eine neue Halle? Jetzt? Ist der Auftrag denn so groß?«

Sein Vater tupfte sich die Mundwinkel mit der Serviette ab. »Sehr groß, mein Junge. Sehr, sehr groß.« Er lächelte zufrieden.

»Ah, dann gibt es doch den Jägerhof, wenn alles eingefahren ist.«

»Vielleicht. Wir werden sehen. Aber erst mal wartet viel Arbeit auf uns. Näheres besprechen wir morgen im Büro, nicht hier beim Abendessen.« Er schob sich ein Stück vom Kaninchenbraten in den Mund. Er sah aus wie immer, dachte Kurt. Als wäre nichts gewesen. Als hätte er nicht am Mittag zugestimmt, seinen Zweitgeborenen in den Krieg zu schicken und seinen Erstgeborenen zu verschonen. Auch seine Mutter schien nichts zu wissen. Sie erzählte wortreich, wie sie am Morgen von dem hochstehenden Besuch überrascht worden seien und wie sehr sie sich habe beeilen müssen, ihren seidenen Morgenmantel gegen das dunkelblaue Viskosekleid zu tauschen, das sie sich kürzlich eigens für solche Besuche auf den Leib habe schneidern lassen. »Auf die Sekunde genau hab ich's an die Treppe geschafft«, erzählte sie stolz. Sie war sich ihrer Wirkung, die sie auf Männer hatte, bewusst, wenn sie – zierlich und schlank und für ihr Alter immer noch anziehend – langsam die breite Treppe hinunterschritt. Das verfehlte seine Wirkung nie. Auch der Gauleiter hatte gegafft und ihr sogar einen Kuss auf den hingehaltenen Handrücken gegeben. »Dabei hat der mir doch einen wirklichen Schmatzer draufgesetzt, dieser Kerl, der hat mich *wirklich* geküsst!«, beklagte sie sich und verzog angewidert das Gesicht. »So eine Unverschämtheit.«

Vater lächelte dünn. »Tja, mein Schatz, wir müssen alle unsere Opfer bringen.«

»Ach Mama, es gibt Schlimmeres«, sagte Hans, und Mutter verdrehte die Augen. Sie fuhr fort, ihren Tagesablauf zu schildern, übertreibend und theatralisch wie immer, sorgfältig darauf bedacht, sich selbst ins rechte Licht zu rücken. Wie anzüglich dieser Mensch doch sei. Wie viel Mühe es sie gekostet habe, die Dienerschaft richtig zu dirigieren. Dass die Ordonanz den ganzen Empfangsraum verqualmt habe und sie nun tagelang werde lüften lassen müssen.

Kurt saß am Esstisch und fühlte sich fremder denn je. Stammte er wirklich aus dieser Familie? Oder war er vielleicht gar nicht Vaters Sohn, sondern stammte von irgendeinem Fremden ab, einem heimlichen Abenteuer seiner Mutter? Aber nein, er hatte eindeutig Vaters Nase geerbt, seinen Mund und die Gesichtszüge, ebenso seine schlanke Gestalt, die sich auch jetzt noch in den Anzügen so gut machte, aber die Augen seiner Mutter und auch ihre vollen, leicht gewellten Haare. Er hatte Glück gehabt, was das anging, hatte das Beste von seinen Eltern bekommen, während Hans' dünne helle Flusen auf dem Kopf jetzt schon schütter wurden und er die Augen seines Vaters besaß.

Kurts Wut vom Mittag war vergangen und hatte einer tiefen Enttäuschung Platz gemacht. Einer Enttäuschung, die über die Jahre gewachsen war und sich nun in einen tiefen Krater gewandelt hatte. Unüberwindlich. Sie wandelte sich immer mehr – mit jedem Wort am Tisch, mit jedem Lächeln seines Vaters – zu Entschlossenheit.

»Wo warst du eigentlich die ganze Zeit, Kurti?«, hörte er seine Mutter fragen.

Kurti. Wie er diesen Namen hasste. Er ballte die Faust unter dem Tisch. »Hör auf, mich so zu nennen, Mutter!«

Sie wich erschrocken zurück.

Er räusperte sich. »Vater meinte, wir müssen alle unsere Opfer bringen«, sagte er mit rauer Stimme. »Das ist richtig, aber die Opfer dürften unterschiedlich groß sein, nicht wahr, Vater?«

Sein Vater blickte ihn erstaunt an. »Ich weiß nicht, wovon du redest.«

»Nicht?« Kurts Blick bohrte sich in seinen. Er versuchte, etwas hinter diesen Augen zu erkennen, ein Gefühl vielleicht, aber er bemerkte nichts.

Hans sah fragend von einem zum anderen. »Was ist denn?«

Kurt räusperte sich. »Ich werde mich freiwillig melden. Für den Dienst an Volk und Vaterland.«

Eine Weile war es still. Nichts war zu hören außer dem leisen Klirren, als seine Mutter ihr Besteck auf den Teller legte. »Das kannst du nicht machen«, hauchte sie.

Kurt blieb still und beobachtete ihre Gesichter. Das seiner Mutter war fassungslos, offenbar wusste sie nichts von dem Gespräch seines Vaters mit dem Gauleiter. Sein Bruder war überrascht. Die Miene seines Vaters undurchdringlich.

»Aber du studierst doch noch«, wandte Hans ein. »Vater hat dafür gesorgt, dass wir nicht …«

»*Einer* muss gehen«, schnitt Kurt ihm das Wort ab. »Nicht wahr, Vater?«

Sein Vater legte das Besteck ordentlich auf den Teller, tupfte sich die Mundwinkel ab und warf die Serviette hin. Er wich Kurts Blick aus. »Hat der Gauleiter nicht gesagt, dass jetzt jeder Mann zur Verteidigung des Reiches gebraucht wird?« Kurt behielt seinen Vater scharf im Auge. Er wollte ihn niederringen, er wollte, dass dieser Mann vor seinen Augen klein beigab. Er wollte, dass er ihn zurückhielt.

Zufrieden registrierte er, wie sein Vater schweigend auf den Teller starrte. »Zwei Söhne im kriegsfähigen Alter und beide unabkömmlich – das geht nicht, hat der Gauleiter gesagt«, sagte Kurt. »Es geht nur einer. Du musstest dich entscheiden, war es nicht so?«

Sein Vater rührte sich nicht und blickte weiter schweigend auf den Teller.

»Du hast dich entschieden. Für mich. Da kann ich mich auch gleich freiwillig melden.«

Das Schweigen lastete zwischen ihnen wie eine drohende Gewitterwand. »Stimmt das, Friedrich?«, kreischte Kurts Mutter.

Sein Vater erhob sich. »Du hast uns belauscht, Kurt. Der Lauscher an der Wand hört seine eigene Schand.«

Kurt stand ebenfalls auf. »Was anderes fällt dir nicht dazu ein? Nur ein altes dummes Sprichwort?«

Sein Vater hatte immer noch die undurchdringliche Miene aufgesetzt. »Es war dumm, uns zu belauschen, Junge. Ich habe nur zum Schein nachgegeben, das wird noch abgewendet. Du darfst dich auf keinen Fall freiwillig melden!«

»Ich glaube nicht, dass du da noch irgendwas abwenden kannst«, versetzte Kurt mit kalter Stimme. Dass sein Vater auch jetzt noch so beherrscht war, versetzte ihn erneut in Wut. »Du hast dich entschieden. Ich melde mich freiwillig.«

Wieder sah er in die Gesichter seiner Familie, als wollte er sie sich für immer einprägen. Aus dem rundlichen, etwas kindlichen Gesicht seiner Mutter sprach pures Entsetzen. Auch Hans sah erschrocken aus, sagte aber nichts. Sein Vater starrte ihn mit ausdrucksloser Miene an und schüttelte missbilligend den Kopf.

Kurt fühlte sich einen Augenblick wie gelähmt. Er hatte sich geirrt. Dieser starrsinnige alte Mann würde niemals klein beigeben. Er gäbe nie einen Fehler zu, geschweige denn seine Schuld. Er würde es wieder so drehen, dass er, Kurt, der Schuldige wäre, weil er gelauscht und alles verraten hatte. Damit hatte er in den Augen seines Vaters etwas getan, das man niemals tun durfte.

Er wandte sich um, hörte das Scharren des Stuhls, als er ihn heftig beiseitestieß, ehe er aus dem Esszimmer stapfte und die Tür hinter sich zuwarf.

Eine Weile wartete er noch in seinem Zimmer, schwer atmend, ob jemand vielleicht käme und ihn zurückhalten würde. Ihn bitten, es doch nicht zu tun. Fast hoffte er, seine Mutter würde sich endlich einmal gegen ihren Mann auflehnen.

Aber es blieb alles still – so still, dass er eine Maus hätte hören können, die über den Flur gelaufen wäre. Er atmete tief, dann packte er seine Reisetasche und ging.

KAPITEL 16

Emma wartete an der Kirche auf Kurt. Sie wollten ihre Verabredung geheim halten. Für ihre Eltern war sie bei Rudi in der Kneipe, und bei Rudi hatte sie sich einen Tag freigenommen. Emma hatte keine Lust auf weitere Ermahnungen ihrer Mutter. Schließlich war sie kein Kind mehr, sie wusste, was sie tat. Sie war verheiratet und traf sich mit einem anderen Mann. Elisabeths Worte kamen ihr wieder in den Sinn, sie wäre nur auf Vergnügungen aus. Hatte ihre Schwiegermutter recht? Oder hatte sie nicht vielmehr das Recht auf ein bisschen Ablenkung und Erbauung in dieser schweren Zeit, wie der Vermittler gesagt hatte?

Emma verscheuchte energisch ihre nagenden Gedanken. Sie hatte sich ein wenig Abwechslung verdient, sie fieberte geradezu dem *Sommernachtstraum* entgegen. Bestimmt würde Christian sie verstehen können, wenn er nur hier wäre. Wenn. Wieder so ein Wenn-Satz. Wenn er hier wäre, könnten sie ihre gemeinsame Zukunft im Frieden beginnen. Aber er war nicht hier.

Als sie das vertraute Knattern von Kurts Lastwagen hörte, war sie dankbar, dass sie abgelenkt wurde. Sie winkte und beobachtete, wie Kurt den Wagen sicher durch die Trümmer steuerte. Zu spät bemerkte sie die Kinder an der Kirche. Der blonde Haarschopf ihres Bruders leuchtete zwischen denen der beiden anderen Jungs auf, seine dünnen Beine stachen aus seiner kurzen Hose heraus. Als Emma ihn sah, hatte er sie längst entdeckt. Er gab seinen Kumpanen ein Zeichen und schlenderte zu ihr, die beiden Hände tief in den Hosentaschen vergraben, während seine Blicke von ihr zu Kurts Lastwagen wanderten und wieder zurück.

»Bei Kutschers Rudi bist du also? Ich wusste gar nicht, dass Rudi so aussieht.« Er deutete auf den Lastwagen, der vor ihnen anhielt. »Hab mich schon gewundert, dass du dich heute so in Schale geschmissen hast.« Er musterte sie und ihr weißes Sommerkleid streng.

Emma seufzte in sich hinein. Wann war ihr ruhiger, artiger Bruder von früher verschwunden und hatte diesen frechen Bengel hinterlassen? Sie wusste, dass man ihm nur ebenso begegnen konnte, alles andere würde er als Schwäche betrachten. Sie baute sich drohend vor ihm auf. »Ein Wort zu Mama und Papa und ich sag ihnen, dass du auf dem Schwarzmarkt von den Schiebern Schnapsbonbons bekommst.«

Das hatte wohl gesessen, denn sie sah, wie Armin blass wurde. Aber er fing sich schnell. »Stimmt nicht!«

»Doch, ich hab gesehen, wie du sie gekriegt hast, neulich in der Elsassstraße, als ich Garn kaufte. Habt ihr wieder für die Schieber Schmiere gestanden?«

Armin schüttelte energisch den Kopf. Sie standen sich eine Weile unversöhnlich gegenüber, während der sie beide ihre Möglichkeiten ausloteten. Emma fiel eine neue Beule an seiner Stirn auf. Sie streckte die Hand aus. »Wo hast du die her? Prügelst du dich etwa?«

Er schob ihre Hand weg. »Lass das.«

»Doch, ihr prügelt euch.« Sie spähte zu seinen Kumpels hinüber, die mit ihren verschrammten Knien und den Beulen an den Schienbeinen nicht besser aussahen. Ihr fiel wieder ein, was Armin ihr erzählt hatte. »Die von der Severinsbande? Ihr prügelt euch mit denen?«

Armins Betroffenheit zeigte ihr, dass sie recht hatte, und Mitgefühl ergriff sie. Der Krieg und das Elend, das er verursacht hatte, hatten ihren Bruder zu diesem harten kleinen Kerl werden lassen. Normalerweise würde er in die Schule gehen und lernen. Wenn die nicht bald begänne, würde er verwildern.

»Was willst du von mir?«, fragte sie mit rauer Stimme.

Überraschung blitzte in seinen Augen auf. »Ich hab nichts für die Nähmaschinen gekriegt«, klagte er. »Ich hab sie gefunden, und gekriegt hab ich nix bis auf ein kleines Stück Schokolade. Ich hätt sie selbst behalten und verkaufen sollen.«

Emma verstand ihn. Sie fand das auch nicht richtig von ihren Eltern, immerhin hatte er die erste Maschine vollkommen allein aus dem Schutt befördert und nach Hause transportiert. »Wir haben alle gemeinsam beschlossen, dass wir sie auf dem Schwarzmarkt verkaufen und vom Erlös Garn und Stoffe beschaffen, damit Mama wieder nähen kann«, erwiderte sie.

»Gemeinsam? Mama und Papa haben das bestimmt, ich nicht. Ich durfte mal wieder nix mitreden.«

»Das darf ich doch auch nicht. Ich hab auch nichts bekommen, obwohl ich dir mit den beiden restlichen Maschinen geholfen habe. Sieh es doch mal so: Jetzt kann die Mama dir wenigstens neue Winterhosen nähen und eine dicke Jacke.«

Armin zog ein Gesicht, als ob ihn das nicht im Mindesten überzeugte. Emma nahm sich vor, mit ihren Eltern über ihn zu sprechen, als Kurt aus dem Wagen stieg und sie begrüßte. »Hei Kumpel.« Er klopfte Armin auf die Schulter. Diese Begrüßung hatte sich bei ihnen im Laufe der Wochen eingebürgert. »Laufen die Geschäfte gut?«

Armin nickte. Er mochte es, von Kurt wie ein Erwachsener behandelt zu werden. »Na klar, Herr Groß.«

Kurt sah beeindruckend aus in seinem Anzug, den glänzend polierten Lederschuhen und seinem Hut. »In der Universität wird *Ein Sommernachtstraum* gegeben. Ich habe deine Schwester in die Vorstellung eingeladen.« Er streifte Emma mit einem kurzen Blick und wandte sich wieder an Armin. »Wir haben deinen Eltern nichts gesagt. Emma würde nur Ärger bekommen, sie dürfte vielleicht nicht mehr bei euch wohnen. Das wäre doch blöd, oder?«

Armin nickte.

Kurt zog eine Packung Chesterfield aus seiner Anzugtasche und gab sie Armin. »Du sagst ihnen besser nichts. Ich kann mich doch auf dich verlassen?«

Armin ließ die Packung blitzschnell in seiner Hosentasche verschwinden. »Ganz bestimmt, Herr Groß, versprochen.«

»Ich passe gut auf deine Schwester auf und bringe sie gleich nach der Vorstellung wieder zurück«, versprach Kurt.

Armin sah von Emma zu Kurt und wieder zurück. »Machen Sie das, Herr Groß«, sagte er grinsend. »Viel Spaß, Emma!«

Er wandte sich um und lief zurück zu seinen Freunden. Emma sah, wie sie miteinander tuschelten und dann hinter der Kirche verschwanden. Kurt bot ihr seinen Arm, aber sie lehnte ab. Wortlos stapfte sie um den Wagen herum, während Kurt ihr folgte und die Beifahrertür aufhielt. Sie stieg ein und ordnete ihr Kleid.

»Was ist los, Emma?«

»Ich kann nicht glauben, was du gerade getan hast.«

»Wie bitte?«

»Du hast einem Jungen eine Schachtel Zigaretten gegeben.«

»Na und? Er soll doch nichts verraten.«

»Das habe ich verstanden. Aber er ist erst elf, Kurt! Wer gibt dir die Garantie, dass die Jungs sie nicht selbst rauchen?«

Kurt schüttelte den Kopf. »Überall auf den Schwarzmärkten handeln die Jungs mit Zigaretten. Es ist viel. Er kann das gegen alles Mögliche eintauschen … Süßigkeiten, was immer sie wollen.«

»Die Jungs auf den Schwarzmärkten sind mindestens fünfzehn.«

Kurt schmetterte die Beifahrertür zu, umrundete den Lastwagen und stieg ein. Er setzte den Hut ab und legte ihn auf die Ablage. »Ach Emma, lass uns nicht mehr streiten. Ich hab's doch nur gut gemeint.«

Emma sah zu ihm hinüber. Er hatte sich im Fahrersitz zurückgelehnt und sah sie ebenfalls an.

In seinem Blick lag etwas, das sie berührte. Müde sah er aus, und da war wieder die Verletzlichkeit, die sie zum ersten Mal nach ihrem Harlekin-Auftritt am Schwarzmarkt bemerkt hatte. Ihr Ärger verflog. »Also gut. Aber du solltest nicht …«

Sie brach ab und schluckte. Herrgott, wie er sie ansah! Und sein Mund! Warum waren ihr diese fein geschwungenen Linien noch nie aufgefallen? Wie sie sich wohl anfühlen würden? Offenbar war er beim Friseur gewesen, seine Haare an den Seiten und auch seine Wellen auf dem Kopf trug er kürzer. Hatte er sich extra für den heutigen Abend so herausgeputzt? Ihre Hand zuckte. Hastig schob sie sie unter den Oberschenkel.

Kurt beugte sich nach vorn und startete den Wagen. »Ich verstehe, was du mir sagen willst«, meinte er, als sie über die größeren, schutträumten Straßen zur Universität nach Lindenthal schaukelten. »Du sorgst dich um deinen Bruder und willst nicht, dass ihm etwas passiert. Ich muss gestehen, dass ich euer Gespräch vorhin mitgehört habe. Ich wollte dir helfen.«

»Du hättest dich nicht einzumischen brauchen. Ich kann gut allein mit ihm fertigwerden.«

»Sicher, darum geht es aber nicht. Ich habe das Gefühl, er mag mich. Jetzt wird er bestimmt den Mund halten, oder?«

Emma seufzte. Es stimmte, Armin mochte Kurt, er bewunderte ihn sogar. Es lag nicht nur daran, dass Kurt ihm manchmal

Bonbons oder Schokolade zusteckte und ihm Tipps gab, was den Schwarzmarktwert von Fundsachen aus den Ruinen anging, die die Kinder gesammelt hatten. Kurt hatte einfach eine gute Art, mit Menschen umzugehen. Er schien genau zu wissen, was sie brauchten, und gab es ihnen. Selbst Frau Schneider redete nicht mehr schlecht über ihn, seit er ihr einen zweiten Kittel auf dem Schwarzmarkt besorgt hatte. Emma hatte er die Eintrittskarte geschenkt, und sie mochte nicht wissen, wie schwer und teuer es gewesen war, daranzukommen. »Armin wird den Mund halten«, versicherte sie.

Kurt lächelte. »Was hättest du ihm denn geboten?«

»Das Versprechen, mit Mama und Papa zu reden, damit sie ihn für die Nähmaschine entlohnen. Ich finde, das steht ihm zu, schließlich hat er die Maschine gefunden.«

»Hm. Glaubst du wirklich, sie machen das?«

»Ich weiß es nicht. Wahrscheinlich nicht. Sie haben selbst nicht mehr viel, seit Papa …« Sie presste die Lippen zusammen, wollte nicht sagen, dass ihr Vater seine Arbeit verloren hatte.

»Er hat keine Arbeit mehr«, vervollständigte Kurt ihren Satz.

»Woher weißt du das?«

»Ist nicht schwer zu erraten, er ist doch immer zu Hause. Was war er denn früher?«

»Bankkaufmann. Seine Bank wurde im Krieg zerstört, und jetzt nimmt ihn keine andere mehr, weil er zu alt ist.«

»Vielleicht findet er etwas anderes.«

»Etwas anderes … na ja, vielleicht …«

Emma konnte sich nicht vorstellen, was ihr Vater anderes tun könnte.

Sie bogen gerade in die Straße ein, in der die Villa ihrer Großeltern gestanden hatte. Aus dem Fenster zeigte Emma Kurt den Platz, wo jetzt der Schutthügel lag.

»Tut mir leid«, meinte Kurt. Sie fuhren in Schrittgeschwindigkeit am schmiedeeisernen Tor vorbei. Die Büsche am Zaun verdeckten den Blick auf den Schutthügel.

»Ich sehe die Villa noch vor mir«, sagte Emma. »Gut, dass meine Großeltern nicht mehr miterleben mussten, wie sie zerstört wurde und Tante Lydia starb.« Sie erzählte ihm kurz, was damals passiert war, verschwieg aber, dass ihre Tante die jüdische Mutter mit ihrem Sohn im Haus versteckt hatte. Nie hatte sie jemandem davon erzählt, und sie würde es auch jetzt nicht tun.

»Deine Tante hat viel für dich getan, nicht?«, meinte Kurt.

»Sehr viel. Ich habe mich mit ihr immer besser verstanden als mit meiner Mutter«, gestand Emma. »Wir hatten einfach eine Wellenlänge. Wir interessierten uns für dieselben Dinge, für Musik und Theater. Meinen Eltern war das immer gleichgültig.«

Kurt schwieg, während er den Wagen weiter zur Universität fuhr. »Schön, wenn man jemanden hat, wenn die Eltern einem fremd sind«, sagte er mit rauer Stimme. »Du hattest Glück mit deiner Tante.«

Emma warf ihm einen raschen Blick zu. Er sah ernst aus, seine Lippen bildeten einen Strich. Ihr fiel ein, dass er niemanden mehr hatte, weil seine Familie tot war. »Tut mir leid, dass ich so viel von meiner Familie geredet habe. Ich wollte dich nicht traurig machen.«

»Schon gut.« Er winkte ab.

Sie beobachtete ihn eine Weile, während sie überlegte, ob sie ihn fragen sollte. Doch dann siegte ihre Neugier. »Ist deine Familie im Krieg umgekommen?«

Er schüttelte den Kopf. »Meine Eltern sind schon … länger tot. Mein Bruder ist im Krieg gefallen.«

»War er älter als du?«

Kurt nickte.

»Hattest du nur einen Bruder?«

»Ich habe sonst keine Geschwister mehr.«

»Also bist du ganz allein«, stellte Emma fest. Sie beobachtete, wie er den Lastwagen geschickt zwischen zwei Schutthügeln an der Straße parkte. Wie musste es sein, niemanden mehr zu haben, keine Familie? Auch wenn sie sich manchmal über sie ärgerte, so war sie froh, noch ihre Eltern und ihren Bruder zu haben, nachdem Christian vermisst war.

Kurt antwortete nicht, schloss den Wagen ab und legte kurz die Hand an ihre Schulter, um ihr den Weg zu weisen. Falsches Thema, dachte sie, er wollte nicht darüber reden. Aber nun wusste sie wenigstens etwas mehr über seine Familie. Sie wünschte sich, er hätte seine Hand auf ihrer Schulter gelassen. Obwohl es nicht nötig war, sie zu leiten, denn sie hätte den Weg auch im Schlaf gefunden, so gut kannte sie sich hier aus. Bald tauchte das lang gestreckte Universitätsgebäude vor ihnen auf. Aus allen Richtungen strömten die Menschen herbei, die meisten zu Fuß, einige mit Rädern. Am Eingang brannten Fackeln, und Männer in Livrees kontrollierten ihre Eintrittskarten und wiesen ihnen den Weg. Wie durch ein Wunder hatte das Universitäts-Hauptgebäude den Bombenkrieg gut überstanden. Die große Aula füllte sich bis auf den letzten Platz.

Von ihren Plätzen aus in der elften Reihe konnten sie gut auf die Bühne sehen.

Aufgeregt sah Emma sich immer wieder um, ob sie jemanden kannte. Vielleicht käme Irma auch. Was würde sie sagen, wenn sie sie hier anträfe, mit einem fremden Mann an ihrer Seite?

Sie wandte sich wieder um und schenkte Kurt ein Lächeln. Er nickte ihr zu. Er sah müde aus, blass unter seiner gebräunten Haut. Im Gegensatz zu ihr blieb er ruhig sitzen, den Hut auf den Knien, und richtete den Blick nach vorn. Aber er beobachtete aufmerksam alles, was um sie herum vorging. Emma wurde erst ruhig, als das Orchester die Ouvertüre zu spielen begann. »Mendelssohn«, raunte sie Kurt zu.

Er nickte. »Er ist der Beste. Man kann ihn nicht ersetzen.«

»Nein, kann man nicht.« Emma lauschte den Streichern und versank in dem wundervollen Spiel. Als die Geigen sanft verklangen, ehe die Querflöte zum Schluss einsetzte, warf sie Kurt einen raschen Blick zu. Er hatte Tränen in den Augen.

Schnell sah sie wieder weg, und es durchfuhr sie wie eine Welle, plötzlich und heftig. Sie konnte nicht sagen, was es war. Mitgefühl, Zuneigung, Verständnis und noch etwas anderes, viel Stärkeres, das sie nicht beschreiben konnte. Warum die Tränen? War es wegen seiner Familie? Dachte er an seine Kriegserlebnisse? Oder weil sie die unvergleichliche Musik von Komponisten wie Felix Mendelssohn Bartholdy endlich wieder hören durften, nachdem sie jahrelang verboten gewesen war? Oder war es etwas ganz anderes, das sie nicht einmal ahnte?

Sie streckte ihre Hand aus und legte sie auf seine. Seine Haut fühlte sich warm und glatt an. Er zog seine Hand nicht weg. Nach einer Weile legte er seine andere Hand auf ihre und strich mit dem Daumen sanft über ihren Handrücken. Ein Schauer durchfuhr sie, lief über ihre Haut und verteilte sich in ihrem ganzen Körper bis in ihr Inneres. Ihr Herz schlug schneller, ihr Atem flog dahin.

Sie wandte den Kopf und begegnete Kurts Blick. Seine hellen Augen fixierten sie; in ihnen lag ein gespannter, aufmerksamer Blick, den sie noch nicht kannte, als wäre er Naturforscher und sähe einen unbekannten Schmetterling.

Die Intensität dieses Blicks erschreckte sie, und sie sah wieder weg. Steif saß sie da und wagte es nicht, sich zu rühren, aus Angst, er könnte seine Hände wegnehmen. Er tat es nicht. Stattdessen strich er hin und wieder mit dem Daumen über ihre Hand, was ihr jedes Mal einen wohligen Schauer versetzte. Lange verharrten sie so, bis die Ouvertüre endete und tosender Applaus die Aula erfüllte. Emma bedauerte es, ihre Hand wegnehmen zu müssen, um zu klatschen, doch als sich der Applaus gelegt hatte und das Stück begann, legte Kurt wieder seine Hand auf ihre. Emma wagte es nicht, ihn anzusehen. Sie versuchte, sich auf das Stück zu konzentrieren, was ihr nur halbherzig gelang. Sie spürte Kurts Anwesenheit in jeder Zelle ihres Körpers. Was tat sie nur? Goethes Zauberlehrling kam ihr in den Sinn: »Die ich rief, die Geister, werd ich nun nicht los.«

Sie schob den Gedanken weg. Nein, ganz und gar nicht, sie wollte keinen Geist loswerden, sie hatte nur Angst davor. Angst, Kurt könnte seine Hand fortziehen. Könnte weggehen. Könnte sie allein zurücklassen. Er tat es nicht. Sie merkte, wie er sie von der Seite ansah, und gab sich einen Ruck und wandte den Kopf. Wieder begegneten sich ihre Blicke. Die Müdigkeit war vollkommen aus seinem Gesicht gewichen und hatte der gespannten Aufmerksamkeit Platz gemacht. Er lächelte, und sie lächelte zurück.

Schnell blickte sie wieder fort und sah, wie Titania die Bühne betrat, eine keltisch aussehende dunkle Schönheit mit blauen Augen. Sie sah fantastisch aus.

»Wie? Oberon ist hier, der Eifersücht'ge? Elfen, schlüpft von hinnen:

Denn ich verschwor sein Bett und sein Gespräch.«

Sie hatte eine klare, schöne Stimme und spielte gut. Nach dem dritten Akt gab es eine Pause, und sie gingen hinaus an die frische Luft. Kurt nahm ihre Hand und führte Emma hinter das Gebäude, wo sie ungestört waren. Er schien sich hier auszukennen.

»Wie findest du das Stück?« Er lehnte sich gegen einen Baumstamm und streckte die Hand nach ihr aus.

»Ähm, gut.« Sie glitt mit ihren Fingern zwischen seine und duldete es, dass er sie zu sich heranzog. »Es ist natürlich kein Vergleich zum alten Opernhaus. Aber sie haben …« Sie brach ab, als sie seinen Körper warm an ihrem spürte. Sein Gesicht nah an ihrem. Wieder sah er sie mit demselben Blick an wie vorhin. Sie sah auf seinen Mund, auf die fein geschwungenen Linien. Es zog sie an wie eine Blüte die Biene, und sie legte ihre Lippen darauf. Kurt roch nach Rasierseife, aber sie hätte beim besten Willen nicht sagen können, welche Marke es war. Es war ihr auch egal. Er roch gut, das war die Hauptsache. Er roch nach Kurt.

Sein Kuss schmeckte ein wenig nach einem Pfefferminzbonbon, das er kurz vor ihrem Treffen gegessen haben musste. Sie ließ sich in den Kuss hineinfallen und spürte, wie die Erregung sie mit sich riss. Als eine Glocke ertönte, kamen sie wieder zu sich. Ein Mann ging mit einer Handglocke über das Gelände und rief zur Vorstellung. Widerstrebend gab Kurt Emma aus der Umarmung frei. Sie streifte sich ihr Kleid glatt. Benommen ergriff sie seine Hand und konnte nicht glauben, was sie gerade getan hatten.

Am Eingang warteten sie, bis das dichteste Gedränge vorüber war. Das Stimmengewirr um sie herum kam Emma auf einmal laut und aufdringlich vor.

»Kurt!«, rief jemand neben ihnen. »Kurt, bist du's wirklich?« Emma wandte sich um. Ein kleiner Mann mit einem zu großen Hut war mitten im Gedränge stehen geblieben. Er war etwa im selben Alter wie Kurt.

Kurt warf ihm einen kurzen Blick zu und wandte sich wortlos wieder ab. »Mensch, Kurt, erkennst du mich nicht mehr? Ich bin's, Günther! Aus der Anatomievorlesung!«

Kurt reagierte nicht. Sie wurden im Gedränge vorwärtsgeschoben, bis die Stimme hinter ihnen verklang.

Emma wandte sich um und sah noch, wie Günther ihnen hinterherstarrte und fassungslos den Kopf schüttelte. »Kennst du ihn wirklich nicht?«, fragte sie, als sie wieder auf ihren

Plätzen in der Aula saßen. »Er hat dich mit deinem Namen angesprochen.«

Kurt seufzte tief. »Doch, ich kenne ihn. Ich wollte ihm nur nicht wieder begegnen.«

»Warum nicht? Das war sehr … unhöflich.«

»Ich weiß«, sagte er. »Aber er ist zu anhänglich, wie eine Klette. Man wird ihn nicht mehr los.«

»Hast du hier etwa Medizin studiert?«

Er nickte. »Zwei Jahre, bis ich eingezogen wurde im Frühling 1943.«

»Ah.« Emma dachte, dass sie das nie und nimmer von ihm vermutet hätte. Heute war wohl der Tag, an dem sie vieles über ihn erfuhr. »Willst du weiterstudieren, wenn die Universität wieder aufmacht?«

Er zuckte mit den Schultern. »Wohl kaum. Ich muss doch von irgendwas leben.«

»Es hat dir nicht gefallen«, stellte sie fest.

»So in etwa.« Sein Grinsen verriet ihr, dass sie recht hatte, dass er viel lieber Händler war als Arzt. Aber es stimmte, dass er überleben musste, wenn er ganz auf sich allein gestellt war. Da stellte die Existenz als Schwarzhändler sicher eine gute Möglichkeit für ihn dar, zumal sie ihm auf den Leib geschnitten schien. »Du bist eher ein Kaufmann«, raunte sie ihm leise ins Ohr, als auch schon das Orchester den vierten Akt einleitete.

Kurt warf ihr einen kurzen erstaunten Blick zu, ehe er wieder ihre Hand nahm. Während der letzten beiden Akte fühlte Emma wieder seine Hand und seine Gegenwart, die sie einerseits in Aufruhr versetzte, andererseits aber auch beruhigte. Sie fühlte sich so geborgen und beschützt wie schon lange nicht mehr.

Als das Stück zu Ende war und sie nach dem langen Applaus hinaus in die kühle Nacht traten, war es schon spät. Die Sterne leuchteten zahlreich am Himmel. Kurt hielt immer noch ihre Hand, als sie durch die dunklen Straßen zurück zum

Lkw schlenderten und über das Stück sprachen. Sie waren sich einig, dass die Musik hervorragend war und man unter diesen Umständen das Beste aus dem Schauspiel gemacht hatte. Natürlich wäre die alte Oper ein weitaus besserer Rahmen gewesen, aber sie war nun mal nicht mehr da. Als sie in eine stille Seitenstraße einbogen, erstarb ihr Gespräch. Kurt lehnte sich gegen die Mauer einer Ruine und zog Emma zu sich heran. Sie erinnerte sich, wie sie ihn schon einmal so gegen eine Wand gelehnt gesehen hatte, auf dem Weg vom Schwarzmarkt nach Hause, nachdem sie sich in einer Ruine umgezogen hatte. Er hatte sich gesonnt, und sie hatte ihn heimlich malen wollen, seine perfekten Linien, sein Profil, die geschwungenen Lippen. Emma senkte ihre Lippen auf seine, dann verteilte sie Küsse auf seinem Hals, überall dort, wo sie ihn schon immer hatte küssen wollen. Sie machte nicht einmal den Versuch, sich gegen ihre Erregung zu wehren. Freudig nahm sie wahr, wie Kurt sie packte und durch eine Türöffnung hinter die Mauer zog, tiefer in etwas hinein, das wohl einst ein Hausflur gewesen war, bis in ein Hinterzimmer, wohl eine Art Loggia, die zu einem Garten führte, der voller Trümmer lag. Sie lauschten eine Weile, und als sie nichts hörten, küssten sie sich wieder.

»Du bist … wundervoll«, raunte Kurt zwischen zwei Küssen, »schön und … dein herrliches Haar …« Dann raunte er ihr noch mehr zu – kleine Sätze, die Männer Frauen bei diesen Gelegenheiten zuflüstern.

Emma konnte es kaum erwarten, bis er endlich ihr Kleid aufgeknöpft hatte, ihr Mieder gelöst, bis auch er seinen Anzug ausgezogen hatte, denn sie wollte ihn nackt sehen. Das Sternenlicht schimmerte auf seiner Haut und der verbrannten Stelle, die sich vom Oberarm bis zur Schulter hinzog. Emma strich vorsichtig darüber und küsste sie, als könnte sie sie auf diese Art heilen.

Später lagen sie nebeneinander und sahen durch das zerstörte Dach der Loggia in den sternenklaren Nachthimmel. Emma fühlte Kurts Arm auf ihrem Bauch. Es war neu gewesen, und doch vertraut. Kurts Haut fühlte sich anders an als Christians, er roch anders, er küsste anders, und doch wusste sie, dass es das war, was sie so lange vermisst hatte. Einen Mann zu spüren. Von ihm begehrt zu werden. Den Hunger zu stillen.

Sie fühlte, wie das wohlige Gefühl in ihrem Bauch allmählich verebbte. Obwohl es eine warme Sommernacht war, drang die Kälte vom Boden durch Kurts Mantel, auf dem sie lagen, in ihre Glieder. Sie schmiegte sich an Kurt, legte den Arm auf seinen Rücken. Er zog sie nah an sich heran und strich mit der Hand über ihr Haar. Im milden Licht der Sterne und des halben Monds sah sie seine Augen glänzen. Er ergriff ihre Hand und führte ihre Finger an seinen Mund. »Wir müssen zurück«, meinte er, während er kleine Küsse auf jeden ihrer Finger verteilte, »es wird sonst zu spät und du bekommst Ärger mit deinen Eltern.«

»Meine Mutter schläft bestimmt schon.«

»Und wenn nicht?« Er beugte sich über sie. »Wenn sie aufwacht und sich fragt, wo du bleibst?«

»Dann sag ich ihr, es wäre später geworden.« Emma versuchte, sich das Bild einzuprägen. Kurts Gesicht vor dem nächtlichen Sternenhimmel. Würde sie es je so wiedersehen, wie es jetzt war – so sanft und verletzlich, weicher denn je? Oder war alles nur einmalig gewesen, ein Sommernachtstraum, mehr nicht? Sie seufzte, richtete sich auf und langte nach ihrem Mieder. Heimlich beobachtete sie, wie er sich mit raschen, geübten Bewegungen anzog, sah seinen glatten Oberkörper im milden Licht hell schimmern und fühlte Bedauern. Viel zu schnell war alles vorbei gewesen, viel zu schnell waren sie wieder angezogen.

Kurt nahm ihre Hand, als sie durch die stillen Straßen zurück zum Lastwagen gingen. Sie sprachen kaum während der Fahrt, nur legte er hin und wieder seine Hand auf ihren Oberschenkel. Jedes Mal, wenn er das tat, war der Zauber wieder da, und Emma wünschte sich, er würde nicht enden. Aber dann bogen sie in ihre stille Straße ein und Kurt hielt den Lastwagen vor ihrem Haus an. Er blieb im Wagen sitzen.

»Kommst du nicht mit?«, fragte Emma.

Er schüttelte den Kopf.

»Warum nicht? Wo fährst du denn jetzt noch hin?«

Er sah sie eine Weile an, doch im Dunkeln konnte sie seine Miene nicht erkennen. »Ich muss weg. Es ist besser so. Vorsichtsmaßnahmen.«

»Wegen uns?«

»Nein, nicht wegen uns. Wegen mir.« Er versuchte, sie zu küssen, aber sie entwand sich ihm.

»Ich verstehe das nicht.«

»Das kannst du auch nicht.«

»Dann erklär es mir bitte. Warum musst du immer weg?«

Schweigen antwortete ihr. Kurt hatte sich abgewandt und starrte durch die staubige Windschutzscheibe nach draußen. »Es ist besser, wenn ich nicht immer da bin. Mehr kann ich dazu nicht sagen.«

»Liegt es an deinen Geschäften? Sind sie illegal?«

»Was ist denn in diesen Zeiten schon legal? Jeder kauft oder verkauft auf dem Schwarzmarkt oder lässt es jemanden machen. Du weißt doch selbst, dass man nur mit Arbeit und dem bisschen, was man auf die Lebensmittelkarten bekommt, nicht überleben kann.«

Emma sah auf sein Profil, das sich dunkel gegen das Sternenlicht abzeichnete, das durch das Seitenfenster hereinfiel. Sie hatte das Gefühl, dass er mit seinen Worten etwas verbarg, eine Wahrheit, die nur allzu offen vor ihr lag. »Es ist ein

Unterschied, ob man nur überleben will oder sich an der Not der anderen bereichert. Du bist mehr als ein Schwarzhändler. Wer bist du wirklich?«

Sie sah, wie er die Lippen zusammenpresste. Seine Hand langte zum Zündschlüssel, zuckte wieder zurück. »Es ist nicht so, wie du denkst«, meinte er mit rauer Stimme. »Manchmal kann die Wahrheit mehr schaden als nutzen, dann ist es besser, man kennt sie nicht.«

»Also vertraust du mir nicht«, versetzte Emma. »Warum solltest du das auch tun, nur weil wir einmal miteinander geschlafen haben?« Sie öffnete die Tür und stieg aus. Enttäuschung brannte in ihr. »Gute Nacht, Kurt!«

»Emma!« Er streckte die Hand über den Beifahrersitz aus, sie nahm sie nicht. Sie warf die Tür zu und ging ins Haus. Eine Weile hoffte sie, er würde es sich anders überlegen und doch bleiben, aber dann hörte sie den Motor anspringen und den Lkw wegfahren. Sie schlich in die Küche, zog sich aus und legte sich auf ihr Sofa. Gut, dass alle schliefen. Niemand hatte etwas mitbekommen, sie musste sich nicht rechtfertigen, wo sie so lange geblieben war. Sie wollte allein sein, allein mit dem Geschmack nach Kurts Küssen und seinem Geruch auf ihrer Haut. Doch die Enttäuschung brannte in ihr. Und Reue.

Christian.

Sie hatte ihren Mann betrogen. Mit einem Unbekannten. Sie war sehenden Auges in die Untreue geschlittert, und Kurt hatte die Chance, ihre Schwäche, genutzt. Natürlich hatte er das, ein Mann wie er. Emma brach in Tränen aus. Ihre kleinen, heftigen Schluchzer klangen in der Dunkelheit der Küche. Nach einer Weile stand sie auf und tastete sich zum Spülstein. Immer noch weinend, putzte sie sich die Zähne und versuchte, sich an Christians Gesicht zu erinnern. Aber sosehr sie sich auch anstrengte, sie konnte es nicht mehr erkennen. Es war nicht mehr als ein verwischter heller Fleck.

KAPITEL 17

Polen, Juli 1944

Von Schützenloch zu Schützenloch waren es ungefähr dreißig
Meter. Sie hatten sich vor Stunden hier eingegraben und warteten auf den Angriff der Russen, der unweigerlich kommen
würde. Doch schon den ganzen Tag war es ungewöhnlich ruhig
gewesen. Kurt spähte zum Wäldchen am Hügel hinüber und
lauschte. Außer dem leisen Schnarchen von Mende, der ihm
gegenüberhockte, hörte er nur das Rauschen des Windes in den
Baumkronen. Über den Baumwipfeln hing der fast volle Mond.
Sternenklare Dämmerung. Nach der Hitze des Tages hatte sich
endlich eine angenehme Kühle auf sie gesenkt. Nicht weit vor
ihnen lag ihre MG-Stellung. Kurt hatte Befehl, den Schützen zu
ersetzen, sollte dieser ausfallen.

Er seufzte. Er hatte das Gefühl, schon Ewigkeiten hier zu sein,
dabei war ihre Einheit erst vor einigen Tagen per Zugtransport
hergekommen, um eine größere Frontlücke zu verteidigen.
Hier machte sich die Übermacht der sowjetischen Divisionen
besonders bemerkbar. Jeden Tag waren sie den Angriffen
der Russen ausgesetzt, ihren Kampfflugzeugen, die Bomben
auf ihre Stellungen warfen, unterstützt vom unaufhörlichen

Artilleriefeuer. Erst tags zuvor war eine Kompanie nahezu aufgerieben worden. Die Toten waren noch nicht geborgen, sie lagen noch im Wald und im Straßengraben in der Nähe.

Kurt hasste das Warten in der Stille, allein mit der Angst. Bis vor Kurzem hatte er noch die Langeweile in Fürstenfeldbruck gehasst, die Eintönigkeit seiner Bürotage in der Verwaltung des Fliegerhorsts, wo man ihn nach seiner Einberufung hinbeordert hatte. Doch nun sehnte er sich mit Heftigkeit dahin zurück. Ein paar Tage Fronterfahrung hatten dafür ausgereicht. Er sehnte sich nach seinem verrauchten Büro, nach den langen Kartenabenden, nach Helgas Küssen, nach ihrer weichen Haut. Sie war stämmig und weiß, mit hellen Locken und einer Haut, die auch im Sommer nie braun wurde. Er liebte ihr glucksendes Lachen, ihren Schoß und das herrlich gedehnte »Aaaaah«, wenn sie kam. Sie roch immer ein wenig nach Milch, wenn sie sich im Heuschober ihres elterlichen Hofs heimlich vergnügten, und er konnte sich daran nicht sattriechen. Eigentlich war sie nicht sein Typ, er war nicht mal verliebt in sie, aber es gab viele Kleinigkeiten, die er gut an ihr leiden konnte, außerdem fühlte er sich mit ihr weniger einsam. Er hatte sie auf einem Dorffest kennengelernt, das er mit seinen Kartenkumpels, ein paar angehenden jungen Piloten auf dem Fliegerhorst, besucht hatte. Beide hatten schnell begriffen, dass sie sich nicht lange mit Spaziergängen aufhalten würden, und waren schon am zweiten Abend auf dem Heuboden ihres elterlichen Hofs gelandet, später auch in einsamen Feldschuppen und auf weichen, moosigen Waldböden – Möglichkeiten hatte es genug gegeben. An Heirat hatten sie beide nicht gedacht. Ihr Vater, der größte Bauer im Dorf, hätte ihn wohl vom Hof gejagt – ihn, den angeblich Besitzlosen, als den er sich ausgegeben hatte. Er hatte niemandem etwas von seiner Familie erzählt.

Auch hier war er nur der Kurt, niemand fragte sich, wer er war und wo er herkam. Er war ein Neuer, den sie in ihrer

Truppe aufnahmen und anlernten, wie schon so oft. Man war Kamerad, kein Freund, denn den Luxus der Freundschaft leistete sich niemand mehr, nicht mehr jetzt, wo der Tod zur Tagesordnung gehörte und ihre Einheiten immer wieder verlegt und neu gebildet wurden in einer atemberaubenden Geschwindigkeit, die ihnen deutlich zeigte, was sie waren: ein Heer auf dem Rückzug. Eins, das bald geschlagen sein würde. Auf dem Rückzug waren sie schon, seit die Rote Armee im Juni 1944 ihre Großoffensive begonnen hatte, zwei Wochen nachdem die alliierten Truppen in der Normandie gelandet waren. Da hatte auch Kurt seinen Versetzungsbefehl an die Ostfront erhalten. Er wunderte sich ohnehin schon, dass man ihn so lange auf dem Fliegerhorst beließ, ja dass der Gauleiter sich offenbar dafür eingesetzt hatte, dass er diesen ruhigen Posten bekam. Vielleicht hatte sein Vater doch noch seinen Einfluss geltend gemacht – er wusste es nicht. Seine Mutter hatte ihm ein paarmal nach Fürstenfeldbruck geschrieben, ihre Briefe trieften vor Selbstmitleid und Klagen darüber, dass er sich freiwillig gemeldet hätte, und von belanglosen Schilderungen ihres Alltags. Sie schwärmte von Hans und seinem Einsatz für die Firma. Den Streit mit seinem Vater erwähnte sie mit keinem Wort. Sie hatte offenbar nicht verstanden oder verstehen wollen, dass er sowieso einberufen worden wäre. Er zerknüllte ihre Briefe und warf sie gegen die Wand, schrieb aber brav zurück und rächte sich mit langatmigen Schilderungen seiner Tätigkeiten auf dem Fliegerhorst. Was ihn eigentlich bewegte, hatte er ihr nie geschrieben.

Mende schnarchte. Der Zugführer hatte sie in Schlafgruppen eingeteilt, jetzt war Mendes Schlafzeit, in der Nacht würde er drankommen. Der Wind rauschte jetzt stärker in den Fichten und wehte angenehme Kühle und würzigen Duft heran. Aber er trug noch etwas anderes mit sich – ein fremdes, fernes Geräusch. Kurt fasste seine Maschinenpistole fester und lauschte. Wie oft war er wegen eines Knackens oder Raschelns im Wald schon aus leichtem Schlaf aufgeschreckt, das sich im Nachhinein nur als Geräusch eines Tiers herausgestellt hatte. Auf keinen Fall wollte er seine Kameraden umsonst wecken. Das Geräusch wurde langsam lauter und schwoll an zu einem fernen, unheimlichen Dröhnen.

»Feind im Anmarsch!«, rief jemand aus dem Schützenloch nebenan. Kurt rüttelte den verschlafenen Mende wach und hob seine Maschinenpistole. Aus dem Wald zischte eine Granate und schlug hinter ihnen in den trockenen Boden ein. Das Dröhnen eines Panzers erklang vom Wald herüber und wurde immer lauter. Kurt spürte, wie der Boden zitterte. Er hörte ihre MG-Posten von beiden Seiten feuern, aber der Panzer rollte weiter. Verdammt, was machte der hier? Normalerweise nahmen die Russen sie unter Artilleriebeschuss, was das Zeug hielt. Vielleicht war es ein Spionagepanzer, der sich im Wald versteckt hatte. Kurt duckte sich ins Schützenloch und hielt seinen Helm fest. Er hörte nur noch den deutlichen Gedanken im Kopf: schönes Ende, plattgemacht von einem verfluchten Panzer. Da hörte er den Krach, als ihre eigene Panzerabwehrkanone hinter ihnen über ihre Köpfe hinweg auf den russischen Panzer feuerte. Gleichzeitig zischten weitere russische Granatwerfer aus dem Wald und schlugen neben ihnen ein. Die Pak schoss noch einmal, dann endlich erstarb das Kettengerassel und Kurt hörte es scheppern und das Knacken und Brausen eines Feuers vom Waldrand her. Er atmete auf. Für diese Minute war er gerettet. Ihre MG knatterten unentwegt, Schreie ertönten.

Mende wagte es, sich aufzurichten, und feuerte ein paar Schüsse ab. Kurt tat es ebenso. Er sah den Panzer am Waldrand brennen. Volltreffer. Es roch nach Feuer und brennendem Öl. Neben dem Panzer bewegte sich etwas, und er hielt mechanisch darauf und schoss. Die Bewegung hörte auf. Auch aus den anderen Schützenlöchern wurde nun gefeuert, Mende und er schossen auf alles, was sich bewegte. Die MG ratterten. Aber dann zischten wieder mehrere Granaten über sie hinweg. Kurt und Mende tauchten ins Schützenloch und rührten sich nicht. Kurt hörte, wie die Granaten neben ihnen einschlugen. Sein Herz raste, aber er nahm es nicht wahr. Er wusste, die Russen brauchten schon einen Volltreffer in ihr Loch, um sie zu erwischen. Weiter wollte er nicht denken. Nur atmen. Atmen und funktionieren. Nach einer Weile realisierte er, dass das MG aufgehört hatte zu schießen. Vorsichtig spähte er aus dem Loch und sah den Lauf des MG reglos in die Luft ragen. Automatisch suchte er die Umgebung nach verdächtigen Bewegungen ab. Vielleicht war ein Russe in der Nähe. Aber er konnte nichts erkennen, es war zu dunkel am Waldrand. Im benachbarten Schützenloch war es still. Nur noch von ihrer zweiten MG-Stellung am anderen Ende ratterten Schüsse. Ein schlechtes Gefühl packte ihn.

»Die MG-Stellung ist getroffen«, raunte er Mende zu, nachdem er wieder ins Loch zurückgetaucht war. »Ich muss hin. Gib mir Feuerschutz.«

Mende nickte nur, er hatte verstanden. Kurt musste zur MG-Stellung, um die Schützen zu ersetzen. Doch er zögerte, dachte an die Granateneinschläge. Würde es ihm nicht ebenso ergehen wie den MG-Schützen? Wäre es nicht besser hierzubleiben, als sich aufs offene Gelände zu wagen? Doch dann dachte er nicht mehr. Er hievte sich aus dem Loch und schob sich vorsichtig über das Gras. Granaten schlugen neben ihm ein, hinter ihm, überall. Es war ein ohrenbetäubender Krach, ein höllisches Inferno. Er blieb liegen, legte die Hände über den Helm und verfluchte sich dafür, dass er zu diesem Himmelfahrtskommando aufgebrochen war. Als es einen Augenblick still war, kroch er schnell weiter in die Richtung, wo er das MG vor sich aus dem Gras ragen sah. Da stieß er gegen einen Fuß und fasste das warme Bein seines Kameraden.

»Otto«, flüsterte er. »Otto!« Aber dann zeigte ihm das milde Licht der Dämmerung die Wirklichkeit. Vor ihm lag nur Ottos abgetrenntes Bein, sein Körper lag in der Nähe, drum herum hatte das Blut die Erde dunkelrot getränkt. Vom zweiten MG-Schützen sah Kurt nur noch das zertrümmerte Gesicht, dann sah er nicht mehr hin. Otto war in seiner Kartenrunde gewesen – ein Draufgängertyp mit stacheligem Haar und wachem Blick, keine zwanzig Jahre alt. Geduldig hatte er ihn in die Bedienung des MG eingewiesen und ihm sämtliche Tricks verraten. Kurt hätte schreien mögen. Doch der Schrei blieb ihm in der Kehle stecken und kam als merkwürdiger unterdrückter Laut hervor – eine Mischung aus Schluchzen und Würgen.

Das MG stand still. Gespenstisch ragte der lange Gewehrlauf aus dem Gras hervor. Alle Munition war verschossen.

Kurt verharrte reglos im Gras und unterdrückte seine Schreie. Alles war umsonst gewesen, alles. Vom Waldrand drang der beißende Geruch des Feuers zu ihm herüber. Er hob den Kopf und spähte durch das Gras. Der Panzerbrand hatte sich ausgebreitet, das trockene Gebüsch am Waldrand brannte lichterloh und auch ein paar Fichten hatten angefangen zu brennen. Er konnte die Wärme des Feuers in der Erde spüren. Es würde nicht mehr lange dauern und das Feuer wäre hier. Das andere MG ratterte noch, doch dann schlug eine Granate ein, und das Rattern hörte auf. Kurt erstickte wieder einen Schrei. Er musste zurück in sein Schützenloch. Er musste zurück, zurück, zurück. Weg vom Wald, nur weg. Vorsichtig robbte er durch das Gras. Mit einem ohrenbetäubenden Krachen schlug jetzt eine Granate irgendwo in der Nähe ein. Weiter, nur weiter. Nicht bleiben.

»Rückzug!«, brüllte jemand hinter ihm.

Irgendwann hatte er wieder sein Schützenloch erreicht. Doch der obere Rand des Lochs war durch einen Granaten-Volltreffer zerstört worden. Mende lag zusammengesunken mit zertrümmertem Kopf im Loch. Kurt starrte auf den Toten, sekundenlang. Er konnte es nicht fassen. Was hatte er nur für ein Glück gehabt! Wäre er geblieben, läge er jetzt tot neben Mende. Eine unbändige Wut packte ihn, Wut auf die Russen, aber auch Wut auf diesen schrecklichen Krieg, diese verfluchte Hölle. Mechanisch robbte er weiter, schwer atmend schob er sich weg vom Wald, kroch ins tiefere Gras, in die ausgedehnte Steppe. Als der Lärm leiser wurde und die Kanonen und Granaten ihn nicht mehr erreichen konnten, blieb er liegen.

KAPITEL 18

Es war schon früher Abend, als Emma das Lokal erreichte. Der Regen des nassen Augusttages fiel in feinen Bindfäden aus dem wolkigen Himmel, sammelte sich in den Löchern der Gasse und glänzte auf dem Kopfsteinpflaster des Bürgersteigs. Emma fror in ihrem Sommerkleid und der Strickjacke, als sie sich unter den Schirm kauerte, als könnte er die Kälte abhalten.

Das Haus war das besterhaltene in der Gasse, ein graues Mietshaus mit drei Stockwerken und einer schäbigen Fassade. Sein Dach war behelfsmäßig instandgesetzt, die Fensterrahmen ausgebessert und fehlendes Glas durch Bretter ersetzt. Im ersten Stock hing ein kleiner schmiedeeiserner Balkon, dessen Tür mit den Brettern einer weißen Zimmertür verschlossen war. Der Eingang lag unter einem halbrunden Bogen. »Rheinpalast«, prangte in roten, geschwungenen Buchstaben auf einem Schild, »Restaurant. Musik« etwas kleiner darunter. Den Eingang flankierten zwei mannshohe Bäumchen in Blumentöpfen, die sich in der Tristesse grotesk ausnahmen.

Emma zog ihre Strickjacke enger. Der Hausbesitzer musste beste Beziehungen haben, wenn er sein Haus schon wieder so gut instand setzen lassen konnte. Sie dachte an Rudi, der heute geschlossen hatte, weil er kein Bier mehr bekommen hatte. Wahrscheinlich musste er nun dauerhaft schließen. Sie faltete den kleinen, handbeschriebenen Zettel, den ihr der Vermittler gegeben hatte, zusammen und steckte ihn zurück in ihre Handtasche. Eine zweitägige Fahrt mit Mutters Rad in ein Eifeldorf hatte es sie gekostet, um diesen Zettel und die Empfehlung des Vermittlers zu bekommen. Sie hatte Kaffee und Zigaretten in Christians Rucksack hergebracht, die ein Mädchen aus dem Eifeldorf über die belgische Grenze nach Deutschland geschmuggelt hatte. Eigentlich war es nicht zu schwer gewesen, nur aufwendig, und sie hatte aufpassen müssen, in keine Kontrolle zu geraten. Der schwierigere Teil lag jetzt noch vor ihr.

Emma zupfte sich ihr Kleid zurecht, ordnete ihr Haar und ging ins Lokal. Erst konnte sie kaum etwas erkennen, so dunkel war es. Ein schmaler Flur führte zu einer Tür mit der Aufschrift »Restaurant«. Die öffnete sich beinahe geräuschlos für einen dämmrigen, lang gestreckten Raum. Weiße Tischdecken auf zahlreichen Tischen leuchteten ihr aus dem Halbdunkel entgegen, dahinter führten große, teils mit Brettern vernagelte Fenster in einen verwilderten Garten, in dem ein zusammengelegtes Baugerüst lag. Obwohl kühle Luft durch ein Fenster hereinkam, roch es noch nach abgestandenem Rauch, der von dem Geruch nach frisch Gebratenem überlagert wurde. Emma lief das Wasser im Mund zusammen.

»Sie sind zu früh, junge Dame, wir öffnen erst um sechs.«

Sie fuhr herum, als sie die Stimme hinter sich hörte. Ein kleiner dicker Mann war unbemerkt hereingekommen; sie hörte nur noch eine Tür hinter der Theke klappern, die ihr nicht aufgefallen war. Er trug ein weißes Hemd und eine karierte Kochhose, über der sich quer ein Geschirrtuch spannte.

»Ich komme nicht zum Essen«, beeilte sich Emma richtigzustellen, obwohl sie in Wahrheit nichts lieber täte. »Gestatten, Emma van Kall. Ich würde gern Herrn Michels sprechen.«

Der kleine Mann stemmte die Hände in die Hüften und hob den Kopf, um sie aus zusammengekniffenen Augen zu mustern. »Er steht vor Ihnen. Was kann ich für Sie tun?«

»Der Vermittler schickt mich. Er sagte, Sie suchen gute Musiker. Ich bin Akkordeonspielerin.« Sie gab ihm den Zettel des Vermittlers.

Er warf einen kurzen Blick darauf. »Ah, Sie sind die junge Dame, von der er gesprochen hat. Was spielen Sie denn?«

»Alles«, antwortete Emma. »Kölsche Lieder, Volkslieder, Schunkellieder, Seemannslieder. Die Leute schunkeln gern nach meinen Liedern.«

»Spielen Sie auch Tanzmusik?«

»Ich kann Walzer und Polkas«, meinte sie und versuchte, unter seinem forschenden Blick ihre Unsicherheit zu überspielen. Die Leute mochten ihre Musik, aber würde das auch für dieses Lokal reichen? »Wenn Sie möchten, kann ich Ihnen gern etwas vorspielen«, sagte sie lächelnd.

Herr Michels blieb ernst, während er sie schweigend betrachtete. Er hatte ein blasses, rundes Gesicht mit Doppelkinn und einen Rest Haarkranz. »Sind Sie verheiratet?«, fragte er plötzlich. Er sprach schnell und undeutlich, die Worte purzelten wie ein ungeordneter Strom aus seinem Mund.

Emma nickte und fragte sich, warum er das wissen wollte. Hoffentlich nicht aus dem Grund, den sie befürchtete. »Mein Mann ist … noch nicht wieder aus dem Krieg zurückgekehrt. Er war zuletzt an der Ostfront.«

»Hm, und wo wohnen Sie?«

»Bei meinen Eltern in der Südstadt. Nicht weit von hier.«

Als er nichts sagte, fuhr sie fort: »Ich habe früher im Kapitolskeller gespielt, viele Monate lang. Der Wirt war sehr zufrieden mit mir. Leider habe ich keine Referenzen. Der Keller ist zerstört und ich kann den Wirt nicht mehr finden.«

Herr Michels winkte ab. »Setzen Sie sich und warten Sie dort.« Er deutete auf eine Bank neben der Theke. »Ich muss zurück in die Küche. Sie können mir gleich etwas vorspielen.«

Emma nickte erfreut und beobachtete, wie er zur Küche zurückeilte. Ein Schwall Essensdunst wogte heraus, als er die Klapptür aufstieß und dahinter verschwand. Emma hörte ihren Magen knurren. Sie packte ihr Akkordeon aus, legte es an und spielte sich etwas ein. Gestern hatte sie den ganzen Tag lang in jeder freien Minute geübt, so viel, dass ihre Mutter schon geschimpft hatte, sie solle endlich mit dem Geklimper aufhören, das gehe ihr auf die Nerven.

Wenig später kehrte Herr Michels zurück, setzte sich auf einen der zusammengewürfelten Hocker an der Theke und stemmte die Hände wieder in die Hüften. »Nun, dann mal los, Frau van Kall.«

Sie spielte ihre besten Lieder. Erfreut bemerkte sie, wie er mit dem Fuß zu den Melodien wippte. Doch ausgerechnet bei »Einmal am Rhein« unterbrach er sie. »Danke.« Er kratzte sich nachdenklich am Kopf, rieb sich das Kinn. Sie konnte ihm förmlich ansehen, wie er überlegte. Wenn er sie nicht nehmen würde, würde sie sich im Winter nach einer anderen Kneipe umsehen müssen. Sie war gerade dabei, sich an den Gedanken zu gewöhnen, als sie den Wirt reden hörte.

»... eine Frau als Akkordeonspielerin, das ist doch mal was. Wissen Sie, mein Laden läuft gerade erst an und ich weiß noch nicht, wie er angenommen wird. Wir haben erst mal immer freitags und samstags geöffnet, abends. Können Sie am Samstag? Dann versuchen wir's mal.«

»Natürlich«, beeilte sich Emma zu versichern. »Wann denn?«

»Um acht. Sie spielen nach dem Essen, kölsche Lieder, Schunkellieder. Kann sein, dass die Leute tanzen wollen. Spielen Sie ein paar Walzer.«

»In Ordnung.« Emma verstaute ihr Akkordeon in ihrem Rucksack und stand auf. Sie wäre Herrn Michels am liebsten um den Hals gefallen. »Also dann bis Samstag – ich werde pünktlich sein.« Sie reichte ihm die Hand und spürte kurz seinen schlaffen, weichen Händedruck. Sie roch den Bratendunst, und ihr Hunger wurde übermächtig. Als sie hinauseilte, wehte ihr der Dunst hinterher. Er erschien ihr auf einmal wie eine Verheißung.

Der Rheinpalast war bereits bis auf den letzten Platz besetzt, als sie am Samstagabend dort ankam. Ein unerträglich guter Geruch nach Reibekuchen waberte durch das Lokal, der Emma, die zu Hause nur Brote mit Rübenkraut und mittags eine dünne Gemüsesuppe gegessen hatte, fast um den Verstand brachte. Aber sie versuchte, sich nichts anmerken zu lassen. Jetzt verstand sie, was der Vermittler mit »erlesen« gemeint hatte: Die Gäste sahen aus, als brauchten sie nicht auf die Mark zu achten. Die Männer trugen ausnahmslos Anzüge, Hemden und Krawatten, die Frauen Sonntags- oder Abendkleider. Hier und da blitzte teurer Schmuck auf, Jacken mit Pelzbesatz, Seidenstrümpfe. Kellner in schwarzen Anzügen liefen zwischen den vollbesetzten Tischen hin und her, servierten und schenkten Kölsch, Limonade und Wein aus. Wein! Wer konnte sich das denn noch leisten? Emma fragte sich, aus welchen alten Kellerbeständen Herr Michels den wohl hatte.

Der Wirt stand an einem Tisch und unterhielt sich mit einem vornehm aussehenden Ehepaar. Er war kaum wiederzuerkennen in seinem schwarzen Anzug. Als er Emma sah, kam er zu ihr. »Wie schön, dass Sie da sind! Über den Flur ist die Toilette, da können Sie sich frisch machen. Im Moment ist es noch zu früh, sie sind alle noch beim Essen. Ich gebe Ihnen Bescheid, wenn Sie anfangen können. Am besten, Sie spielen erst mal Schunkellieder. Wenn die Leute dann mitgehen, können wir's mit Walzern probieren. Ach, sagen, Sie, wie soll ich Sie eigentlich vorstellen? Haben Sie einen Künstlernamen?«

Einen Künstlernamen. Noch nie hatte sie jemand das gefragt. Keiner hatte sie bisher Künstlerin genannt. Stolz erfüllte sie, und sie musste an Tante Lydia denken, die ihr das Akkordeonspielen ermöglicht hatte. Es wäre nur recht, wenn sie unter ihrem Namen spielte. »Nennen Sie mich Lydia«, sagte sie.

Herr Michels nickte. »Gut, dann stelle ich Sie so vor.«

Emma ging auf die Toilette, ordnete sich das lange Haar, das sie heute offen trug, und zog sich mit ihrem abgenutzten Lippenstift die Lippen nach. Dann schob sie sich die Blume ins Haar, die sie sich aus Stoffresten ihrer Mutter und einer alten Haarspange gebastelt hatte. Sie war leuchtend rot, mit Blüten aus weißem Stoff durchsetzt und passte hervorragend zu ihrem Lippenstift und ihrem weißen Sommerkleid. Die Leute würden nicht wissen, welchen Stoff sie für die Blume verwendet hatte: die Reste einer Hakenkreuzfahne, die ihre Mutter von einer Nachbarin bekommen hatte, um daraus Röcke zu nähen. Emma kniff sich in die Wangen, damit sie in einem kräftigeren Rot schimmerten. Sie lächelte ihrem Spiegelbild zu. Künstlerin. Es hörte sich so gut an.

Doch sie hatte noch nie in einem so feinen Lokal gespielt. Was wäre, wenn die Leute ihre volkstümlichen Lieder nicht mögen würden?

Nachdem die Gäste ihre Reibekuchen und den Nachtisch gegessen hatten, gab Herr Michels ihr ein Zeichen, sich bereitzumachen. Emma nahm ihr Akkordeon, und Herr Michels trat neben sie und stellte sie dem Publikum als »Lydia, unser rheinisches Mädchen« vor, das nun für musikalische Unterhaltung sorgen werde. Die Gäste klatschten. Emma verneigte sich, setzte sich auf die bereitgestellte Bank und begann zu spielen.

Sie spielte ihre übliche Reihenfolge, die sich im Kapitolskeller und bei Kutschers Rudi bewährt hatte, und nach einiger Zeit begannen die Leute an einigen Tischen zu schunkeln, während sie sich an anderen Tischen weiter unterhielten. Emma konzentrierte sich auf die Mitschunkler, lächelte fröhlich und spielte weiter. Durch die rauchgeschwängerte Luft sah sie Herrn Michels hinten an der Theke sitzen und alles beobachten. Nach einiger Zeit legte sie eine Pause ein, trank ein wenig Wasser und beobachtete die Gäste, die sich angeregt unterhielten. Sie wurde nicht schlau aus ihnen. Mochten sie ihre Musik oder wollten sie sich lieber ungestört unterhalten?

Sie nahm sich vor, sich einfach an die Anweisungen des Wirts zu halten. Nach der Pause spielte sie ihre Walzer. Es dauerte nicht lange, und das erste Pärchen begann zu tanzen. Als der Anfang gemacht war, wagten es noch weitere, und sie tanzten auf dem freien Platz vor der Theke, während die anderen schunkelten. Die Zeit bis zur Sperrstunde ging viel zu schnell herum. Emma sah Enttäuschung auf den Gesichtern der Gäste, sie hätten gern noch weitergetanzt. Das erfüllte sie mit tiefer Zufriedenheit.

Herr Michels hieß sie an einem der Tische Platz zu nehmen und winkte einem Kellner, der daraufhin einen Teller mit Reibekuchen vor Emma hinstellte.

»Essen Sie, Sie haben es sich verdient«, forderte der Wirt sie auf. Emma starrte auf die goldbraun gebratenen Taler. Reibekuchen! Sie konnte sich nicht erinnern, wann sie sie das letzte Mal gegessen hatte. Es schmeckte köstlich, und Emma spürte das beruhigende Gefühl des sich langsam füllenden Magens.

Herr Michels beugte sich nach vorn, nachdem er sie eine Weile beobachtet hatte. »Wollen Sie jeden Samstagabend eine warme Mahlzeit? Rheinischer Abend mit Walzermusik, wie wäre es?«

Emma jubelte innerlich. Aber sie hatte mittlerweile zu viel Erfahrung auf dem Schwarzmarkt gesammelt, um Herrn

Michels ihre Freude sofort zu zeigen. Sie dachte an Rudi und ihre fehlenden Einnahmen. Mit dem Zuverdienst kam sie fast immer auf zehn Mark am Abend. Mindestens so viel sollte auch hier drin sein. »Eine warme Mahlzeit ist köstlich«, sagte sie. »Aber das ist doch sicher nicht mein einziger Lohn?«

Herr Michels trommelte nachdenklich auf die Tischplatte, während Emma langsam weiteraß. Wie geschickt von ihm, die Verhandlungen beim Essen zu führen! Sie musste sich bremsen. Wenn er sah, wie hungrig sie aß, würde er ihr womöglich gar nichts bezahlen. Als sie schon fürchtete, er würde ablehnen, fragte er endlich: »Wie viel wollen Sie denn?«

Sie wischte mit ihrem Reibekuchen die letzten Spuren Apfelmus auf und legte das Besteck über den Teller, während sie hastig überlegte. Wie viel konnte ein Mann wie er ihr wohl zahlen? Ihr Blick fiel auf die Speisekarte. »Reibekuchen mit Apfelmus«, stand dort, »50 RM«, gefolgt von der Zahl der Lebensmittelmarken. Emma schluckte. Fünfzig Reichsmark für einen Teller Reibekuchen mit Apfelmus, was für ein Wucherpreis!

Sie tupfte sich die Lippen mit der Serviette ab. »Fünfzig Mark pro Abend«, sagte sie. »Und ein warmes Essen.« Sie wartete darauf, dass er begann, sie herunterzuhandeln.

»Fünfundzwanzig«, sagte er. »Wenn es gut läuft, sehen wir weiter.«

Sie war so froh, dass er überhaupt etwas zahlte, dass sie es nicht übers Herz brachte, weiterzuhandeln. Sie nickte nur.

Herr Michels lächelte zufrieden. »Also abgemacht, fünfundzwanzig Mark pro Abend. Sie spielen jeden Samstagabend im September. Danach sehen wir weiter.«

»Abgemacht«, sagte sie. Sie reichten sich die Hände.

Emma musste sich sehr zusammennehmen, um dem Wirt nicht um den Hals zu fallen.

Als sie später ihr Rad durch die Dunkelheit nach Hause schob, konnte sie das alles immer noch nicht richtig glauben. Wieder und wieder langte sie in die Tasche ihres Kleides und fühlte, ob die Geldscheine darin wirklich noch da waren. Sie träumte von einem neuen Lippenstift, von Stoffen für ein neues Kleid, das ihre Mutter ihr nähen könnte. Vielleicht könnte sie sich eines Tages sogar wieder Schuhe leisten, Bücher, einen Hut mit Federn. Die Liste wurde immer länger auf dem Nachhauseweg. Aber dann fiel ihr ein, dass ihr neues Engagement erst mal nur einen Monat dauern würde. Einen Monat, in dem sie gerade mal das Kostgeld für zwei Monate verdienen würde, zusätzlich warme Mahlzeiten und den geplanten Hinzuverdienst durch Zigarettenverkauf. Wenn alles klappte.

Emma umklammerte die Geldscheine. Eines Tages würden die Zeiten vielleicht wieder so sein, dass sie sich viele Bücher leisten könnte, und einen Hut mit Federn. Bis dahin musste sie sich anstrengen, um zu überleben. Sie musste es allein schaffen, ohne ihren Mann, ohne ihre Schwiegereltern und auch ohne Kurt, den sie seit dem Abend im Theater nicht mehr gesehen hatte. Sie dachte öfter an ihn, als ihr lieb war. Manchmal sah sie ihn wieder vor sich, sein Gesicht vor dem nächtlichen Himmel. Den Blick, mit dem er sie angesehen hatte. Jedes Mal rief die Erinnerung wieder ein Kribbeln in ihrem Bauch hervor, ein Sehnen, und es kostete sie Mühe, das Bild wegzuschieben. Wie auch jetzt wieder.

Emma seufzte, als sie in die geräumte Ringstraße einbog. Sie schwang sich aufs Rad und fuhr nach Hause.

KAPITEL 19

Armin hielt Wort und verriet nicht, dass Emma und Kurt zusammen im Theater gewesen waren. Emma wollte sich für sein Schweigen revanchieren und ihre Eltern überzeugen, ihn wenigstens für eine Nähmaschine zu belohnen. Ein paar Tage später, als Armin zum Laden gegangen war, um sich anzustellen, sah sie ihre Gelegenheit dazu gekommen. Ihre Mutter hatte noch nicht zu nähen begonnen und ihr Vater saß noch über der Zeitung, sie selbst räumte das Geschirr ihres kärglichen Frühstücks ab. Doch dann kam alles anders.

»Gute Nachricht«, rief Papa erfreut. »Am ersten Oktober können auch die Oberschüler wieder in die Volksschulen zurück. Ist das nicht schön, Bille? Unser Armin kann endlich wieder zur Schule gehen.« Er tippte auf das Papier des Kölner Kuriers, der vor ihm lag.

»Zeig mal.« Emma wischte sich die nassen Spülhände ab und nahm die Zeitung. »Volksschulen öffnen für Oberstufen-Schüler«, stand da. Und darunter: »Nachdem am 23. Juli 1945 mit Genehmigung der Militärbehörden achtzehn Volksschulen in Köln ihre Pforten für die Schüler der Unterklassen (1. bis 4. Schuljahr) geöffnet haben, können ab dem ersten Oktober nun auch die Schüler der Oberstufe (5. bis 8. Schuljahr) die Volksschulen besuchen …«

Nun wollte es auch Mama sehen. Sie musste erst den ganzen Artikel lesen, um es zu glauben. »Wurde auch Zeit«, murmelte sie und ließ die Zeitung zurück auf den Tisch fallen. »Er war schon fast ein Jahr nicht mehr in der Schule. Nur auf der Straße.« Ihr Gesicht verzerrte sich, als wollte sie in Tränen ausbrechen, ihre Lippen zogen sich weit nach unten.

Emma fragte sich, wann ihre Mutter diesen Gesichtsausdruck bekommen hatte, die Sorgenfalten zwischen den Brauen, den vorwurfsvollen Blick. Es musste wohl am Hunger liegen, er fraß sich langsam in ihre Gesichter, besonders in die ihrer Eltern. Sie legte die Hand auf Mamas Schulter. »Ach, freu dich doch ein bisschen. Es geht langsam wieder aufwärts.«

Ihre Mutter überhörte sie und sagte: »Er braucht eine neue Winterhose und einen Mantel. Kannst du irgendwo Wollstoff auftreiben, Emma?«

»Sicher.« Emma setzte sich auf ihr Sofa, ihren Eltern gegenüber.

Mama schien sie kaum zu hören. »Die Bücher, das Milchgeld …«, murmelte sie. »Wo sollen wir das hernehmen?«

Als niemand antwortete, knallte sie ihre Hand auf die Tischplatte. »Erich! Sag doch mal was!«

»Wir schaffen das schon«, antwortete er.

»Ich hab genug von deinen Floskeln!«, rief Mama. »Ich will wissen, wie wir das schaffen sollen. Wann findest du endlich Arbeit?«

»Ich hab mich doch bei allen Bankhäusern vorgestellt. Die wollen mich nicht«, entgegnete er leise.

»Und was jetzt? Was willst du machen, Erich? Weiter Brombeeren pflücken im Wald? Hamstern fahren, bis wir nichts mehr haben? Armin sammelt für uns Holz in den Ruinen.

Emma zahlt uns Kostgeld und hilft mir im Haushalt, ich nähe. Was machst du?«

Papa wurde blass. Seine Unterlippe zitterte. »Bille, was soll das? Soll ich jetzt etwa alles aufzählen, was ich gemacht habe? Wir hätten keinen Hof, keinen Garten, keinen Kaninchen- und Hühnerstall, wenn ich nicht wäre.«

»Du bist der Handlanger vom Schneider geworden.« Sie lachte bitter auf. »Und liest gern lange deine Zeitung. Warum gehst du nicht und suchst dir endlich Arbeit?«

Er wurde noch blasser, hatte weiße Lippen. »Ich bin keine vierzig mehr, Bille. Wer wird mich denn noch nehmen?«

Emma tat er leid. Es stimmte, wer würde ihn noch einstellen in seinem Alter? Für schwere körperliche Arbeiten war er zu alt, und er konnte schlecht handwerkliche Arbeiten verrichten, das lag ihm einfach nicht. Sein Tag brauchte klare Strukturen und Grenzen, die Tage, an denen er im Büro arbeitete, die Abende und das Wochenende, an denen er seine Bücher las. Aber das alles war durcheinandergeraten, seitdem sie ständig irgendetwas tun mussten, um zu überleben – ob nun vorm Laden anstehen, im Garten arbeiten oder am Wochenende Hamstern fahren.

»Such dir endlich Arbeit, Erich!«, zischte Mama.

Papa nickte schweigend und starrte vor sich auf den Tisch.

Emma fühlte sich schlecht. Ihre Eltern hatten sich noch nie in ihrer Gegenwart gestritten. Sie fochten ihre Streits, die immer eher Meinungsverschiedenheiten waren, stets unter sich aus, und sie vertrugen sich schnell.

Emma wollte sie auf andere Gedanken bringen. »Der Armin ist klug, er wird's ganz bestimmt schaffen in der Schule«, versicherte sie hastig. »Er muss nur in die richtigen Bahnen gelenkt werden.«

»Er kann aber nicht aufs Gymnasium wie du, nur auf die Volksschule«, giftete ihre Mutter. »Diese Zeiten sind vorbei.« Sie warf ihrem Mann einen scharfen Seitenblick zu.

»Lass uns doch das Grundstück verkaufen«, schlug er vor.

»Jetzt fang nicht wieder damit an. Auf gar keinen Fall!«

Ihr Vater nahm seine Brille ab, zog sein Taschentuch hervor und begann, sie ausgiebig zu putzen. »Vielleicht *müssen* wir es aber bald tun.«

»Nur über meine Leiche«, versetzte ihre Mutter.

Die beiden sahen sich unversöhnlich an. *Das* war es also, was zwischen ihnen stand, was wohl schon länger in ihnen gärte. Ihr Vater wollte, dass sie das Grundstück der Großeltern in Lindenthal verkauften, ihre Mutter war dagegen.

Dieses Mal stand Emma auf Mamas Seite. »Können wir nicht einen Garten daraus machen?«, schlug sie vor, obwohl sie sich nicht vorstellen konnte, wie sie jemals die daraufliegenden Trümmer würden beseitigen können.

Ihre Eltern starrten sie an.

»Das Grundstück ist groß, wir könnten mit dem Teil hinter den Trümmern anfangen. Alle packen mit an«, hörte sie sich sagen.

»Ich muss nähen«, entgegnete Mama und deutete auf den hohen Stapel Kleidung und Stoffe, die darauf warteten, geändert und genäht zu werden.

Papa setzte seine Brille wieder auf. »Hm. Selbst wenn wir das hinkriegten mit dem Garten – wer bewacht den vor hungrigen Dieben, die uns unser frisch gepflanztes Gemüse wegstehlen?«

»Ein … Hund?«

Papa winkte ab.

»Ganz einfach, dann müssen wir den Garten eben im Sommer selbst bewachen, es muss immer jemand vor Ort sein. In einer Hütte oder so.«

»Wie soll ich denn eine Hütte bauen?«, fragte Papa.

»Mit Herrn Schneider.«

»Der will doch dafür was haben«, warf Mama ein. »Aber wir haben nichts!«

Emma wurde langsam wütend. Immer fielen ihren Eltern Gründe ein, warum etwas nicht ging, anstatt einfach mal anzupacken. »Doch, du kannst ihnen was nähen, Mama«, erwiderte sie. »Papa könnte mit Herrn Schneider den Garten machen und eine Hütte bauen, dann teilen wir uns eben mit Schneiders den Garten.«

Ihre Eltern wechselten Blicke. Endlich hatte Emma das Gefühl, zu ihnen durchgedrungen zu sein. Je länger sie darüber nachdachte, desto besser gefiel ihr ihre Idee. War nicht auch die Stadt bestrebt, jede noch so kleine Brachfläche in Anbauland zu verwandeln? Aus dem äußeren Grüngürtel sollte jetzt Ackerland werden. Ihre Eltern wären dumm, wenn sie ihr Grundstück nicht nutzen würden. »Denkt darüber nach«, bekräftigte sie. »Jeder hilft, wir können uns abwechseln. Wir machen es gemeinsam.«

Sie stand auf, um Armin in der Schlange vor dem Laden abzulösen, und ließ ihre Eltern nachdenklich am Küchentisch zurück. Seinen Lohn für eine Nähmaschine sprach sie jedoch nicht mehr an.

Anfang September hatte Emma ihren zweiten rheinischen Abend im Rheinpalast. Sie hatte Rudi inzwischen die Wahrheit gesagt, und zu ihrer Überraschung nahm er es gelassen auf. »Et is, wie et is, Emma«, sagte er und klopfte ihr auf die Schulter. »Was sollste denn noch lange hier, ich muss doch eh bald dichtmachen. Wünsch dir viel Glück beim Michels.« Er verriet ihr noch, was er über den Wirt des Rheinpalasts wusste, dass dieser ein Hotelier aus Bergisch Gladbach sei und den Rheinpalast in seinem Mietshaus in Köln eingerichtet habe. »Der hat beste Beziehungen zu den Bauern im Bergischen. Stell dich gut an, dann haste da immer 'ne warme Mahlzeit.« Er zwinkerte ihr zu, wie es seine Art war, und sie hatte ihm versprochen, noch so lange bei ihm zu bleiben, bis er schließen müsste.

Auch der zweite Abend im Rheinpalast wurde ein Erfolg, die Gäste schunkelten, klatschten und tanzten zu Emmas Walzern und Märschen. Es schien, als wollten alle die vergangenen Kriegsjahre und das Leben in den Trümmern wenigstens für ein paar Stunden vergessen. Herr Michels meinte, man solle die Gunst der Stunde nutzen und öffnete nun auch einmal in der Woche. Er engagierte Emma für den weiteren Abend.

Unter der Woche ging es rustikaler zu; es gab nur ein einfaches Gericht und keine weißen Tischdecken. Emma variierte ihr Programm, spielte auch Polkas und studierte neue Märsche ein. Sie übte tagsüber lange im Hinterhof, damit ihre Mutter, die in der Küche nähte, sich nicht wieder über »das Gedudel« beschwerte.

An ihrem zweiten Spielabend wochentags – dem Abend, als es Kartoffelsalat mit Eiern gab – sah Emma Kurt wieder. Er saß an einem der hinteren Tische, die zum Garten hinausgingen, vor der Tür, die der Kellner kurz zum Lüften geöffnet hatte. In der rauchgeschwängerten Luft des Rheinpalasts musste sie zweimal hinsehen, ob er es auch wirklich war. Tatsächlich. Er saß dort in seinem grauen Anzug, zurückgelehnt auf seinem Stuhl, und wandte ihr den Rücken zu. Ihm gegenüber saß eine Frau in einem altmodischen, aber gut geschnittenen altrosa Kleid. Sie war schön mit ebenmäßigen Gesichtszügen und einer schlanken Statur. Ihre dicken schwarzen Haare trug sie aufgesteckt. Sie hielt ihr Glas umklammert, lächelte und nickte, als Kurt etwas sagte.

Emma hielt den Atem an. Die Frau war älter als Kurt, aber nicht alt genug, um seine Mutter zu sein. Wer war sie? Woher kannte Kurt sie, und warum war er mit ihr hier? Ein brennender Stich durchfuhr sie, ihr Atem ging flacher, und ihr Herz klopfte schneller. In den letzten Wochen hatte sie sich hundertmal gesagt, dass sie das, was zwischen Kurt und ihr gewesen war, am besten vergessen sollte. Aber nun konnte sie nicht anders, als immer wieder zum Tisch hinüberzusehen und Kurt und die schwarzhaarige Schönheit zu beobachten.

»Unser Wochentag läuft gut«, sagte Herr Michels, der unbemerkt hinter sie getreten war. »Sehen Sie, alle Tische sind besetzt.« Er lächelte zufrieden und rieb sich die Hände.

Emma nippte an ihrem Limonadenglas.

»Hier findet sich alles zusammen«, sagte er. »Man muss nur dafür sorgen, dass die Leute satt sind und genug zu trinken haben.«

Emma nickte.

»Ich freue mich über jeden gut zahlenden Gast«, fuhr er fort. »Je wohler sich die Gäste fühlen, desto eher kommen sie zurück.«

»Es sind bestimmt schon viele Gäste wiedergekommen, nicht?«, schmeichelte sie.

Er nickte stolz.

»Sagen Sie – der Mann da vorn am Tisch, war er schon mal hier? Kennen Sie ihn?« Sie deutete unauffällig auf Kurt.

Herr Michels kniff die Augen zusammen. »Nein, ich habe ihn hier noch nie gesehen. Warum?«

»Weil er mir bekannt vorkommt.« Sie kämpfte gegen das brennende Gefühl in ihrem Inneren an. Wut. Enttäuschung. Eifersucht.

»Wenn Sie wollen, kann ich Sie einander vorstellen«, bot er an.

»Nein, nein«, beeilte sie sich. »Ist schon gut.«

Herr Michels nickte und ging zu einem der anderen Tische, um sich nach dem Befinden der Gäste zu erkundigen. Emma beobachtete, wie Kurt sich nach vorn beugte und seiner schönen Begleiterin etwas sagte, woraufhin sie auflachte. Auf einmal sah sie noch viel schöner aus. Emma starrte wütend zu ihnen hinüber. Durch die raucherfüllte Luft im Lokal sah sie, wie Herr Michels ihr das Zeichen zum Auftritt gab.

Wie immer kündigte er sie feierlich als »Lydia, unser rheinisches Mädchen« an. Die Gäste applaudierten, Emma verneigte sich tief vor ihnen. Alle Blicke waren auf sie gerichtet, und sie wusste, dass Kurt sie spätestens jetzt bemerkt haben musste, aber sie vermied es, zu ihm hinüberzusehen. Sie griff in die Tasten und spielte, bis der Saal bebte und alle klatschten und schunkelten. Als sie ihre Walzer spielte, hielt es kaum noch jemanden auf den Stühlen. Irgendwann sah sie doch zu Kurt hinüber. Er tanzte nicht. Er saß zurückgelehnt auf seinem Stuhl, trommelte mit den Fingern zum Takt der Musik und sah sie an. Emma blickte schnell fort.

Als sie nach ein paar weiteren Liedern eine Pause einlegte, waren er und seine Begleiterin verschwunden. Er war gegangen, ohne sie zu begrüßen, hatte getan, als ob er sie nicht kannte. Mechanisch spielte sie weiter, gab Fröhlichkeit vor, obwohl Wut und Enttäuschung in ihr brannten. Es schmeckte in ihrer Kehle wie brennender Schnaps, doch anstatt sie wie dieser zu wärmen, hinterließen die Gefühle nur Kälte und die Bestätigung, dass der Abend mit Kurt ein Fehler gewesen war. Sie war nur eine Abwechslung für ihn gewesen, ein leichtes Abenteuer, und weil sie verheiratet war, konnte er sicher sein, dass sie nichts Festes von ihm erwarten würde.

Wie sagte ihre Mutter immer? »Einen gut aussehenden Mann hat man nie für sich allein.« War Kurt nicht gut aussehend? Sie fand es jedenfalls. Und sie hatte an dem Abend nach der Aufführung geglaubt, seine Gefühle für sie wären echt. Ihre Vertrautheit war echt gewesen, sie hatte sich seit Langem nicht mehr so geborgen gefühlt. Sie hatte sich so sehr danach gesehnt, dass sie wohl alles andere übersehen hatte. Seine häufigen Abwesenheiten, sein Leben, von dem sie nichts wusste. Seit jenem Abend hatte er sich nicht wieder blicken lassen. Konnte er ihr deutlicher zu verstehen geben, dass es nichts Ernstes für ihn bedeutete? Es war ein Sommernachtstraum gewesen, mehr nicht.

Traurig packte sie zur Sperrstunde ihr Akkordeon ein. Selbst der Kartoffelsalat und die Eier schmeckten ihr nicht, obwohl sie wie immer schon den ganzen Abend darauf gewartet hatte. Auch der Zwanziger, den Herr Michels ihr gab, heiterte sie nicht auf. In der Woche zahlte er ihr weniger.

»Nun, meine Liebe, das war doch mal wieder ein schöner Abend«, lobte er. »Wissen Sie, ich bin ein großer Freund von Abwechslung. Es ist wie beim Essen. Wenn ich jeden Abend das Gleiche servieren würde, hätte ich bald keine Gäste mehr. Ich schlage vor, dass Sie ihnen auch mal ein anderes Gericht servieren.«

»Wie meinen Sie das?«

»Nun, Sie könnten sich mal was Neues einfallen lassen.«

»Aber ... ich habe meine Lieder variiert und der Stimmung angepasst«, sagte Emma.

»Gewiss, Sie passen sich der Stimmung an, und das ist auch gut so«, meinte Herr Michels. »Trotzdem sollten wir uns nicht auf unseren Erfolgen ausruhen. Gerade wenn es am besten ist und der Erfolg am größten, muss man überlegen, was man noch besser machen kann. Ich weiß aus Erfahrung, man ist nicht immer nur oben. Irgendwann kommt der Tag, dann wollen die Gäste etwas anderes haben. Dann ist es besser, man ist vorbereitet.«

»Aber ... die Gäste haben sich doch amüsiert«, entgegnete Emma. »Die Stimmung war bestens.«

Herr Michels faltete ungeduldig die Hände. »Wissen Sie, Stillstand ist Rückgang, und ich möchte ganz bestimmt nicht, dass mir dieser Laden eines Tages eingeht. Ich habe vor, zu erweitern und mit dem Ausbau des Kellers zu beginnen, sobald ich Baustoffe und Arbeiter habe. Es wird eine Bühne geben, einen Tanzsaal, Orchester, Varieté, was weiß ich. Musiker gibt es genug, aber seien auch Sie dabei. Entwickeln Sie sich weiter. Sie können es.« Er klopfte ihr gönnerhaft auf die Schulter.

Emma lag eine heftige Erwiderung auf der Zunge. Mochte er ihre Musik etwa nicht mehr? Er konnte doch nicht im Ernst behaupten, ihr Spiel wäre langweilig, wo die Stimmung so gut gewesen war. Aber sie durfte es sich auf keinen Fall mit ihm verderben, also schluckte sie ihre Worte hinunter. »Ich werde sehen, was sich machen lässt«, presste sie stattdessen hervor, zwang sich ein Lächeln ab, setzte ihren Rucksack auf und ging hinaus. Sie nahm ihr Rad, das sie am Treppenabsatz zum Keller abgestellt hatte, damit es nicht gestohlen wurde, und schob es hinaus in die kühle Nacht.

Gerade wollte sie aufsteigen, als ihr jemand den Weg vertrat. Der Hut und der Mantel des Mannes kamen ihr bekannt vor. In dem schwachen Licht, das aus einem der Hausfenster fiel, erkannte sie sein Gesicht.

»N'Abend. Tut mir leid, wenn ich dich erschreckt habe«, setzte Kurt hinzu, als er merkte, wie sie zusammenfuhr.

»Ah, du kennst mich also wieder«, giftete sie und wollte erneut aufsteigen, doch er kam rasch näher und ergriff ihren Lenker. »Ich muss mit dir reden.«

»Zu spät, Kurt. Ich muss nach Hause. Lass los!«

Er rührte sich nicht und sah sie beschwörend an. *Bitte*! Lass mich dich nach Hause bringen.«

»Was willst du noch von mir? Du kennst mich doch gar nicht. Und ich … kenne dich eigentlich auch nicht.« Sie zog an ihrem Rad, damit er losließ, aber er hielt den Lenker fest umklammert.

»Doch, du kennst mich, und ich kenne dich. Wir haben …« Kurt räusperte sich. »Neulich Abend …«

»Ich weiß, was wir getan haben«, sagte sie mit spitzer Stimme. Als ob er sie daran erinnern müsste! »Aber seitdem warst du nicht mehr bei uns, und nun sehe ich dich mit dieser ... Frau. Ich weiß, dass es dir nicht ernst ist, Kurt, das habe ich begriffen.«

»Emma, bitte! Ich möchte mich entschuldigen für vorhin, ich habe mich dumm benommen. Aber ich habe auch nicht damit gerechnet, dass du hier spielst. Ich dachte, du arbeitest bei Kutschers Rudi. Du hast mir nicht erzählt, dass du hier auftrittst.«

»Warum sollte ich dir das erzählen? Du erzählst mir auch nichts von dir.«

Im matten Licht konnte sie erkennen, dass er betroffen aussah. Er schluckte. »Das liegt an meinen Geschäften, wie ich schon sagte. Es ist besser, wenn du nicht alles weißt. Ich sollte nicht sofort angetroffen werden ... falls jemand nach mir suchen sollte.«

»Suchen? Wer sollte nach dir suchen? Die Polizei?«

»Vielleicht. Oder die Konkurrenz. Es ist besser, niemand weiß, wo ich wohne.«

»Machst du solche Geschäfte, dass du fürchten musst, verraten und verhaftet zu werden?«

Kurt stand reglos da und erwiderte nichts. Sein Gesicht lag im Schatten seines Hutes, weshalb sie seine Miene nicht erkennen konnte. Sie hatte also recht gehabt mit ihren Vermutungen. Vielleicht war er sogar ein Schieber – wie sollte er sonst die saftigen Preise im Rheinpalast bezahlen können? – und lebte im Verborgenen. »Und deine Begleiterin? Weiß sie von deinen Geschäften?«

»Klara? Nein, sie ahnt nichts.«

»Ah, Klara heißt sie. Deine Frau hat einen schönen Namen.«

»Meine Frau? Du denkst, sie wäre meine Frau?« Er war so überrascht, dass er den Lenker losließ. Er schüttelte heftig den Kopf. »Sie könnte doch meine Mutter sein.«

»Ach ja? Ich dachte, sie wäre deine Frau, weil sie mich offenbar nicht sehen durfte.«

Er schüttelte wieder den Kopf, nahm ihr entschlossen das Rad ab und schob es an der Klostermauer entlang. »Komm, ich bringe dich nach Hause. Unterwegs erkläre ich dir alles.«

Emma seufzte innerlich auf. Das sah ihm ähnlich, schon wieder das Heft in der Hand zu halten. Er lockte sie mit ihrer Neugier wie einen Hund mit der Wurst. Aber sie war viel zu müde für Protest und außerdem erleichtert, dass er nicht verheiratet war.

»Also, sie heißt Klara Fährmann und ist … war die Verlobte von Johannes Esser, einem Freund von mir. Ich habe ihn im Rheinwiesenlager kennengelernt. Ohne ihn hätte ich nicht überlebt. Aber er ist dort gestorben. Er hat mir viel erzählt, bevor er starb, vor allem auch von Klara. Was ich ihr noch sagen soll und so weiter. Nach der Entlassung bin ich sofort zu ihr und habe ihr alles von ihm ausgerichtet. Zum Glück hat sie mich aufgepäppelt, ich war wohl ziemlich runtergekommen. Wir haben da die ganze Zeit nichts zu essen gekriegt.« Er räusperte sich und fuhr fort. »Ich durfte bei ihr bleiben, weil ich ausgebombt war. Meine Studentenbude gibt's nicht mehr. Klara hat mir ein Zimmer untervermietet.«

»Sie ist deine Wirtin?«

Er nickte. »Esser und sie, das war die große Liebe. Ich habe sie heute eingeladen, um ihr etwas Gutes zu tun, weißt du? Sie musste mal raus.«

Eine Weile sagte niemand etwas. Nur ihre Schritte auf dem Pflaster waren zu hören. Es hatte geregnet, und ein feuchter Glanz lag auf dem Asphalt und den herumliegenden Trümmern. Emma blieb stehen. »Warum durfte Frau Fährmann nichts von mir wissen?«,

Kurt hielt ebenfalls inne. Er schob seinen Hut ein wenig nach hinten. »Weil sie noch weniger über mich weiß als du. Sie ahnt vielleicht was, aber sie fragt nie. Sie denkt, ich wäre unterwegs, wenn ich bei euch bin.«

»Der Lastwagen, hast du ihn von deinem toten Freund?«
Kurt nickte.

Emma ging langsam weiter, und er folgte ihr. Ihr war, als hätte sich der kühle Abend in ihr Gemüt gesenkt, aber vielleicht war das auch besser so. Sie musste einen kühlen Kopf bekommen. Sagte Kurt die Wahrheit oder war er nur ein geschickter Lügner? Log er wirklich nur wegen seiner Geschäfte oder war da noch etwas anderes, das er vor ihr verbergen wollte? Schweigend gingen sie die Vorgebirgsstraße entlang und bogen schließlich in ihre Straße ein.

»Was ist, Emma? Du bist so still.«

»Ich muss nachdenken.«

»Ich bin jedenfalls froh, dass wir geredet und das Missverständnis aus der Welt geschafft haben. Das ist mir sehr wichtig.«

»Hm.« Emma konnte nichts erwidern. Ihr war kalt, aber sie fror nicht. Vielleicht war das ein Zeichen dafür, dass sie abkühlen musste. Wie immer war sie zu hitzig in ihren Gefühlen, wie damals schon bei Christian. Sie musste ruhiger sein, vorsichtiger. Vielleicht sollte sie es ab sofort sein.

Sie waren jetzt vor ihrem Haus angelangt. Als sie den Schlüssel herausnahm, um aufzuschließen, legte Kurt die Hand auf ihren Arm. »Es war ein schöner Abend neulich«, sagte er mit rauer Stimme. »Das meine ich ernst.«

Sie hielt inne, die unerwartete Berührung ließ sie erschauern, doch äußerlich ruhig begegnete sie seinem Blick. Er sah auch aus, als würde er es ernst meinen.

»Es wäre schön … ich würde dich gern in den Burghof einladen, der hat neu eröffnet. Wie wäre es mit nächstem Freitag?« Er sah sie erwartungsvoll an.

Emma wich seinem Blick aus. Sie dachte an Klara Fährmann neben ihm am Tisch, an ihr Lachen, und sie spürte die Kälte wieder. »Ich habe dich seit dem Abend im Theater nicht mehr gesehen«, erwiderte sie. »Und dann sehe ich dich mit einer anderen Frau im Rheinpalast. Es geht nicht. Ich bin verheiratet.«

»Ich weiß.« Kurt nahm seine Hand von ihrem Arm. Er sah enttäuscht aus. »Falls du … ich meine, wenn du es dir noch anders überlegen solltest, ich würde mich freuen.«

Sie nickte hastig, dann schloss sie die Haustür auf. Sie hatte das Gefühl, nicht einen Augenblick länger in seiner Gegenwart bleiben zu können, ohne alles rückgängig zu machen. Kurt schob das Rad in den Hinterhof und verabschiedete sich von ihr, als sie nichts mehr sagte.

»Gute Nacht. Bis bald.«

»Gute Nacht, Kurt.«

Sie sah ihm nach, wie er den Hausflur durchquerte und verschwand, dann ging sie in die Wohnung. In der Küche ließ sie sich auf ihr Sofa fallen und starrte lange in die Dunkelheit. Durch die geschlossene Schlafzimmertür drangen leise Schnarchgeräusche. Es roch nach Herdfeuer und Erbsensuppe, die es mittags gegeben hatte. Die Stille erschien Emma auf einmal ungewöhnlich laut nach dem Lärm im Rheinpalast, Kurts Worte unwirklich. Aber er hatte sie gesagt. Er hatte sie eingeladen, wollte wieder mit ihr ausgehen, nachdem er sich fast vier Wochen nicht hatte blicken lassen. Vielleicht hatte sie sich doch nicht getäuscht, und ihre Vertrautheit im Theater und das, was sie danach getan hatten, war mehr als nur ein Sommernachtstraum gewesen.

Sie zog sich aus, streifte sich ihr Nachthemd über und legte sich auf das Sofa. Ihr schwirrte der Kopf von den vielen Fragen, die sie nicht beantworten konnte. Sie legte die Hand auf ihren Bauch. Die Kälte, die sie vorhin noch gespürt hatte, ihre Enttäuschung waren verschwunden. Stattdessen war das aufgeregte Kribbeln – immer, wenn sie an Kurt dachte – wieder da. Freude. Sie freute sich mehr über seine Einladung, als ihr lieb war. Ein wohliger Schauer überlief sie, als sie sich ausmalte, wie sie in dem Lokal zusammen sein würden. Ob sie dort auch tanzen könnten? Wieder einmal Walzer tanzen nach so langer Zeit! Wie schön wäre es, das zu tun, wobei sie sonst nur zusehen konnte! Sie kuschelte sich unter ihre Decke und gab sich ihrer Freude hin, doch dann dachte sie an Christian und daran, was er alles durchmachen musste. Sie durfte ihn nicht noch einmal betrügen.

KAPITEL 20

In der Nähe von Quedlinburg, April 1945

Im Herbst war Kurt verwundet worden. Er hatte Verbrennungen durch eine Handgranate erlitten und war in ein Lazarett gekommen. Seine Verletzungen brauchten lange, um abzuheilen, und dann erfand er immer wieder neue »Leiden«, um nicht mehr zurück zur Front zu müssen. Jede Stunde, die er nicht in der männerfressenden Hölle verbringen musste, war eine lebensrettende Zeit. Der Tod war grausam, unmenschlich, heimtückisch und unberechenbar, das hatte er dort begriffen. Dass er überlebt hatte, war pures Glück, und es schien ihm, dass er diesem Glück nun verpflichtet war. Er stand im Dienst dieses Glücks, das ihn durch Zufall am Leben gelassen hatte, er musste überleben und weiterleben. Das war er seinem Glück schuldig.

Doch im Januar 1945 konnte er seine Lügen nicht mehr länger aufrechterhalten, und der Lazarettarzt schrieb ihn wieder einsatzfähig. Er kam zu einer anderen Einheit.

Nun war er nicht mehr »der Neue«. Er begriff, dass er noch mehr lernen musste, um zu überleben. Er lernte, andere fremde Männer innerhalb von Stunden als seine überlebenswichtigen

Kameraden zu betrachten. Er lernte, jederzeit und überall zu schlafen, seine MP auseinanderzunehmen und wieder zusammenzusetzen, Panzerfäuste zu bedienen, den heiß geschossenen Lauf eines MG im Halbschlaf zu wechseln. Er kannte die Befehle seines Leutnants, bevor dieser sie ausgesprochen hatte. Er wurde zu einem Krieger, einem gerissenen Hund, der sich vor dem Heldentod, so gut es ging, versteckte. Niemals tat er etwas Leichtsinniges oder meldete sich für irgendwelche Heldenkommandos. Nein, er wollte kein toter Held werden, er wollte leben. Aber er gewöhnte sich nie an die Angst, sie blieb sein ständiger Begleiter.

Im April 1945 bekam seine Einheit den Befehl, Quedlinburg, wo sich ein großes Lazarett befand, gegen die anrückenden Amerikaner zu verteidigen. Kurt erhielt das Kommando über einen Spähtrupp. Sie sollten herausfinden, ob die Amerikaner schon in einem Dorf in der Nähe waren. Frühmorgens pirschten er und seine drei Männer sich an das Dorf heran, das still in der aufgehenden Sonne lag. Als der erste Bauernhof vor ihnen an der Straße auftauchte, gab Kurt den anderen ein Zeichen, dass er allein zum Hof gehen würde. Seine Männer blieben zurück, und er schlich sich zum Haus. Er ging durch den Stall hinein, weil er wusste, dass dort früh die Kühe gemolken würden. So war es auch. Die Bäuerin stieß beinahe den vollen Milcheimer um, als sie ihn sah, beruhigte sich aber, nachdem sie seine deutsche Uniform erkannt hatte.

»Die Amis sind schon überall im Dorf«, zischte sie. »Hier sind überall Panzer. Machen Sie besser, dass Sie wegkommen!«

Kurt nickte, während sein Herzschlag sich beschleunigte. Er schlich sich aus dem Stall. Er lief über die Heuwiese hinter dem Hof und wollte gerade über einen Zaun klettern, als er den GI sah. Kurt hielt inne, er hatte noch nie einen schwarzen Menschen gesehen. Für einen Moment sahen sie sich überrascht an, dann wandte Kurt sich um und rannte zurück in den Stall. »Ein GI ist hier, hinten auf der Wiese!«, raunte er der erschreckten Bäuerin zu, die ihn daraufhin geistesgegenwärtig zu einer zweiten Tür hinausließ. Er lief über den Hof, umrundete das Haus, verbarg sich hinter der Scheune. Nachdem er eine Weile verschnauft hatte und nichts hörte, machte er sich auf den Rückweg zu seinen Kameraden, die im Wald an der Straße nach Quedlinburg auf ihn warteten. Er rannte, so schnell er konnte. Nicht mehr lange, und er wäre bei ihnen im schützenden Gebüsch. Nur noch die Kreuzung vor ihm, dann hätte er es geschafft. Da hörte er den Jeep heranpreschen, und im selben Moment wurde auf ihn geschossen. Eine Maschinenpistole.

Mit einem Hechtsprung rettete er sich auf eine Wiese, ließ sich in das hohe Gras fallen. Er presste sein Gesicht auf die Erde, während die Schüsse durch die Halme zischten und vor ihm einschlugen. Dann hörten sie endlich auf. Kurt wartete, bis das Motorengeräusch des Jeeps leiser wurde und in der Ferne verklang. Er würde natürlich nicht warten, bis sie wiederkamen. Er stand auf und hastete gebückt zum Waldrand. Sein Oberschenkel schmerzte heftig, doch er lief weiter. Er musste in den Wald, ehe sie zurückkamen. Endlich erreichte er den Straßengraben, glitt durch das feuchte Gras und sprang.

Erleichtert ließ er sich in die Arme seiner Kameraden fallen, die im Wald auf ihn gewartet hatten. Sie stützten ihn und schleiften ihn mit sich zurück nach Quedlinburg, wo er sofort ins Lazarett kam. Zum Glück hatte er nur einen Streifschuss am Oberschenkel. Er erhielt eine Tetanusspritze und kam in das Bettenhaus einer Sporthalle, wo sich Bett an Bett mit Verwundeten reihte.

Nur wenige Tage später nahmen die Amerikaner Quedlinburg fast kampflos ein. Kurt kam in amerikanische Gefangenschaft. Er konnte nicht glauben, dass der Krieg nun, nach fast einem Jahr, für ihn zu Ende war. Als die Amis nach einigen Tagen damit begannen, die transportfähigen Soldaten aus dem Lazarett auf Lastwagen zu verladen, dachte Kurt, er würde in ein Gefangenenlager in die Vereinigten Staaten kommen. Eigentlich hoffte er es sogar.

Kurz vor der Abfahrt trat ein amerikanischer Soldat an ihren Lastwagen – ein höherer Dienstgrad, wie Kurt an seiner Uniform erkannte – und ließ ein paar Fotos herumgehen.

Gemurmel entstand unter den deutschen Soldaten. Kurt sah entsetzte Gesichter, Kopfschütteln. Einige reichten die Fotos mit versteinerten Mienen weiter. Bis er an die Reihe kam.

Er sah ausgezehrte Männer in gestreifter Sträflingskleidung. Das nächste Foto zeigte ein paar GIs mit geschulterten Gewehren, daneben einen bis auf die Knochen abgemagerten Mann. Dann kam das Foto eines Lastwagens, voll beladen mit nackten, knochigen Leichen. Sie waren hochgestapelt. Kurt sah Füße, Köpfe, den aufgerissenen Mund eines Mannes, kaum mehr als Mensch erkennbar.

»That are your prisoners!«, rief der Offizier. »*Your* prisoners!«

Langes Schweigen antwortete ihm.

»Das sind doch alles gestellte Aufnahmen vom Feind«, raunte ein junger Feldwebel seinem Nachbarn ins Ohr. »Glaubt denen doch nix!«

Der Offizier hörte das. Er trat näher an den Lastwagen heran.

»What did you say?«

Der Feldwebel schwieg und starrte den Leutnant wütend an. Dessen Miene blieb ungerührt. »Tell me what he said«, forderte er die anderen auf. Niemand antwortete.

»Tell me what he said or I will shoot him!«, brüllte der Offizier.

Die Gefangenen verharrten in ängstlicher Stille, die meisten starrten schweigend vor sich hin. Entweder hatten sie nichts verstanden oder sie wollten ihren Kameraden nicht verraten. Der GI, der die Fotos ausgeteilt hatte, gab die Aufnahmen wieder an den Offizier zurück. Auf einen Wink von diesem zog er sein Gewehr und richtete es auf den Feldwebel.

»Tell me what he said!«, befahl der Offizier erneut.

Kurts Gedanken überschlugen sich. Wenn niemand etwas sagte, wäre der Feldwebel ganz sicher tot, weil der Offizier bestimmt sein Wort halten würde, ja musste. Sagte jemand etwas, würde der Mann vielleicht eine winzige Überlebenschance haben.

Er hob die Hand. »I would like to translate.«

Stille. Alle starrten ihn an. Kurt übersetzte die Worte des Feldwebels ins Englische.

Der Offizier musterte ihn scharf, dann wandte er sich an den Feldwebel und starrte ihn lange schweigend an. »You fucking Kraut!«, zischte er schließlich und knurrte einen Befehl. Der GI ließ daraufhin sein Gewehr sinken. Die Ladefläche wurde verschlossen, und der Transporter rumpelte los.

Kurt atmete auf. Der Feldwebel starrte ihn verwundert an, doch er beachtete ihn nicht. Es freute ihn nicht, diesem Mann das Leben gerettet zu haben. Im letzten Jahr hatte er vielen Männern das Leben gerettet und vielen das Leben genommen.

Immerzu musste er an die Bilder von den Toten denken, er bekam sie nicht aus dem Kopf. Wo waren die Fotos aufgenommen worden? Wer tat Menschen so etwas an? Er dachte an die Arbeiter in Vaters Fabrikhallen. Er war nie in dem Außenlager gewesen, aus dem sie stammten. Sein Vater hatte ihm keine Antworten auf seine Fragen gegeben, bis er es aufgegeben hatte zu fragen. War es den Arbeitern in Vaters Firma ebenso ergangen, nachdem sie für ihre Firma geschuftet hatten?

Unglücklich, müde und erschöpft starrte Kurt auf die sanft gewellte Landschaft, die an ihm vorbeizog. Aus der Ferne sah alles so friedlich aus. In ihm bohrte ein dumpfes, schlechtes Gefühl der Schuld.

»*Your* prisoners«, hatte der Offizier gesagt.

Und jetzt war er *ihr* Gefangener.

KAPITEL 21

Den Schneiders gefiel die Idee mit dem Garten in Lindenthal. Besonders Herr Schneider, dem Emmas Mutter für seine Hilfe bei den Nähmaschinen einen Wintermantel vom Schwarzmarkt passend abgeändert hatte, war sofort begeistert.

»Klasse!«, rief er. »Klar helfen wir euch. Wir müssen jeden Zentimeter Land ausnutzen, Erich.«

Die beiden Männer fuhren mit den Rädern nach Lindenthal und prüften das Grundstück. Etwas ernüchtert kamen sie wieder und brüteten einen Abend über ihren Planungen, wie sie es am besten angehen könnten. Kurt, der endlich einmal wieder bei ihnen übernachtete, gesellte sich zu ihnen und erbot sich, die Schubkarre und das Werkzeug mit seinem Lastwagen hinzufahren und Trümmer abzutransportieren.

»Aber wo lassen wir nur das Werkzeug? Wir müssen einen Verschlag bauen, damit es nicht geklaut wird«, meinte Herr Schneider.

»Nein, müssen wir nicht«, entgegnete Emma. »Ich kann Irma fragen, ob wir es bei ihnen im Keller lassen können, sie wohnt doch gleich nebenan.«

»Gute Idee«, lobte ihr Vater. »Frag sie gleich morgen, ja?«

Emma radelte am nächsten Tag nach Lindenthal. Sie war froh, dass sie einen Anlass hatte, wieder mit Irma zu reden. Vielleicht, so hoffte sie, würde sich auf unverfängliche Weise wieder alles zwischen ihnen normalisieren. Vielleicht könnte sie Irma doch eines Tages davon überzeugen, wieder mit dem Spielen zu beginnen.

Tatsächlich waren Irmas Eltern damit einverstanden, dass sie ihr Werkzeug bei ihnen lagerten. Sie hatten sogar einen abschließbaren Keller, der von außen zugänglich war und den die Wolraths benutzen durften, wann sie wollten. Dafür erbaten sie sich ein kleines Beet, denn sie hatten selbst keinen großen Garten, weil ihr Grundstück kleiner war als das von Emmas Großeltern. Emma ging auf den Handel ein, zumal ihr auffiel, wie schmal Irmas rundliches Gesicht geworden war.

Schon am nächsten Morgen begannen sie das Unternehmen »Garten«. Doch die Trümmer bedeckten weitaus mehr Fläche als gedacht. Überall wucherte Unkraut, wuchsen wilde Sträucher und Büsche. Es hätte einen Bagger gebraucht und Baumaschinen zur Entschuttung, aber daran war nicht zu denken. Sie mussten sich behelfen, so gut es ging. Die Männer hatten beschlossen, den Garten dort anzulegen, wo kaum Trümmer lagen, im hinteren halbschattigen Teil. Sie luden die dicksten Brocken auf die Schubkarre und brachten sie zum Lastwagen, die noch brauchbaren Steine sammelte Emma ein und schichtete sie auf. Kurt trug wieder seine Weste und seine alte Hose, nun aber ein kariertes Hemd, das ihm ein wenig zu groß war. Er zwinkerte ihr manchmal zu, aber sie blieb kühl und ging ihm aus dem Weg. Es war sicher besser so. Das Kribbeln im Bauch, immer, wenn sie ihm begegnete, ging bestimmt auch noch weg.

Kurz nach Mittag, als sie gerade ihre Butterbrote gegessen und Muckefuck getrunken hatten, kam Irma. Sie hatte einen zu großen Kittel an und trug einen Metalleimer. »Ich dachte, ihr könnt ein bisschen Hilfe gebrauchen.«

»Irma!« Emmas Vater kam und reichte ihr seine schmutzige Hand. »Lange nicht mehr gesehen.«

Irma lächelte. »Ich freue mich sehr, Herr Wolrath«, sagte sie förmlich.

Dann begrüßte sie Herrn Schneider und Kurt.

Emma stellte sie einander vor. »Kurt Groß – meine Schulfreundin Irma.«

Irma schenkte Kurt ein strahlendes Lächeln.

»Schulfreundin? Dann waren Sie zusammen in der Theatergruppe?«, fragte Kurt.

Irma nickte. »Theater und Musik.«

»Ah, Sie spielen auch ein Instrument?«

»Sagen Sie ruhig Irma zu mir.«

»Kurt.« Sie reichten sich die Hände. Beide grinsten, als müssten sie einen ersten Preis gewinnen. Verdammter Charmeur, dachte Emma verdrießlich. Frauenheld.

»Was spielst du denn für ein Instrument?«, fragte Kurt.

»Gitarre.«

»Klasse! Ich mag Gitarre sehr.«

Irma lächelte geschmeichelt.

»Hast du sie noch?«

Irma nickte.

»Dann kannst du uns doch mal was vorspielen. Heute Abend nach getaner Arbeit. Was meinst du?«

Irma kratzte sich am Kopftuch. »Ich spiele nicht mehr.«

»Was, du spielst nicht mehr? Warum das denn? Traust du dich nicht, vor Leuten zu spielen?«

Irma warf Emma einen raschen Blick zu, dann sah sie Kurt herausfordernd an. »Natürlich traue ich mich.«

»Na also, schön! Dann heute Abend. Ich freue mich. Nicht, Emma? Du dich doch auch?«

»Sicher!« Emma rang sich ein Lächeln ab, während sie nicht glaubte, was sie gerade gehört hatte. Was ihr nicht gelungen war, nicht in einem langen Gespräch, schaffte Kurt in zwei Minuten. Das war doch nicht zu fassen! Aber er hatte auch nicht dieselbe Geschichte wie sie mit Irma.

Nach der Pause luden die Männer weiter Trümmerbrocken auf den Lastwagen, bis er voll war, dann fuhr Kurt sie zum nächstgelegenen Schuttberg in der Stadt. Irma sammelte schweigend Steine in ihren Eimer.

Nach einer Weile, als ihre Eifersucht verraucht war, ging Emma zu ihr. »Schön, dass du wieder spielst«, sagte sie. »Und dass du uns hilfst.«

Irma richtete sich auf und wischte sich mit dem Handrücken den Schweiß von der Stirn. »Bild dir nur nichts ein, das ist allein meine Entscheidung. Ich helfe euch nur für unser Stück Land. Außerdem kann ich die Trümmerwüste im Nachbargarten nicht mehr sehen.«

»Ist schon klar.« Auf einmal stieg eine heftige Traurigkeit in Emma auf. Sie war allein mit allem. Allein mit ihren mutlosen Eltern, alleingelassen von Christian. Allein mit den Trümmern eines Hauses, das einst ein Heim für sie gewesen war. Sie vermisste Tante Lydia. Mit jedem Stein, den sie aufhob, musste sie an ihre gemeinsamen Sonntagnachmittage denken und an ihren Tod in den Trümmern. Zwischen Irma und ihr lag ein frostiges Meer. Warum konnten sie nicht wenigstens wieder befreundet sein, miteinander reden wie früher, bevor das alles passiert war?

»Irma, es tut mir leid«, sagte sie mit rauer Stimme. »Ich hätte dich damals besuchen sollen, nachdem ich von Brunos Tod gehört hatte. Ich hätte für dich da sein müssen.«

Irma sah sie erstaunt an. Sie kratzte sich am Kopftuch, als wüsste sie nicht, was sie sagen sollte.

»Können ... wir nicht wieder Freundinnen sein?«, setzte Emma rasch hinzu.

Irma betrachtete sie nachdenklich. »Ich weiß nicht, Emma«, sagte sie schließlich. »Ehrlich, ich habe keine Ahnung.«

Emma verspürte ein Kribbeln in der Nase, sie holte ein Taschentuch hervor und schnäuzte sich geräuschvoll. Aber nein, sie würde jetzt nicht heulen vor Irma, diese Blöße wollte sie sich nicht geben. Irma brummte etwas vor sich hin, hob den schweren Eimer auf und trug ihn zu der Ecke, wo sie begonnen hatten, die noch brauchbaren Steine aufzuschichten. So arbeiteten sie schweigend weiter, und die ganze Zeit über redeten sie nur das Nötigste.

Abends hatten sie ihr Gartenstück von Trümmern und Unrat befreit, eine kleine Steinmauer aus noch brauchbaren Steinen und einen Holzstapel errichtet. Herr Schneider hatte noch einige intakte Dachziegel gefunden, die er nach Hause mitnehmen wollte. Aber es lag immer noch ein großer, von Unkraut und Sträuchern überwucherter Trümmerberg des alten Hauses in der Mitte des Grundstücks. Dort würde er auch erst mal bleiben, bis ihre Eltern eines Tages genug Geld hätten, die Trümmer forträumen zu lassen. Emma konnte sich nicht vorstellen, wann das sein würde. Immerhin lag der Trümmerberg zur Straße hin und versperrte die Sicht auf ihren neuen Garten. Die anderen Seiten waren durch den Zaun und die hohen Büsche verdeckt, daneben befand sich das Steiner'sche Grundstück, sodass der Garten von allen Seiten sichtgeschützt war.

Emma war zufrieden, aber sie fühlte sich auch müde, alle waren müde, von Musik war keine Rede mehr. Sie wollten nur noch nach Hause. Dort aßen sie eine dünne Gemüsesuppe, die Emmas Mutter gekocht hatte, ein Stück Brot und sanken müde ins Bett.

Als Emma am nächsten Morgen mit einem Rucksack voller Brote in Lindenthal ankam, hackten die Männer schon Sträucher, und Kurt hatte an einer Ecke begonnen, den Garten umzugraben. Irma war bei ihm und jätete Unkraut. Manchmal redeten und lachten sie, was Emma jedes Mal einen Stich versetzte. Sie gesellte sich zu Irma und zog ihre Hacke energisch durch die Erde. Verdrossen beobachtete sie die beiden und kämpfte gegen ihre Eifersucht an. Wollte Kurt etwa jetzt Irma den Kopf verdrehen? Warum war er überhaupt hier und arbeitete mit ihnen, wo er doch sein Geld viel leichter im Schwarzmarktgewerbe verdienen konnte? Sie richtete sich auf und beobachtete, wie er seine Weste auszog. Sie konnte nicht anders, als hinzusehen. Das neue Hemd war zu groß und verhüllte zu viel von seinen Muskeln. Auf einmal sah er zu ihr herüber. Sein Blick überflog ihre Gestalt und blieb an ihrem Gesicht hängen. In seiner Miene lag eine Frage, Bedauern und noch etwas anderes, das sie nicht deuten konnte. Dann lächelte er auf einmal.

Emma wurde es warm ums Herz. Sie lächelte kurz zurück und jätete weiter. Verdammt noch mal.

»Puh, ist das heiß«, meinte Irma, richtete sich auf, dehnte und streckte sich. »Warum muss es denn nur im September noch so heiß sein?«

»Weil wir uns einen schönen Sommer nach dem Krieg verdient haben«, erwiderte Kurt. Er zog ein Taschentuch hervor und wischte sich den Schweiß von Nacken und Stirn.

Emma und Irma starrten ihn an.

»Aber heute Abend spielst du uns was vor, nicht, Irma? Nach dieser Schufterei brauchen wir unbedingt Musik.«

»Hm.« Irma sah zu Emma hinüber. »Warum fragst du sie nicht? Sie spielt Akkordeon.«

»Ich habe sie schon gehört. Sie spielt wunderbar. Aber deine Musik kenne ich noch nicht.«

Irma nickte und jätete weiter. Am späten Nachmittag, als sie alle erschöpft in der Runde saßen, die letzten Vorräte aßen und kalten Tee tranken, kam Irma mit ihrer Gitarre. Sie hatte sich den Kittel ausgezogen und trug eine weiße Bluse und einen schwarzen Faltenrock, auf dessen Trägern eingestickte

Edelweiße leuchteten. Sie hängte sich die Gitarre um, stellte einen Fuß auf einen Stein und begann zu spielen.

»*Es war in Shanghai, um Mitternacht in der Ohio-Bar*«,
sang sie.
»*Dort trafen sich drei Tramper, die durch die Welt gezogen war'n.*
Jim Parker, der kam aus Frisco, aus Hamburg der lange Hein,
und Charly, der machte den Vorschlag:
›*Kameraden, wir trampen zu drein …*‹«

Emma kannte das Stück, die Edelweißpiraten hatten es oft im Rosengarten gesungen. Auch sie hatte es einmal zusammen mit Irma im Siegerland gespielt.

»*… sangen leis ein Liedel, die drei,*
ein Lied voll von Liebe und Treue,
ein Lied voll von Heimat und Glück,
doch keinen, den packte die Reue,
und keiner, der sehnte sich zurück.«

Irma blickte Emma über die Gitarre hinweg an, und plötzlich begriff Emma. Das Lied galt in Wahrheit Bruno. Sie besang seinen Tod.

Emma wich dem Blick der anderen aus und trank ihren Tee in großen Schlucken. Alle hörten das Lied verklingen und klatschten dann.

»Schön, Irma!«, rief Kurt. »Kannst du auch fröhliche Lieder spielen?«

Irma lächelte. »Klar, kann ich. Morgen vielleicht.« Sie stimmte ein neues Lied an.

»Schließ Aug und Ohr für eine Weil
vor dem Getös der Zeit ...«

Emma kannte das Lied nur vom flüchtigen Hören und konnte es nicht spielen. Trotzdem nahm sie ihr Akkordeon, hängte es sich um und griff in die Tasten. Jetzt oder nie. Was könnte es Besseres geben, als sich mit einem Lied zu versöhnen? Wie konnte sie Irma besser zeigen, dass sie immer noch ihre Freundin war?

Die Männer sahen es und nickten ihnen aufmunternd zu.

»... die Stunde kommt, da man dich braucht,
dann sei du ganz bereit
und in das Feuer, das verraucht
wirf dich als letztes Scheit.«

Emma hielt inne, das Lied verklang. Sie begriff, dass sie Irma zu einem ihrer Widerstandslieder begleitet hatte.

Irma ließ ihre Gitarre sinken. »Ich kann das nicht.«

»Was kannst du nicht?«, fragte Emma. Alle waren still, nur der Wind raschelte leise in den Blättern der Büsche.

»Ich kann nicht mit dir spielen, als wäre nichts gewesen. Als wäre Bruno nicht ...« Sie brach ab. »Du hast kein Recht, dieses Lied zu spielen – es war *unser* Lied!«

Emma fühlte Kühle aufsteigen. Sie spürte auf einmal den harten Gesteinsbrocken, auf dem sie saß, als läge er in ihrem Magen. Niemand hatte das Recht, ihr Lieder zu verbieten. »Die Musik ist frei. Jetzt darf man wieder spielen, was einem gefällt.«

Irma lachte höhnisch auf. »Sicher, du spielst wieder deine alten Lieder, wie immer, als wäre nichts geschehen«, giftete sie.

Emma holte tief Luft. »Warum soll ich meine alten Lieder nicht mehr spielen? Hast du doch auch gerade getan.«

»Du spielst dieselben Lieder, die du im Krieg den Nazis in der Kneipe vorgespielt hast.«

»Aha, du hast also die *besseren* Lieder«, blaffte Emma. »Deine *heilige* Widerstandsmusik, die ich nicht spielen darf. Ich hatte gehofft, wir könnten wieder zusammen musizieren. Wie früher, als wir noch ...« Freundinnen waren, wollte sie hinzusetzen, brachte es aber nicht heraus. »Ich habe mich wohl umsonst mit meinem Akkordeon abgeschleppt.« Sie setzte zitternd ihr Akkordeon ab, riss Christians Wanderrucksack hervor und stopfte es hinein.

Irma kam einen Schritt näher und baute sich vor ihr auf. »Was hast du denn geglaubt? Du kannst doch nicht einfach so weiter die alten Lieder spielen, als wäre nichts gewesen.«

»Nein?« Emma fuhr zu ihr herum. Es war ihr nun vollkommen egal, was Irma von ihr dachte, ob sie jemals wieder Freundinnen sein würden. »Ich sag dir eins: Ich spiel weiter meine alten Lieder, weil sie schön sind. Es sind nicht die Lieder der Braunen, und sie stinken nicht. Solange sie Menschen fröhlich machen und zum Tanzen bringen, spiele ich sie.«

»Ach Mädchen, bitte hört doch auf, euch zu streiten«, warf Emmas Vater dazwischen. »Ihr könntet doch so schön wieder gemeinsam spielen!«

»Genau!«, sagte Kurt.

Emma erhob sich und setzte sich unter Irmas unversöhnlichen Blicken den Rucksack auf. Sie hatte genug von Irmas Anstellerei und Unversöhnlichkeit. Sollte sie doch sehen, wo sie blieb! Bei ihr jedenfalls nicht. Sie wandte sich um und stapfte am Schuttberg vorbei zum Garten hinaus. Das alte schmiedeeiserne Tor quietschte, als sie es hinter sich zuknallte.

KAPITEL 22

Von nun an spielte niemand mehr abends Musik, nachdem sie mit der Gartenarbeit fertig waren. Emma und Irma redeten nur noch das Nötigste miteinander, meistens arbeiteten sie schweigend in verschiedenen Ecken des Gartens und gingen sich aus dem Weg. Doch Emma musste immer wieder über Irmas und Herrn Michels Worte nachdenken. Hatten sie recht? War es vielleicht Zeit für eine andere Musik? Hatte sie nicht schon lange die Melodien, die ihr im Kopf herumschwirrten, endlich einmal ausarbeiten wollen? Nach der täglichen Arbeit im Garten und im Haushalt zog sie sich in den Hinterhof zurück, spielte und übte, bis es dunkel wurde. Sie radelte durch die Trümmer zum Eigelstein und erstand im Kellerbuchladen Liederbücher und ein Buch über die Geschichte der Handharmonika, das sie verschlang. Spätabends fiel sie todmüde auf ihr Küchensofa und schlief sofort ein.

Am nächsten Mittwoch im Rheinpalast durfte sie nur leise im Hintergrund spielen, während die Gäste aßen und sich an der Theke ballten, redeten und tranken.

»Besser für die Geschäfte«, sagte Herr Michels zu ihr, während er in gewohnter Manier seine Blicke durch das Lokal schweifen ließ, doch Emma glaubte, dass er ihre Musik vermutlich bereits leid war. Auch Zigaretten durfte sie hier nicht verkaufen, dies durften nur die Kellner. Sie hatte sich kaum verbessert. Traurig spielte sie ihre Lieder und war froh, als sie in der Pause dem Vermittler begegnete. Er lud sie zu einem Glas Kölsch an der Theke ein. »Sehen Sie, ich habe recht behalten, der Laden brummt.« Er deutete mit dem Kopf zu den Tischen, wo viele kleine Hindenburglichter flackerten. »Essen und Geschäfte sind immer eine gute Mischung.«

Emma spähte durch die Reihen der Anzugträger, aus denen nur wenige Frauenkleider herausleuchteten. Meistens Männer, vermutlich Schwarzhändler, die ihre Geschäfte abwickeln wollten. Klar, dass Michels sie nur im Hintergrund spielen ließ. Wie sollte sie auch Tanzlieder spielen, wenn nur so wenig Frauen da waren? Sie schenkte dem Vermittler ein Lächeln. Er trug wieder keinen Hut, nur Hemd und Krawatte. »Das sagt Herr Michels auch. Ich hoffe, Sie sind zufrieden mit Ihren Geschäften?«

»Durchaus. Hier ist ein guter Ort, um sich kennenzulernen und ins Gespräch zu kommen.«

Emma nickte. »Dann machen Sie doch sicher gerade Ihrem Namen alle Ehre, oder?«

Der Vermittler grinste, er lehnte sich an die Theke und zündete sich eine Zigarette an. »Nun, ich könnte Ihnen allerhand Geschäfte vermitteln. Eine Schmugglerfahrt in die russische Besatzungszone zum Beispiel und eine in die amerikanische. Außerdem könnte ich Ihnen einige Zentner Zucker anbieten, eine mittelalterliche Ikone, das Interieur eines alten Hotels, die Teilnahme an einer Schwarzschlachtung und weitere Geschäfte, über die ich nicht sprechen darf.« Er zog an seiner Zigarette und blies den Rauch durch Mund und Nase wieder aus. »Seien Sie froh, dass Sie hier sind. Es schmeckt hier hervorragend, nicht?«

»Kann man wohl sagen.« Emmas Magen zog sich in Erwartung des Eintopfs, den es heute gab, hungrig zusammen. Hier bekam sie ihre reichhaltigste Mahlzeit in der Woche, sie durfte sie auf keinen Fall verlieren.

»Also hat Kutscher seinen Laden zugemacht?«, fragte der Vermittler.

»Er hat kein Bier mehr gekriegt.«

»Bedauerlich. Aber auch absehbar. Sie haben es richtig gemacht, hier anzufangen. Herr Michels ist ein Mann mit weitreichenden Beziehungen, und er versteht sein Handwerk. Ist er zufrieden mit Ihnen?«

»Ich hoffe es«, sagte Emma. »Er hatte nichts gegen eine Frau als Akkordeonspielerin.«

»Frauen müssen nun allerorten die Männer ersetzen«, sagte der Vermittler seufzend.

»Ich hoffe, ich kann hier noch lange bleiben«, sagte Emma. Wenigstens über den Winter, wenn der Hunger schlimmer werden sollte. »Es ist nur schade, dass es mit dem Zuverdienst nicht geklappt hat. Ich habe fest damit gerechnet.« Sie brauchte das Zigarettengeld nötiger denn je. Was sie hier verdiente, reichte durch die steigende Geldentwertung gerade mal für das Kostgeld, ihre Lebensmittel und ein paar Musikbücher.

»Tut mir leid, dass die Kellner hier nicht teilen wollen. Damit habe ich nicht gerechnet. Aber immerhin haben Sie doch jetzt Ihr erstes Engagement. Darauf können Sie stolz sein.«

Emma nickte und leerte ihr Kölschglas, nachdem Herr Michels ihr ein Zeichen gegeben hatte, weiterzuspielen. Der Vermittler hatte recht, es war wirklich eine dünne Plörre und erinnerte nicht mal im Entferntesten an Kölsch. »Ich könnte noch mehr Auftritte gebrauchen. Wenn Sie etwas hören sollten, dass jemand eine Musikerin sucht, sagen Sie's mir bitte.«

Der Vermittler rauchte schweigend, während er die Gäste beobachtete. »Ich höre mich mal um«, versprach er. »Falls Sie sich mal wieder auf andere Weise etwas dazuverdienen möchten, kann ich Ihnen behilflich sein. Es muss auch nicht wieder eine lange Radfahrt in die Eifel sein. Es gibt Aufträge, für die eine charmante junge Dame wie Sie bestens geeignet wäre.«

Emma hatte eine vage Vorstellung davon, was das für Aufträge wären. »Danke, vielleicht komme ich noch mal darauf zurück. Aber ich würde lieber Musik machen.«

Der Vermittler nickte, und sie verabschiedete sich von ihm, um weiterzuspielen.

Mechanisch griff sie in die Tasten und spielte. Sie war müde und hungrig. Die Gäste verschwammen zu einer Masse aus dunklen Anzügen, unterbrochen durch die wenigen bunten Kleckse der Frauenkleider. Als die Sperrstunde kam und Emma endlich essen durfte, verschlang sie hungrig die warme Suppe.

»Ihr Spiel war ein klein wenig müde heute, hab ich recht?«, sagte Herr Michels, als er ihr ihren Lohn gab.

Emma nickte. Sie war viel zu müde, um etwas zu entgegnen. Wenn er sie jetzt feuern würde, wäre alles aus. Rasch murmelte sie eine Entschuldigung.

Der Wirt betrachtete sie eine Weile nachdenklich. Dann sagte er: »Na, Sie werden sicher das nächste Mal besser spielen, nicht? Denken Sie an die Bühne im Keller. Im Frühjahr soll sie fertig sein.« Er nickte ihr zu, wandte sich ab und verschwand in der Küche, während die Kellner die Tische abräumten.

Emma fiel ein Stein vom Herzen.

In der folgenden Nacht träumte sie von Christian. Sie hielt seine Hand fest vor dem Altar. Deutlich sah sie sein Gesicht wieder vor sich, als er ihr das Eheversprechen gab – den liebevollen

Ausdruck der Zuversicht, die Hoffnung, die darin lag. Sie hörte den festen Ton seiner Stimme. »Ja, ich will.«

Ja. Ja.

Sie fuhr aus dem Schlaf hoch und hörte alles wieder.

Später hörte sie noch den ganzen Tag seine Stimme, und die klare Erinnerung an ihn begleitete sie. Sie wurde unruhig. War er etwa wieder zurückgekehrt?

Sie pumpte Luft auf Mamas Rad und machte sich am nächsten Morgen früh nach Meinersleben auf. Ihre Mutter war überglücklich. Butter solle sie mitbringen, sagte sie, Milch und Gemüse. Am besten auch fetten Speck und Wurst. Und wenn sie doch künftig wieder wenigstens einen Tag in der Woche hinfahren könnte, um etwas zu holen. Sie könne ja dafür helfen. Oder sie, Mama, könne etwas nähen. Emma solle an die Familie denken, an den Winter. Mit den Gärten im Hinterhof und in Lindenthal kämen sie doch nicht weit, und sie wollten doch nicht ihr ganzes Hab und Gut für Lebensmittel hergeben.

Sie hatte recht. Emma verstand sie nur zu gut, versprach aber nichts. Mama hatte nicht zwei Jahre mit Elisabeth zusammenleben müssen. Widerwillig trat sie in die Pedale. Sie tat es für Christian. Sie hatte ihm das Eheversprechen gegeben, er war ihr Mann, in guten wie in schlechten Zeiten. Jetzt waren eben schlechte Zeiten. Sie konnte sich kaum noch an ihn erinnern, sie hatte ihn betrogen. Sie war eine denkbar schlechte Ehefrau. Aber war er nicht auch ein schlechter Ehemann? Irma hatte recht, er war zutiefst überzeugt gewesen vom Krieg, er war gern zurückgegangen und hatte sie todtraurig allein am Bahnsteig zurückgelassen. Alles für das Vaterland. Aber was hätte er auch machen sollen? Emma verdrängte ihre neuen Gedanken.

An der Talstraße hielt sie an und schob ihr Rad die Allee zu Gut Meinersleben hinauf. Der Wind spielte mit den Blättern der alten Linden. Auf der Koppel grasten ein paar neue Pferde.

Das Geschäft mit den Lebensmitteln schien sich zu lohnen, dachte Emma. Ihre Schritte wurden immer langsamer, je weiter sie die Anhöhe hinaufkam, und einen Augenblick kämpfte sie gegen die Versuchung an, sich aufs Rad zu schwingen und den Berg wieder hinunterrollen zu lassen. Der Gutshof lag still unter einem tiefblauen Septemberhimmel mit nur wenigen Wolken. Er schien wie ausgestorben, sicher waren alle auf den Feldern.

Der Hofhund bellte zuerst und winselte dann vor Freude, als er sie erkannte. Emma stellte ihr Rad ab und kraulte ihm das Fell. Vom Lärm gewarnt, öffnete Marie die Haustür. Sie stutzte, als sie Emma erkannte, und verschwand sofort wieder im Haus.

Kein gutes Zeichen. Marie war sonst immer freundlich zu ihr gewesen, schließlich war sie die junge Herrin. Offenbar war das Dienstmädchen für den Fall ihrer Rückkehr instruiert worden.

Emma wartete unschlüssig im Hof. Sie hatte das Gefühl, dass sich hinter einem der Fenster im ersten Stock etwas bewegte, aber niemand öffnete ihr. Was sollte sie tun? Da fiel ihr der Gemüsegarten ein. Wahrscheinlich war Elisabeth dort. Sie liebte diesen Garten, sie arbeitete gern darin. Es war das Einzige, was sie gern tat.

Emma straffte sich, warf ihren langen Zopf zurück, klopfte sich den Staub vom Mantel und wappnete sich dafür, ihrer Schwiegermutter unter die Augen zu treten. Sie verließ den Hof und ging den kleinen Weg ums Haus herum in den Garten. Elisabeth jätete gerade Unkraut. Marie war bei ihr und redete aufgeregt auf sie ein. Als Emma kam, verstummte sie. Elisabeth hielt inne, richtete sich auf und musterte Emma mit zusammengekniffenen Augen von oben bis unten. »Kommst du betteln?«, fragte sie. »Wir geben nichts.«

Emma klappte den Mund zu, während ihr Blick über die Reihen von dicken glänzenden Kohlköpfen wanderte. Elisabeth wollte es ihr also schwer machen, so schwer wie möglich. Auf Knien sollte sie flehen. Nun gut. Sie räusperte sich. »Guten Tag Elisabeth, freut mich, dich wiederzusehen.« Ihre Stimme klang schärfer und höhnischer, als sie beabsichtigt hatte.

»Lüg nicht. Was willst du hier?« Ihre Schwiegermutter hatte die Hände in die Hüften gestemmt und starrte sie an. Ihre Augen glänzten hart und voller Verachtung.

Das überraschte Emma. Sie hatte mit Wut gerechnet, mit Widerwillen, aber nicht mit dieser offensichtlichen Ablehnung. Sie musste sich sehr zusammennehmen, um Elisabeth nicht eine heftige Entgegnung zurückzuschleudern. Für Christian, dachte sie. Nur für ihn.

»Ich freue mich, dass es dir gut geht und der Hof so gut bestellt ist«, sagte sie mit ruhiger Stimme. »Ich bin hier, um ...« Nach Lebensmitteln zu fragen. Beste Grüße von ihren Eltern auszurichten. Aber das brachte sie gegenüber dieser harten Frau nicht über die Lippen. »Habt ihr etwas von Christian gehört?«, fragte sie stattdessen.

Elisabeth holte tief Luft. Emma sah, wie ihre Brust unter dem Kittel sich rascher hob und senkte. Sie umfasste ihre Hacke fester, und einen Augenblick hatte Emma das Gefühl, ihre Schwiegermutter wollte sie damit aus dem Garten jagen. Sie trat einen Schritt nach hinten. »Also ist er nicht hier? Ich hatte gedacht, er wäre vielleicht ...«

Ihre Schwiegermutter starrte sie an, die Hacke in ihrer Hand zuckte. »Raus!«, zischte sie. »Raus aus meinem Garten!«

Emma stolperte nach hinten. Sie sah die Hacke aufzucken, sah Elisabeths verzerrtes und Maries entsetztes Gesicht, wandte sich um und rannte aus dem Garten. Auf dem Weg zum Hof kam ihr Robert entgegen, sie rannte ihm geradewegs in die Arme. Er fing sie auf, und sie ließ sich in seine Arme fallen und rang nach Luft. Überrascht hielt er sie fest. Emma schluchzte.

Sie brauchte eine Weile, bis sie sich beruhigt hatte. Bis sie die Kette der Taschenuhr an ihrer Schulter spürte, seine Hand auf ihrem Rücken. »Ist gut, Kind, ist ja gut.« Er führte sie den Weg hinunter zurück in den Hof. »Ich habe dein Rad im Hof gesehen. Warum hast du denn nicht geklopft?«

Emma zog ein Taschentuch hervor und schnäuzte sich die Nase. »Marie hat mich gesehen, sie hat mir die Tür vor der Nase zugemacht. Da bin ich nach hinten in den Gemüsegarten ...«

Robert sah erschrocken aus, sein Mund wurde zu einer Linie. Er nahm sie am Arm und führte sie durch das Tor zum Garten, wo sie sich ins Sonnenrondell setzten. »Hat meine Frau ... was hat sie getan?«

Emma erzählte es ihm.

Er lehnte sich zurück und seufzte. »Es tut mir leid, Emma. Elisabeth ist nicht mehr sie selbst, seitdem ...« Er brach ab und sah an ihr vorbei ins Rheintal hinunter. Dann beugte er sich wieder nach vorn und blickte sie ernst an. »Wir haben eine Nachricht von Christian erhalten.«

»Was?« Freude durchfuhr Emma. Also gab es doch so etwas wie Telepathie. Ihr Traum war ein Zeichen gewesen, es war richtig, hierherzukommen. »Lebt er?«

»Ja, er lebt.«

Emma lehnte sich an die kalte Lehne des schmiedeeisernen Stuhls, atmete tief ein. Die Nachricht vermischte sich mit dem raschen Pochen ihres Herzens und verströmte sich von dort in ihren ganzen Körper. Christian lebte, er lag nicht irgendwo in kühler russischer Erde, er war nicht gefallen.

»Ist alles in Ordnung?«, fragte Robert.

Emma atmete tief. »Hat er ... hat er geschrieben?«

»Nein, ein Kamerad von ihm hat uns aufgesucht ... neulich. Er war mit ihm in einer Division. Christians Division ist bei Kriegsende auf Hela in russische Kriegsgefangenschaft geraten. Nur der Kamerad – er hatte Glück und wurde gerettet.« Roberts Stimme klang rau, es war ihm anzumerken, wie viel Mühe es ihn kostete, nicht die Beherrschung zu verlieren.

»Also ist Christian in russischer Gefangenschaft«, murmelte Emma.

»Wer weiß, vielleicht erlauben die Sowjets unseren Soldaten, zu Weihnachten nach Hause zu schreiben«, sagte Robert hoffnungsvoll. »Elisabeth betet jeden Tag für ihn.«

Emma presste ihre trockenen Lippen zusammen. Ihre Freude war verpufft. Ihre Gedanken wurden klarer, und die schreckliche Gewissheit legte sich wie Staub auf ihr Gemüt. In russischer Gefangenschaft. Das Schlimmste, was sie sich vorstellen konnte. Wer wusste schon, was die Russen den verhassten Deutschen alles antun würden? Ein schneller Tod wäre vielleicht besser gewesen, durchfuhr es sie, dann schalt sie sich sofort wegen dieses Gedankens. Sie fühlte das kalte Eisen des Stuhls im Rücken und fühlte es doch nicht. »Wie heißt der Kamerad? Weißt du, wo er wohnt?«

Robert zog einen Zettel und einen Stift aus seiner Jackentasche und notierte eine Anschrift darauf. Es war eine Kölner Adresse, sie würde sie leicht finden können. »Ihr hättet ihn zu mir schicken können«, hörte sie sich sagen. »Oder mir eine Nachricht schicken können.«

»Das hätte ich getan, bei meinem nächsten Besuch in Köln«, versicherte Robert. »Wir haben auch nichts mehr von dir gehört, Emma.«

Sie hörte den Vorwurf und schwieg. Er hatte recht. Sie war Hals über Kopf gegangen, hatte nur für Christian einen Zettel hinterlassen für den Fall, dass er zurückkommen würde. Sicher steckte Elisabeth dahinter, sie wollte nicht, dass die abtrünnige Schwiegertochter eine Nachricht über den Verbleib ihres Mannes bekam. Emma fühlte eine kalte Wut, aber sie fühlte sich auch müde und erschöpft. Sie konnte versuchen, sich wenigstens mit Robert gut zu stellen, wenn sie noch etwas Essbares mitnehmen wollte. Retten, was zu retten war. Falls Christian die Gefangenschaft überleben sollte.

Sie atmete tief. »Ich ... es tut mir leid. Schon den ganzen Sommer wollte ich euch besuchen. Aber es war einfach zu viel zu tun, ich musste meinen Eltern helfen. Es geht ihnen übrigens gut.«

Roberts Miene entspannte sich. »Ist schon gut«, sagte er. »Es freut mich, dass es deinen Eltern gut geht. Richte ihnen bitte Grüße aus.«

»Danke.« Sie zwang sich ein Lächeln ab. »Könnte ich vielleicht noch kurz in ... unser Zimmer? Es wäre gut, wenn ich meine Aussteuer hätte, zum Tausch gegen Lebensmittel.«

Robert erhob sich und strich seinen Anzug glatt. »Tut mir leid, aber das lässt Elisabeth nicht zu.«

»Aber ...« Emma erhob sich ebenfalls. Robert stand kerzengerade. Seine Miene hatte sich wieder verschlossen, als hätten sie kein Wort miteinander gewechselt. »Es tut mir leid, es geht nicht«, wiederholte er, starr wie ein Soldat, der seine Pflicht getan hatte.

Emma wurde es flau vor Angst. »Ich habe Christian in Köln als vermisst gemeldet. Aber ... ihr werdet mir doch schreiben, wenn ihr etwas von ihm hört?«, fragte sie mit zitternder Stimme.

Robert nickte ernst. Sie atmete auf.

Er begleitete sie zurück zu ihrem Rad, als wollte er sichergehen, dass sie wirklich abfuhr. Die ganze Zeit über sprachen sie kein Wort.

»Mach dir ein paar Kartoffeln auf dem Feld aus«, sagte er, als sie aufs Rad stieg. »Dafür bist du doch auch hier, nicht?«

Sie nickte, bedankte sich und schwang sich auf ihr Rad. Weg, nur weg hier. Sie merkte, dass er beobachtete, wie sie über den Feldweg fuhr. Wie sie anhielt, aufs Feld ging und Kartoffeln ausgrub wie eine Diebin. Als hätten sie auf Meinersleben nicht genug Kartoffeln in der Scheune. Die kalte Wut brannte in Emma und spülte eine Gewissheit herauf, die sie schon lange in sich trug, sich aber nie eingestanden hatte: Sie würde nicht mehr nach Meinersleben zurückgehen. Nicht, solange Elisabeth lebte. Sie musste es in Köln schaffen, in ihrer zerbombten Heimatstadt. Irgendwie musste sie dort überleben.

KAPITEL 23

Köln, Juni 1945

Mitten in der Nacht erreichten Kurt und Klara den Melaten-Friedhof. Sie waren zu Fuß gekommen, denn Klaras Wohnung lag nicht allzu weit von hier entfernt. Am schmiedeeisernen Tor machten sie halt, es war verschlossen. Sie sahen sich um. Die Aachener Straße lag still im Mondlicht, kein Mensch weit und breit.

»Und wohin gehen wir jetzt?«, fragte Klara. Sie hatte sich auf ihre Aktion sorgfältig vorbereitet, trug eine von Essers alten Hosen und ein Kopftuch.

Kurt, der den Friedhof bereits ausgekundschaftet hatte, deutete auf eine Kreuzung. »Dahin, zur Nebenstraße.«

Sie gingen dorthin und fanden bald eine zerstörte Stelle in der Mauer. Sie war hier nur noch schulterhoch und konnte leicht überwunden werden. Kurt gab Klara Hilfestellung, sie kletterte erstaunlich behände über die alten Steine. Er gab ihr seinen Spaten, überwand die Mauer und landete im hohen Gras. Beide brauchten einen Augenblick, um zu verschnaufen. Das Mondlicht schimmerte nur hier und da durch die alten hohen Bäume. Kurt zog seine Taschenlampe hervor und knipste sie an. Vorsichtig tasteten sie sich vorwärts, während der schmale Lichtkegel vor ihnen hergeisterte. Die dunklen, grünbemoosten Grabsteine schienen dadurch lebendig zu werden und hin und her zu schwanken. Kurt dachte mit einem Anflug von schwarzem Humor, dass es Esser ähnlich sah, ausgerechnet an diesem unheimlichen Platz seine Schätze zu vergraben. Einen Augenblick fürchtete er, Klara würde ängstlich wieder umkehren, aber er irrte sich. Zielsicher lenkte sie ihn über die Wege, vorbei an der zerstörten Friedhofskapelle, an unzähligen Grabsteinen, an kleinen und großen Grabdenkmälern mit eingravierten Sprüchen und Reliefs. Sie mussten ein paar steinerne Engel überklettern, die von den Druckwellen der Bomben umgefallen waren und Kurt an Luzifer, den gefallenen Engel, erinnerten.

»Hier muss es sein«, sagte Klara nach einer Weile und ging suchend durch eine Reihe schlichter Gräber. Kurt beleuchtete die Namen auf den Grabsteinen. Endlich deutete sie auf ein schmales, mit Unkraut überwuchertes Grab. Niemand hatte sich wohl die Mühe gemacht, es neu zu bepflanzen, nachdem Esser es ausgehoben hatte, um seine Schätze zu verstecken.

»Karl Esser« stand in schlichter Schrift auf dem Grabstein eingraviert, *1869 †1920. Darunter war noch Platz für die Daten von Essers Mutter. Klara faltete die Hände für ein kurzes Gebet und bekreuzigte sich. »Er hätte hier auch liegen sollen«, schluchzte sie leise. »Nicht in einem Massengrab im Lager.«

Kurt legte seinen Arm um ihre Schultern und drückte sie. Vielleicht wäre auch für ihn ein Gebet angebracht gewesen, aber er hatte noch nie beten können. Daran hatte auch der Krieg nichts geändert. Esser, dachte er nur, wo immer du bist, du hast 'ne klasse Frau. Hilf mir gleich, dass ich alles finde.

Was immer im Grab versteckt wäre, es würde Klara allein gehören, denn er hatte trotz aller Bemühungen Essers Mutter nicht gefunden. Er hatte nur noch einen Trümmerhaufen vorgefunden, wo ihr Wohnhaus gewesen war. In der Nachbarschaft wusste man nichts über den Verbleib der alten Frau. Die habe sowieso immer sehr zurückgezogen gelebt, sagten die Nachbarn übereinstimmend. Eine vermutete, die Alte sei vor der Zerstörung des Hauses schon weggezogen, eine andere Nachbarin wähnte sie in einer behelfsmäßigen Siedlung für Ausgebombte am Stadtrand. Kurt hatte auch dort nach der alten Frau gesucht, sie aber nicht gefunden. Klara hatte Essers Mutter daraufhin als vermisst gemeldet, aber bisher noch nichts gehört.

Kräftig stieß Kurt den Spaten in die Erde. Sie hatten den Zeitpunkt gut gewählt. Die Erde war weich, denn es hatte kurz zuvor geregnet, und der Spaten glitt mühelos in die feuchte Erde. Esser hatte ihm die Stelle genau beschrieben. Auf der linken Seite, rechts vom Grabstein aus gesehen, gut einen großen Schritt davor.

»Nah bei Papas Herz«, hatte er in seiner typischen Art zu ihm gesagt. Es dauerte zum Glück nicht lange, bis Kurts Spaten auf etwas Hartes neben dem Sarg stieß. Klara hielt die Taschenlampe darüber. Eine eiserne Kiste mit Henkel, schon ziemlich verrostet. Esser musste sie schon vor längerer Zeit hier vergraben haben. Kurt grub sie vorsichtig aus und befreite sie vom Erdreich. Klara wollte sofort hineinschauen, aber die Kiste war verschlossen.

»Hat Esser dir mal einen Schlüssel gegeben?«, fragte Kurt.

Sie schüttelte traurig den Kopf.

»Kein Problem, die kriege ich schon auf«, tröstete er sie. Er schaufelte das Erdreich wieder auf den Sarg und klopfte es sorgfältig fest. »Wie wäre es mit einer Neubepflanzung?«, scherzte er und deutete auf ein paar Gräber in der Nähe.

Klara hob die Lampe. Die Gräber sahen aus, als wären sie kürzlich erst umgegraben worden, auf einem blühten sogar Blumen, obwohl die Toten schon lange tot waren.

»Wir sind wohl nicht die Einzigen, die hier nach Schätzen graben«, flüsterte Klara, und er hörte förmlich, wie sie lächelte.

Zurück in der Wohnung machte Kurt sich sofort daran, die Kiste zu öffnen. Zum Glück war Essers Werkzeugkasten noch hier, denn er hatte in Klaras Wohnung manchmal kleine Reparaturen ausgeführt. Im Licht einer Karbidlampe brach Kurt den eisernen Kasten auf dem Küchentisch auf. Zuerst sahen sie zwei große Einmachgläser. Sie enthielten mehrere zusammengerollte graue Papiere, die aussahen wie Pergamentpapier, und mehrere Bündel Reichsbanknoten. Kurt erkannte auf den ersten Blick, dass es ein kleines Vermögen war, das Esser seiner Verlobten hinterlassen hatte. Zu viel, um nur Erspartes zu sein. Er erinnerte sich an das Geständnis seines Freundes: Esser war durch den heimlichen Verkauf von Wehrmachtseigentum schon im Krieg zu Geld gekommen. Dies war also sein Gewinn.

Sie hoben noch eine Blechkiste heraus.

»Ich schaue es mir in Ruhe an«, sagte Klara zu Kurts Überraschung, nahm den gesamten Kisteninhalt und verschwand damit in ihrem Schlafzimmer. Eine halbe Stunde später kam sie wieder zurück, bleich, mit weit aufgerissenen dunklen Augen.

Kurt sprang auf, doch sie bedeutete ihm, sitzen zu bleiben, und ließ sich auf die Küchenbank ihm gegenüber sinken. Eine Weile saß sie da und starrte vor sich hin, die Lippen weiß wie ihr Gesicht.

»Hat … hat Esser dir vielleicht noch … irgendetwas erzählt?«, stammelte sie.

Kurt fragte sich, was sie wohl in der Kiste gefunden hatte, das sie so in Aufruhr brachte. Er erinnerte sich an das Versprechen, das er Esser gegeben hatte, Klara nichts von Essers geheimem Lager zu erzählen, und schüttelte den Kopf. »Es war sein Wunsch, dass du alles bekommst. Wenn er den Schatz schon selbst nicht mehr heben kann, sollst du es tun, das waren seine Worte.«

»Er hat dir wirklich nichts erzählt?« Klaras Augen forschten in seiner Miene, ihre langen schlanken Finger packten seine Hände mit festem Griff.

Ihm wurde unbehaglich, aber er hielt ihrem Blick stand. Was nützte es, wenn er Essers Versprechen brach und ihr alles von seinen heimlichen Geschäften im Krieg und den Schätzen in der alten Fabrikhalle verriet? Sie würde nichts damit anfangen können, und Esser wäre in ihren Augen fortan ein Dieb.

Esser hatte aber unbedingt gewollt, dass sie ihn so in Erinnerung behielt, wie sie ihn kannte.

»Nein«, log Kurt und sah Klara geradewegs an. »Was soll er mir denn erzählt haben?«

Sie ließ ihn los. »Diese Wertpapiere … woher hat er nur das ganze Geld?«, fragte sie mehr sich selbst als ihn.

Er zog es vor, nicht darauf zu antworten. Aber nun wusste er wenigstens, was in der Kiste gewesen war.

Ein paar Tage später machte sie sich auf den Weg zum Rechtsanwalt, wie Esser es gewollt hatte, und kam ernüchtert wieder. »Mein Verlobter hat mich zwar in seinem Testament als Alleinerbin bedacht, aber da ist wohl nichts mehr, was noch zu erben ist. Mit den Wertpapieren kann ich nichts anfangen, solange seine Mutter noch lebt«, erzählte sie Kurt. »Selbst, wenn sich herausstellen sollte, dass sie tot ist, wären die Papiere heute wohl nichts mehr wert.«

»Das ist schade«, meinte Kurt. Er hatte sich so etwas schon gedacht. »Wenigstens hast du nun seine Schätze.«

Sie lächelte schwach, und er sah ihr an, dass sie die Schätze lieber gegen Esser eingetauscht hätte.

»Da ist noch etwas, das ich dir sagen muss, Klara.«

Sie horchte auf.

»Esser hat mir doch etwas hinterlassen. Einen alten kleinen Lkw und … ein wenig Benzin. Damit ich hier nicht bei null anfangen muss, hat er gesagt. Ich habe es dir nicht eher verraten, weil ich erst abwarten wollte, ob ich eine Fahrlizenz bekomme.« Aufmerksam beobachtete er ihre Reaktion. Er hatte sich in der Nacht überlegt, dass es besser wäre, wenn sie von dem Lkw wüsste, nicht nur, weil er ihn dann auch mal vor ihrem Haus parken könnte und es nicht mehr so umständlich wäre, jedes Mal zur Halle zu laufen und den Wagen abzuholen. Von Essers Geschäften im Krieg und seinem Vorratslager würde sie ja nichts erfahren.

Zu seinem Erstaunen lächelte Klara. »Das alte Schätzchen hat Johannes dir hinterlassen? Wie nett von ihm.«

»Du kennst seinen Lastwagen?«

»Sicher, er war ein paarmal mit ihm hier. Er hat ihn vor Jahren von seinem Onkel geerbt. Dass der Wagen noch lebt …« Sie schüttelte erstaunt den Kopf.

»Stand wohlbehalten in einer alten Halle. Herr Biernath hat ihn mir wieder flottgemacht.«

»Ah, Johannes' Arbeitskollege.«

»Du kennst ihn?«

Klara nickte.

»Jedenfalls fährt der Wagen wie ein zäher Esel.«

»Das hat Johannes auch immer gesagt«, meinte Klara gerührt. »Gut, dass du den Lkw jetzt hast, dann kannst du uns Einkellerungskartoffeln von den Bauern holen.«

Kurt versprach es und atmete insgeheim erleichtert auf, weil sie nicht weiter fragte.

Wenig später gab sie ihm die grauen Papierrollen, die in den Einmachgläsern gewesen waren. »Das sind irgendwelche technischen Zeichnungen, mit denen ich nichts anfangen kann«, sagte sie. »Kennst du vielleicht jemand Vertrauenswürdigen, der sie versteht?«

Kurt rollte die Papiere auseinander und betrachtete sie nachdenklich. Es sah nach einer Maschine aus, ziemlich groß. Nichts, das er irgendwie einordnen konnte. »Projekt XII« stand darunter und dann ein Datum von Anfang des Jahres. Esser musste die Zeichnung sofort, nachdem er sie entwendet hatte, vergraben haben.

Kurt rollte die Zeichnungen wieder zusammen. »Ich werde mich mal erkundigen«, sagte er. »Bestimmt lässt sich jemand finden, der etwas davon versteht.«

KAPITEL 24

Ihre Mutter war enttäuscht, als Emma nur Kartoffeln von Gut Meinersleben mitbrachte. Nachdem sie gehört hatte, was dort passiert war und dass Christian in Gefangenschaft gekommen war, nahm sie Emma in die Arme und drückte sie fest.

Am nächsten Morgen fuhr Emma mit dem Rad über die inzwischen freigeräumten Ringe zu Christians Kamerad. Sie hatte Mühe, die Straße zu finden, so sehr hatten sich die Straßenzüge in der Trümmerlandschaft verwischt. Jemand hatte die Hausnummer an den Eingang einer halb verfallenen Ruine gemalt. Emma fragte einen vorbeischlendernden Jungen nach Willi Schütte, und der deutete nur mit dem Finger nach unten. Sie stieg in einen finsteren Keller hinab, aus dem Stimmengewirr und Kinderlachen drang, und tastete sich durch einen schmalen Flur. Manche Türen standen offen, und Emma sah einen winzigen Raum mit Matratzen, Koffern und einem Gitterbett. Durch einen Schlitz oben in der Wand fiel ein wenig Licht herein. Es war kalt.

»Kann ich Ihnen helfen?«

Sie fuhr herum. Vor ihr stand ein junger Mann mit großen Augen in einem mageren Gesicht. Seine viel zu kurze Hose schlotterte um seinen Leib. Er trug ein Baby auf dem Arm.

»Ich … suche Willi Schütte.«

»Sie stehen vor ihm.« Er fasste das Fäustchen des Babys, das ihm ins Gesicht patschen wollte.

»Ich bin Emma van Kall, Christians Frau. Mein Schwiegervater hat mir erzählt, dass Sie bei ihm waren.«

Er nickte und strich sich nervös eine Haarsträhne aus der Stirn. »Gehen wir besser woandershin. Kommen Sie.«

Emma folgte ihm durch den schmalen Flur in einen dunklen Verschlag, der offenbar als Küche diente. In einem Ofen, dessen Rohr durch ein winziges Fenster nach draußen führte, glommen Reste eines Feuers. Daneben lagerte ein kleiner Holzstapel. Es gab drei Stühle, auf einem davon stand eine große Blechwanne. Schütte bot ihr Platz auf einem der freien Stühle an und ließ sich auf dem anderen nieder. Vorsichtig setzte sich Emma auf den wackeligen Stuhl.

»Es ist alles aus den Trümmern«, entschuldigte er sich grinsend. »Wir sind ausgebombt worden. Und Sie?«

»Nicht viel besser.« Emma lächelte dem Baby zu, das sein Vater auf den Schoß genommen hatte. Es sah sie unverwandt mit den gleichen großen Augen seines Vaters an.

»Sie kennen nicht zufällig jemanden, der ein oder zwei Zimmer vermietet? Meine Frau arbeitet in der Schokoladenfabrik.«

Emma dachte an ihr ausgebranntes Wohnzimmer. Sie wusste nicht, ob die Männer es bis zum Winter wieder bewohnbar machen könnten.

»Wie viele sind Sie denn?«

»Vier. Sie hier …« – er hielt den Arm des Babys hoch – »… meine Frau und unser Großer. Er geht in die Volksschule, erste Klasse.«

Emma überlegte. Sie wären froh für jeden Pfennig Miete. Aber vier Leute in ihrem Wohnzimmer? Sie würden ihre Küche mitbenutzen müssen, das Baby würde schreien, der Junge lärmen. Emma dachte an ihr kuscheliges Küchensofa, der einzige Platz, der ihr noch verblieben war. Gestern war sie wieder einmal froh gewesen, dass sie wenigstens das noch besaß. Sie hatte ungestört ihren Tränen freien Lauf lassen können. Aber vielleicht wäre er Maurer, dann sähe die Sache anders aus. »Was sind Sie von Beruf?«

»Koch. Ich hab für unsere Truppe gekocht. Mein Küchenwagen hat mir ein paarmal das Leben gerettet.«

»Oh, das ist … was für ein Glück für Sie und Ihre Familie.«

Willi Schütte lächelte bitter. »Kann man wohl sagen. Der Große kennt mich nicht mehr. Aber sie ist von meinem letzten Heimaturlaub. Ich wusste gar nicht, dass sie da ist.« Er schaukelte das Baby ein wenig auf und ab. Das Kind jauchzte. Emma lächelte, und es lächelte zurück.

»Unser Wohnzimmer ist leider auch zerstört, sonst hätten wir noch einen Raum. Aber ich will mich mal umhören«, versprach sie.

»Danke.«

»Waren Sie schon im Wohnungsamt?«

Er winkte ab. »Sie wissen ja, wie das ist. Wir warten auf unsere Zuteilung, aber es sind einfach zu viele Rückkehrer da für die wenigen Wohnungen.« Er grinste wieder sein bitteres Grinsen. »Aber Sie sind wegen was anderem hier, nicht? Sie wollen wissen, was mit Ihrem Mann passierte.«

Emma nickte, langte in ihre Manteltasche und zog eine Zigarette hervor. Willi Schütte griff hastig zu, als sie ihm die Zigarette anbot.

»Halten Sie sie mal kurz.« Er drückte ihr das Baby in die Arme und trat an den Ofen, wo er etwas Zeitungspapier abriss und zusammenrollte. Das hielt er in die Glut und zündete sich mit der Flamme geschickt die Zigarette an.

Emma starrte auf das Baby, das mit Schüttes großen Augen zurückstarrte. Es streckte sein Händchen aus und zog an ihren langen Haaren. Als sie es davon abhielt, begann es zu weinen, und sie gab es seinem Vater zurück. Schütte hielt sein Kind mit einem Arm fest auf dem Schoß, während er mit der anderen Hand rauchte.

»Mein letzter Urlaub zu Hause war Genesungsurlaub«, begann er. »Ich hatte die Gelbsucht und durfte nach dem Lazarettaufenthalt für ein paar Tage nach Hause. Wissen Sie, wie das ist, danach wieder zur Front zurückzumüssen?«

Emma nickte langsam. Sie konnte es sich gut vorstellen.

»Ich war froh, dass ich wenigstens wieder zu meiner Einheit und meinen Kameraden kam. Die waren in der Zwischenzeit auch schon wieder oft umgezogen, es ging immer weiter Richtung Westen, weil die Russen immer weiter vorrückten. Wir landeten in Kurland in Lettland. Jeden Tag machten wir unsere Fahrten, um die Kampftruppen zu versorgen. Da wurden wir manchmal von den lettischen Bauern zum Essen eingeladen. Sie wollten uns alles geben, wenn nur die Sowjets nicht mehr zurückkämen. Die Versorgungsfahrten waren gefährlich. Es war oft schwer, an die Kameraden vorn in den Panzern heranzukommen, weil sie immer im Einsatz waren. Einmal hat uns der Iwan den Weg abgeschnitten …« Er machte eine Pause und tat einen tiefen Zug. »Aber ich hab zu weit ausgeholt. Irgendwann später wurden wir nach Ostpreußen verlegt, weil die Russen dort eingedrungen waren. Das war so brenzlig, dass unsere Panzer manchmal schon vom Eisenbahnwaggon aus in die Kämpfe verwickelt wurden, stellen Sie sich das mal vor! Wir bekamen Ostpreußen aber dann wieder feindfrei und konnten den Winter ruhig an festen Standorten verbringen. Im Januar folgte ein neuer Großangriff der Russen. Sie waren uns weit überlegen und konnten nicht mehr zurückgedrängt werden. Wir waren nur noch Feuerwehr.« Schütte blies den Rauch langsam aus und starrte eine Weile vor sich hin. »Wir kamen nach Königsberg, das zur Festung erklärt worden war.

Es sollte unbedingt gehalten werden. Wir waren eingeschlossen und hatten dauernd Artillerie-Beschuss. Hier hab ich Christian morgens bei der Kaffee-Ausgabe kennengelernt. Er kam immer mit fünf Feldflaschen und füllte sie am Kessel auf für seine Panzerkameraden. Wir stellten schnell fest, dass wir beide aus Köln kommen, und haben uns natürlich sofort angefreundet. Er hat immer seine Rauchpause bei mir gemacht.«

Emma rutschte auf ihrem Stuhl nach vorn. »... und wie ging es ihm? Hat er was von uns erzählt?«

Schütte sah sie mit einem merkwürdigen Blick an. »Was glauben Sie, was man sich alles erzählt im Krieg? Wenn Sie wissen, Sie können in der nächsten Minute tot sein. Er hat mir viel vom Gutshof erzählt und von den Pferden. Von Ihnen natürlich auch. Sie spielen Akkordeon.« Er wippte das jauchzende Baby auf seinem Knie auf und nieder. Emma verspürte ein aufgeregtes Kribbeln. Schütte war tatsächlich Christian begegnet, es gab nicht den geringsten Zweifel. »Wir haben uns gegenseitig versprochen, unseren Angehörigen Bescheid zu geben, falls einer von uns durchkommen sollte«, fuhr er fort. »Das Ende war absehbar. Unsere Division machte noch einen Ausbruchsversuch. Wir kämpften uns nach Norden durch, sollten uns eigentlich mit der Kurland-Armee vereinigen, aber das klappte nicht. Also zogen wir auf die Halbinsel Peyse und dann weiter nach Pillau, immer mit dem Iwan im Nacken. Es war nur noch eine Frage der Zeit. Auf Umwegen kamen wir auf die Halbinsel Hela. Viele Soldaten waren da und warteten auf Schiffe, die sie rausholen sollten. Wir warteten im Hafen auf ein Schiff, das die ganze Division nach Dänemark bringen sollte, aber das kam nie. War wohl auch nur eine der vielen Parolen. Hier sah ich Christian zum letzten Mal.« Er tat noch einen Zug und drückte dann seine Zigarette auf einer Tonscherbe aus, die ihm als Aschenbecher diente. »Er ging mit der Division zurück, aber ich blieb einfach im Hafen«, fuhr er fort. »Ich konnte die

Hoffnung nicht aufgeben. Wollte nicht einsehen, dass man uns einfach so im Stich ließ. Bin also desertiert, wenn Sie so wollen. Das war mein Glück. Tags drauf tauchte auf einmal ein deutscher Zerstörer an der Küste auf und nahm Flüchtlinge an Bord. Ich war einer von ihnen. Ich glaube, es war das letzte Schiff, das den Hafen von Hela verlassen hat. Zwei Tage später waren wir in Kiel.« In dem dämmrigen Licht konnte sie sehen, wie er vor sich hin starrte. Er war in Gedanken noch ganz bei den schrecklichen Ereignissen.

Enttäuschung übermannte Emma. Dieser Mann hatte unglaubliches Glück gehabt. Wenn doch nur Christian auch mit ihm im Hafen geblieben wäre! Aber sie kannte ihn, zu desertieren wäre für ihn nie infrage gekommen.

»Was geschah mit den Soldaten, die auf Hela zurückgeblieben sind?«

»An dem Tag, als wir nach Kiel ablegten, hat Deutschland kapituliert«, sagte Schütte. »Die Russen waren schon kurz vor Hela. Ich bin mir sicher, unsere ganze Division ist geschlossen in russische Gefangenschaft gegangen.«

Emma schluckte. »Aber Sie wissen es nicht.«

Schütte blickte sie erstaunt an. »Nein, es ist mir noch keiner wieder begegnet, der dort war. Aber Sie können davon ausgehen, dass die Russen sie weggebracht haben.«

Emma überlief ein kalter Schauer. Eine Sekunde bereute sie es, hergekommen zu sein. Aus Schüttes Mund klang die Wahrheit umso lebendiger und furchtbarer. Wo war Christian jetzt? Wie hoffnungslos mussten seine letzten Tage auf der Halbinsel gewesen sein, nach all den schlimmen Kämpfen doch noch verloren zu haben, schlimmer noch, von den eigenen Leuten nicht gerettet worden zu sein? Würde das nicht längst schon ausreichen, um den Lebensmut zu verlieren? Aber es würden jetzt noch Monate oder gar Jahre in russischer Gefangenschaft folgen. Falls er nicht bereits auf dem Weg dorthin gestorben war.

»Vielleicht darf er Ihnen bald mal schreiben«, sagte Schütte. Offenbar wollte er sie trösten, doch seine Worte klangen nicht tröstlich. Die Tränen saßen ihr in der Kehle, aber sie kamen nicht. Dieses Gefühl kannte sie bereits gut: Tränen, die ihr im Hals stecken blieben. Die nicht mehr hervorkamen. Gestern war eine jener seltenen Stunden gewesen, in denen sie hatte weinen können.

»Danke«, brachte sie heraus. »Danke, dass Sie mir alles erzählt haben.«

»Aber klar, das sind wir unseren Kameraden doch schuldig«, meinte Schütte und wippte seine Tochter auf und ab. Unruhe schien ihn ergriffen zu haben.

Emma erhob sich. »Ich werde Sie nicht weiter aufhalten. Wegen der Wohnung höre ich mich um. Einen schönen Tag noch.«

Sie lächelte dem Baby zu und wandte sich zum Gehen. Schütte wünschte ihr ebenfalls einen schönen Tag, aber er schien mit den Gedanken woanders. Er starrte vor sich hin und hob nur kurz die Hand, als sie den Kellerraum verließ.

Kurt besorgte von irgendwoher eine Lkw-Fuhre Erde für den Garten. Mit vereinten Kräften gruben die Männer den Garten um. Papa und Armin zogen mit dem Handkarren, Feger und Kehrschaufel los und sammelten Pferdeäpfel in der Stadt, die sie in den Boden als Dünger einarbeiteten. Sie stachen saubere Kanten ab und teilten die Beete ein, wo im Frühjahr Kartoffeln und Gemüse wachsen sollten, sowie ein paar Reihen Tabak für Papa.

Irma und Emma sahen sich nur noch bei den letzten Arbeiten im Garten. Sie redeten nicht mehr über ihren Streit, doch wenn sie sich begegneten, war Irma etwas freundlicher zu Emma. Alle behandelten sie nun rücksichtsvoller, seit sie wussten, dass Christian in russischer Gefangenschaft war. Niemand fuhr sie an oder verlangte von ihr, Musik zu machen. Kurt sah sie manchmal lange an, wenn er glaubte, sie bemerkte es nicht, und übernachtete oft bei ihnen. Eines Abends kam er mit einer Wagenladung voller Einkellerungskartoffeln aus dem Bergischen zurück. Er wollte dafür nichts haben. Schließlich sei er jetzt öfter da zum Essen, meinte er. Mama hatte Tränen in den Augen.

Doch Emma sah ihr eigenes Gesicht immer schmaler werden. Aus dem Spiegel blickte ihr eine fremde, ernste Frau mit blasser Haut und fahlen Lippen entgegen. Sie machte sich jetzt nur noch sonntags, nachdem sie gebadet hatte, die Mühe, ihr Haar zu frisieren, an den übrigen Tagen trug sie meistens ihren Turban. Ihr Akkordeon lag ungenutzt unter dem Sofa, ihr fielen keine neuen Melodien mehr ein.

Sie hatte mehr Arbeit denn je. Nachdem Armin wieder zur Schule ging, musste sie morgens stundenlang allein für das Wenige anstehen, das es auf die Lebensmittelkarten gab. Ihre Mutter nähte und ihr Vater arbeitete mit Herrn Schneider daran, ihr Wohnzimmer wieder bewohnbar zu machen. Emma half ihrer Mutter im Haushalt, kümmerte sich mit Frau Schneider um den Garten am Haus, fütterte die Hühner, erledigte mit ihrer Mutter einmal in der Woche die Wäsche. Sie erntete die Äpfel vom Hofbaum, der gut trug, fuhr mit dem Rad zur Stadt hinaus, sammelte Kräuter für Tees und Löwenzahn für die Kaninchen. Sie kannte einige Stellen, wo Obstbäume an den Straßen wuchsen, hielt sie gut im Auge und erntete Pflaumen und Birnen. Gierig biss sie beim Ernten in saftige Birnen und spürte, wie sich das Fruchtfleisch allmählich in ihrem Mund auflöste. Sie musste an Christian denken und fühlte brennende Schuld. Er würde keine Birne essen können. Würde er überhaupt etwas zu essen bekommen oder hatten sie ihn schon verhungern lassen?

Das saftige Fruchtfleisch schmeckte ihr nicht mehr. Sie hatte es nicht verdient. Sie hatte ihn betrogen, während er für Deutschland kämpfte und nun in einem Straflager dafür büßen musste. Sie zögerte und überlegte, ob sie das Obst wegwerfen sollte. Doch dann siegte ihr Hunger, und sie aß die Birne und nagte sie bis auf den Stängel ab. Müde schob sie anschließend ihr schwer beladenes Rad nach Hause; viel Arbeit erwartete sie mit dem Obst. Morgen würde sie in den Tauschzentralen der Stadt versuchen, die letzte verbliebene Nähmaschine gegen Einmachgläser einzutauschen. Langsam gingen ihre letzten Tauschwaren zur Neige. Sie lebten jetzt nur noch von Kurts Mietzahlungen, die er inzwischen wieder aufgenommen hatte, ihrem Waschlohn, ihren Einnahmen im Rheinpalast und dem Wenigen, das ihre Mutter mit dem Nähen verdiente. Wie sollten sie nur über den Winter kommen?

Emma schob ihr Rad durch die Trümmer ihrer Straße. Ein paar Kinder zogen lärmend an ihr vorbei, lange Äste hinter sich herziehend. Holz für den Winter, flackerte es in ihrem Kopf. Sie mussten unbedingt Holz sammeln, ehe alles weg war. Die Herbstsonne schien warm auf sie herab. Vor ihr rieselten ein paar Blätter von den Bäumen auf einen Trümmerhaufen. Emma kniff die Augen gegen die grelle Sonne zusammen. Sie schob ihr Rad in den kühlen Hausflur, stellte es ab und ging, um nach den Kaninchen zu sehen. Wärme umfing sie auf dem Hinterhof, und sie wollte noch ein paar heruntergefallene Äpfel aufheben. Sie öffnete ihren Mantel, weil ihr warm war. Gleichzeitig spürte sie aus ihrem Inneren Kälte aufsteigen. Ihr wurde schwindelig. Sie richtete sich auf, um zu verschnaufen, atmete tief. Auf einmal sah sie grelle Lichtpunkte vor ihren Augen tanzen. Die Äpfel glitten ihr aus den Händen und kullerten über den Boden. Sie spürte noch, wie sie zu Boden sank, ehe sie nichts mehr spürte.

Als sie wieder erwachte, lag sie auf ihrem Sofa in der Küche. Sie lag unter einer Decke. Man hatte ihr den Mantel ausgezogen. Papas sorgenvolles Gesicht beugte sich über sie. Die Gläser seiner Brille waren staubig. Armin saß am Küchentisch und schrieb mit einem abgekauten Bleistift etwas in sein Schulheft. Der Geruch nach Pfefferminztee waberte durch die Küche.

»Wo war ich?«, fragte Emma.

»Du bist ohnmächtig geworden.« Sie sah, wie die Lippen ihres Vaters sich bewegten, eingehüllt in eine Nebelwand.

»Aber ich werde doch nie ohnmächtig.« Wie merkwürdig fern ihre Stimme klang! Dabei war es doch ihre eigene Stimme.

»Es war wohl alles zu viel.« Dumpf drang Papas Stimme an ihre Ohren, als hätte man sie in dämmendes Stroh gewickelt. Sie war so unendlich müde! Sie wollte nur schlafen, aber man zog und zerrte an ihr herum und flößte ihr heißen Pfefferminztee ein.

»Das Obst«, murmelte sie. »Wir brauchen Einmachgläser.«

»Ich mach das morgen nach der Schule«, hörte sie Armin sagen.

Emma fühlte den Tee heiß in ihren Magen rinnen. Sie drehte sich mit dem Gesicht zur Wand und schlief ein.

Als sie erneut wach wurde, erkannte sie alles klar und deutlich. Die Wachstuchtischdecke mit dem karierten Muster lag neben ihr auf dem Küchentisch. Über ihr baumelte die Glühbirne von der Decke herab. Es musste früh am Morgen sein, denn es roch nach frisch entzündetem Feuer. Papier knisterte. Aber es war nicht Mama, die das Feuer entzündete wie sonst. Kurt beugte sich über den Ofen und schob ein Holzscheit hinein. Emma starrte auf seinen Rücken, seine kräftigen Hände. Er trug wieder sein altes weißes Hemd, das sie mittlerweile schon einige Male gewaschen hatte. Es war schon ganz dünn vom vielen Waschen. Sie konnte nicht wegsehen. Still lag sie da und beobachtete ihn heimlich. Er verschloss den Ofen, richtete sich auf und klopfte sich den Staub von der Hose. Als er sich zu ihr umwandte, schloss sie die Augen und tat, als schliefe sie noch. Sie hörte ihn am Herd hantieren. Ein Geräusch erklang, als wenn jemand Flüssigkeit in eine Kanne goss. Der unglaubliche Geruch nach echtem Bohnenkaffee durchwaberte die Küche.

Emma riss die Augen auf. Kurt hatte ihr den Rücken zugewandt und goss gerade heißes Wasser vom Kessel in ihre Kaffeekanne. Neben ihm auf dem Tisch stand eine offene Dose. Er öffnete die Schranktür, holte zwei Tassen und Teller heraus. Er machte ihr Frühstück!

Emma richtete sich auf, die Decke halb um sich geschlungen. Sie trug immer noch ihren Rock und ihren Pullover vom Vortag.

Kurt wandte sich um und hielt inne, als er sah, dass sie wach war. »Emma!« Er setzte das Geschirr auf dem Tisch ab, dann stemmte er die Hände in die Hüften und musterte sie. »Du hast schon mal lebendiger ausgesehen. Leg dich besser wieder hin.«

Emma musste wider Willen lächeln. Typisch Kurt, unverschämt und frech. Er forderte ihren Widerstand heraus. »Ich rieche echten Kaffee, da bin ich lieber wach«, erwiderte sie. Sie konnte an seiner Miene ablesen, wie sie aussehen musste. Ihr langes Haar hing fettig und schwer an ihr herab. Sie hatte pochende Kopfschmerzen.

»Du hast recht«, bestätigte er und beeilte sich, Marmelade und Brot aus dem Schrank zu holen und alles auf den Tisch zu stellen. Er setzte sich ihr gegenüber. Als er ihr den dampfenden Kaffee einschenkte, starrte sie auf seine Hände und musste an ihren Abend im Theater denken.

»Wir müssen unbedingt etwas gegen deinen schwachen Kreislauf tun«, sagte er, nippte an seinem heißen Kaffee und sah sie durch den Dunst hindurch an. Emma trank auch, aber es war noch zu heiß. Sie ließ ihre Tasse sinken, ihre Blicke begegneten sich. Wie beim *Sommernachtstraum*, als sie sich auch immer wieder angesehen hatten. Als gäbe es nur sie beide. Emma fühlte, wie ihr Blut schneller kreiste. Der Schmerz in ihrem Kopf pochte hastig.

Kurt legte einen Finger auf die Lippen. Er zog eine Tafel Schokolade hervor und schob sie zu ihr herüber. »Hier, damit du wieder zu Kräften kommst.«

Emma mochte es kaum glauben. Sie wusste, dass man Schokolade nur selten bekam, und wenn, dann zu horrenden Schwarzmarktpreisen. Wie nett er doch sein konnte!

»Danke«, hauchte sie, nahm die Köstlichkeit und schob sie unter ihre Bettdecke.

Kurt schnitt zwei Scheiben Brot ab, bestrich sie mit Marmelade und schob ihr den Teller hin. Sie aßen schweigend, kauten langsam. Sie hatte das Gefühl, das Brot schon lange nicht mehr so genossen zu haben. Zwischendurch warfen sie sich lange Blicke zu, während es draußen langsam zu dämmern begann. Keiner von ihnen schien ihr gemeinsames Schweigen durch Worte stören zu wollen.

»Das mit deinem Mann tut mir leid«, sagte Kurt nach einer Weile. »Ich habe dich nie gefragt, wie er eigentlich heißt.«

Emma kaute langsam zu Ende. Das Muster auf der Wachstuchtischdecke verschwamm. »Christian.«

»Christian«, wiederholte er und schwieg.

Wie merkwürdig, Kurt diesen Namen aussprechen zu hören. Sie musste wieder an das denken, was Willi Schütte ihr erzählt hatte. Das erzählte sie nun Kurt. »Christian hatte nicht so viel Glück wie sein Kamerad«, schloss sie. »Ausgerechnet in russischer Gefangenschaft ... Warum wurdest du so früh entlassen? Und wo warst du eigentlich im Krieg?«

Er seufzte, während er ihr noch einmal die Kaffeetasse füllte. »In Quedlinburg im Harz. Die Stadt war Lazarettstadt, wir sollten sie gegen die anrückenden Amerikaner verteidigen. Es war im April. Ich sollte mit ein paar Kameraden ein Dorf auskundschaften, ob die Amis schon dort wären. Sie waren schon da.« Er lehnte sich zurück und hielt die dampfende Kaffeetasse fest umklammert. »Ich geriet in einen Schusswechsel und wurde verwundet, kam in Quedlinburg in ein Lazarett und blieb dort, bis die Amerikaner kamen. Sie brachten die Transportfähigen dann ins Rheinwiesenlager.«

»Und wo ist das passiert?« Emma deutete auf seinen verbrannten Arm.

»Das?« Er zog den Ärmel etwas tiefer, ohne auf seine Brandnarbe zu sehen. »Eine Handgranate.«

Emma nickte mitfühlend. »Ein Glück, dass du überlebt hast. Wenn Christian Glück gehabt hätte, wäre er auch mit dem letzten Schiff gerettet worden. Dann wäre er jetzt hier.«

»Wäre das besser?«, fragte Kurt. Sein wachsamer Blick forschte in ihrem Gesicht.

Sie schlug die Augen nieder und trank. Ihre Freude von eben war verschwunden, stattdessen rumorte es unangenehm in ihrem Magen. Sie hätten nicht über Christian reden dürfen. Sie dachte an seinen letzten Besuch zurück, an die Schusswunde an seinem Hinterkopf, sein kurz geschorenes Haar. Die langen Abende, die sie mit seinen Eltern am Kamin gesessen und nur über den Krieg geredet hatten. Ihr fremder Mann.

Sie hob den Kopf. Kurt musterte sie mit angespannter Aufmerksamkeit, der nichts entging.

»Ich weiß es nicht«, gestand sie ehrlich.

»Ich dachte, du … deine Traurigkeit … wäre wegen ihm.«

»Nicht nur.« Sie senkte ihre Stimme. »Einfach im Hafen zu bleiben, weg von der Einheit, das wäre für ihn nie infrage gekommen. Nie wäre er desertiert. Er war überzeugt von … allem, was war. Er wollte in den Krieg.« Sie hielt inne, als ihr langsam die Bedeutung ihrer eigenen Worte klar wurde.

Christian wäre niemals weggelaufen, um sich zu retten und zu ihr und seiner Familie zurückzukehren. Seine soldatische Ehre und seine Treue zum Vaterland standen über der Liebe zu seiner Familie und zu ihr, seiner Frau. »Bis zum letzten Blutstropfen«, murmelte sie.

Kurt nickte, leerte seine Tasse. »Ich verstehe.«

Eine Weile saßen sie sich schweigend gegenüber. Sie aß den letzten Bissen Brot. Etwas knisterte auf dem Tisch. Emma blickte auf und sah, wie Kurt eine zweite Tafel Schokolade auswickelte. Er brach ein paar Stücke ab und forderte sie mit einer Handbewegung auf zu essen. Hastig nahm sie ein Stück und schob es sich in den Mund. Sie lehnte sich auf dem Sofa zurück, während sie langsam die Schokolade auf ihrer Zunge zergehen ließ. Allmählich kehrten die Lebensgeister wieder in ihren Körper zurück.

Kurt machte es genauso wie sie. Schweigend genossen sie die Schokolade, während sie sich beobachteten. »Der Krieg ist vorbei, Emma«, sagte Kurt schließlich. »Du hast noch dein ganzes Leben vor dir. Sieh nach vorn. Jeder kann neu anfangen, etwas Neues aufbauen. Was möchtest du am liebsten tun?«

Sie schluckte den Rest zerschmolzener Schokolade hinunter und leckte sich die verschmierten Finger ab. »Musik. Ich brauche mehr Auftritte. Am besten solche, wo man sich eine Mahlzeit verdienen kann. Von meinen Schwiegereltern kann ich nichts erwarten.«

Kurt lehnte sich wieder zurück und spielte mit der Streichholzschachtel. »Emma, ich …«

Er brach ab, als es im Zimmer nebenan rumorte. Mama war aufgestanden. Kurt wickelte die Schokolade ein und schob sie ihr schnell über den Tisch zu. »Nimm sie und werde wieder gesund, ja?« Er sah sie beschwörend an.

Die Tür öffnete sich und Armin erschien auf der Schwelle. »Emma, du musst Frühstück machen, die Mama ist krank«, sagte er nur und ging in die Küche. Hinter ihm erschien ihr Vater. Er hatte sich offenbar hastig angezogen, denn sein Hemd war noch nicht ganz zugeknöpft und seine nackten Füße steckten in Pantoffeln. Emma stand auf und ging auf wackeligen Beinen ins Schlafzimmer. Ihr Vater ließ sich auf dem Bett nieder.

Ihre Mutter wimmerte und wälzte sich im Bett herum. Ihre Stirn war glühend heiß. »Mama, was ist los?«, rief Emma, doch ihre Mutter schüttelte nur den Kopf und begann zu husten. Der Husten, der sie schon seit Tagen quälte, hatte sich verschlimmert. »Sie hat schon die ganze Nacht gehustet«, sagte Papa.

Emma erschrak. Sie drückte ihrer Mutter die warme Hand. »Ich mache dir einen Tee, Mama.« Sie ging in die Küche zurück und setzte Wasser auf, während Kurt und Armin bedrückt am Tisch saßen. Sie hatten sich schon selbst Frühstück gemacht. Armin aß sein Brot und trank eine Tasse Kaffee. Emma brachte ihrer Mutter Kamillentee und half ihr, das nass geschwitzte Nachthemd auszuziehen, dann zog sie ihr ein neues an. Mama wimmerte, immer wieder quälte sie ein heftiger Husten, sie spuckte Schleim in ein Taschentuch. Emma biss sich auf die Lippen. Sie konnte es nur schwer ertragen, ihre Mutter so zu sehen. Was um Himmels willen hatte sie nur?

Armin wurde geschickt, um die Nachbarin zu holen. »Öm Jottes wille!«, rief Frau Schneider, als sie Emmas Mutter sah und den Husten hörte. Sie trat an ihr Bett und drückte ihr die Hand. »Sybille, wat machste dann nor för Saache?«

Ihre Mutter lächelte nicht mal.

Sie legten ihrer Mutter Wadenwickel an, aber das Fieber sank nicht, im Gegenteil, es stieg am Abend noch höher. Sie aß nichts und trank nur widerwillig den Tee, den Emma ihr einflößte. Die ganze Nacht wälzte sie sich unruhig im Bett herum und hustete. Emma und ihr Vater wachten abwechselnd am Bett der Kranken, hörten sie husten und jammern, aber konnten nichts tun. Nur Kurts Kaffee hielt Emma hoch.

KAPITEL 25

Auch am nächsten Tag konnte ihre Mutter nicht aufstehen. Sie lag in Schweiß gebadet, gleichzeitig zitterte sie am ganzen Körper.

»Mama!«, rief Emma bestürzt.

Doch ihre Mutter reagierte nicht, sie schien sie gar nicht zu hören. Emma rief ihren Vater, aber auch er wusste keinen Rat. Emma beschloss, die Wadenwickel zu erneuern. Sie tauchte die Strümpfe ihrer Mutter in kaltes Wasser, zog sie ihr an und wickelte Handtücher darum. Sie flößte ihr Wasser ein, was ihr nur schlecht gelang, denn ihre Mutter war kaum bei Bewusstsein. Papa ließ sich schwer auf einen Stuhl neben das Bett sinken, drückte der Kranken die Hand. Emma sah auf seine gebeugte Gestalt, und die Angst kroch ihr den Nacken herauf. »Sie muss ins Krankenhaus.«

Papa schüttelte den Kopf. »Da kommt sie nicht mehr lebend raus, die vielen Kranken stecken sie nur an. Helfen kann ihr da auch niemand. Nein, da lass ich sie nicht hin.« Er zog ein großes Taschentuch aus seiner Hosentasche, wischte sich die Augen und schnäuzte sich geräuschvoll die Nase. Er hasste Krankenhäuser, seitdem seine Mutter in einem gestorben war, hielt sie für Brutstätten von Bazillen, mit denen sich die ohnehin geschwächten Kranken nur gegenseitig anstecken und sterben würden.

»Aber wir können sie doch nicht einfach so liegen lassen!«

Doch ihr Vater schüttelte nur wieder den Kopf. »Nicht ins Krankenhaus«, wiederholte er nur. »Da lass ich sie nicht hin.«

Emma seufzte auf. Meistens war ihr Vater umgänglich, aber manchmal konnte er wirklich stur sein. Ausgerechnet jetzt war so ein Moment. »Ich hole Doktor Steiner«, sagte sie.

»Jaja, mach nur«, meinte er, ohne aufzusehen. Er beugte sich über seine Frau und strich ihr über die Stirn.

Emma nahm das Rad und strampelte nach Lindenthal. Es war ein kühler, regnerischer Tag Anfang Oktober, und der Fahrtwind schlug ihr entgegen, als sie über die Allee fuhr. Der Wind riss die Blätter von den Bäumen und trieb sie vor sich her. Emma kam schnell voran, doch in den ungeräumten Nebenstraßen musste sie absteigen und ihr Rad schieben. Endlich erreichte sie das Haus der Steiners neben dem Grundstück ihrer Großeltern. Seitdem der Garten im letzten Monat fertig geworden war, war sie nicht mehr hier gewesen. Sie hoffte, dass jemand da wäre. Doktor Steiner praktizierte schon lange nicht mehr, aber sie wusste, dass er manchmal noch zu ehemaligen Patienten gerufen wurde.

Es dauerte lange, bis sie drinnen Schritte hörte. Zu ihrem Erstaunen öffnete ihr Irma. Die war nicht minder erstaunt, sie hier zu sehen.

»Meine Mutter ist seit gestern schwer krank«, erklärte Emma. »Ihr Husten hat sich verschlimmert, sie hat Fieber und Schüttelfrost, ist kaum noch bei Bewusstsein. Kann dein Vater zu uns kommen?«

Irma sah bestürzt aus. »Er ist nicht da.«

»Wann kommt er denn wieder?«

»Wahrscheinlich erst heute Nachmittag. Ich schick ihn sofort zu euch, wenn er wiederkommt.«

»Danke.« Emma stieg die Treppe hinab.

Als sie schon beim Rad war, rief Irma: »Alles Gute für deine Mutter.«

Emma nickte und fuhr los. Sie spürte, wie Irma ihr hinterhersah, aber es war ihr gleichgültig.

Herr Steiner kam am späten Nachmittag. Emma saß am Fenster und schälte Kartoffeln, als sie sah, wie er seinen Hut im Wind festhalten musste, während er zum Haus hinkte. Sie eilte ihm entgegen und nahm ihm seinen nassen Mantel und den Hut ab. Er ließ sich sofort von ihr ins Krankenzimmer führen.

Emmas Vater sprang auf, als sie eintraten, und Emma entging nicht das überraschte Zucken auf Doktor Steiners Miene, als er Papa wiedersah. Die beiden Männer hatten sich nicht mehr gesehen, seitdem der Garten fertig war, aber selbst in dieser kurzen Zeit hatte sich ihr Vater verändert und sah wirklich schlecht aus – käsig, mit schütterem Haar. Die Brille schien zu breit für seinen schmalen Kopf zu sein. Die viel zu weite Hose wurde nur noch durch die Träger gehalten.

Doktor Steiner hingegen sah immer noch aus wie früher, nur etwas dünner. Er untersuchte Emmas Mutter, hörte ihr sorgfältig die Lunge ab und stellte zwischendurch einige Fragen. Schließlich wandte er sich an Papa. »Ihre Frau hat eine schwere Lungenentzündung.«

»Was heißt das? Muss sie ins Krankenhaus?«

»Ich fürchte ja.«

»Nein, auf keinen Fall.«

Sie standen sich eine Weile schweigend gegenüber und maßen sich mit Blicken. Dann nahm Doktor Steiner seinen Arztkoffer. »Lassen Sie uns hinausgehen. Die Kranke braucht Ruhe.«

In der Küche sagte er mit leiser Stimme: »Es wäre besser, wenn Ihre Frau ins Krankenhaus käme.«

Emmas Vater rang die Hände. Sein Kinn zitterte. »Aber was können die schon tun, was wir nicht auch für sie tun könnten?«

Der Arzt kratzte sich nachdenklich am Kopf. Er sah bekümmert aus.

»Es gibt ein Mittel, das Ihrer Frau helfen könnte, aber das haben die im Krankenhaus auch nicht. Da kommen wir nicht dran. Das haben nur die Briten für ihre Soldaten.«

»Was?«

»Penicillin.«

Ihr Vater sah enttäuscht aus. »Wird sie … wird sie denn wohl wieder gesund?«, fragte er mit zitternder Stimme.

»Sie ist eine gesunde Frau, Herr Wolrath, da können wir das Beste hoffen«, sagte Doktor Steiner. »Aber ohne Penicillin wird es Wochen dauern. Mach ihr weiter Wickel, Emma, und sorg dafür, dass sie genug trinkt. Kamillentee ist gut gegen Fieber, und ich habe noch einen Lungentee.« Er nahm einen Beutel aus seinem Arztkoffer und gab ihn ihr. »Einen Teelöffel auf eine Tasse kochendes Wasser, fünf Minuten ziehen lassen. Der Tee muss heiß und schluckweise getrunken werden. Mach ihr jede Stunde eine Tasse, ja?«

Emma nickte und versprach es. Doktor Steiner zog Zettel und Stift aus seinem Arztkoffer, notierte einen Namen darauf und gab ihn Emmas Vater. »Das ist der Name des Mittels, für alle Fälle.«

»Vielen Dank.«

Emma bekam mit, wie Doktor Steiner sich unauffällig umsah, und schämte sich plötzlich für das Durcheinander in ihrer Küche. Sie starrte auf den verwaisten Arbeitsplatz ihrer Mutter unter dem Küchenfenster. Ein Stapel Stoffe und Kleidung zum Ändern und Ausbessern lag auf einem Stuhl neben der Nähmaschine. Über ihrem eigenen Stuhl lag ein alter, halb aufgetrennter Wehrmachtsmantel, aus dem ihre Mutter einen Kindermantel nähen sollte.

»Ich wünschte, ich könnte mehr für Sie tun. Wenn ihr Zustand sich verschlimmern sollte, rufen Sie mich«, sagte Steiner und reichte ihnen beiden die Hand.

Papa bedankte sich mehrmals. Emma gab Doktor Steiner einen kleinen Beutel mit Einkellerungskartoffeln, über den er sich sichtlich freute, und begleitete ihn hinaus.

Sie tat, wie er ihr geheißen hatte, und bereitete stündlich Lungentees, die sie und ihr Vater der Kranken einflößten. Am Abend ging sie zu ihrem Auftritt im Rheinpalast, und nachts lag sie trotz ihrer Müdigkeit wach, weil sie ihre Mutter husten hörte. Da öffnete sich die Tür zum Schlafzimmer, und Armin schlüpfte heraus. Ohne zu fragen, kroch er zu ihr ins Bett und presste seine kalten Füße an ihre Beine. »Wird sie denn wohl wieder gesund, Emma?«, fragte er zaghaft.

Im Mondlicht, das durch das Fenster hereinfiel, sah sie seinen hellen Haarschopf auf dem Kissen. »Bestimmt«, erwiderte sie mit so viel Zuversicht in der Stimme wie möglich. Ihr Magen knurrte laut. Vorsichtig zog sie ihre Schokolade unter dem Kissen hervor, brach ein Stück ab und gab es ihrem Bruder. Hastig steckte er es sich in den Mund. Sie lagen still und sahen auf den Mond, der durchs Fenster schien, während sie sich die Schokolade im Mund zergehen ließen. »Die ist bestimmt von Herrn Groß«, sagte Armin.

»Hm. Nur er hat so etwas Schönes.«

Armin nickte. Sie aßen noch jeder ein Stück, dann schlief er wieder ein. Emma kuschelte sich an ihren Bruder und roch sein frisch gewaschenes Haar. Da ging es ihr etwas besser.

Am nächsten Morgen trugen sie das alte Sofa ihrer Großmutter, auf dem Armin schlief, vom Schlafzimmer in die Küche, damit Armin durch Mamas Husten und ihren unruhigen Schlaf nicht so gestört werden würde. Er brauchte seinen Schlaf für die Schule. Die Nachtwachen übernahm ihr Vater, aber da er oft nicht wusste, was er machen sollte, bezog Emma schließlich sein Bett neben ihrer Mutter und er schlief auf ihrem Sofa in der Küche. Am nächsten Tag gelang es ihr, der Kranken ein Stück Brot zu geben. Sie flößte ihr weiter die Tees ein, machte ihr Wadenwickel, rieb sie sogar mit Essigwasser ab. Ihre Mutter magerte ab, das Haar klebte an ihrem Kopf, Hustenanfälle quälten sie, ihr Atem ging schwer. Am Nachmittag, als Emma am Bett ihrer schlafenden Mutter eingenickt war, klopfte es an der Tür.

Emma fuhr auf. »Herein!«, rief sie ungehalten.

Irma betrat das Zimmer. Sie konnte nur mühsam ihr Erschrecken verbergen, als sie Emma und ihre Mutter sah. »Ich … ich hab gedacht, du könntest ein wenig Hilfe gebrauchen. Ich hab noch mal Tee für deine Mutter mitgebracht. Wir könnten auch ein wenig spazieren gehen, was meinst du? Es ist so schönes Wetter. Dein Vater sagt, er könnte auf deine Mutter aufpassen. Warst du denn überhaupt schon draußen?«

Emma starrte ihre Freundin an. Trotz ihres Kummers und ihrer Angst musste sie über Irmas Unbeholfenheit lächeln. »Spazieren gehen?«, rutschte es aus ihr heraus. »Ich kann hier doch nicht weg. Selbst wenn, müsste ich noch so viel tun.« Irma konnte sich vielleicht einen solchen Luxus erlauben, aber sie nicht.

»Emma, ich kann dich ablösen«, schaltete sich ihr Vater ein, der hinter Irma in der Tür auftauchte. »Du warst schon lange genug hier.« Er schob seine Tochter hinaus und setzte sich auf den Stuhl am Krankenbett.

In der Küche gab Irma Emma ein Stoffsäckchen. »Hier ist neuer Tee. Du weißt ja, wie du ihn zubereitest.«

»Danke.« Emma schürte das Feuer im Herd und setzte einen Kessel Wasser auf.

»Wie gesagt, ich kann dir auch im Haushalt helfen, wenn du willst. Es hängt doch sicher alles an dir, oder?«

Emma nickte. Auf einmal spürte sie wieder den Kloß im Hals. Am liebsten hätte sie sich hingesetzt und ihren Tränen freien Lauf gelassen, aber sie konnte nicht weinen. Sie schluckte den Kloß herunter. »Du hast doch bestimmt selbst genug zu tun«, begann sie, brach ab und dachte eine Weile nach. Irma bot ihr ihre Hilfe bestimmt nicht an, ohne sich das vorher gründlich überlegt zu haben. Sie stand zu ihrem Wort und war immer zuverlässig. »Du könntest mir bei der Wäsche helfen«, sagte sie. »Morgen früh.«

»Gut, ich komme.« Irma wandte sich zum Gehen.

»Irma?«

Die Freundin hielt inne und drehte sich wieder zu ihr um.

»Danke.«

Irma nickte wortlos und ging hinaus.

Am nächsten Morgen kam sie früh, und die beiden erledigten die Wäsche. Zum Glück war es ein warmer Herbsttag, sodass sie alles im Hinterhof aufhängen konnten. Als die Wäsche in der Nachmittagssonne trocknete, ließen sie sich erschöpft auf dem Trümmerbrocken nieder und von der Sonne wärmen.

Emma reckte ihr Gesicht ins Licht und schloss die Augen. Sie war froh, dass das Wohnzimmer mittlerweile fertig war und ihr Vater Zeit hatte, sich um Mama zu kümmern.

»Weißt du noch, als wir den *Sommernachtstraum* aufgeführt haben?«, sagte Irma unvermittelt. »Du warst eine tolle Straßenmusikerin. Wir hatten zwar nur Nebenrollen, aber ich hatte viel Spaß. Eigentlich war's eine gute Idee von Fräulein Schubert, dich als Harlekin auftreten zu lassen.«

Emma lächelte. »Ich hab's übrigens noch mal versucht als Harlekin«, gestand sie. »Auf dem Schwarzmarkt an der Frankenwerft. Aber das war nichts, die Leute haben mir nichts gegeben.«

»Tja, es ist alles kein Sommernachtstraum mehr. Alles in Trümmern, verschüttet und kaputt.«

»Unsere Freundschaft hoffentlich nicht«, entfuhr es Emma. Sie öffnete die Augen, um Irmas Reaktion zu sehen.

Irma schüttelte den Kopf. »Ich habe lange nachgedacht. Ich sollte nicht mehr nachtragend sein. Du konntest nichts dafür, was mit Bruno geschah. Es war schwer für mich nach seinem Tod. Ich habe wohl nur eine Schuldige gesucht, ich war so wütend … aber du hattest keine Schuld daran. Tut mir leid, dass wir uns gestritten haben.«

»Ach, lass gut sein.« Emma winkte ab.

»Nein, du hattest recht, es ist gut, dass wir uns wiedergetroffen haben. Du bist jetzt genauso allein, wie ich es damals war, nachdem Bruno verhaftet wurde. Ich kann verstehen, wie dir zumute ist. Wenn uns etwas in diesen Zeiten hochhält, dann die Freundschaft.« Irmas Hand legte sich auf ihre und drückte sie fest. Sie sahen sich eine Weile schweigend an. Irma nickte zur Bekräftigung, ehe sie Emmas Hand wieder losließ. Emma räusperte sich, während Irmas Worte in ihrem Kopf durcheinanderpurzelten. Sie konnte noch nicht wirklich fassen, dass sie sich gerade vertragen hatten. Sie nahm Irma in die Arme. Irma wehrte sich nicht, sondern erwiderte ihre Umarmung. Eine Weile blieben sie so, während die Sonne warm auf sie herabschien und das Glücksgefühl über ihre Versöhnung Emma durchströmte. Sie fühlte, wie die Lebensgeister wieder in ihren erschöpften Körper zurückkehrten. »Mir ist übrigens neulich ein neues Lied eingefallen«, sagte sie, nachdem sie sich losgelassen hatten. »Aber es ist noch nicht so … rund. Willst du mal hören?«

Irma nickte.

Emma stand auf und holte ihr Akkordeon aus der Küche. »Es geht mir schon lange im Kopf herum, aber irgendwas fehlt noch«, erklärte Emma, während sie sich das Instrument umhängte. Sie stimmte die Melodie mit dem Akkordeon an, dann gab sie sich einen Ruck und begann zu spielen. Dabei summte sie mit.

Irma stützte die Hände auf den Stein und lehnte sich zurück. Sie hörte aufmerksam zu, manchmal wippte sie mit dem Fuß zum Takt der Melodie. Als Emma fertig war, blieb sie lange still.

»Gefällt es dir?«, fragte Emma.

»Ein neues Lied«, sagte Irma nachdenklich. »Schöner Klang.«

»Ja?«

»Doch, wirklich. Ein bisschen traurig, aber schön.«

»Danke«, sagte Emma stolz.

»Aber du hast recht, etwas fehlt noch. Spiel's doch noch mal, vielleicht kann ich's dir dann sagen.«

Emma kam ihrer Aufforderung nach. Danach schwieg Irma wieder lange. Auf einmal beugte sie sich nach vorn. »Ich weiß, was fehlt!«

»Was?«

»Ich.«

Emma blickte ihre Freundin verständnislos an.

»Na, meine Gitarre! Ich geh sie holen, dann wirst du's hören.« Sie sprang auf und lief, ohne ein weiteres Wort zu verlieren, zur Hoftür hinaus.

Kopfschüttelnd erhob sich Emma, um nach ihrer Mutter zu sehen. Hatte sie gerade wirklich richtig gehört und Irma wollte wieder mit ihr spielen? Das war doch nicht zu glauben nach allem, was vorgefallen war. Doch sie hatte kaum neuen Tee gekocht, die Tiere gefüttert und Armin bei den Schularbeiten geholfen, als Irma auch schon mit ihrer Gitarre zurückkam. Sie setzten sich in den Hinterhof und begannen zu spielen. Irma hielt sich zurück mit ihrem Spiel, griff nur manchmal in die Saiten und begleitete Emmas Lied bei bestimmten Akkorden.

Aber auch so konnte man eine Ahnung davon bekommen, wie das Lied sein könnte, wenn es erst fertig wäre.

Als sie geendet hatten, schwieg Emma, und auch Irma sagte nichts.

»Wir … wir müssen natürlich noch viel üben«, meinte Emma.

»Klar, es ist noch lange nicht perfekt.«

»Was ist denn schon von Anfang an perfekt?«

»Ein neues Kind.«

Sie mussten beide lachen. Sie lachten so laut, dass Armin erschien und ihnen vom Vater ausrichtete, sie sollten Rücksicht auf die Mama nehmen und leise sein, woraufhin sie schuldbewusst schwiegen. »Wir könnten gemeinsam im Rheinpalast auftreten«, schlug Emma vor. »Dann wäre Herr Michels vielleicht zufrieden.«

»Wovon sprichst du?« Irma blickte sie verständnislos an.

Da fiel Emma ein, dass Irma noch nichts von ihren Auftritten im Rheinpalast wusste. Sie erzählte ihr, wie sie dort ein Engagement gefunden hatte. »Jetzt will der Wirt etwas Neues«, sagte sie. »Wir könnten doch ein Frauen-Duo werden, du und ich. Herr Michels will eine Bühne im Keller bauen, sobald er das nötige Baumaterial zusammen hat. Es gibt inzwischen dreißig Mark und eine warme Mahlzeit.«

Irma starrte Emma an. »Ich … wusste gar nicht, dass du wieder Auftritte hast«, murmelte sie, dann machte sie eine Handbewegung, als wollte sie ihren Einwand beiseitewischen. »Wir hatten ja auch Funkstille. Aber wir müssen noch eine Menge üben.«

Emma umarmte Irma wieder, drückte sie fest an sich. Sie wusste zwar nicht, wann sie die Zeit zum Üben finden würde, was aus ihrer Mutter werden würde, aber Irma würde wieder mit ihr spielen. »Dann spreche ich mit Herrn Michels. Ein

Frauen-Duo wird ihm sicher gefallen. Er muss nur noch ein wenig Geduld haben, bis wir zwei aufeinander eingespielt sind.«

Irma nahm ihre Gitarre und stimmte »Es war in Shanghai« an, und Emma griff in die Tasten und spielte mit. Als sie die letzte Strophe gesungen hatten, klatschte jemand an der Hoftür.

»Was für ein Glück! Nun habe ich euch doch zusammen spielen gehört.« Kurt trat vom Vordach ins Licht. Er lächelte unter dem Schatten des Huts, der auf sein Gesicht fiel, kam zu ihnen und nahm seinen Hut ab. »Ich hoffe, bald mehr von euch zu hören.«

»Das kannst du vielleicht bald im Rheinpalast«, sagte Emma lächelnd.

»Sofern Herr Michels mich nimmt«, ergänzte Irma.

»Wenn ich ihm sage, ich spiele nur mit dir, bestimmt.«

Alle lachten. »Habt ihr denn schon einen Namen für euer neues Duo?«

Emma tauschte Blicke mit Irma.

»Noch nicht, aber wir finden schon noch einen«, meinte Irma.

»Wie schön, dich wieder lächeln zu sehen«, sagte Kurt zu Emma. »Wie geht es deiner Mutter?«

Emmas Traurigkeit kehrte zurück. »Schlecht. Sie hat eine Lungenentzündung. Irmas Vater war bei ihr und sagte, dass man nichts weiter machen könne außer Wickel und Tees. Wir müssen abwarten, es wird lange dauern.«

Sie warf einen bekümmerten Blick zum Schlafzimmerfenster hinüber.

»Gibt's denn nichts, das ihr helfen kann?«

»Doch, aber das haben nur die Engländer für ihre Soldaten.«

»Was?«

»Penicillin.«

»Ah.« Kurt sah ernst aus. Nachdenklich drehte er seinen Hut in den Händen. »Ich habe deiner Mama etwas mitgebracht, Emma. Darf ich … sie sehen?«

»Wenn sie wach ist – ich schau mal nach.« Emma erhob sich, Irma ebenfalls.

»Entschuldigt bitte, ich wollte euch nicht stören.«

»Nein, nein, ich wollte sowieso gehen. Es wird Zeit, wenn ich noch im Hellen zu Hause sein will.«

Emma verabredete sich mit Irma für den nächsten Nachmittag zum Üben. Nachdem ihre Freundin gegangen war, führte Emma Kurt zu ihrer Mutter. Papa, der bei ihr saß, ließ seine Zeitung sinken und begrüßte ihn. Im Schlafzimmer roch es nach dem Lungentee. Die Kranke lag still in den Kissen, die Nase trat spitz aus ihrem mageren Gesicht hervor. Das Haar klebte fettig an ihrem Kopf.

»Ist das Fieber gesunken?«, fragte Emma.

Ihr Vater schüttelte bekümmert den Kopf. »Eher noch gestiegen. Du weißt doch, abends geht's immer hoch.«

Emma nickte beklommen. Die Angst, die sie durch die Musik eine Weile vergessen konnte, kehrte zurück und bohrte ihr im Magen. Nun würde ihr wieder eine unruhige Nacht bevorstehen. Wie lange würde ihre Mutter das noch aushalten? Wann ging das Fieber endlich runter? Als sie Kurts erschrockene Miene sah, wurde ihr bewusst, wie schlecht ihre Mutter, an deren Anblick sie sich fast schon gewöhnt hatte, für andere aussehen musste.

»Ich mache ihr neuen Tee«, sagte sie leise und nahm die leere Tasse. »Doktor Steiners Tee wirkt nicht so, wie er sollte«, setzte sie hinzu, als sie in der Küche waren. »Das Fieber geht einfach nicht runter.«

Kurt schluckte, sein Adamsapfel über dem Hemdkragen hüpfte. »Sie … sieht nicht gut aus. Ich werde sehen, was sich machen lässt.«

Er drückte Emma den Arm, setzte seinen Hut auf und ging hinaus. »Kurt!«, rief Emma ihm hinterher. »Was hast du vor?«

»Ich bin bald wieder zurück.«

Sie sah auf die Küchentür, die sich hinter ihm schloss, und Unbehagen stieg in ihr auf.

KAPITEL 26

Es dämmerte schon, und ein kühler Wind blies durch die Ruinen auf der Aachener Straße, als Kurt gegenüber dem Millowitsch-Theater wartete. Wie durch ein Wunder war das Volkstheater erhalten geblieben, es gab sogar schon wieder Aufführungen, wie ein Plakat an der Tür zeigte, aber Kurt interessierte sich nicht dafür. Aufmerksam behielt er die Umgebung im Auge und beobachtete ein paar Männer in Mänteln, die mit Passanten sprachen. Um diese Tageszeit waren nur noch wenige Schwarzmarkthändler unterwegs, die meisten Geschäfte wurden tagsüber abgewickelt, wenn man den Schmuck und die Brillanten, die hier gehandelt wurden, besser sehen und prüfen konnte. Jetzt waren wohl nur noch Hoffnungsvolle unterwegs, die noch nicht das entscheidende Tagesgeschäft gemacht hatten. Eigentlich wurde hier Schmuck gehandelt, aber man konnte auch auf andere, außergewöhnliche Geschäfte hoffen. Kurt hoffte, dass der Mann für diese Geschäfte bald kommen würde. Schon vor einer halben Stunde hatte er den Laufburschen losgeschickt.

Seine Gedanken wanderten immer wieder zu Emma. Wie schlimm ihre Mutter aussah, viel schlimmer als damals auf dem

Bauernhof. Wenn sie nichts bekäme, würde sie womöglich an der Lungenentzündung sterben. Im Rheinwiesenlager waren die geschwächten Gefangenen an allen möglichen Krankheiten gestorben. Er wollte nicht, dass Emma ihre Mutter verlor. Sie war ohnehin schon viel zu traurig, seitdem sie erfahren hatte, dass ihr Mann in russischer Gefangenschaft war. Heute hatte er sie nach langer Zeit wieder lächeln gesehen, und er spürte den Nachhall dieses Lächelns immer noch in seinem Inneren. Viel zu spät hatte er begriffen, in welcher Notlage sich die Familie befand, und er machte sich Vorwürfe, dass er ihnen nicht schon eher geholfen hatte. Das würde sich nun ändern.

Er beobachtete, wie sich ein älterer Mann mit Hornbrille in der Nähe mit einer gut gekleideten Dame unterhielt. Er hatte den Mann schon mal irgendwo gesehen. Könnte er derjenige sein, auf den er wartete? Während er noch darüber nachgrübelte, woher er ihn kannte, kam ein anderer Mann auf ihn zu.

»Herr Groß?«

Der Mann war erstaunlich jung, kaum aus dem Jungenalter heraus, trug aber schon einen feinen Wollmantel. Sie reichten sich die Hände und gingen in den Eingang einer Ruine. »Sie wollten mich sprechen?«

Kurt sah in das glatte Jungengesicht und überlegte, ob er den richtigen Mann vor sich hatte. »Herr Herzog?«

»Nicht direkt, nur einer seiner Helfer. Sie verstehen doch, dass Herr Herzog sich nicht um jeden Kunden kümmern kann?«

»Sicher.«

»Nennen Sie mich Hans.«

»Danke, Hans, dass Sie gekommen sind.«

Der junge Mann zündete sich eine Zigarette an. »Also, Herr Groß, was kann ich zu so später Stunde noch für Sie tun? Es ist sicher dringend.«

Kurt dachte, dass er mit Hans bestimmt einen gwieften Kerl vor sich hatte, wenn er es in seinem jungen Alter zu einem feinen Mantel gebracht hatte. Wenn er jetzt bestätigen würde, wie dringend es wäre, würde der Preis sicher höher ausfallen. Er kam ohne Umschweife zur Sache.

»Ich habe gehört, dass Sie Penicillin anbieten. Stimmt das?«

Hans zog an seiner Zigarette, die rot aufglomm. Er nickte.

»Wie viel?«

»Kein Geld. Wir nehmen fünftausend Zigaretten für ein Fläschchen.«

Kurt stieß einen leisen Pfiff aus. Einen so hohen Preis hätte er in seinen schlimmsten Vorstellungen nicht erwartet. Geistesabwesend beobachtete er, wie der Mann mit der Hornbrille sich von seiner vornehmen Kundin verabschiedete und sie davonschritt.

»Finden Sie nicht, dass das ein bisschen zu viel ist?«, fragte er schärfer, als er beabsichtigt hatte.

»Nun, bedenken Sie bitte, Penicillin ist äußerst knapp und der Aufwand, es zu beschaffen, beträchtlich.«

»Aber fünftausend Zigaretten!« Er konnte sich nicht vorstellen, wie er in der kurzen Zeit darankommen könnte. Er überlegte, was er Hans stattdessen anbieten könnte. Leider hatte er Essers Leicas bereits alle eingetauscht, sein Vorratslager hatte sich inzwischen geändert.

»Seien Sie bitte leise.« Hans blickte sich um und senkte seine Stimme zu einem Flüstern. »Wir wollen doch keine ungebetenen Zeugen.«

»Ich kann Ihnen ein Fernglas anbieten«, schlug Kurt vor.

Hans rümpfte die Nase. »Ein Fernglas. Sehe ich aus wie ein Russe?«

»Benzin?«

Hans verneinte.

»Zweitausend Zigaretten«, schlug Kurt kühn vor, ohne zu wissen, wie er so viele Zigaretten zusammenbekommen könnte.

Hans schüttelte ungeduldig den Kopf. »Hören Sie, alles hat seinen Preis. Wenn Sie den Preis nicht bezahlen können, kommen wir nicht ins Geschäft.«

»Ich dachte immer, dieser Markt sei ein Ort des Handelns. Dass es hier um Festpreise geht, hätte ich nicht vermutet.«

Hans schnippte seine Zigarette weg und steckte die Hände in die Manteltaschen. »Überlegen Sie es sich. Wenn Sie bereit sind, den Preis zu zahlen, können wir gern noch mal reden.« Er hob kurz seinen Hut an und ging fort.

»Aber Sie haben mir gar nicht gesagt, wie lange das Mittel reicht!«, rief Kurt ihm hinterher, doch der junge Mann ging einfach weiter.

Enttäuscht schüttelte Kurt den Kopf und trat aus dem Eingang auf den Bürgersteig. »Glauben Sie mir, das Zeug wird nicht reichen«, sagte eine Stimme hinter ihm. »Es ist nicht stark genug, um den Kranken zu retten.«

Kurt fuhr herum. Der Mann mit der Hornbrille lehnte an der Ruinenwand. Er hatte die Arme vor der Brust verschränkt, doch als er Kurt sah, stieß er sich ab und kam auf ihn zu. »Gestatten, ich bin der Vermittler.« Sie reichten sich die Hände.

Kurt überlegte wieder, wo er den Mann schon mal gesehen hatte. Seinen Decknamen kannte er, es war einer der vielen Schiebernamen, die man auf den Schwarzmärkten zu hören bekam.

»Freut mich, Sie kennenzulernen«, sagte er. »Was meinen Sie?«

»Lassen Sie es mich erklären.« Der Vermittler ging ein paar Schritte zur Ruine zurück, und Kurt folgte ihm. »Ich will Ihnen eine Geschichte erzählen, damit Sie mich verstehen. Ich hatte einmal eine Familie. Eine Frau, eine feste Arbeit, Söhne ... Aber dann – Sie wissen, was dann kam. Der Krieg hat niemanden verschont. Unser Haus wurde zerstört, ich verlor meine Arbeit, meine Söhne sind weg, und meine Frau ... Na ja, sie blieb mir als Einzige noch. Mein Rettungsanker in dieser trüben Welt. Aber dann kam der Typhus und ließ sie dahinsiechen. Was tut ein Mann in seiner Verzweiflung?«

»Alles.«

Der Vermittler nickte und zündete sich eine Zigarette an. »Ja, er tut alles, um seiner Frau zu helfen. Würden Sie auch, nicht? Wem wollen Sie helfen? Ihrer Liebsten?«

»Der Mutter einer guten Bekannten. Sie hat eine Lungenentzündung.«

»Ah, eine gute Bekannte, ich verstehe.« Der Vermittler lächelte. »Ich habe Sie schon einmal auf dem Schwarzmarkt gesehen, mit der Harlekindame. Waren Sie das nicht?«

»Doch, das war ich«, bestätigte Kurt. Aha, dort war es also gewesen. Kurt bewunderte das gute Gedächtnis des älteren Mannes.

»Ah, die Lydia aus dem Rheinpalast. Ist sie die gute Bekannte, deren Mutter Sie helfen wollen?«

Kurt nickte.

»Wie heißt sie denn in Wahrheit?«

»Emma van Kall.«

Der Vermittler zog nachdenklich an seiner Zigarette. »Schöner Name. Nettes Mädchen, so musikalisch. Ich wollte ihr Akkordeon kaufen, aber sie wollte nicht, obwohl ich ihr einen guten Preis gemacht habe.«

»Woher kennen Sie Emma?«

»Vom Rheinpalast. Die Musik hat etwas Verbindendes, wissen Sie? Weiß Emma, dass Sie bereit sind, so viel für Ihre Mutter auszugeben?«

Kurt schüttelte den Kopf. Er fragte sich, worauf der Mann hinauswollte. »Wenn die Deutschen nicht so arrogant gewesen wären und der Entdeckung eines schottischen Bakteriologen eher vertraut hätten, dann wären weitaus weniger deutsche

Soldaten gestorben«, fuhr der Vermittler fort. »Wir hätten vielleicht sogar den Krieg gewonnen. Eine furchtbare Vorstellung, nicht wahr?«

Kurt schnappte nach Luft. Was redete der Mann da? Wie konnte er wollen, dass das eigene Volk den Krieg verlor?

»Wir hätten immer noch Hitler und seine braune Bande an der Macht«, fuhr der Vermittler fort. »Stellen Sie sich vor, was die aus unserem Land gemacht hätten.«

Kurt musste an die Gefangenen in der Firma seines Vaters denken und an die furchtbaren Fotos aus den Lagern, die ihnen der amerikanische Offizier gezeigt hatte. Er räusperte sich. »Wie kommen Sie darauf, dass Deutschland den Krieg hätte gewinnen können?«

»Nun, Doktor Fleming hat schon 1928 durch Zufall die Entdeckung gemacht, dass ein Schimmelpilz eine Flüssigkeit absondert, die das Wachstum von Bakterien verhindert. Aber die Amerikaner haben als Erstes das Penicillin massenhaft hergestellt, und es rettete ihren Soldaten das Leben, nicht unseren. Unsere Pharmakologen haben viel zu lange auf ihre eigenen Mittel vertraut. Glauben Sie mir, ich kenne mich auf diesem Gebiet aus. Penicillin gab es hier nirgendwo. Als meine Frau krank wurde, kaufte ich das Zeug dieses Bastards und verabreichte es ihr vorschriftsgemäß. Aber sie starb ein paar Tage später. Ich habe gehört, dass auch andere gestorben sind, die das Mittel genommen haben. Ich kann Sie nur warnen, die verkaufen gestrecktes Zeug.«

Kurt überlegte, ob er dem Mann glauben konnte oder ob er nur ein geschickter Lügner war. »Woher wissen Sie das?«, fragte er.

Der Vermittler tat einen letzten Zug, warf seine Zigarette auf den Boden und trat sie aus. »Nun, ich habe mich erkundigt. Der Tod meiner Frau hat mir keine Ruhe gelassen, wie Sie sich bestimmt vorstellen können. Ich weiß, wie diese Schurken an ihr Penicillin kommen. Manchmal kann ich einfach nicht anders, als ihnen Steine in den Weg zu legen.«

»Ich verstehe.« Kurt dachte einen Augenblick nach. »Wenn Sie wissen, wie diese Leute an das Penicillin kommen, dann wissen Sie vielleicht auch, wo ich … besseres Zeug herbekomme?«

Der Vermittler lachte leise. »Glauben Sie mir, Sie wollen den Ort und das Verfahren der Gewinnung nicht kennen, bestimmt nicht. Deshalb erspare ich Ihnen Einzelheiten. Ich könnte Ihnen verraten, wie Sie an ungestrecktes Penicillin kommen. Es ist allerdings mit einigen Risiken verbunden, und es wird Sie was kosten.«

Kurt verstand das Motiv des Mannes, dachte aber auch, dass die tragische Geschichte mit der kranken Frau und den Söhnen erfunden sein könnte. »Woher weiß ich, dass ich Ihnen trauen kann?«

Der Vermittler zwinkerte ihm zu. »Ich denke, mein Name ist bekannt, ich habe einen guten Ruf. Ich wäre sicher nicht mehr am Leben, wenn die Schurken herausfänden, dass ich Leute vor ihrem Zeug warne und eine wahre Quelle preisgebe. Glauben Sie mir, mein Risiko, Ihnen zu vertrauen, ist mindestens genauso hoch wie Ihres.«

Kurt überlegte. Es konnte sein, dass der Mann ihn von vorn bis hinten belog. Aber er hatte recht. Wenn er jemanden belügen würde, wäre das Risiko hoch, dass der Betrogene ihn aus Rache an die Bande verriet. Wenn es tatsächlich eine Verbrecherbande wäre, würden die vielleicht auch vor Mord nicht zurückschrecken. Der Mann sagte wohl die Wahrheit.

»Wie viel wollen Sie für Ihre Bemühungen haben, wenn Sie mir verraten, wo das Penicillin ist und wie ich es bekomme?«, fragte er.

Der Vermittler lächelte. »Richtige Entscheidung. Wir werden uns bestimmt einig. Schließlich wollen wir beide nicht, dass die Mutter dieses netten Mädchens stirbt, nicht wahr?«

Sie einigten sich auf tausend Zigaretten für eine ausreichend große Menge Penicillin, die eine Hälfte zahlbar im Voraus, die andere bei Abholung. Kurt musste dem Vermittler versprechen, niemandem etwas zu verraten. Sie vereinbarten einen Treffpunkt für den nächsten Mittag zur Übergabe.

Diese Nacht schlief Kurt in Klaras Wohnung, weil er es nicht ertragen konnte, Emma so niedergeschlagen zu sehen, und fuhr am nächsten Morgen zu seinem Lager in der alten Fabrikhalle. Es hatte sich inzwischen komplett gewandelt. Von Essers gestohlenen Wehrmachtssachen besaß er nur noch ein Fernglas und ein paar Reifen, alles andere hatte er inzwischen verkauft oder eingetauscht.

Er hatte sich sein eigenes kleines Imperium aufgebaut. Essers Lastwagen und die Wehrmachtsbestände aus der alten Fabrik waren nur ein Anfang gewesen, der Einstieg in sein eigenes Geschäft. Mit dem Lastwagen hatte er Kartoffeln und Gemüse von den Bauern im Bergischen geholt und auf den Schwarzmärkten verkauft oder getauscht. Anfangs hatte er das selbst getan, mittlerweile arbeiteten ein paar Leute für ihn. Den Handel mit Abzeichen, Schmuckwaffen und Orden, die die Amerikaner und jetzt die Briten so liebten, übernahm er selbst, denn dadurch konnte er seine Kontakte zu den Besatzern hervorragend ausbauen. Er beschaffte ihnen alles, was sie wünschten, und kam dafür an Benzin und Zigaretten. Er hoffte, in Kürze ein lukratives Brikettgeschäft abschließen zu können. Erst neulich hatte er eine Wagenladung Kartoffeln für die Werksküche einer Fabrik in Deutz gegen Stromkabel eingetauscht, die er auf den Schwarzmärkten äußerst gewinnbringend verkaufen konnte.

Inzwischen war er eine feste Größe auf dem Schwarzmarkt, sein Tarnname, den er nur hier benutzte, galt etwas. Menschen, die ihre wertvollen Erbstücke verkaufen wollten, wandten sich an ihn. Er selbst aber musste unsichtbar sein, unauffindbar, überall und nirgends. Er hatte ein paar Leute, die ihn kannten und ansprachen, wenn jemand seine Hilfe brauchte. Er entschied dann, ob er helfen wollte, und bestimmte Zeit und Ort der Treffen, nie andersherum. Man musste vorsichtig sein, immer auf der Hut und wendig. Die Preise veränderten sich ständig, waren abhängig von Ort, Zeit und oft genug nur eine Frage der Beteiligten. Es war das, womit er aufgewachsen war, das er von jeher kannte, nur schneller, ursprünglicher, härter. Es war nicht nur eine Frage des Überlebens, sondern auch, wie gut man überlebte, und darin hatte er sich bewährt. Es störte ihn nicht, dass es illegale Geschäfte waren. Der Krieg hatte ihn unempfindlich für solche Dinge werden lassen. Seit er in Schützengräben gezittert hatte, hatten die weltlichen Gesetze ihre bedrohliche Macht eingebüßt. Man konnte in diesen Zeiten nicht überleben, wenn man sich treu an die Vorschriften hielt. Immerhin tat er nichts Schlimmes; er brach nirgendwo ein und nahm den Menschen nichts weg, er plünderte nicht irgendwelche Villen aus und verkaufte das Diebesgut in großem Stil – im Gegenteil, er half den Menschen. Diese Schattenwirtschaft war notwendig, das wusste er. Ohne sie konnte niemand existieren.

Kurt war stolz auf sein Imperium, obwohl er manchmal die Behaglichkeit der elterlichen Villa vermisste, die Bibliothek, den Wintergarten, den Garten mit dem Tennisplatz. Wie lange hatte er nicht mehr Tennis gespielt!

Die Jahre im Krieg und erst recht im Rheinwiesenlager hatten ihn etwas anderes gelehrt, und er hatte es überlebt. Er wusste, dass er auch anders existieren konnte, doch mit dem Luxus war es wie mit allem Schönen: Wenn man einmal davon gekostet hatte, wollte man ihn nicht mehr missen. Eines Tages, das wusste er, würde er diesen Luxus wiederhaben. Aber nicht mehr zu Hause.

Er würde nicht mehr dorthin zurückkehren. Sein Vater hatte ihm nie geschrieben, und auch die Briefe seiner Mutter waren irgendwann ausgeblieben. Aber auch er hatte nicht mehr geschrieben.

Er hatte ein neues Leben ohne seine Familie begonnen, mit Essers Hilfe, und er wollte nicht, dass sie ihn jemals fanden. Auch deshalb das Versteckspiel. Seine verschiedenen Zimmer, sein falscher Name, unter dem er nun lebte, ohne Registrierung – das alles machte es ihnen unmöglich, ihn zu finden. Sollten sie überhaupt nach ihm suchen, was er bezweifelte. Er hatte Emma glauben lassen, es wären nur seine Geschäfte, die ihn zu diesem Versteckspiel trieben, und sie waren es auch, aber nicht allein. Er wollte nicht mehr gefunden werden.

Vielleicht hatte er sich auch vor Emma versteckt. Viel zu oft sah er sie vor sich, ihr Lächeln, ihr sinnlicher Mund, ihre etwas zu spitze Nase, ihr langes dickes Haar, das rotblond leuchtete, wenn die Sonne darauffiel. Die Art, wie sie lachte und sich bewegte. Ja, er war ihr aus dem Weg gegangen, denn sie war verheiratet. Aber jetzt war ihr Gesicht so bedrohlich schmal geworden, das gefiel ihm gar nicht.

Er ließ seine Blicke über die Regale schweifen. Er war reich genug, um ihr und ihrer Familie zu helfen. Die Knobelbecher hatte er vor Kurzem noch gut verkaufen lassen. Dafür besaß er jetzt Cognac-, Schnaps- und Weinflaschen, einige Kästen englisches Naafi-Bier, Zigaretten, Damenstrümpfe, Seife, verzinkte Eimer aus dem Siegerland und ein paar Orden und Ehrenabzeichen der Wehrmacht, gut verschlossen im Schrank. Seine Benzinfässer waren gut gefüllt, sein Lkw durch Biernath bestens in Schuss gehalten.

Er dachte an die Zeichnungen, die Klara und er aus dem Grab geborgen hatten und die jetzt sicher in der Schublade von Emmas ehemaligem Schreibtisch lagen. Der Ingenieur aus Sülz hatte ihm Überraschendes dazu gesagt. Sie waren eine

Trumpfkarte, von der er noch nicht wusste, wie er sie am besten ausspielen sollte. Alles zu seiner Zeit. Er nahm alle Zigaretten und ein paar Cognacflaschen aus dem Regal und ging zum Schwarzmarkt.

Am Mittag traf er den Vermittler auf dem Melatenfriedhof gleich hinter dem großen Tor und gab ihm die geforderten fünfhundert Chesterfield. Der Vermittler wickelte eine Stange Zigaretten aus, begutachtete sie und nickte zufrieden. Dann verriet er Kurt, wie er an das Penicillin gelangen konnte.

An diesem Tag war Emma besonders müde. Sie hatte in der Nacht kaum geschlafen, weil ihre Mutter so unruhig gewesen war. Sie hatte ihr immer wieder Tee und Wasser eingeflößt und die Wickel erneuert. Am Morgen nach dem üblichen kargen Frühstück wollte sie nur noch auf ihr Sofa sinken und schlafen, doch sie musste ihren Vater ablösen, der vor dem Laden für Milch anstand, die es jetzt auf die neuen Marken geben sollte.

Weil es ein trockener, sonniger Herbsttag war, machte sie danach einen kleinen Umweg, der sie an einem wilden Trümmergelände vorbeiführte. Nach den Anstrengungen der letzten Tage musste sie unbedingt eine Weile allein sein. Gedankenverloren folgte sie dem Trampelpfad durch die Trümmer. Sie musste an ihre Mutter denken – ein mageres, graues Gespenst auf dem Kissen – und Tränen stiegen auf. Dieses Mal blieben sie nicht im Hals stecken, sondern kamen heraus. Emma ließ sich auf einem großen Stein nieder und weinte. Sie ließ den Tränen freien Lauf. Nachdem sie versiegt waren, fühlte sie sich leer, als stünde sie neben ihrem Schmerz und konnte ihn nüchtern betrachten. Sie sah die Überreste einer kleinen Feuerstelle vor sich und dachte, dass Armin und die anderen aus seiner Bande hier manchmal ein Feuer machten. Vielleicht wäre es ihre Feuerstelle.

Emma starrte auf die verkohlte Asche, und auf einmal war ihr, als läge ihr altes Leben dort, verbrannt zu kümmerlichen Resten.

Niemand könnte es je wiederherstellen. Der Krieg hatte gewütet und verbrannte Erde hinterlassen. Nie wieder würde etwas so sein wie vorher. Aber war es nicht so, dass auf verbrannter Erde das Neue besonders gut wuchs? Konnten Menschen sein wie verbrannte Erde, auf der zartes neues Gras wuchs, oder hätte es keinen Platz zwischen den Trümmern des Alten? Vielleicht würde sie beides besitzen, sie könnte die neuen Lieder finden und spielen und manchmal auch die alten, wenn es nicht zu wehtat. Wenn man sich erinnern wollte. Sie konnten neben den Trümmern ihrer großelterlichen Villa Gemüse und Kartoffeln wachsen lassen. Sie war Kurt begegnet.

Gehörte er zu ihrem neuen Leben? War ihre Liebe zu Christian verbrannt und nur noch ein kümmerlicher Aschenrest wie diese Feuerstelle?

Nie und nimmer! Oder doch?

Wie würde Christian sein, wenn er wieder zurückkäme? Was hätte die Zeit, die inzwischen vergangen war, aus ihm gemacht? Bei diesem Gedanken bekam Emma Angst. Sie fürchtete sich vor seiner Rückkehr.

Sie hatte ihn betrogen, ihren Mann, der seinem Land treu gedient und bis zuletzt gekämpft hatte. Aber sie hatte nicht anders gekonnt. Kurt war wie ein neuer Grashalm auf ihrer verbrannten Erde, mehr als das. Ein kleiner Baum. Ein Trost in ihrem neuen harten Leben, eine kühlende Hand auf der verbrannten Stelle.

Emma putzte sich die Nase. Die wohltuende Leere umhüllte sie. Es wurde Zeit, dass sie zurückkehrte. Sie warf noch einen Blick auf die Feuerstelle und ging nach Hause zurück. Schon von Weitem sah sie Kurt aus seinem Lkw steigen. Verdammt, jetzt würde er sie so verheult sehen.

Er hob kurz die Hand zum Gruß. Auch er sah sehr ernst aus.

»Wie geht's deiner Mutter?«, fragte er.

»Unverändert.« Warum warst du heute Nacht nicht hier?, wollte sie eigentlich fragen. Sie blieben eine Weile voreinander stehen und sahen sich an. Er trug Hut und Mantel, seine Schwarzhändlerkluft. Im Schatten unter der Hutkrempe sah er müde aus und hatte einen Kratzer vom Rasieren an der Wange. Sie fragte sich, ob Klara Fährmann ihm wohl Frühstück gemacht hatte. »Hast du schon gegessen?«

Er nickte und betrachtete sie mit einem sorgenvollen Blick. Er öffnete den Mund, um etwas zu sagen, dann schloss er ihn wieder. Verlegen spähte sie an ihm vorbei in den Wagen und erhaschte einen Blick auf die Chesterfield-Stangen im Beutel. »Willst du noch zum Schwarzmarkt?«

Er schüttelte den Kopf. »Findest du, dass ich geizig bin?«, fragte er stattdessen.

»Wieso?«

»Deine Mutter ist so krank, und du ... ich hätte euch mehr helfen sollen.«

Ob er dachte, sie hätte seinetwegen geheult? »Aber du hast uns doch schon so viel geholfen!«

»Noch nicht genug!« Er sah sie zerknirscht an.

»Was hast du denn auf einmal, Kurt?«, fragte sie leise.

»Nichts. Ich muss los. Bin bald zurück.« Er wandte sich ab und umrundete den Wagen zur Fahrertür.

»Warum musst du denn schon wieder los?« Konnte er denn nicht einmal länger bleiben? Er stieg ein und warf die Fahrertür hinter sich zu. Ehe er losfuhr, öffnete sie die Beifahrertür und rutschte neben ihn auf den Sitz.

Überrascht starrte er sie an. »Was soll das?«

»Ich fahre mit.«

Er nahm seinen Hut ab und legte ihn auf den Rücksitz zu dem Beutel mit den Zigaretten. »Steig aus, Emma.«

»Warum?«

»Weil ich ins Bergische will, und du hast deine Papiere nicht dabei.«

»Ich kann sie holen.«

»Nein, das geht nicht, du *kannst* nicht mit. Steig aus!«

Die Schärfe seiner Stimme ließ sie aufhorchen. »Was willst du gegen diese Menge an Zigaretten auf dem Rücksitz eintauschen?« Sie deutete nach hinten.

»Das geht dich nichts an.«

Sein plötzlicher Stimmungswandel und die ungewöhnlich schroffe Art, mit der er sie behandelte, verwunderten sie. Und sie riefen das trotzige Kind in ihr hervor. Sie blieb sitzen und verschränkte die Arme. »Ich geh nicht. Du musst mich schon rauswerfen.«

»Emma!« Er schüttelte ungläubig den Kopf. »Wie lange willst du das Spiel noch spielen?«

Sie erwiderte nichts und dachte nach. »Was hast du vor, Kurt?«

Er legte seine Hände ans Lenkrad und knetete es nachdenklich. »Also gut«, sagte er. »Du willst es nicht anders. Dann fährst du eben mit.« Er drehte den Schlüssel im Zündschloss und startete den Wagen.

»Wo fahren wir hin?«, wollte Emma wissen, als sie langsam über ihre Straße schaukelten, den vielen Trümmerhaufen sorgfältig ausweichend.

»Das wirst du gleich sehen.«

»Geht's auch etwas genauer?«

Kurt antwortete nicht, sondern starrte nur schweigend vor sich auf den Weg.

Emma wunderte sich über seine Entschlossenheit. Fuhren sie etwa zu einem geheimen illegalen Treffen? Er würde sie doch nicht wirklich in Gefahr bringen? Es stellte sich heraus, dass er gelogen hatte. Sie fuhren nicht ins Bergische, sondern bogen in die Bonner Straße ein und fuhren dann weiter in südliche Richtung. Ein blassblauer Himmel spannte sich über den Ruinen und Häusern am Straßenrand. Goldenes Oktoberlaub leuchtete an den Bäumen, die die Straße säumten. Ein paar verirrte Möwen kreischten über dem nahen Rheinufer.

Kurt schwieg die ganze Zeit, er wirkte angespannt. Emma wagte es nicht, etwas zu sagen. Langsam bekam sie es mit der Angst zu tun. Für wen und was war diese unglaubliche Menge an Zigaretten bestimmt? Nach einer Weile bogen sie von der Landstraße ab in ein Gewirr von Nebenstraßen, die immer schmaler wurden, je weiter sie kamen. Schließlich gelangten sie in eine Sackgasse, an deren Ende eine alte herrschaftliche Villa auftauchte. Kurt parkte den Lkw am Straßenrand. Er wandte sich an Emma. »Ich werde jetzt in diese Villa gehen und Penicillin für deine Mutter besorgen«, erklärte er. »Du bleibst hier drin. Sollte ich nicht wiederkommen oder sonst etwas passieren, gehst du nach Hause und bringst Klara Fährmann diese Schlüssel. Sie soll sie Biernath geben, er soll den Lkw hier abholen und in die Halle fahren.« Er drückte ihr seinen Schlüsselbund in die Hand.

Emma fühlte die Schlüssel, die noch warm von seiner Hand waren. Das war es also, was er vorhatte! Penicillin für ihre Mutter besorgen. Freude und Angst erfassten sie gleichzeitig und zerrten sie in verschiedene Richtungen. Sie schluckte. »Wo finde ich denn Frau Fährmann?«

»Bei den Ford-Werken. Sie arbeitet da als Sekretärin.«

»Wer wohnt in der Villa?«

»Frag lieber nicht.« Kurt wandte sich um und holte den Beutel mit den Zigaretten vom Rücksitz. So viele Zigaretten, dachte Emma, woher hatte er sie nur? Er war bereit, sie gegen Penicillin einzutauschen. Für das Leben ihrer Mutter.

Als er aussteigen wollte, fasste sie seinen Arm und hielt ihn zurück. »Bitte, lass mich mitgehen. Ich kann dir doch helfen.«

»Kommt gar nicht infrage.«

»Es ist *meine* Mutter, Kurt. Ich möchte mitkommen, bitte!«

»Auf keinen Fall.« Er stieg aus und warf die Tür hinter sich zu. Durch die verstaubte, fleckige Seitenscheibe beobachtete sie, wie Kurt zum schmiedeeisernen Gartentor ging. Die alte Villa lag in einem verwilderten Garten und hatte ein paar Löcher im Dach, die mit Brettern verschlossen waren. Sie sah aus wie ein Spukhaus aus dem letzten Jahrhundert. Emma blieb eine Zeit lang auf dem Beifahrersitz, dann hielt sie es nicht mehr dort und stieg aus. Leise schloss sie die Wagentür und ließ die Schlüssel in ihre Manteltasche gleiten. Sie hörte Kurt gegen die Eingangstür pochen. In einem der oberen Fenster fiel eine Gardine zurück. Es war also jemand im Haus.

Kurt fuhr herum, als sie neben ihn trat, und starrte sie missbilligend an. »Du solltest doch im Wagen bleiben.«

»Ich weiß. Oben bewegte sich eine Gardine, es ist jemand da.«

Er warf ihr einen wütenden Seitenblick zu. »Du sagst gar nichts. Ich mache alles. Verstanden?«

Sie nickte. Von drinnen hörten sie Schritte näher kommen. »Wer ist da?«, fragte eine Männerstimme.

»Ich wurde geschickt. Nummer siebenundsechzig.«

Eine Weile herrschte Stille, dann wurden drinnen Riegel beiseitegeschoben, und die Tür öffnete sich. Ein kleiner alter Mann erschien im Türspalt und sah neugierig auf Kurt. Er hatte eine braune Baskenmütze auf, unter der schneeweißes Haar hervorkroch und auf den Wollpullunder fiel. Darunter trug er ein schmuddelig wirkendes weißes Hemd und eine schwarze Samtfliege. »Kommen Sie herein«, sagte er. »Schließen Sie die Tür und schieben Sie die Riegel wieder vor.« Er schlurfte über den gekachelten Flur und verschwand in einer Tür, während Kurt die Riegel vorschob.

Sie folgten dem Mann in ein Zimmer mit hohen, stuckverzierten Decken, das vollgestopft war mit alten Möbeln, Zierrat und Büchern. Er bot ihnen Platz auf zwei samtbezogenen Sesseln an, blieb aber selbst stehen. »Wie geht es meinem Freund?«, erkundigte er sich. Kurt bestätigte, dass es dem Freund gut ginge und er ihm Grüße ausrichten ließe.

Emma sah sich um. Im Regal drängten sich unzählige Bücher. Sie sah ein wuchtiges, mehrbändiges Lexikon neben allerlei medizinischen Fachbüchern, Naturführern und Romanen. Davor lag ein Stapel vergilbter Ausgaben der Kölnischen Zeitung. Durch das hohe Fenster – verhüllt durch eine grau schimmernde Gardine und lange Samtstores – konnte man in den verwilderten Vorgarten blicken. Emma fragte sich, wie viele Samtkleider man wohl aus diesen Vorhängen nähen könnte. Offenbar war der alte Mann noch nicht so in Not, dass er seine Besitztümer eintauschen musste.

Sie beobachtete, wie Kurt ihm die Zigaretten gab. Der Mann zählte die Stangen nach und verschwand aus dem Zimmer.

Während sie warteten, trommelte Kurt nervös mit den Fingern auf die Sessellehnen und warf Emma ungeduldige Blicke zu. Im Raum nebenan schlug eine Uhr fünfmal. Emma saß steif im Sessel und lauschte auf das rasche Pochen ihres Herzens. Ein ungutes Gefühl erfüllte sie. Sie wollte so schnell wie möglich wieder hier weg, fort aus dieser alten, schmuddeligen Villa, deren Mauern ihr bedrückend erschienen. Aber sie zwinkerte Kurt zu, als wären sie zu einem sonntäglichen Nachmittagskaffee hier. Sie hatte so viele Fragen an ihn, aber sie verschob sie auf später. Auf der Rückfahrt würde sie sie ihm immer noch stellen können.

Es klopfte an der Eingangstür. Kurt hörte auf zu trommeln und saß einen Augenblick reglos in seinem Sessel. Dann sprang er auf und spähte aus dem Fenster. Emma fühlte ihr Herz hämmern. Sie erhob sich und stellte sich hinter ihn. »Kannst du was sehen?«

Er schüttelte den Kopf. »Man kann wohl nur von oben was sehen.«

»Wo bleibt denn nur der Alte?«

Er hob die Schultern und zog sie vom Fenster weg zurück zu den Sesseln. »Der Vermittler – du kennst ihn doch, oder?«

Sie nickte.

»Ist er vertrauenswürdig?«

Sie überlegte kurz. »Ich glaub schon. Er ist ein Schieber, aber liebt auch Kunst und Musik. Er hat mir mal geholfen.«

»Ohne Gegenleistung?«

»Na ja, er …« Emma dachte an die Zigaretten, die sie in seinem Auftrag bei Kutschers Rudi verkauft hatte, und an ihre Fahrt in die Eifel. »Ich habe etwas für ihn verkauft.«

»Aha.« Kurt stemmte die Hände in die Hüften und betrachtete sie nachdenklich. Aber er fragte nicht weiter.

»Warum wolltest du das wissen?«

»Er hat das Geschäft hier vermittelt.«

Sie fuhren zusammen, als es erneut an der Tür klopfte, laut und heftig.

»Da wird jemand ungeduldig«, sagte Kurt mit leiser Stimme. »Wenn der Alte nicht wieder auftaucht, hat man uns reingelegt.«

Sie lauschten beide, ob im Haus etwas zu hören wäre, aber kein Laut drang durch die alten Mauern. Der alte Mann schien in den Tiefen seiner Villa verschwunden zu sein.

»Was machen wir jetzt?«, flüsterte Emma.

»Den Alten suchen.« Kurt nahm ihre Hand und zog sie aus dem Wohnzimmer. Sie hatten kaum den Flur erreicht, als wieder jemand an die Tür schlug, so heftig, dass die schwere Holztür in den Angeln vibrierte. »Doktor Kumbach, machen

Sie auf, verdammt!«, brüllte jemand von draußen. »Hier is der Schorsch.«

Kurt umklammerte Emmas Hand und deutete mit dem Kopf zum hinteren Teil des Flurs. Aus einer halb offen stehenden Tür strömte der Geruch nach abgestandenem Zigarrenrauch. Kurt gab ihr einen vorsichtigen Schubs, und sie spähten ins Zimmer. Ein lichtdurchfluteter Raum mit hohen Decken und einem verschrammten Parkettfußboden dehnte sich vor ihnen. An der Decke hing ein wuchtiger Kronleuchter. An der Kopfseite lagen hohe Sprossenfenster, die den Blick auf ein verwildertes Gelände freigaben, das wohl einst ein Garten gewesen war.

»Niemand da«, flüsterte Kurt und zog Emma weiter. Sie kamen an die breite Treppe, die nach oben führte. Licht fiel durch ein kleines Fenster in einer Tür am Ende des Flurs herein und ließ den Staub auf den Stufen sichtbar werden, in dem sich Doktor Kumbachs Pantoffelspuren abzeichneten. Ob der alte Doktor sich oben versteckte? Ob es eine Falle war? Wut überkam Emma bei dem Gedanken, sie müssten ohne das Penicillin wieder gehen. Kurt zögerte. Vielleicht überlegte er, ob sie nach oben gehen und ihn dort suchen sollten, doch die Villa war groß, er konnte sich überall verstecken.

Auf einmal öffnete sich ein Vorhang, und Doktor Kumbach erschien neben der Treppe. Er war so schnell aufgetaucht, dass er beinahe mit Kurt zusammengeprallt wäre. »Oh, da sind Sie schon«, sagte er und wich ein wenig zurück. »Entschuldigen Sie, es hat etwas länger gedauert. Hier ist das Mittel. Lassen Sie es von einem Mediziner auflösen und injizieren.« Er reichte Kurt eine kleine Pappschachtel.

Kurt öffnete sie. In der Schachtel lag, eingebettet in Stroh, ein Fläschchen mit einem gelblichen Pulver. Er nickte und schloss den Deckel wieder. Er sah erleichtert aus. »Danke.«

Der Doktor nickte kurz und blickte nervös zur Eingangstür. Offenbar hatte er das Klopfen auch gehört. »Schon gut. Grüßen Sie meinen Freund von mir. Kommen Sie, ich lasse Sie besser hinten raus.« Eilig ging er zur Hintertür und zog einen Schlüssel aus seiner Hosentasche. Emma fragte sich, warum Doktor Kumbach sie durch den Hintereingang gehen lassen wollte. Sollten sie Schorsch nicht begegnen?

»Gehen Sie durch den Garten, dahinter führt ein Weg den Bach entlang, den nehmen Sie. Machen Sie einen großen Umweg und holen Sie Ihren Wagen am besten im Dunkeln wieder«, erklärte Doktor Kumbach mit leiser Stimme und entriegelte die Tür. Vorsichtig lugte er hinaus, dann winkte er ihnen. Kurt wollte ihm gerade folgen, als Emma sah, wie der alte Mann erstarrte.

»Hands up!«, brüllte eine Männerstimme.

Doktor Kumbach hob die Hände. »Nicht schießen«, bat er.

Auf einmal ging alles sehr schnell. Kurt ließ Emma los und drückte ihr die Schachtel mit dem Penicillin in die Hand. »Lauf«, flüsterte er.

Emma verfolgte, wie er sich umwandte und hinaus neben den Doktor trat, der mit erhobenen Händen vor der Tür stand. Angst durchfuhr sie. Alles in ihr sperrte sich dagegen, ihn allein zu lassen. Sie streckte die Hand nach ihm aus, als könnte sie ihn zurückholen, doch er würdigte sie keines Blicks mehr und hob gehorsam die Hände.

Hastig stopfte Emma die Schachtel in ihre Manteltasche.

»Hands up! Don't cut a paper!«, brüllte draußen eine Stimme.

Die Engländer! Schnell wandte sie sich um. Wohin sollte sie gehen? Vor der Eingangstür wartete Schorsch. Hinten die Engländer. Ins Wohnzimmer? Nein, dort würde es gleich von denen nur so wimmeln. Ohne weiter nachzudenken, hob sie den Vorhang, hinter dem der Doktor gerade aufgetaucht war, und versteckte sich dahinter. Sie wäre beinahe die Kellertreppe hinuntergefallen. Eine abgetretene Holzstiege zog sich nach unten, woher ein matter Lichtschein kam. Emma stieg die Stufen hinunter. Von oben hörte sie Männer brüllen.

»Military Police!«

Sie hörte Schritte und weitere Befehle. Lieber Gott, beschütze Kurt, betete sie.

Ein paar Stufen knarrten, doch zum Glück war es oben so laut, dass es wohl niemand merkte. Sie hörte, wie Kurt und Doktor Kumbach verhaftet wurden. Kurt sagte etwas in raschem, geschmeidigem Englisch, das sie nicht verstand, und bekam eine ruppige Antwort.

Endlich erreichte sie den Kellergang. Sie ging zu dem Lichtschein, der aus einer offen stehenden Tür fiel, und betrat den Raum. Er hatte eine gewölbte Decke wie ein alter Weinkeller. Von der höchsten Stelle baumelte eine einzelne Birne herab und verbreitete kümmerliches Licht. In Regalen standen Glasflaschen mit verschiedenfarbigen Flüssigkeiten und Ständer mit Reagenzgläsern. Auf einem breiten Tisch an einer Wand – ähnlich einer Werkbank – befanden sich medizinische Geräte, darunter standen Fässer und Milchkannen. Ein feiner, leicht fischiger Geruch hing in der Luft und vermischte sich mit dem Geruch des Kellers. Emma starrte auf ein Glas, in dem ein kaum daumengroßes Wesen schwamm, das aussah wie ein Seepferdchen. Daneben, in einem verschlossenen Glas, schwamm ein größeres menschenähnliches Wesen, dahinter stand ein Glas mit einem weiteren Ungeborenen, das den ganzen Behälter ausfüllte. Emma hielt die Luft an und lief hinaus. Im Kellerflur atmete sie wieder, und die muffige Luft erschien ihr plötzlich wie eine frische Brise. Oben polterte etwas, ein paar herrische Befehle erklangen. Schwere Schritte stapften durch das Erdgeschoss und verteilten sich im ganzen Haus. Die herrische Stimme fuhr den Doktor an, der daraufhin ein zitterndes »Sorry, I no English« hervorbrachte.

Sie durchsuchten das Haus, durchfuhr es Emma. Sie würden in den Keller kommen. Hastig lief sie zu einer Tür am Ende des Flurs, drückte die Klinke, aber sie war verschlossen. Verdammt.

Sie ging zurück, während die Stimmen oben lauter wurden.

»Doctor Kumbach!«, brüllte die herrische Stimme. »Show me your laboratory. Come on, hurry up!«

Der Doktor stammelte in schlechtem Englisch etwas von Cellar.

Emma fühlte ihr Herz galoppieren. In wenigen Sekunden würden sie hier unten sein und sie entdecken. Das Penicillin für ihre Mutter wäre verloren. Sie hastete durch den Flur in der Hoffnung auf einen weiteren Raum. Da blieb sie mit dem Ärmel an einer Türklinke hängen. Sie hörte, wie oben der Vorhang beiseitegeschoben wurde und die Holzstiege unter schweren Stiefeln ächzte. Sie drückte die Klinke herunter, und die Tür öffnete sich.

Gott sei Dank!

Schnell schlüpfte sie durch den Türspalt und schloss die Tür hinter sich, als sie schon die Schritte im Flur hörte. Schwer atmend lehnte sie sich gegen die Tür, lauschte auf ihr rasendes Herz und versuchte, in der Dämmerung etwas zu sehen. Es roch nach Staub, aber auch nach etwas anderem. In ihrer Aufregung brauchte sie eine Weile, um es zu erkennen: Kartoffeln. In einem schwachen Lichtschein zeichneten sich die Umrisse einer Kartoffelkiste ab, daneben stand ein gut gefülltes Vorratsregal. Ein Kellerfenster lag oben in der Wand. Darunter stand eine Kohlenkiste.

Schritte und Stimmen erklangen jetzt vom Flur her, gingen ins Labor. »Oh, my goodness!«, hörte sie den Befehlshaber rufen.

Licht drang durch den unteren Türspalt in ihren Kellerraum herein. Emma hastete zur Kohlenkiste. Das Fenster stand offen und führte durch einen schmalen, mit einem Gitter abgedeckten Lichtschacht ins Freie. Sie starrte auf das rissige, mit Grünspan belegte Mauerwerk. Moos und Laub bedeckten den Boden, ein winziges Bäumchen wuchs im Lichtschacht. Das Kellerfenster war groß genug für sie. Sie kletterte auf die Kohlenkiste, wobei sie sorgfältig darauf achtete, das Fläschchen in ihrer Manteltasche nicht zu zerdrücken. Auf der Kiste angelangt, holte sie die Schachtel heraus und legte sie neben das Bäumchen auf den moosbedeckten Boden, dann kletterte sie in den Lichtschacht. Er war so klein, dass sie nur gebückt darin kauern konnte.

Wieder hörte sie Schritte auf der Kellerstiege. Danach folgte ein Wortwechsel zwischen dem Befehlshaber und Doktor Kumbach. Ein dritter Mann war dabei, offenbar ein Übersetzer. »Ist das das Labor, in dem Sie das Penicillin hergestellt haben?«, wollte er wissen, doch Kumbach antwortete nur mit Ausflüchten.

»The barrel there! Open it!«, rief der Befehlshaber. Und wenig später: »Oh my God, what a stench! So it's really true.«

Emma fragte sich, was die Männer wohl entdeckt hatten, aber sie hatte keine Zeit, darüber nachzudenken. Sie musste weg. Jeden Augenblick konnte sich die Tür zum Vorratskeller öffnen, und dann wäre sie verloren. Sie lauschte. Eine aufgescheuchte Amsel flog schimpfend fort, dann herrschte wieder Stille. Sie betete, dass die Engländer keinen Wachposten an der Hintertür zurückgelassen hatten, dann stemmte sie ihre Hände gegen das Gitter und drückte. Zum Glück ließ es sich bewegen. Vorsichtig schob sie es fort. Es machte ein schabendes Geräusch auf den Platten. Emma richtete sich auf und spähte hinaus. Die Hintertür war verschlossen, kein Wachposten da. Gott sei Dank!

Ob Kurt noch in der Villa war, oder hatten sie ihn schon in ihren Wagen verfrachtet? Vielleicht sollte sie nachsehen, vielleicht könnte sie ihn befreien. Doch dann fiel ihr ein, dass die Militärpolizei nicht so dumm wäre, ihren Wagen unbewacht zu lassen, wenn ein Gefangener darin säße. Sie tastete nach seinem Schlüsselbund in ihrer Tasche. Dann steckte sie das Penicillin wieder in ihre Manteltasche, kletterte aus dem Lichtschacht und rannte los. Ein Trampelpfad führte durch den verwilderten Garten, wie Doktor Kumbach ihnen gesagt hatte. Anscheinend unternahm er hin und wieder Spaziergänge durch sein Gelände. Gebückt hastete Emma durch hohe, vertrocknete Gräser und stachelige Rankpflanzen, die über den Weg wucherten. Sie sah sich nicht um. Hoffentlich hörte niemand das Rascheln und Knacken im Unterholz, das sie verursachte.

Bald erreichte sie das Wäldchen, von dem der Doktor gesprochen hatte. Am Bach hielt sie inne, verschnaufte und sah durch die Sträucher zurück. Von hier aus war die Villa ein heller Fleck mit Fenstern, der durch die Blätter der Sträucher schimmerte. In der Stille war nur noch ihr eigener rascher Atem zu hören. Als sie an Kurt dachte, krampfte sich etwas in ihr zusammen. Sie atmete dagegen an und versuchte, sich zu beruhigen. Was würden die Briten mit ihm machen? Wenn sie ihm etwas anhängten, das er nicht begangen hatte? Wer wusste das schon? Sie waren ihre Besatzungsmacht und konnten tun, was sie wollten. Außerdem hassten sie die Deutschen. Emma schien, als schnürte ihr etwas die Luft ab, gleichzeitig pochte ihr Herz immer noch wild. Schweiß brach ihr aus allen Poren der Haut. Sie legte die Hand an einen Baum und rang nach Luft. Nein, dachte sie, sie durfte so nicht denken, sonst würde sie vor Angst noch verrückt werden.

Kurt war schlau, er wusste sich zu helfen. Außerdem sprach er hervorragend Englisch. Und überhaupt, hatte er nicht durch seine Schwarzmarktgeschäfte gute Beziehungen zu den

Engländern? Wiederum war er nur verhaftet worden, weil er ihrer Mutter helfen wollte. Es wäre feige, jetzt wegzulaufen und ihn im Stich zu lassen. Sie musste ihm helfen. Mit diesem Gedanken ging es ihr etwas besser, und sie beruhigte sich ein wenig. Sie ging am Bach entlang und machte den Umweg, den Doktor Kumbach ihnen beschrieben hatte. Dieser führte sie durch eine Siedlung mit verstreuten Wohnhäusern auf einen Weg, der wieder in die kleine Seitenstraße mündete, in der die Villa lag. Emma war eingefallen, dass niemand von den Briten sie im Haus gesehen hatte. Sie könnte vorgeben, eine Passantin oder Nachbarin zu sein. Tatsächlich hatte sich schon ein Grüppchen von Schaulustigen vor der Villa versammelt, vor deren Eingang ein Mann von der britischen Militärpolizei wachte. Ein weiterer Soldat schlenderte um Kurts Lkw herum und spähte durch die Seitenscheibe hinein. Ein Mannschaftswagen mit der Aufschrift »Military Police« parkte am Straßenrand. Er war leer. Wenn sie Kurt verhaftet hatten, dann befand er sich noch im Haus.

Emma machte einen großen Bogen um Kurts Lkw und mischte sich unauffällig unter die Schaulustigen. Die Nachbarn verfolgten aufmerksam alles, was vor sich ging. Manchmal raunten sie sich etwas zu, sie fragten sich, was in der alten Villa vor sich gegangen war. Einige deuteten an, sie hätten schon lange gewusst, dass es in diesem Haus nicht mit rechten Dingen zugegangen war. Unbekannte Männer, regelrechte Verbrechervisagen, hätten sich dort herumgetrieben, und manchmal auch Frauen und blutjunge Mädchen. Der Doktor sei ein Engelmacher, flüsterten sie, die Zuhälter hätten ihre Huren hergebracht. Zum Glück würde dem Treiben durch die Briten nun endlich ein Ende bereitet.

Vielleicht hatten sie recht, dachte Emma. Aber von dem Labor im Keller schien niemand etwas zu wissen.

Das Gemurmel erstarb, als sich die Tür der Villa öffnete und Doktor Kumbach von einem Militärpolizisten herausgeführt wurde. Er trug Handschellen. Sein Gesicht unter der Baskenmütze schimmerte bleich im Tageslicht, seine Samtschleife saß schief. Er warf den Schaulustigen nervöse Blicke zu, als der Polizist ihn in den Mannschaftswagen verfrachtete und neben ihm auf der offenen Ladefläche Platz nahm. Der alte Mann ließ den Kopf sinken und vermied jeden Blick auf die Nachbarn. Er tat Emma leid. Was immer er getan hatte, er hatte ihnen das Penicillin gegeben. Aber irgendwer musste auch die Militärpolizei informiert haben. Schorsch wurde aus der Villa geführt. Ernst starrte er vor sich hin, als er in Handschellen zum Wagen geführt wurde, und warf den Schaulustigen drohende Blicke zu. Ob er tatsächlich ein Zuhälter war, wie die Leute behaupteten? War sein Auftauchen kurz vor der Militärpolizei nur Zufall oder steckte mehr dahinter? Offenbar hatten die Briten von dem geheimen Labor gewusst. Emma musste mit dem Vermittler sprechen.

Ihr Atem stockte, als Kurt aus der Villa geführt wurde. Sie drängte sich zwischen die Leute, die vor ihr standen, damit er sie sehen konnte. Er ging aufrecht, mit ausdruckslosem Gesicht unter seinem Hut, und sie bewunderte seine Selbstsicherheit. Sie hätte ihm am liebsten etwas zugerufen, laut über die Schultern der anderen hinweg, ihm gewunken, aber sie wagte es nicht einmal, die Hand zu heben. Stattdessen hustete sie. Er wandte den Kopf. Schnell durchsuchte sein Blick die Leute und blieb an ihr hängen. Er hielt inne, und Überraschung überflog sein Gesicht, als er sie erkannte. Er hob den Mund zu der Andeutung eines Lächelns, ehe er den Kopf abwandte und mit ausdrucksloser Miene weiterlief. Emma lächelte, obwohl ihr zum Heulen zumute war.

KAPITEL 27

Emma starrte auf das weiße, glänzende Porzellan des Spülsteins, auf den das Wasser lief. Sie wollte es abstellen, aber es gelang ihr nicht. Ihre Hand schien wie festgewachsen, in ihren Gliedern floss Blei. Es war so schwer, dass sie sich nicht mehr rühren konnte. Das Wasser lief unaufhörlich. Christian wurde nass und immer kleiner. Das Wasser fiel auf seinen alten grauen Wehrmachtsmantel, auf dem die Läuse herumkrochen, fiel auf sein Gesicht, durchnässte seine Haare und seine Haut. Er streckte die Hand nach ihr aus. Sein Mund öffnete sich, als wollte er ihr etwas zurufen, aber sie konnte ihn nicht verstehen.

»Christian!«, rief sie. »Christian!«

Ihre Hand versuchte ihn zu fassen, doch sie konnte sich nicht bewegen, keinen Millimeter. Das Wasser fiel und fiel, ließ ihn immer kleiner werden und zog ihn durch den Abfluss fort.

Emma erwachte voller Panik. Hastig atmend fühlte sie ihren heftigen Puls. Langsam nur drang die Wirklichkeit in ihr Bewusstsein. Es war alles nur ein Traum gewesen. Durch das Fenster sickerte fahles Morgenlicht herein und tauchte das Schlafzimmer in helles Grau – die Kommode unter dem Fenster, den Kleiderschrank. Die staubigen Umrisse des alten Sofas ihrer Großmutter, das sie vorübergehend in die Küche gebracht hatten, damit Armin ruhig schlafen konnte, zeichneten sich auf der gegenüberliegenden Wand ab. Durch das Fenster kam kalte Luft herein. Normalerweise hätten sie längst tapeziert, hätten Gardinen vor dem Fenster gehangen, Blumen auf der Fensterbank gestanden und sich ein frischer Lufthauch mit der wohligen Bettwärme gemischt. Nach dem Aufstehen hätten sie in der Küche Kaffee getrunken, ordentlich gefrühstückt und später im Wohnzimmer gelesen.

Normalerweise. In ihrem früheren Leben.

Aber das gab es nicht mehr.

Emma lag still und lauschte auf die Atemgeräusche ihrer Mutter, die neben ihr im Ehebett lag. Gott sei Dank lebte sie noch. Aber Christian war tot. Sie hatte gerade von seinem Tod geträumt, da war sie sich sicher. Der Traum war so eindringlich gewesen, so furchtbar, dass er nichts anderes sein konnte als ein fernes Zeichen. Christian war in russischer Gefangenschaft gestorben. Sie hatte ihm nicht helfen können. Das Bild ihrer gelähmten Hände war eindrücklich genug gewesen. Als sie sich ein wenig beruhigt hatte, erhob sich Emma, kleidete sich an – Winterrock, Pullover, mehrfach gestopfte Strumpfhose –, kämmte und flocht sich ihr langes Haar zu einem Zopf. Keine Tränen, sie konnte nicht weinen. In ihr herrschte eine Starre wie winterlich gefrorener Boden. Die verbrannte Erde war gefroren.

Sie ging in die Küche, schürte das Feuer im Ofen, kochte Tee für ihre Mutter, machte Frühstück. Armin wurde wach, murmelte etwas, drehte sich auf die andere Seite und schlief weiter. Es war noch zu früh für ihn, um aufzustehen. Emma bestrich eine Scheibe Brot mit Marmelade, teilte sie in Vierecke und brachte sie ins Schlafzimmer. Heute, dachte sie, würde ihre Mutter das ganze Brot essen. Gestern war es ihr gelungen, ihr ein paar Stücke zu geben. Seit drei Tagen bekam ihre Mutter das Penicillin. Doktor Steiner kam jeden Tag, injizierte ihr das gelöste Pulver und stellte im Übrigen keine Fragen. Emma trat ans Krankenbett. Ihr Vater, der sich inzwischen angezogen hatte, kam hinzu. Gemeinsam hoben sie die Kranke aus dem Bett, setzten sie auf den Nachttopf und legten sie wieder ins Bett zurück. Mama war federleicht geworden. Ihre Haut spannte sich über ihren Wangenknochen, darunter lagen zwei tiefe Mulden. In ihren Händen zeichneten sich die Knochen ab. Sie drehten sie vorsichtig auf die Seite, zogen ihr das Nachthemd hoch. Emma bestrich die wunden Stellen, wo ihre Mutter sich durchgelegen hatte, mit einer Salbe, die Irma ihr gebracht hatte. Die Handgriffe gingen ihr so leicht von der Hand, als hätte sie nie etwas anderes getan. Während ihr Vater ihre Mutter festhielt, schüttelte Emma das Kopfkissen auf und schob ein zweites Kissen davor, damit Mama aufrecht sitzen konnte.

»Wir müssen sie gleich rüberholen in die Küche, es ist zu kalt hier drin«, sagte ihr Vater, ehe er das Schlafzimmer verließ.

»Wenn Armin in der Schule ist.« Emma wollte nicht, dass er seine Mutter so sah. Er sah sie immer nur in den Kissen liegen, wenn sie versorgt war, er durfte nicht ihre ganze Magerkeit sehen, die Rippen, die sich an ihrem Rücken abzeichneten, die schlauchdünnen Beine. Emma flößte ihrer Mutter den Lungentee ein, und Mama schluckte gehorsam. Schweigend kaute sie langsam Bissen für Bissen, die Emma ihr durch die trockenen Lippen schob. Als sie aufgegessen hatte, ergriff sie auf einmal Emmas Hand. Emma fühlte die kalte Hand, legte sie zurück auf die Bettdecke. Sie beugte sich über das ausgezehrte Gesicht, legte ein Ohr an die dünnen Lippen. »Meine Emma«, flüsterte Mama. »Gutes Mädchen.« Sie nickte zur Bekräftigung, dann sank sie in die Kissen zurück und schloss die Augen.

Emma starrte auf das Gesicht ihrer Mutter und beugte sich hastig über sie, um zu hören, ob sie noch atmete. Immer hatte sie Angst, dass Mama aufhörte zu atmen, sobald sie die Augen schloss. Aber ihre Mutter war nur wieder eingeschlafen. Ihr Atem ging leichter.

Leise räumte Emma das Geschirr ab und ging in die Küche. *Gutes Mädchen.* Noch nie hatte ihre Mutter so etwas zu ihr gesagt. Sie verkündete Papa und Armin, dass Mama aufgegessen hätte. Armin jubelte. Ihr Vater erhob sich vom Küchenstuhl und drückte Emma fest an sich. Tränen liefen ihm die Wangen hinunter. Er ließ sie los und tupfte sich die Augen mit seinem großen Taschentuch trocken. »Nun müssen wir nur noch den Kurt wieder rauskriegen«, sagte er, nachdem Armin pfeifend zur Schule gegangen war.

Sie hatte ihrem Vater erzählt, wie sie an das Penicillin gekommen war, und er war entsetzt gewesen, hatte sich dann aber doch über das rettende Mittel gefreut. So, wie es immer gewesen war, wenn Armin Nähmaschinen, Einmachgläser oder Brennholz nach Hause brachte, wenn sie Kostgeld abgab, die Mutter pflegte und den Haushalt erledigte. Im Grunde waren ihre Eltern dankbar für die Hilfe ihrer Kinder, sie konnten gar nicht ohne auskommen. Das wussten Emma und Armin, sie waren beide stolz darauf. Aber endlich konnten ihre Eltern ihre Dankbarkeit auch ausdrücken.

Doch ihr Vater hatte gut reden, Kurt aus dem Gefängnis rauszubekommen. Schon vor zwei Tagen hatte Emma sich zur britischen Militärregierung gewagt und nach ihm gefragt, aber eine Abfuhr bekommen – Besuch sei nicht möglich. Nichts verriet man ihr über seinen Verbleib. Daraufhin hatte sie Klara Fährmann aufgesucht. Sie fuhr mit dem Rad nach Niehl zu den Ford-Werken und fing sie nach Feierabend am Werkstor ab. Frau Fährmann war erschüttert, als Emma ihr von Kurts Verhaftung erzählte. Sie musste sich gegen eine Mauer lehnen. Kurz stieg wieder Eifersucht in Emma auf, als sie in das schöne Gesicht der anderen sah, und sie war versucht zu glauben, dass Kurt doch mehr mit dieser Frau verband als ein Mietverhältnis. Aber dann begriff sie allmählich, dass es anders war. Alles, was die Frau erzählte, stimmte mit dem überein, was Kurt ihr von ihr erzählt hatte. Er hatte nicht gelogen.

Frau Fährmann bot ihr auch gleich an, sie mit ihrem Vornamen anzusprechen, ein »Klara« ließe sich doch viel leichter aussprechen als das umständliche »Frau Fährmann«. Emma fasste schnell Zutrauen zu ihr und gab ihr Kurts Schlüssel.

»Bitte gib Herrn Biernath die Schlüssel, der soll den Lkw abholen und in die Halle fahren.«

Klara nahm den Schlüsselbund und drehte ihn in ihrer schmalen Hand hin und her, während sie geistesabwesend darauf starrte. »Den Lkw? Ach, stimmt. Ich werde Herrn Biernath Bescheid geben.« Doch anstatt die Schlüssel einzustecken, betrachtete sie sie weiter nachdenklich. Eine feine Falte hatte sich auf ihrer Stirn gebildet.

»Ist etwas?«, hakte Emma nach.

»Nein, nein«, beeilte sich Klara. »Mir war nur ... ich kenne die Schlüssel von früher.«

»Du hast sie bestimmt schon öfter bei Kurt gesehen.«

Klara nickte traurig. »Ja, auch bei Kurt. Er ist immer sehr sorgfältig mit seinen Sachen. Er hat vieles ... zurückgehalten, wenn du verstehst, was ich meine.«

»Er führt sein eigenes Leben.«

»Genau«, bestätigte Klara. »Man weiß nie, wohin er geht und was er tut.« Sie öffnete ihre Handtasche und steckte den Schlüsselbund hinein, während sie weiter den Weg entlangliefen, der vom Werk zur Straße führte. »Aber er zahlt seine Miete immer pünktlich und ist sehr hilfsbereit. Manchmal bringt er mir sogar Geschenke mit. Woher kennst du ihn eigentlich?«

Emma überlegte, ob sie Klara die Wahrheit sagen sollte, entschied sich aber anders. »Vom Rheinpalast«, log sie schnell. »Ich mache dort Musik.«

»Ach, jetzt weiß ich wieder, woher ich dich kenne!«, rief Klara überrascht. »Die Akkordeonspielerin. Warum hat er dich mir denn nicht vorgestellt?«

»Nun – es hat sich wohl nicht ergeben.«

Klara seufzte. »Was machen wir nur mit Kurt? Wie kommen wir nur in ein britisches Militärgefängnis? Ob sie uns zu ihm lassen?«

Eine Weile hatten sie sich beratschlagt und dann beschlossen, dass Klara es am nächsten Tag noch einmal bei den Briten versuchen sollte. Vielleicht würde sie als seine Vermieterin mehr Glück haben als Emma.

Klara wollte sich extra einen Tag dafür freinehmen. Heute Nachmittag würde Emma sie treffen und erfahren, ob es geklappt hatte. Sie konnte es kaum erwarten. Gegen Mittag erwachte ihre Mutter und blieb lange genug wach, dass sie ihr eine dünne Suppe geben und ihr die Haare bürsten konnte. Viele ihrer dicken Haare blieben in der Bürste zurück. Emma flocht ihr einen Zopf, so gut es ging, als es laut an der Tür pochte. Sie ließ die Bürste sinken. Das letzte Mal hatte sie so ein lautes Türklopfen in Doktor Kumbachs Villa gehört. Sie lief in die Küche und sah aus dem Fenster. Ein Jeep der britischen Militärpolizei parkte vor ihrem Haus.

Um Himmels willen! Sie wich vom Fenster zurück und lehnte sich gegen den Küchentisch. Nun kämen sie sie holen. Irgendjemand hatte den Briten verraten, dass sie auch in der Villa gewesen war. Warum sollten sie sonst hier sein? Doch dann dachte sie, dass Kurt sie nie verraten würde. Und warum sollte der Doktor es tun? Er hatte keinen Grund dazu. Dieser Schorsch hatte sie nicht gesehen, und niemand sonst wusste, dass sie in der Villa gewesen war. Emma holte tief Luft und versuchte, sich zu beruhigen. Wieder klopfte es an der Tür. Sie musste ihnen gleich öffnen, sonst gäbe es ein großes Aufsehen.

Hastig schob sie sich eine Haarsträhne hinter das Ohr und strich sich den Rock glatt. Dann ging sie zur Tür.

Zwei Soldaten warteten im Flur. Wahrscheinlich hatte Frau Schneider wieder einmal die Haustür aufgelassen, sodass sie schon ins Haus gelangen konnten. Sie trugen die weißen Armbinden der Militärpolizei und ihre Waffen im Halfter.

»Wohnt hier Kurt Hüffenberg?«, fragte einer von ihnen mit unverkennbarem englischem Akzent.

»Kurt ... Hüffenberg?«, fragte Emma. Sie wollte gerade sagen, Kurt Groß. Doch dann nickte sie einfach schnell. Warum hatte Kurt einen anderen Namen?

»Wir verlangen Eintritt in diese Wohnung, im Namen der britischen Militärregierung.«

»Bitte.« Emma ließ die Männer eintreten. Rasch schloss sie die Tür hinter ihnen. »Wir haben ein Zimmer an Kurt unterver-mietet«, erklärte sie und hoffte, die Soldaten würden das Zittern in ihrer Stimme nicht hören.

»Wo?«

Sie deutete auf die Tür ihres ehemaligen Kinderzimmers. »Aber er schließt immer ab.«

Der Übersetzer drückte die Klinke herunter und wandte sich ungeduldig an sie. »Haben Sie einen zweiten Schlüssel?«

Emma nickte, nahm ein dickes Schlüsselbund vom Haken und schloss den Soldaten das Zimmer auf.

Ohne weitere Worte zu verlieren, gingen die Männer hinein und sahen sich um. Unter dem Fenster, das neulich noch mit Papierglas ausgefüllt worden war, stand das Bett, daneben ein Nachttischchen mit einer halb heruntergebrannten Kerze darauf. Widerwillig beobachtete Emma, wie einer der Männer Kurts Kleiderschrank öffnete und durchwühlte. Der Übersetzer hob die Matratze an allen Seiten hoch und sah darunter nach, zog die winzige Schublade des Nachtschränkchens auf und schloss sie wieder. Dann öffnete er die Schreibtischschublade und wühlte in Kurts Papieren. Nach einer Weile hielt er eine Papierrolle hoch.

»Perhaps this is it!«, rief er.

Der andere nickte und schloss den Kleiderschrank. Sie rollten das Gummiband von den grauen Papieren und breiteten sie auf dem Schreibtisch aus. Eine gespannte Stille herrschte, während sie die Zeichnungen studierten. Emma hatten sie vollkommen vergessen. Sie reckte sich ein wenig, um mehr sehen zu können, erkannte aber nicht mehr als ein paar technische Zeichnungen auf dem grauen Zeichenpapier.

Die Soldaten nickten. Einer rollte die Papiere wieder zusammen und nahm sie an sich.

Als die Männer das Zimmer verließen, nahm Emma ihren gesamten Mut zusammen. »Bitte sagen Sie, geht es Herrn … Hüffenberg gut?«

Der Übersetzer nickte knapp.

»Wo ist er denn? Darf ich ihn besuchen?«

»Ist er Ihr Mann?«

»Nein, ein … Freund.«

Die Soldaten wechselten rasche Blicke. »Nun, dann ist es leider nicht möglich, Miss«, erwiderte der Übersetzer. »Besuch ist nur für Ehefrauen und Verwandte möglich.«

Am liebsten hätte Emma ihn verbessert, dass sie eine Mrs war und keine Miss, aber das verkniff sie sich. Es hätte wohl keinen guten Eindruck gemacht, wenn sie sich als verheiratete Frau als Kurts Freundin ausgegeben hätte. »Aber Kurt hat weder eine Frau noch Verwandte«, sagte sie. »Er kann also keinen Besuch empfangen. Lassen Sie mich ihn bitte besuchen.«

Die Miene des Soldaten verschloss sich. »No, sorry.« Er hob kurz den Finger an seine Mütze, dann verließen die Männer die Wohnung.

Emma beobachtete durch das Küchenfenster, wie sie in den Jeep stiegen und davonfuhren. Erschöpft, aber auch erleichtert ließ sie sich auf einen Küchenstuhl fallen. Was waren das nur für Zeichnungen, die so wichtig für die Briten waren? Hatte Kurt etwa damit gehandelt? Hoffentlich hatte er ihnen das Versteck freiwillig verraten. Hoffentlich taten sie ihm nichts. Bei dem Gedanken, dass Kurt im Gefängnis womöglich misshandelt wurde, krampfte sich alles in ihr zusammen. Reglos saß sie da und knüllte ihr Taschentuch, während sie versuchte, klar zu denken. Kurt Hüffenberg. War das sein wahrer Name? Wen hatte er belogen – sie oder die Briten? Je länger sie darüber nachdachte, desto mehr kam sie zu der Überzeugung, dass die britische Militärpolizei seinen richtigen Namen herausgefunden haben musste. Aber warum hatte er hier unter einem falschen Namen gelebt? War sein ganzes Leben hier nur auf Lügen aufgebaut? Wer war er wirklich?

Sie erinnerte sich an den Abend der Theatervorstellung, als er im Gedränge vor der Aula von einem ehemaligen Mitstudenten erkannt worden war. Sie hatte sich über sein unhöfliches Verhalten gewundert, das sonst gar nicht seine Art war. Vielleicht hatte er nicht gewollt, dass der Mitstudent seinen wahren Namen verriet. Wenn das so wäre – warum nicht? Was hatte er zu verbergen? Oder lebte er hier unter einer neuen Identität, weil er nicht mehr in sein altes Leben zurückwollte? Er wäre sicher nicht der Erste, der das allgemeine Durcheinander nach dem Krieg dazu benutzt hatte, um unterzutauchen.

Emma knetete ihr Taschentuch. Sie dachte an Kurts Lächeln, an das Fleisch, das er ihnen besorgt hatte. Sie sah ihn den Garten umgraben oder Steine zum Lkw schleppen. Sie mochte nicht glauben, dass er ein Verbrecher war. Aber es musste einen Grund geben, warum er hier unter falschem Namen lebte. Warum er sie und Klara belog.

Sie nahm sich ein Staubtuch, ging in Kurts Zimmer und schloss die Tür hinter sich. Falls ihr Vater wiederkäme und sie hier sähe, würde sie vorgeben, sauber zu machen. Alles war noch unordentlich von der Durchsuchung. Sie zog das Bettlaken wieder glatt, hob die halb abgebrannte Kerze hoch, die auf dem Nachtschrank stand, und wischte Staub. Sie stellte sich vor, wie Kurt abends im Bett lag und bei Kerzenschein las. Ob er überhaupt Bücher las? Sie zog die winzige Schublade im Nachtschränkchen auf, wo sie immer ihre Bücher aufbewahrt hatte. Eine alte Ausgabe des *Kölnischen Kurier* lag dort, darunter eine Packung Streichhölzer. Sonst nichts.

Sie wandte sich zu ihrem alten Schreibtisch um. Er hatte Tintenflecke, denn hier hatte sie immer ihre Schularbeiten erledigt. Sanft strich sie über sein dunkles Holz, dann wischte sie ihn ab, als müsste sie jede einzelne Spur der Durchsuchung beseitigen. Sie öffnete die Schublade und blickte auf das grobe Durcheinander, das die Soldaten hinterlassen hatten: ein paar Papiere mit hingekritzelten Zahlen und Namen darauf, ein Bleistift, der mit einem Messer angespitzt worden war, eine Packung Chesterfield. Unter den Notizblättern lag ein geknicktes vergilbtes Papier. Emma zog es hervor und entfaltete es.

Ein Foto. Die junge Frau darauf stand allein vor dem verwischten Graubraun des Hintergrunds, aufrecht, mit lose gefalteten Händen, den Kopf leicht zur Seite geneigt. Ihr dunkelblondes Haar war ordentlich in Wellen gelegt und hatte Knoten, die ihre Ohren verdeckten. Es ließ das Weiß ihres herzförmigen Gesichts deutlich hervortreten. Ihre Augen waren hell, ihr trauriger Blick weit in die Ferne gerichtet. Ihr dunkles, weit geschnittenes Kleid aus fließendem Seidenstoff hatte etwas Folklorehaftes durch seine weiten Ärmel und seine bunten Muster an den Säumen. Der Fotograf hatte sie wohl angewiesen, wie sie sich hinstellen musste; ordentlich hatte sie einen Fuß vor den anderen gestellt. Doch ihre Haltung und der feierliche Aufzug schienen zu täuschen und ihr Blick die Wahrheit zu verraten. Sie sah aus, als müsste sie zu einer Feier, zu der sie nicht gehen wollte.

Emma drehte das Foto um, um zu sehen, ob etwas auf der Rückseite stand, ein Name vielleicht oder eine Jahreszahl, aber da war nichts. Wer war diese Frau? Emma drehte das Foto wieder und starrte die Frau an, als könnte sie ihr mehr verraten. Der Kleidermode nach war es eine ältere Aufnahme, vielleicht aus den Dreißigerjahren. Emma schätzte die Frau auf etwa fünfundzwanzig. Es war aber auch möglich, dass das Foto durch die Abnutzung älter wirkte, als es war, und vielleicht erst aus den Vierzigern stammte. Offenbar hatte es jemand lange mit sich herumgetragen. Es sah jedenfalls so aus. Vielleicht hatte Kurt das Foto dieser fremden Frau in den Kriegsjahren an seinem Herzen getragen. Sicher zeigte es seine tote Mutter. Hatte die Frau nicht Ähnlichkeit mit Kurt? Emma betrachtete die Aufnahme noch einmal genau. Auf einmal schien ihr, als würde sie etwas im Blick der Fremden an Kurt erinnern. Hatte sie nicht Kurts Augen? Aber vielleicht täuschte sie sich auch.

Emma faltete das Foto und schob es wieder unter die Papiere, dann schloss sie die Schublade. Sie fühlte sich schäbig in ihrer Neugier. Eine Schnüfflerin war sie, schlimmer als die beiden Soldaten. Vor dem Kleiderschrank hielt sie inne und kämpfte einen stillen Kampf mit sich aus, ob sie Kurts letzten Rest Privatsphäre zerstören sollte. Doch dann siegte ihre Neugier. Sie hatte sich nicht hier hineingeschlichen, um nach der Hälfte abzubrechen. Wenn, dann wollte sie allen Dingen auf den Grund gehen. Sie wollte endlich wissen, wer Kurt war. Die Schranktür öffnete sich knarrend. Emma zuckte zusammen, als eine Wolke von Kurts Geruch auf sie einströmte. Schnell schob sie die beiseitegeschobenen Bügel wieder zurück. Sein Arbeitshemd hing dort, ebenso seine Hose, zwei Krawatten. Sie ordnete die Sachen in den Fächern, die die Soldaten durcheinandergebracht hatten – etwas Unterwäsche, zwei Handtücher, die Bettwäsche mit den eingestickten Initialen CS, die sie von der Frau auf dem Schwarzmarkt erstanden hatte und die er aus irgendeinem Grund behalten hatte. Ganz unten standen ein paar Schuhe, die sie noch nie an ihm gesehen hatte. Sonst nichts.

Emma seufzte enttäuscht. Sie hatte mit Schmugglerwaren gerechnet, wenigstens mit ein paar Stangen Zigaretten, aber nicht mit so einer Leere. Kurt war auf der Hut.

Aber dann fiel ihr Blick auf den Koffer im obersten Fach. Vorsichtig hob sie ihn herunter, doch er war leicht. Sie hörte nur etwas darin herumrutschen. Sie legte den Koffer auf den Boden und öffnete ihn. In das Innere hatte jemand in Druckbuchstaben eine Anschrift geschrieben. Kurt Hüffenberg, Villa Hüffenberg. Dann folgte ein Ort, von dem Emma noch nie etwas gehört hatte. Es stimmte also, Hüffenberg war Kurts wahrer Name, und dies war offenbar seine alte Adresse. Eine Villa, meine Güte! Ob Kurt sie nach dem Tod seiner Familie geerbt hatte? Warum lebte er dann hier in der Fremde und war nicht mehr dorthin zurückgekehrt? War die Villa womöglich zerstört worden? Emma kam der Gedanke, hinzufahren und nachzuforschen, wo er gelebt hatte. Wo das Dorf wohl lag? Es musste auf jeden Fall klein sein, wenn sie es nicht kannte. Sie erhob sich, nahm den Bleistift aus ihrer Schreibtischschublade, riss einen Zettel aus Kurts Notizblock und notierte die Anschrift. Dann schob sie den Zettel in ihre Kitteltasche.

Ihr Blick fiel auf die Kette, die auch im Koffer lag. Sie hatte ein ovales, zinkfarbenes Plättchen als Anhänger. Das Plättchen war durch eine Bruchstelle geteilt, oben befanden sich zwei Löcher für die Kette, unten eins. Auf dem oberen Teil waren Zahlen und Abkürzungen eingraviert, unten spiegelbildlich dasselbe. Kurts Soldaten-Erkennungsmarke. Er war also tatsächlich im Krieg gewesen, wenigstens dieser Teil seiner Erzählungen entsprach der Wahrheit.

Emma strich mit den Fingern über die eingravierten Buchstaben und Zahlen, ohne zu wissen, was sie bedeuteten.

Leider hatte sie es versäumt, sich von Christian die Bedeutung erklären zu lassen.

Sie klappte den Koffer zu und schob ihn wieder auf die Ablage zurück, dann schloss sie die Schranktür. Sie ging aus dem Zimmer und verriegelte die Tür. Noch immer wusste sie nicht viel mehr über Kurt, aber nun besaß sie wenigstens seine Anschrift. Sie musste herausfinden, wo das war.

Nachmittags fuhr sie mit dem Rad zu Klara. Kurts zweite Wohnung lag gar nicht so weit von ihrer entfernt in einem der weniger zerstörten Stadtteile. Das gepflegte Mietshaus war nahezu unversehrt und hatte einen schönen Garten, den Klara ihr durch das Wohnzimmerfenster zeigte. Klara hatte Muckefuck gekocht und bat Emma auf ihr samtbezogenes Sofa, während sie ihr von ihrer Vorsprache bei der britischen Militärregierung erzählte. »Sie haben mich nicht zu ihm gelassen«, sagte sie enttäuscht. »Sie haben einfach alles abgewiegelt und behauptet, sie hätten keinen Herrn Groß inhaftiert.«

Emma umklammerte die dampfende Tasse mit beiden Händen. »Damit haben sie auch recht«, sagte sie nach kurzem Nachdenken.

Klara blickte sie verständnislos an.

»Kurt heißt in Wahrheit nicht Groß, sondern Hüffenberg«, erklärte Emma. »Er lebte hier unter falschem Namen.« Dann erzählte sie Klara die ganze Wahrheit über Kurt, dass er ein zweites Zimmer bei ihnen habe und sie dort durch Zufall einen Zettel mit seiner Adresse und seinem wahren Namen gefunden habe. Nachdem Klara sich von ihrer Überraschung erholt hatte, erzählte sie ihr von der Durchsuchung am Vormittag. »Sie haben eine Rolle mit technischen Zeichnungen mitgenommen, nach denen sie gesucht hatten. Kurt hatte sie in seiner Schreibtischschublade aufbewahrt. Ich konnte aber nicht erkennen, was sie bedeuten.«

Klara sah überrascht aus. »Er hat den Briten von den Zeichnungen erzählt?«

»Kennst du sie?«

»Ja, sie gehören mir.«

»Ach so?«

»Eigentlich meinem Verlobten. Er hat sie mir hinterlassen. Ich wusste nicht, was ich mit ihnen anfangen sollte, was sie darstellen, also habe ich sie Kurt gegeben. Er versprach, jemanden danach zu fragen.« Sie sah enttäuscht aus.

»... und das hat er nicht getan?«

»Jedenfalls hat er mir nichts davon erzählt. Vielleicht hat er mehr erfahren, das er an die Briten verraten hat.«

»Dann muss es etwas gewesen sein, das sie sehr interessiert«, stellte Emma fest. »Sieht ihm gar nicht ähnlich, sich einfach so an fremdem Eigentum zu vergreifen.«

»Nein, überhaupt nicht«, bestätigte Klara und stellte ihre Tasse mit einem lauten Geräusch auf die Untertasse zurück. Ärgerlich kräuselte sie ihre Lippen. »Aber er hatte ja offenbar so seine Geheimnisse. Vielleicht hat er uns alle getäuscht.«

»Meinst du, er könnte durch diese Zeichnungen in Schwierigkeiten geraten?«, fragte Emma bange.

Klara saß einen Augenblick reglos auf ihrem Stuhl. »Mein Verlobter war Feinmechaniker von Beruf, Rüstungsbetrieb, weißt du? Kann sein, dass er etwas ... entdeckt hat, das von Bedeutung ist.«

»Wusstest du davon?«

»Nein. Mein Verlobter sprach nie über solche Dinge. Wir haben die Zeichnungen erst nach seinem Tod entdeckt, Kurt und ich. Streng genommen gehören sie mir auch nicht, obwohl er sie mir hinterlassen hat. Ich war ja nur seine Verlobte.« Sie nippte an ihrem Muckefuck.

»Kann es sein, dass Kurt den Briten die Zeichnungen zum Verkauf angeboten hat? Er handelt doch mit allem Möglichen.«

Klara starrte Emma an. »Wenn das so ist – dann kann ich nichts mehr daran ändern«, sagte sie.

»Es tut mir leid, dass er so etwas getan hat«, sagte Emma. »Du hast ihn nach dem Rheinwiesenlager doch bei dir aufgenommen.«

Klara winkte ab und seufzte. »Du musst dich nicht für ihn entschuldigen. Ich nehme an, Kurt wird wichtige Gründe für sein Handeln gehabt haben. Er ist trotz seiner Geheimnisse ein guter Mensch, er hat sich im Lager um meinen Verlobten gekümmert. Eigentlich ist es ja auch meine Schuld, ich habe mich für die Zeichnungen nicht interessiert. Wie gesagt, gehörten sie meinem Verlobten.«

»Aber er hat sie *dir* hinterlassen.«

Klara nickte. »Ach, weißt du, das spielt jetzt keine Rolle mehr. Kurt hat so viel für meinen Verlobten getan, er hat ihm in Krankheit und Tod beigestanden. Das kann man ihm gar nicht genug vergelten. Mein Verlobter hätte ihm nie von mir erzählt, wenn er nicht mit ihm befreundet gewesen wäre. Kurt hielt sein Versprechen, kam zu mir und richtete mir seine letzten Worte aus. Kannst du dir vorstellen, was mir das bedeutet?« Sie starrte in eine unbestimmte Ferne, während sie die Tasse umklammerte. »Ich hätte nicht gedacht, dass ich mich noch einmal so verlieben kann. Mein Mann war zu Beginn des Krieges eingezogen worden. Er wurde schon bald danach vermisst, noch im Polenfeldzug. Ich habe immer gehofft, er kommt noch mal zurück. Dann lernte ich Johannes kennen. Ich wollte nichts von ihm, aber es ist einfach passiert.« Sie lächelte versonnen.

»Johannes?«

»Johannes Esser, mein Verlobter. Mein Beschützer im Krieg. Er hatte das Glück, nicht eingezogen zu werden, weil er in einem kriegswichtigen Betrieb arbeitete. Erst in den letzten Kriegstagen, als die Amis schon hier waren, kam er eines Abends nicht mehr zurück. Von Kurt erfuhr ich, dass die Amis ihn geschnappt und ins Rheinwiesenlager gebracht haben. Ich hatte so etwas schon befürchtet.«

Emma nickte, sie verstand Klara nur zu gut. Hastig spülte sie die Trockenheit in ihrem Mund mit mehreren Schlucken Muckefuck fort. »Es tut mir leid, dass dein Verlobter tot ist.«

Klara seufzte tief. »Man glaubt, man ist jung und hat noch viel Zeit zusammen, doch dann ist das Leben plötzlich vorbei. Es kann so schnell passieren.«

Emma klammerte sich an ihre warme Tasse. »Ich bin auch verheiratet«, gestand sie. »Mein Mann ist in russischer Gefangenschaft, seine Division ist bei Kriegsende auf Hela in Gefangenschaft geraten. Ich habe schon lange nichts mehr von ihm gehört. Sein letzter Brief kam im Januar. Ich glaube, er … ist tot.«

»Oh, das tut mir leid.« Klaras mitfühlender Blick traf Emma. »Die Ungewissheit ist das Schlimme. Mit Gewissheit kann man leben, aber das Ungewisse frisst einen von innen auf.«

Emma wich ihrem Blick aus und stellte ihre Tasse zurück. Der Muckefuck verschwamm vor ihren Augen. »Ja«, sagte sie mit rauer Stimme. »Manchmal sind aber auch … die Träume das Schlimmste.«

Klara nickte. »Du hast früh geheiratet«, hörte Emma sie sagen.

»Mein Mann wollte unbedingt heiraten, ehe er zur Front musste.«

»Hast du Kinder?«

»Nein. Mein Mann wurde kurz nach unserer Hochzeit eingezogen.« Emma hob den Kopf und begegnete Klaras Blick. Die dunklen Augen schienen sie zu durchschauen. Ahnte Klara etwa, dass sie ihren Mann mit Kurt betrogen hatte? Emma fühlte sich unbehaglich, doch sie hielt dem Blick stand. »Hat Kurt dir etwas von seiner Zeit im Krieg erzählt?«, fragte sie, um abzulenken.

»Darüber hat er nie gesprochen. Nur manchmal habe ich ihn nachts gehört – sein Zimmer liegt gleich neben meinem. Ich habe gehört, wie er gerufen hat.«

»Gerufen?«

»Er hat Namen gerufen, Männernamen. Otto war einer, an den ich mich erinnere.«

Auf einmal wurde es Emma kalt. Was mochte Kurt im Krieg erlebt haben, das ihm solche Albträume bescherte? Aber dann fiel ihr noch etwas anderes ein. »Es kann ... es könnte auch damit zu tun haben, dass seine Familie tot ist. Hat er je darüber gesprochen?«

Langsam schüttelte Klara den Kopf. »Nein, nie.« Wieder dieser Blick, der alles zu sehen schien. Aber Emma beachtete ihn nicht mehr. Ihr war etwas klar geworden. Klara Fährmann konnte ihr nicht helfen, zu Kurt zu gelangen, geschweige denn, ihn aus dem Gefängnis zu holen. Sie wusste auch nicht mehr über Kurt als sie selbst. Es gab nur einen Menschen, der ihr jetzt helfen konnte.

Sie trank ihren Muckefuck aus und erhob sich. »Ich muss jetzt gehen, zurück zu meiner Mutter. Vielen Dank für den Kaffee. Sag mir bitte Bescheid, sobald du etwas Neues erfährst.«

Klara versprach es, und Emma verabschiedete sich und ging hinaus in den kühlen Herbsttag.

Kapitel 28

Sie traf den Vermittler noch am selben Abend vor ihrem Auftritt im Rheinpalast an. Er stand nicht wie üblich an der Theke, sondern saß allein an einem der Tische vor einer Portion Brühwurst mit Brot. Überraschenderweise lud er sie zum Essen ein, und obwohl Emma nichts von ihm annehmen wollte, weil sie ihm misstraute, konnte sie nicht widerstehen. Unter seinen zufriedenen, manchmal belustigten Blicken verschlang sie die Wurst und wischte mit dem Brot auch noch den letzten Rest Senf fort.

»So kommt wenigstens wieder Farbe in Ihr Gesicht«, sagte er und lehnte sich behaglich zurück. »Steht Ihnen besser.«

»Wenn ich die Wahl hätte, würde ich mich auch lieber satt essen«, versetzte Emma und tupfte sich den Mund mit der Serviette ab.

»Die Musik allein reicht nicht zum Leben, wie?«

»Das können Sie sich doch denken. Keine Gastwirtschaften, keine Engagements. Aber meine Freundin und ich, wir wollen bald zusammen auftreten. Wir arbeiten an neuen Liedern.«

»Neue Lieder?« Der Vermittler hob überrascht seine Brauen. »Eine gute Idee.« Er leerte sein Bierglas in einem Zug, dann bestellte er beim herbeieilenden Kellner zwei neue Biere.

»Sind leider aus«, sagte der Kellner.

347

»Dann zwei Limonaden, bitte.«

Der Kellner nickte und eilte davon.

»Wie Sie sich sicher denken können, ist mir im Moment nicht nach Musizieren«, sagte Emma, während sie den Vermittler scharf beobachtete. Sie hatte sich lange überlegt, wie sie vorgehen wollte. Sie durfte auf keinen Fall unhöflich sein, aber trotzdem unnachgiebig. Mittlerweile kannte sie ihn gut genug. »Wie Sie wissen, ist meine Mutter schwer krank. Das hat Ihnen Kurt doch erzählt, oder nicht?«

Er nickte. »Wie geht es ihr denn?«

»Besser. Das Penicillin wirkt. Zum Glück konnte ich es aus Doktor Kumbachs Villa retten.«

»Sie waren auch dort?«

Emma nickte.

Der Vermittler wartete ab, bis der Kellner ihnen ihre Gläser hingestellt hatte, dann nahm er einen tiefen Zug. »Ich habe gehört, was passiert ist«, sagte er, nachdem er sein Glas auf den Tisch gestellt hatte. Er senkte seine Stimme. »Es tut mir leid, dass es so gekommen ist. Mein guter alter Freund hat Ihnen kein gestrecktes Zeug verkauft, das würde er nie tun. Nicht bei Kunden, die von *mir* kommen. Das verdünnte Zeug verkauft er nur den anderen. Geben Sie Ihrer Mutter das Penicillin bis zum letzten Tropfen, und sie wird wieder gesund.«

»Gestrecktes Zeug? Der Doktor hat es verdünnt, meinen Sie?« Emmas Stimme klang schrill.

»Psst, bitte nicht so laut.« Der Vermittler blickte sich unauffällig um. Er sah überrascht aus. »Also hat Herr Groß tatsächlich dichtgehalten, wie gut. Auch Sie dürfen niemandem verraten, was ich Ihnen jetzt sage. Versprechen Sie es!«

Emma versprach es. Danach fuhr er fort: »Es gibt hier eine Bande, die mit verdünntem Penicillin handelt. Sie verkaufen es zu weit überhöhten Preisen auf dem Schwarzmarkt. Es wird aus dem Urin von kranken Engländern gewonnen. Eine ziemlich seltsame Methode, aber sehr effektiv. Die Briten besitzen nämlich genügend Penicillin, das sie ihren kranken Soldaten geben können. Es wird jedoch sehr schnell wieder vom Körper ausgeschieden und befindet sich in hoher Konzentration im Urin. Eine Tatsache, aus der sich Geld machen lässt.«

Emma erinnerte sich an den seltsamen Geruch, der in Kumbachs Labor herrschte. Urin. Natürlich, danach hatte es gerochen. »Ich verstehe«, sagte sie. »Doktor Kumbach und Sie … sind Freunde?«

»Nun, wir kennen uns gut«, sagte der Vermittler. »Früher, in einer anderen Zeit, haben wir mal zusammengearbeitet. Aber das tut jetzt nichts zur Sache.« Er machte eine wegwerfende Handbewegung.

»Und nun stellt Ihr … ehemaliger Kollege verdünntes Penicillin für diese Bande her? Ist das nicht gefährlich für die Kranken?«

Ein Schatten lief über das Gesicht des Vermittlers. Seine kleinen Augen hinter der dicken Hornbrille sahen plötzlich traurig aus. Er beugte sich nach vorn. »Natürlich kann das sehr gefährlich werden. Aber glauben Sie mir, *Ihr* Penicillin ist in Ordnung. Doktor Kumbach würde mich und meine Kunden nie betrügen.«

»Sind Sie sicher?«

»Absolut.« Er sah ärgerlich aus.

Emma begriff, dass sie weit genug gegangen war, sie durfte den Bogen nicht überspannen, schließlich wollte sie noch etwas von ihm. »Woher kennen Sie Kurt?«, fragte sie hastig, um abzulenken.

»Ich kannte ihn gar nicht. Wir sind uns durch Zufall begegnet, als ich mitbekam, wie er auf dem Schwarzmarkt mit einem von der Bande verhandelte. Ich konnte ihn gerade noch zurückhalten, und wir sind ins Geschäft gekommen. Danken Sie Gott dafür! So lebt Ihre Mutter noch.«

Emma dachte, dass er wohl recht hätte, aber sie war noch zu misstrauisch, um ihm wirklich dankbar zu sein. »Sie haben recht. Doch wie kommt es, dass die britische Militärpolizei ausgerechnet dann bei Doktor Kumbach auftauchte, als wir dort waren?«, fragte sie leise.

»Ich habe keine Ahnung. Wahrscheinlich war es purer Zufall.«

»Aber die Briten waren gewarnt! Irgendjemand muss ihnen etwas verraten haben. Oder meinen Sie, die sind von selbst darauf gekommen?«

»Das ist durchaus möglich«, entgegnete er. »Die haben ihre Spione. Oder einer aus der Bande hat geredet.«

»Warum sollte jemand das tun?«

»Ich weiß es nicht. Vielleicht haben sie einen geschnappt. Wenn Sie etwa glauben, dass ich Sie verraten habe, dann denken Sie bitte noch mal nach. Warum sollte ich mir selbst einen lukrativen Geschäftszweig zerstören? Ich bin außerordentlich traurig über das unverhoffte Auftauchen der Briten bei meinem Freund.«

Seine Stimme klang dunkel. Emma begriff, dass sie ihn nicht weiter verärgern durfte. Aber sie wusste nicht mehr, was sie glauben sollte. Nach seinem Verhalten zu urteilen, hatte er sie nicht verraten, aber vielleicht war er auch nur ein geschickter Schauspieler. Sollte er sie verraten haben, könnte sie jetzt vermutlich sein schlechtes Gewissen für sich nutzen. Sollte er eins besitzen. Sie beschloss, freundlicher zu ihm zu sein.

»Als wir in der Villa waren, kam ein Mann namens Schorsch an die Tür«, sagte sie. »Er klopfte, als wir auf den Doktor warteten, und wurde sehr ungehalten, als Kumbach ihm nicht sofort öffnete.«

Der Vermittler hatte sich auf seinem Stuhl zurückgelehnt und musterte Emma, während er sein Glas hin und her drehte.

»Am besten, Sie erzählen mir einfach mal, was genau passiert ist. Vielleicht kommen wir dann weiter«, schlug er vor.

Emma erzählte ihm, was in der Villa des Doktors geschehen war. »Sieht für mich so aus, als wäre es eine Falle gewesen«, meinte der Vermittler. »Dieser Schorsch ist einer aus der Bande, ich meine, seinen Namen schon mal gehört zu haben. Also, er klopft und kommt nicht rein. Er ist ärgerlich, weil ihm die Briten im Nacken sitzen, irgendwo versteckt, sodass sie niemand sieht. So geht er hintenrum und sie folgen ihm. In diesem Moment wollte Sie Doktor Kumbach hinten rauslassen, weil er vielleicht schon etwas ahnte. Zu spät. Sie sind ihnen genau in die Arme gelaufen.«

»Sie meinen also, dass dieser Schorsch die Briten zu Kumbach geführt hat?«

»Klingt doch logisch, oder? Er klopft und zur selben Zeit sind auch die Briten da, das scheint mir bei längerem Nachdenken ein zu großer Zufall zu sein.«

Emma überlegte einen Augenblick. »Aber warum sollte dieser Schorsch seine eigene Bande verraten?«

Der Vermittler zuckte mit den Schultern. »Vielleicht haben die Briten ihn geschnappt und erpresst. Sie hatten irgendwas gegen ihn in der Hand. Sie wollten wohl den ganzen Penicillin-Sumpf trockenlegen. Ich habe jedenfalls den Verkäufer der Bande schon seit Tagen nicht mehr auf dem Schwarzmarkt gesehen.« Er lächelte, es schien ihn sehr zu freuen. »Geschieht ihnen recht. Es tut mir nur leid, dass mein Freund jetzt auch kein unverdünntes Penicillin mehr verkaufen kann, wie es Ihre Mutter bekommen hat.«

»Ich verstehe«, sagte Emma. »Waren Sie einmal Arzt?«

Der Vermittler schwenkte den letzten Schluck Limonade in seinem Glas und leerte es dann. »Wissen Sie, wenn man so einen Beruf hat, dann hat man ihn immer. Man kann ihn nicht einfach abstreifen wie ein altes Kleidungsstück, er bleibt Teil von einem selbst. Es ist wie bei Ihnen und der Musik. Aber bei mir liegen diese Zeiten schon lange zurück. Ich hatte mal ein früheres Leben, und es gibt eins, das ich heute führe. Sie haben nichts miteinander gemeinsam.«

»Wir alle hatten ein altes Leben und jetzt ein neues«, sagte Emma.

»Sie erinnern mich ein bisschen an meine Frau«, gestand er. »Wenn ich eine Tochter gehabt hätte, wäre sie wahrscheinlich so ähnlich wie Sie geworden. Aber ich hatte Söhne.«

»Was ist mit ihnen passiert?«, fragte Emma mit dünner Stimme, obwohl sie es sich schon denken konnte.

»Was glauben Sie wohl? Sie waren gerade im richtigen Alter für Stalingrad.« Er sah einen Augenblick sehr traurig aus, seine Augen schimmerten hinter seinen dicken Brillengläsern, in denen sich das Kerzenlicht spiegelte.

»Das tut mir sehr leid«, sagte Emma leise. Sie wollte noch weiterfragen, aber etwas hielt sie zurück und sagte ihr, dass es besser wäre, es nicht zu tun. Wahrscheinlich würde er ihr sowieso nicht mehr über sich verraten.

Der Vermittler sagte auch nichts mehr und nickte nur. Sie spürte, dass nun ein geeigneter Augenblick gekommen war, um ihn auf andere Gedanken zu bringen, ihre Bitte auszusprechen.

»Wollen Sie nicht Doktor Kumbach im Gefängnis besuchen?«

Er sah sie überrascht an. »Sollte ich denn?«

»Nun, er ist ein alleinstehender Mann, er hat niemanden, der ihn besucht. Das könnten Sie tun. Sie haben doch sicher … gute Kontakte zu den Briten, oder?«

»Was wollen Sie von mir, Emma? Sagen Sie es geradeheraus«, forderte er sie auf.

»Bitte helfen Sie mir, Kurt im Gefängnis zu besuchen. Ich muss zu ihm.« Sie erzählte ihm von der Durchsuchung der Briten bei ihnen zu Hause und von den Zeichnungen.

Er drehte nachdenklich sein Bierglas und schüttelte den Kopf. »Zu schwierig«, sagte er schließlich.

Emma mochte es nicht glauben. »Aber Sie können es bestimmt«, erwiderte sie. »Sie machen alles möglich. Bitte tun Sie es für mich.«

Er lächelte freudlos. »Schmeichelei nützt bei mir wenig, liebe Emma, das müssten Sie eigentlich wissen. Ich mag Sie gern, sonst hätte ich Ihnen nicht mit dem Penicillin geholfen. Das habe ich nur für ganz wenige, vertrauensvolle Leute getan.«

Emma räusperte sich. »Sie haben recht. Sie haben meiner Mutter geholfen, und dafür danke ich Ihnen. Ich hätte Sie eben nicht ... verdächtigen dürfen.«

Er hob die Hand. »Schon gut. Ein gesundes Misstrauen ist immer angebracht, da haben Sie richtig gehandelt. Wenn Sie meine Tochter wären, würde ich Sie auch vor Typen wie mir warnen.« Er lächelte wehmütig. »Es ist sehr schwer, zu den Briten durchzudringen. Ich werde meine besten Kontakte bemühen müssen. Es wird einiges kosten.«

»Sie wissen, dass ich nicht viel habe«, meinte Emma, die hoffte, dass sein Preis nicht zu hoch wäre.

»Das habe ich mir schon gedacht.«

»Ich könnte Ihnen den Lohn meiner nächsten drei Auftritte anbieten.« Sie wusste zwar nicht, wie sie ohne das Geld auskommen sollte, doch irgendwie musste es gehen. Doch der Vermittler winkte ab. »Damit kommen wir nicht weit, und ich bin kein barmherziger Samariter. Das Einzige, das Sie mir bieten können, ist Ihre Arbeitskraft. Ich brauche Sie für weitere Fahrten.«

»Ich kann nicht so häufig weg«, sagte sie. »Meine Eltern brauchen mich doch.«

Der Vermittler beugte sich wieder nach vorn. »Denken Sie daran, was Kurt für Sie riskiert hat, für das Leben Ihrer Mutter. Er muss Sie sehr mögen.«

Emma seufzte in sich hinein. Sie wusste, wie viel Kurt für sie riskiert hatte, daran brauchte der Vermittler sie nicht zu erinnern. Sie wollte Kurt wiedersehen. Wissen, wie es ihm ging. Ihm Mut zusprechen. Wenn er so viel für sie riskiert hatte, war sie es ihm schuldig, auch etwas für ihn zu riskieren.

»Also gut, ich mach's«, sagte sie hastig. »Aber nicht mehr als zwei Fahrten.«

»Vier.«

»Drei. Mehr kann ich nicht.«

Der Vermittler zögerte. Sie maßen sich eine Weile mit Blicken, bis er schließlich nickte. Sie reichten sich die Hände. Emma atmete auf, weil er ihr entgegengekommen war.

»Kommen Sie morgen Abend wieder hierher, dann kann ich Ihnen hoffentlich mehr sagen«, sagte er.

Emma willigte ein, dann verabschiedeten sie sich. Später am Abend, nach ihrem Auftritt, erzählte sie Herrn Michels von ihrem neuen Frauen-Duo mit Irma. Er war begeistert, und sie beschlossen ein Vorspielen, sobald sie und Irma die neuen Lieder einstudiert hätten.

Eigentlich, dachte Emma, als sie in den kühlen Herbstabend hinausging, sah nun doch alles erfolgversprechend aus. Sie hätte sich freuen können, wenn Kurt frei und ihre Mutter gesund gewesen wäre.

Es dauerte aber noch fast eine Woche, bis die Bemühungen des Vermittlers fruchteten. Tage des Wartens, in denen Emma keine einzige Note einfiel und in denen die viele Arbeit plötzlich eine willkommene Ablenkung für sie war. Tage, in denen ihre Mutter langsam wieder zu Kräften kam. Sie aß wieder mehr, lernte, auf der Bettkante zu sitzen, wieder aufzustehen und langsam zum Essen in die Küche zu schlurfen. Emma wusch und bürstete ihr schütter gewordenes Haar und flocht es zu einem Zopf.

Allmählich verlor die Gestalt ihrer Mutter die Magerkeit, wich der Tod aus ihrem Gesicht.

Emmas Vater strahlte. Er führte seine Frau vom Bett in die Küche, fütterte sie, schälte Äpfel und schob ihr dünne Scheiben in den Mund. Er kümmerte sich um sie und half Emma sogar im Haushalt. Obwohl er und Herr Schneider mit den Arbeiten im Wohnzimmer fertig waren, war das Zimmer immer noch ein kalter, unbewohnbarer Raum, der nur noch im Entferntesten an frühere Zeiten erinnerte. Sie schlossen die Tür wieder und hängten eine Decke davor. Emma kochte Pflaumen und Apfelmus ein. In ihrem kleinen Keller lagerten dank Kurt Kartoffeln und ein wenig Gemüse und duftende Äpfel vom Baum im Hinterhof – alles gesichert mit einem dicken Vorhängeschloss. Den Garten in Lindenthal hatten sie winterfest gemacht, er würde ihnen hoffentlich im nächsten Jahr mehr Gemüse und Kartoffeln bringen. Durch die Hühner hatten sie Eier, die Kaninchen waren bald fett genug für einige Sonntagsbraten, und ihr Vater und Armin sammelten ständig Brennholz in den Ruinen.

Trotzdem dachte Emma mit Sorge an den Winter. Wenn er lang werden sollte, würden die Kartoffeln nicht reichen. Sie wäre gezwungen, noch mehr für den Vermittler zu arbeiten. Und sie brauchte mehr Engagements.

Sooft sie konnte, ging sie zu Irma, um gemeinsam mit ihr zu spielen und zu üben. Irma freute sich über das Vorspielen im Rheinpalast, und sie übten Emmas neues Lied gemeinsam ein.

Endlich, an einem windstillen Samstag im November, an dem die Sonne die letzten gelben Blätter an den Bäumen aufleuchten ließ, traf sie den Vermittler am Sitz der britischen Militärregierung in Köln-Riehl. Er wartete vor dem Eingang auf sie. Im hellen Sonnenlicht wirkte er blass und schmächtig. Er kam Emma kleiner vor, seit sie ihn das erste Mal auf dem Schwarzmarkt gesehen hatte.

Er schnippte seine Zigarette weg, als er sie sah, und starrte sie unverwandt an. »Wenn die Sonne nicht schon am Himmel stünde, würde ich sagen, sie ist jetzt aufgegangen.«

Emma lächelte. Sie hatte tatsächlich ihr Bestes getan, um gut auszusehen. Ihr langes rotblondes Haar floss frisch gewaschen auf ihren Wintermantel, sie trug sorgfältig polierte Schuhe und ihr Winterkleid vom letzten Jahr – ein dunkelbraunes Kleid mit einer orangenen Fadenlitze am Kragen, die ihre Mutter ihr noch kurz vor ihrer Krankheit aufgenäht hatte. »Schmeicheln Sie mir nicht so viel, das funktioniert auch bei mir nicht«, sagte sie und zwinkerte ihm zu, obwohl ihr nicht zum Scherzen zumute war.

Er nahm ihren Arm und zog sie beiseite, damit die Wachhabenden am Eingang sie nicht sahen. »Warum haben Sie mir nicht gesagt, dass Ihr Freund in Wahrheit Kurt Hüffenberg heißt und nicht Groß?«

Emma fühlte, wie ihr die Hitze ins Gesicht stieg. Wie konnte sie so etwas Wichtiges nur vergessen? Es musste wohl an ihrer momentanen Verfassung liegen. »Es tut mir leid«, sagte sie. »Ist mir einfach durchgegangen. Ich hoffe, Sie hatten dadurch keine … Unannehmlichkeiten?«

Er brummte etwas Unverständliches und schüttelte missbilligend den Kopf.

»Kann ich trotzdem zu ihm?«, fragte sie bang.

»Jaja. Aber es war peinlich, das kann ich Ihnen wohl sagen. Beinahe hätte es nicht geklappt.«

»Oh, mein Gott.«

Der Vermittler räusperte sich und spähte durch das Gebüsch zum Eingang hinüber. »Es wird Zeit, Sie müssen jetzt rein. Sind Sie bereit?«

Emma nickte. Sie hoffte, dass man ihr ihre Nervosität nicht anmerkte. Der Vermittler nahm sie am Arm und führte sie zu den Stufen am Eingang, dann ließ er sie los. »Stellen Sie sich einfach vor und sagen Sie, zu wem Sie wollen«, erklärte er. »Sollte es Schwierigkeiten geben, berufen Sie sich auf Major Baxter. Viel Glück!« Er tippte sich an die Hutkrempe und nickte ihr zu.

»Sie kommen nicht mit rein?«, fragte Emma.

»Nein, warum? Ab jetzt ist es Ihr Part. Sie können doch etwas Englisch, oder nicht?« Er lächelte ihr aufmunternd zu, dann wandte er sich zum Gehen, hielt aber kurz noch einmal inne. »Übrigens, worum Sie mich gebeten haben – Familie Schütte, der Kamerad Ihres Mannes –, sie haben eine Wohnung gefunden.«

»Ach ja? Wo denn?«

»Bei einem älteren alleinstehenden Herrn, dessen Haus zu groß für ihn allein geworden ist.«

»Das freut mich!«

»Es ist schön, wenn man helfen kann.« Er zog seinen Hut etwas tiefer ins Gesicht, wandte sich um und verschwand. Emma verfolgte, wie er mit raschen Schritten zum Rheinufer hinunterlief, während sein grauer Mantel hinter ihm herwallte. Eine Ahnung stieg in ihr auf, wer der alleinstehende ältere Herr sein könnte, aber sie würde es schon noch herausfinden. Sie atmete tief, dann schritt sie die Stufen hinauf zum Eingang.

KAPITEL 29

Die Wachen am Eingang kontrollierten ihre Papiere, dann führte sie ein Soldat in einen schmucklosen Warteraum mit vergilbten Gardinen, in dem es nach abgestandenem Zigarettenrauch stank. Stille umfing sie, die nicht von dem leisesten Geräusch unterbrochen wurde. Mit jeder Minute, die Emma warten musste, stieg ihre Nervosität. Es hielt sie bald nicht mehr auf dem Holzstuhl, sie stand auf und sah aus dem Fenster auf die Straße hinaus. Wenn man sie jetzt doch nicht zu Kurt ließe? Wenn alles nur eine Finte war und die Bemühungen des Vermittlers zwecklos? Warum ließ man sie so lange warten? Beinahe jede Minute sah sie auf ihre Armbanduhr, deren Zeiger unendlich langsam vorankroch. Als er halb vier zeigte, hörte sie endlich Schritte. Ein Soldat erschien.

»Mrs van Kall? Please follow me.«

Sie folgte ihm über eine breite Treppe hinauf ins Obergeschoss und dann einen langen Gang entlang, auf dem ihre Schritte hallten. Vor einer Gittertür hielt er an, zog ein Bund mit mehreren riesigen Schlüsseln hervor und schloss sie auf. Die Schlüssel rasselten, dann fiel die Tür hinter ihnen ins Schloss. Sie folgten einem spärlich beleuchteten Gang, von dem Zellentüren rechts und links abgingen. Vor einer hielt der Soldat an. Seine Schlüssel klapperten wieder, und die Tür öffnete sich. Licht, das durch ein vergittertes Fenster hereinfiel, umfing Emma, als sie den Raum betrat. Er war klein, eine schlichte Besuchszelle mit einem Tisch und vier Stühlen.

Kurt lehnte vor dem Fenster. Er nahm die Hände aus den Taschen und kam Emma ein Stück entgegen. Kurz vor ihr hielt er inne, als wäre eine unsichtbare Schranke zwischen ihnen, die sich gerade gesenkt hatte. Mitgefühl durchfuhr Emma, als sie sein müdes, unrasiertes Gesicht sah.

Sie blieben eine Weile schweigend voreinander stehen. Emma sah, wie er schluckte, wie seine ungläubigen Blicke sie abzutasten schienen, als wollte er sich jede Einzelheit von ihr merken. Er trug Gefängniskleidung, Jacke und Hose in einer undefinierbaren Farbe, die ihm zu groß waren. Er deutete auf die Stühle am Tisch. »Wir haben eine Viertelstunde.«

Emma zog sich ihren Mantel aus, damit er ihr Kleid sehen konnte, und hängte ihn über einen Stuhl. Sie rutschten auf die Stühle. Das Holz der Sitzfläche fühlte sich kalt an. Der Soldat schloss die Tür und postierte sich davor. »Wie hast du es geschafft, reinzukommen?«, fragte Kurt.

»Der Vermittler hat mir geholfen.«

»Ich hoffe, er hat nicht allzu viel dafür verlangt?«

Das war typisch für Kurt, er dachte wie ein Schwarzhändler. Für ihn war alles nur eine Frage von Leistung und Gegenleistung, von geschicktem Verhandeln und kalkuliertem Risiko. Ob er jemals anders gedacht hatte?

Emma winkte ab. »Nicht der Rede wert.« Auch gegen das Licht des Fensters sah sie die Ringe unter seinen Augen. Sie strich sich immer wieder mit den Händen über ihr Kleid. »Geht es dir gut? Bekommst du genug zu essen?«

»Es könnte besser sein. Sie lassen mich nicht verhungern.« Sein Lächeln beruhigte Emma nicht wirklich. Sie hatte das Gefühl, ihn nicht ansehen zu können, ohne in Tränen auszubrechen. Sie blickte auf ihre Hände hinunter und schluckte.

»Wie geht's deiner Mutter?«, fragte er.

Emma sah wieder auf. »Besser, sie kann wieder aufstehen und essen. Ich glaube, sie wird wieder ganz gesund. Das Penicillin hat gewirkt. Es war wohl nicht verdünnt.« Sie lächelte hilflos.

Kurt strahlte. »Das freut mich. Dann war wenigstens nicht alles umsonst.«

»Nein, aber …« Dafür saß er jetzt in einem britischen Militärgefängnis. Ich will, dass du wieder rauskommst. Dass alles so wird wie früher, wollte sie ihm sagen, aber sie brachte nichts heraus. Stattdessen legte sie ihre Hände auf den Tisch. Kurt tat es ihr nach.

»Es war eine Falle«, sagte er leise. »Dieser Schorsch gehörte zu der Bande, die verdünntes Penicillin auf dem Schwarzmarkt verkauft hat. Die Briten haben ihn geschnappt und erpresst. Er hat sie zu Doktor Kumbach geführt. Wir hatten das Pech, zur falschen Zeit am falschen Ort zu sein.«

»Also hatte der Vermittler recht. Ich war bei ihm, weil ich dachte, er hätte uns vielleicht verraten. Weißt du, wie sie das Penicillin gewonnen haben?«

»Nein.«

Emma erzählte ihm, was der Vermittler ihr erzählt hatte.

»Unglaublich.« Kurt schüttelte den Kopf.

»Der Vermittler ist Arzt. Er hat früher mit Doktor Kumbach zusammengearbeitet.«

»Ich glaube, sie haben die ganze Bande geschnappt. Der Gefängnistrakt ist voll.«

»Hast du sie gesehen?«

»Nein, wir sind alle in Einzelhaft.«

Einzelhaft. Den ganzen Tag allein. Essen durch die Tür zugeschoben bekommen. Emma starrte auf ihre Hände und kämpfte gegen die Tränen an. »Es tut mir leid«, flüsterte sie. »Es tut mir so leid.«

Seine Hand tastete nach ihrer. Sie war warm. Die Berührung durchfuhr Emma von der Kopfhaut bis zu den Zehenspitzen, drang in jede Zelle. So war es auch bei *Ein Sommernachtstraum* gewesen. Das Gefühl war wieder da. Oder war es nie weg gewesen? Ein Sehnen, ein großes Verlangen, tiefes Mitgefühl. Sie hatte es lange nicht wahrhaben wollen, hatte sich lange dagegen gewehrt. Sie hatte sich in Kurt verliebt. Diese Gewissheit überwältigte Emma. Sie liebte ihn, einen Mann, von dem sie kaum etwas wusste – einfach so, wie er war.

Eine Weile saß sie nur so da, während er mit dem Daumen über ihren Handrücken strich. Sie hob den Kopf und sah ihn an, sein Gesicht, das ihr in den letzten Monaten so vertraut geworden war. Seine Augen, der Dreitagebart, der sanfte Druck seiner Hände. »Wann lassen sie dich denn raus?«, fragte sie mit zitternder Stimme.

Der Druck seines Daumens wurde stärker. »Ich arbeite daran. Erst haben sie geglaubt, ich gehöre auch zur Bande. Mittlerweile wissen sie, dass ich nur durch Zufall in der Villa war, aber sie halten mich für einen Käufer, obwohl sie kein Penicillin bei mir gefunden haben.«

»Dann müssten sie dich doch eigentlich freilassen.«

Kurt starrte nach unten auf ihre Hände. Er ergriff ihre zweite Hand. »Als sie mich nicht freiließen, bin ich, ehrlich gesagt, etwas nervös geworden. Ich habe ihnen Zeichnungen angeboten, die Klaras Verlobter aus dem Rüstungsbetrieb entwendet hat, in dem er gearbeitet hat, zum Tausch gegen meine Freilassung. Es geht um irgendeine neue Waffe. Aber offenbar haben die Briten kein Interesse, sonst hätten sie mich schon gehen lassen.«

Emma schauderte bei dem Gedanken, dass Kurt sich in Gefahr gebracht haben könnte. »Es wäre besser, du hättest damit nichts zu tun«, sagte sie.

»Das ist jetzt aber leider so«, erwiderte er leichthin. »Die Briten kennen mich … ein bisschen jedenfalls. Ich habe ihnen manches besorgen können. Ich konnte sie davon überzeugen, dass ich die Zeichnungen nicht selbst erstellt habe und sie nur durch Zufall in meine Hände geraten sind.«

»Sie gehören eigentlich Klara.«

»Woher weißt du das?«

»Ich habe sie getroffen. Wir haben versucht, eine Besuchserlaubnis für dich zu bekommen, aber sie haben uns nicht zu dir gelassen.«

»Du warst also bei Klara.«

Emma nickte. »Ich habe ihr die Lkw-Schlüssel gegeben, wie du es mir gesagt hast.«

»Hat Biernath den Lkw wieder in die Halle gebracht?«

»Ich nehme es an. Ein paar Tage später war ich noch mal bei der Villa, da stand der Wagen nicht mehr da.«

»Gut«, sagte Kurt. »Man kann sich wirklich auf Biernath verlassen. Aber du weißt jetzt wohl alles über mich.« Er sah sie unverwandt an.

Alles? Wenn er damit auf sein zweites Zimmer bei Klara anspielte, dann hatte er wohl recht. Aber sie hatte das Gefühl, weniger über ihn zu wissen denn je. Immer, wenn eine Frage beantwortet wurde, taten sich gleich mehrere neue Fragen auf. »Ich weiß nichts über dich, Kurt. Vor ein paar Tagen kamen die Briten zu uns und wollten in dein Zimmer. Sie fragten, ob ein Kurt Hüffenberg bei uns wohnt. Du hast Glück, dass ich ihnen nicht versehentlich verraten habe, dass du unter falschem Namen bei uns gelebt hast.«

Er lehnte sich zurück, ohne ihre Hände loszulassen, strich mechanisch weiter mit den Daumen über ihre Handrücken. In seinem Gesicht arbeitete es. So sah er immer aus, wenn er überlegte. »Sie haben die Zeichnungen gesucht. Natürlich kennen sie auch meinen wahren Namen. Es tut mir leid, dass ich dich belogen habe, Emma. Ich wollte nicht, dass jemand ihn kennt.«

»Warum nicht?«

»Meine Familie … es war schwierig mit ihr. Ich wollte hier nach dem Krieg ein neues Leben beginnen. Es war so einfach, als ich aus dem Lager zu Klara kam. Ich bin einfach hiergeblieben.«

»Also lebt deine Familie doch noch?«

Kurt nickte und wich ihrem Blick aus.

»Deine Eltern und ein Bruder?«

»Ja.«

Wenigstens in dieser Beziehung hatte Kurt sie nicht belogen. »Bist du verheiratet?«

Er schüttelte heftig den Kopf. »Ich habe dir doch schon mal gesagt, dass ich das nicht bin. Es ist nur – mein Vater ist … er hat es nicht verdient, mich wiederzusehen. Ich war für ihn immer nur … falsch.«

»Falsch?«

»Der falsche Sohn. Er und mein Bruder, sie waren ein Gespann. Sie schaffen es auch ohne mich.«

»Ich verstehe.« Das war eine Lüge. Sie konnte nicht verstehen, wie jemand ohne seine Familie leben konnte. Was musste Kurt durchgemacht haben, dass er nichts mehr von seiner Familie wissen wollte?

»Und deine Mutter?«, fragte sie. »Sie macht sich doch sicher Sorgen um dich, wenn sie nicht weiß, ob du noch lebst.«

Kurt sah sie wieder mit seinem unverwandten Blick an. Er hatte aufgehört, mit den Daumen über ihre Handrücken zu streichen. »Meine Mutter hat keinen eigenen Willen«, sagte er mit rauer Stimme. »Sie folgt in allem meinem Vater.«

»Vielleicht überlegst du es dir noch mal anders«, sagte Emma vorsichtig.

Er setzte eine Miene auf, die sie noch nie an ihm gesehen hatte. »Ich glaube nicht«, sagte er mit kalter Stimme.

Emma erschrak und sagte nichts mehr.

Kurt schien sich zu besinnen. Seine ernste Miene verschwand, als er sich nach vorn beugte. »Ich wollte hier ein neues Leben ohne meine Familie beginnen«, erklärte er. »Allein und frei. Doch dann habe ich dich getroffen, Emma, und ich habe mir nichts mehr gewünscht, als mit dir zusammen zu sein. Ich weiß, du bist verheiratet. Deswegen habe ich lange dagegen angekämpft. Meine langen Abwesenheiten, sie hatten auch damit zu tun. Aber man kann nicht gegen seine Gefühle ankommen.« Er schwieg und umfasste ihre Hände fest.

Emma spürte, wie ihr Herz aufgeregt zu pochen begann. Sie saß wie erstarrt, konnte keinen Ton herausbringen.

»You have only five minutes left«, sagte der Soldat in die Stille hinein.

»Emma, ich ... ich habe mich in dich verliebt.« Sie hörte Kurts sanfte Stimme wie aus der Ferne, so weit weg. Die Worte drangen in ihre Ohren und zersprangen irgendwo in ihrem Kopf, als wollten sie dort ein Feuerwerk anzünden. Hatte er das wirklich gerade gesagt? Hatte er wirklich von Liebe gesprochen? Sie sah wieder hoch und begegnete seinem Blick, dem Leuchten in seinen Augen. Ja, er hatte es gesagt. Er stand auf, ohne sie loszulassen, zog sie zu sich heran. Sie spürte seinen warmen Körper an ihrem, sah seinen Mund, das Sonnenlicht auf seiner blassen Haut, sah jede Linie darauf – die alten und die neuen müden Linien, die dazugekommen waren. Sie küssten sich.

Merkwürdigerweise ließ der Soldat sie gewähren, obwohl sie auf diese Weise leicht alles Mögliche von einer Tasche in die andere hätten schmuggeln können. Sie hörte Kurts Herz klopfen. »Ich werde hier rauskommen, bald«, versprach er. »Ich tue alles dafür. Sie können mich nicht länger hier festhalten.«

Emma nickte. Er würde es bestimmt schaffen, ihr kluger Überlebenskünstler. Sie hob die Hand und zeichnete mit dem Finger seine Lippen nach. Sein schöner Mund! Warum hatte sie ihn nicht öfter geküsst, als Kurt noch frei war? So viel Zeit hatten sie ungenutzt verstreichen lassen!

»Ich habe mich auch in dich verliebt«, gestand sie.

Er nahm sie in seine Arme. Sie ließ sich fallen, in die Umarmung, in den Kuss. Irgendwo flackerte wieder der Gedanke auf, dass sie dies viel eher hätten tun sollen, und sie dachte kurz an das, was sie davon abgehalten hatte. Dann dachte sie nichts mehr. Sie spürte das Sonnenlicht des Herbsttages warm auf ihrer Haut. So fühlte sich sonst nur der Frühling an.

Sie öffnete die Augen, als Kurt den Kuss beendete. Der Soldat hatte seinen Posten an der Tür verlassen und sich vor ihnen aufgebaut. Sie hatte ihn nicht kommen gehört. »Time is up«, sagte er und klopfte auf seine Armbanduhr.

Widerstrebend ließen sie sich los. Emma zog ihren Mantel an, nahm ihre Handtasche vom Stuhl und wandte sich noch einmal zu Kurt um.

»Wir sehen uns bald wieder«, versprach er. Er folgte ihr, doch der Soldat hob abwehrend die Hand, nahm Emma am Arm und führte sie hinaus.

»Bis bald, Kurt!«, rief sie, ehe die Tür sich hinter ihr schloss. Die Schlüssel rasselten so laut, dass es von den Wänden widerhallte. Sie glaubte, ersticken zu müssen. Mechanisch folgte sie dem Soldaten, hörte ihre hallenden Schritte in der Stille.

Bald würde sie Kurt wiedersehen. Er war schlau genug, hier rauszukommen. Sie konnten ihn nicht ewig festhalten. Nichts dauerte ewig.

Unten am Eingang bekam sie ihre Papiere wieder. »Goodbye«, sagte sie dem Soldaten zum Abschied, und er nickte ihr freundlich zu.

Draußen hielt sie einen Moment lang inne. Die Sonne schien warm auf sie herab. Sie beschloss, ihr Rad ein Stück zu schieben, und lenkte es am Rhein entlang zurück. Immer noch sah sie Kurt vor sich, sein Gesicht, als er ihr gestand, dass er sich in sie verliebt hatte. Sie konnte es immer noch nicht glauben, dass er ihre Gefühle erwiderte. Es war ihm also ernst.

Über ihr spannte sich ein hellblauer Herbsthimmel mit nur wenigen Wolken, der Rhein gluckste fröhlich vor sich hin, selbst die Ruinen erschienen auf einmal weniger betrüblich. Emma gab sich ganz der Freude hin. Während sie ihr Rad langsam durch die Ruinen schob, reifte ein Entschluss in ihr.

Am Nachmittag nach der dürftigen Portion Essen, nachdem ihre Mutter sich hingelegt hatte, lieh sie sich unter einem Vorwand Tinte und Feder von ihrem Bruder und ging in Kurts Zimmer. Sie verschloss die Tür, setzte sich an ihren alten Schreibtisch, nahm Kurts Notizblock aus der Schublade und legte ihn vor sich hin. Lange starrte sie auf die gestrichelten Linien und überlegte. Sie bedauerte, dass sie kein richtiges Briefpapier mehr besaß, dass sie auf diesem gräulichen Papier schreiben musste, aber es war besser als nichts. Schließlich tauchte sie die Feder in das Tintenfass und begann zu schreiben.

Sehr geehrte Eheleute Hüffenberg,

Sie wundern sich sicher, dass eine Unbekannte Ihnen schreibt. Mein Name ist Emma van Kall, ich wohne in Köln und bin die Tochter von Erich Wolrath, der seit einiger Zeit ein Zimmer an Ihren Sohn Kurt untervermietet hat. Herr Hüffenberg ist ein sehr ruhiger, freundlicher und hilfsbereiter Untermieter, der seit seiner Entlassung aus der amerikanischen Kriegsgefangenschaft (Rheinwiesenlager) bei uns wohnt, weil sein Studentenzimmer ausgebombt wurde.

Nun erfuhren wir jedoch, dass Herr Hüffenberg verhaftet wurde und sich im

Gefängnis der britischen Militärregierung in Köln befindet. Wie ich gehört habe, ist es Angehörigen gestattet, ihn zu besuchen.

Verehrter Herr, verehrte Frau Hüffenberg, ich hoffe sehr, dass Sie Ihren Sohn dort besuchen und auf seine Entlassung hinwirken können.

Wie er uns erzählte, hat er im Krieg tapfer gekämpft und nur durch Glück das Kriegsgefangenenlager überlebt. Er ist ein guter Mensch und hat es nicht verdient, so lange für nichts in Haft bleiben zu müssen. Ich bitte Sie von Herzen, sich dafür einzusetzen, dass Ihr Sohn wieder aus dem Gefängnis kommt.

Hochachtungsvoll
Emma van Kall

Emma las den Brief noch einmal durch, dann faltete sie das Blatt zusammen, zog sich ihren Mantel über und fuhr zu Klara. Sie hatte nicht einmal einen Umschlag und hoffte, dass Klara ihr einen geben konnte.

Kurt würde natürlich nicht wollen, dass sie seinen Eltern verriet, wo er war, und es würde herauskommen, dass sie in seinen Sachen geschnüffelt und seine Adresse gefunden hatte. Aber das würde sie in Kauf nehmen müssen. Sie wusste, wie es war, mit der Ungewissheit leben zu müssen. Wenn es so schlimm für sie war, nicht zu wissen, ob Christian noch lebte oder nicht, wie furchtbar musste es erst für seine Eltern sein, nicht zu wissen, ob ihr Sohn noch lebte oder nicht? Sie hoffte inständig, dass seine Eltern sich um seine Freilassung bemühen würden. Wer in einer Villa wohnte, hatte sicher genügend Mittel dafür.

Emma erreichte Klara in ihrer Wohnung, erzählte ihr von ihrem Besuch bei Kurt und fragte sie nach Biernath. Klara verriet ihr, wo sie ihn finden konnte. Sie hatte sogar einen Briefumschlag.

Emma machte sich mit dem Rad auf den Weg nach Zollstock. Kurts Kumpel wohnte in einer Straße mit Mietshäusern, die weitgehend unzerstört geblieben waren. Auf der Straße spielten Jungs mit einem zerschlissenen Ball. Emma fragte den größten von ihnen nach Biernath.

»Der wohnt da oben«, sagte er und deutete mit dem Kopf zum Dachgeschoss. »Kommt aber immer erst spät nach Hause.«

Emma stieg die Treppe hinauf in den vierten Stock und klopfte an Biernaths Wohnungstür, aber niemand öffnete. Also setzte sie sich auf die Treppenstufen und wartete.

Biernath kam erst lange, nachdem die Kinder hereingerufen worden waren und es schon dunkel war – ein älterer rotgesichtiger Mann, der erstaunlich schnell die Treppe heraufstieg. Er bat sie nicht hinein, nachdem sie sich vorgestellt und erklärt hatte, wer sie war und woher sie Kurt kannte, sondern führte sie nach unten vor die Haustür, wo er sich eine Lucky Strike ansteckte.

»Hab schon von Frau Fährmann gehört, dass sie Kurt geschnappt haben«, sagte er, während er den Rauch in die Dunkelheit blies. »Wie geht's ihm denn?«

»Ganz gut«, meinte Emma leichthin. »Aber niemand weiß, wie lange sie ihn noch festhalten werden.«

»Hm.« Biernath sah dem Rauch hinterher und nickte. »Hab schon länger befürchtet, dass so was mal kommt.«

»Warum?«

Er winkte ab. »Der und seine Schwarzmarktgeschäfte.«

»Wissen Sie, was das für Geschäfte waren?«

»Keine Ahnung.« Er zuckte mit den Schultern. »Ich wusste das nie so genau, aber sie müssen sich gelohnt haben.«

Emma dachte eine Weile nach. Also glaubte er, dass Kurt wegen seiner Schwarzmarktgeschäfte geschnappt worden war.

Sicher wusste er nichts von den Ereignissen in der Villa. »Haben Sie den Lkw abgeholt und in die Halle zurückgebracht?«

Biernath nickte. »Ich hab Frau Fährmann Kurts Schlüssel wiedergegeben. Ich hab nix angerührt.«

Emma fragte sich, was er damit meinte und ob er wohl vertrauenswürdig war. Sie entschied, dass er es wäre. Wenn Kurt ihm vertraute, würde sie es auch tun. »Fahren Sie nicht manchmal Touren, wie Kurt es getan hat?«

Er sah sie überrascht an. »Ich? Nein, damit hab ich nichts zu tun. Ich arbeite doch den ganzen Tag.«

»Ach so. Hätten Sie noch genügend Benzin, um eine längere Strecke zu fahren?«

Biernath blies den Rauch aus und sah sie mit ernster Miene an. »Was wollen Sie von mir, Frau van Kall?«

»Nun, ich hab hier einen Brief … von Kurt aus dem Gefängnis«, log sie rasch und zog den Brief aus ihrer Manteltasche. »Er ist an seine Eltern und muss unbedingt sicher in ihre Hände gelangen. Ich weiß nicht, ob die Post … Na ja, es wäre schön, wenn ihn jemand bringen könnte. Ich dachte, Sie haben doch den Lkw und könnten ihn hinbringen.«

Biernath starrte auf die Adresse.

»Wissen Sie, wo das ist?«, fragte Emma.

Er nickte. »Ich kenn das Dorf, ist im Bergischen.« Er starrte wieder auf den Brief und schüttelte den Kopf. »Mannomann, *da* kommt der her. Ich hab ja schon immer gewusst, dass der kein normaler Typ ist.«

»Was meinen Sie damit?«

»Das ist keine Villa, das ist ein Anwesen«, sagte er.

Emma fröstelte. Was hatte Kurt ihr noch alles verschwiegen? Wie auch immer, sie würde dafür sorgen, dass der Brief in die Hände von Kurts Eltern käme, und wenn sie selbst mit dem Rad zu diesem Anwesen fahren müsste. »Wie lange braucht man denn dorthin?«, fragte sie.

Biernath zuckte mit den Schultern. »Hm, vielleicht 'nen knappen Tag mit dem Rad. Besser geht's natürlich mit dem Wagen. Aber ich hab keinen Passierschein. Käme gar nicht über die Brücke.«

Ein kalter Windstoß fuhr Emma unter den Mantel, sie fror. »Nun gut, dann bringe ich ihn selbst hin.« Sie wollte den Brief wieder an sich nehmen, doch Biernath hielt ihn fest.

»Nein, nein, das ist nichts für eine junge Frau wie Sie bei dem ganzen Gesindel, das sich überall rumtreibt. Ich mach das für Sie. Wird aber erst Sonntag werden, wenn ich frei hab.«

»Wirklich? Wie freundlich von Ihnen!«, rief Emma erleichtert. Sie hatte erst neulich von mehreren Überfällen in der Umgebung gehört und war froh, nicht selbst fahren zu müssen – so gern sie auch Kurts Elternhaus gesehen hätte.

»Es kostet Sie auch nur eine Stange Luckys.«

»Wie bitte?«

»Na, eine Stange Zigaretten«, erklärte Biernath. »Aus Kurts Halle.«

Also bewahrte Kurt dort seine Schwarzmarktwaren auf. Natürlich, wo auch sonst? »Sicher«, sagte sie hastig. »Hat das Zeit, bis er wieder draußen ist?«

Biernath runzelte die Stirn und schüttelte den Kopf.

Wieder überlegte sie, ob sie ihm trauen könnte, und kam zu dem Schluss, dass er Kurts Lager längst hätte plündern können, wenn er es gewollt hätte. »Ich sage Frau Fährmann Bescheid, dass sie Ihnen noch einmal den Schlüssel gibt«, sagte sie. »Bitte geben Sie den Brief persönlich ab. Und sagen Sie mir, was Kurts Eltern gesagt haben.«

Er versprach es und verschwand im Haus.

Emma dachte, dass sie ihm nun vertrauen und abwarten musste. Aufgeregt fuhr sie nach Hause zurück.

Gleich am Montagabend kam Biernath zu ihr. Sie hatte ihm ihre Adresse gegeben. Bewundernd betrachtete er die Fassade ihres Hauses, nachdem er vom Rad gestiegen war. Sein Rad war alt, aber sorgfältig gepflegt mit neuen Ersatzteilen, wie Emma bemerkte. Sie konnte es kaum erwarten, endlich zu hören, was er zu berichten hatte.

»Ich hab den Brief abgegeben«, erzählte er. »Zuerst war da nur eine Hausangestellte, doch ich hab darauf bestanden, ihn nur den Eltern zu geben.«

Eine Hausangestellte! Kurts Eltern mussten ziemlich reich sein, wenn sie sich Angestellte leisten konnten. Dann würden sie bestimmt auch ihren Einfluss gegenüber den britischen Besatzern besser geltend machen können. Emmas Hoffnung stieg. »Das war gut«, lobte sie Biernath. »Waren seine Eltern da?«

»Seine Mutter. Ihr hab ich den Brief gegeben.«

Emmas Neugier stieg. »Und was hat sie gesagt?«

»Nichts.«

»Nichts!?«

»Na ja, danke wohl schon, aber dann ist sie gleich gegangen. Wollte den Brief wohl sofort lesen.«

Emma musste an das denken, was Kurt ihr von seinen Eltern erzählt hatte. Vielleicht hatte er keine gute Kindheit gehabt mit ihnen, und sie und ihr Brief hatten sie wieder zusammengeführt. Vielleicht hatte sie einen Fehler gemacht. Zitternd bedankte sie sich bei Biernath und ging in den Hinterhof. Dort ließ sie sich auf den Stein sinken, auf dem sie manchmal mit Kurt gesessen hatte. Wenn Kurt ihr nun Vorwürfe machen würde, würde sie damit leben müssen. Hauptsache, er käme wieder frei. Sie hatte das Gefühl, das Richtige getan zu haben. Nun konnte sie nur noch hoffen und warten.

KAPITEL 30

Emma lenkte sich mit Musik ab. In der Kellerbuchhandlung fand sie ein Buch mit Musikstücken, die Irma und sie wochenlang einübten, bis sie sich bereit für das Vorspiel im Rheinpalast fühlten. Herr Michels war begeistert und stellte Irma sofort ein.

»Wunderbar«, sagte er immer wieder und drückte Emma den Arm. »Das haben Sie gut gemacht, sich umzustellen, Sie beide sind eine Wucht.« Und er spendierte ihnen sogar ein Abendessen. Satt und glücklich machten sich die beiden auf den Heimweg. Sie schoben ihre Räder bis zum Volksgarten, wo ihr Weg sich trennte.

»Ist dir inzwischen etwas eingefallen?«, fragte Emma.

»Was meinst du?«

»Na, unseren Duo-Namen. Wir brauchen ihn bis zum Auftritt.«

»Klar.« Sie hatten beschlossen, dass jede ihren eigenen Namen haben sollte. Emma war bisher immer unter »Lydia« aufgetreten, dem Namen ihrer Tante, und diesen wollte sie auch behalten.

Irma räusperte sich. »Ich habe gedacht, es muss etwas sein, das mich an Bruno erinnert. Was hältst du von Rose? Nach dem Rosengarten, in dem ich ihn zum ersten Mal getroffen habe.«

Sie blieben stehen. Ein paar matte Lichter glommen aus den Fensteröffnungen einiger Ruinen von Jugendstilvillen, die die Straße säumten. Vor ihnen lag der alte Volksgarten in völliger Dunkelheit.

»Lydia und Rose«, sagte Emma. »Gefällt mir gut.«

»Ja, nicht?« Irma lächelte, aber sie sah traurig aus. »Wir sollten Rose englisch aussprechen. Klingt etwas runder.«

»Stimmt.« Sie wiederholten die Namen noch einmal, und diesmal sprachen sie »Rose« englisch aus.

»Hört sich gut an«, meinte Emma.

»Geht einfach über die Lippen«, ergänzte Irma.

Sie sahen sich eine Weile an. Irma lächelte immer noch, und Emma erwiderte ihr Lächeln. Sie wusste, was es bedeutete. Wie schön, dass sie wieder zusammengefunden hatten! Dass sie wieder gemeinsam musizierten. Bald würden sie nach langer Zeit wieder ihren ersten gemeinsamen Auftritt haben.

»Freust du dich auf den Auftritt?«, fragte Emma.

»Bin schon ziemlich aufgeregt, ehrlich gesagt. Es ist so lange her, dass ich vor Publikum aufgetreten bin.«

»In unserer Schulaula«, sagte Emma. »Beim *Sommernachtstraum*. Du warst ein kleiner Elf und ich der Harlekin.« Sie mussten lachen.

»Danke, Emma«, sagte Irma.

»Wofür denn?«

»Dafür, dass du mich nicht aufgegeben hast.«

Emma dachte eine Weile nach. »Du hast dich selbst nicht aufgegeben«, sagte sie dann.

Irma nickte. Als sie nichts mehr erwiderte, verabschiedeten sie sich, schwangen sich auf ihre Räder und fuhren durch die Dunkelheit nach Hause.

Zu ihrer Aufführung am folgenden Samstagabend kamen viele in den Rheinpalast. Drangvolle Enge herrschte auf dem kleinen

Geviert, das Herr Michels zwischen den Tischen für die Tänzer hatte freiräumen lassen. Durch die rauchgeschwängerte Luft sah Emma die bunten Kleider der Frauen herumwirbeln, die Röcke schwingen. Die Männer hatten ihre Anzugjacken ausgezogen, die Krawatten gelockert und schoben und drehten ihre Damen über die kleine Tanzfläche. Kaum jemand saß noch am Tisch.

Herr Michels stand an der Theke, klatschte zur Musik und lächelte. Er sah sehr zufrieden aus, denn er wusste, dass die Gäste den Kellnern gleich in der Pause die letzten Getränke aus den Händen reißen würden. Schwungvoll und mit seinen üblichen markigen Worten hatte er sie als »Lydia und Rose, das neue kölsche Duo« vorgestellt, und schon beim ersten Lied hatten sich ihre Befürchtungen, ihre Musik käme nicht an und die Leute würden vielleicht nicht tanzen, in Luft aufgelöst.

Es war richtig, Tanzmusik zu spielen. Die Stücke aus dem alten zerfledderten Buch waren vielleicht schon oft gespielt worden, nach den vielen Gebrauchsspuren zu urteilen, sie hatten vielleicht sogar schon eine Erfolgsgeschichte gehabt, anderswo oder in früheren Zeiten in Köln. Emma und Irma spielten Swing, Foxtrott, Walzer und sogar eine Polka, bis das Publikum kochte. Es waren nicht viele Stücke, die sie eingeübt hatten, ein kleines Programm nur, doch die Leute tanzten so begierig, dass sie es wohl gut und gern zwei- oder dreimal hintereinander würden spielen können. Nur ein Lied noch bis zur Pause.

Emma hielt sich aufrecht und lächelte, während ihre Finger über die Tasten des Akkordeons flogen. Sie nickte Irma zu, während sie den letzten Akkord spielten. Irma nickte zurück. Sie ließen das Lied verklingen. Die Röcke der Frauen schwangen aus. Einige Männer wischten sich mit Taschentüchern den Schweiß von der Stirn. Die Pärchen hielten einander fest und blickten sie erwartungsvoll an. »Als letztes Lied vor der Pause werden Rose und ich Ihnen nun ein neues Lied vorspielen«, rief Emma in den dämmrigen Gastraum hinein. »Es heißt

Sommernachtstraum und ist inspiriert durch klassische Musik.«
Und von Liebe und Sehnsucht, wollte sie hinzusetzen. »Bleiben
Sie auf der Tanzfläche, Sie können weitertanzen«, sagte sie
stattdessen.

Sie begannen zu spielen. Eine wehmütige, etwas traurige,
aber auch gefühlvolle Melodie erklang – ungewöhnliche Klänge
für ein Akkordeon. Emma und ihr Akkordeon waren es auch,
die in diesem Lied die Hauptrolle spielten, leise begleitet von
Irmas Gitarre. Einige Pärchen setzten sich an die Tische, aber
die meisten blieben auf der Tanzfläche, hielten sich fest und
tanzten eng umschlungen.

Erleichtert beobachtete Emma die tanzenden Paare, während die Griffe ihr beinahe automatisch von der Hand gingen.
Sie hatte das Lied so oft geübt, auch gestern wieder, als sie für
die Aufführung probten, dass sie es fast im Schlaf hätte spielen
können. Es war ein Risiko, es jetzt zu spielen, sie hatten es nicht
mit Herrn Michels abgesprochen. Wenn sich alle Gäste hingesetzt hätten, hätte er sicher seinem Unmut Luft gemacht. Aber
sie tanzten.

Was für ein Glück! Wie schön es war, sie tanzen zu sehen,
dachte Emma, nach einer Melodie, die ihr eingefallen war.
In ihre Freude mischte sich Staunen. Die Gäste mochten
ihre Musik. In diesen Klängen lag alles, was sie in den letzten
Monaten durchgemacht hatte, die Menschen schienen es zu
spüren.

Die bunten Flecke der Kleider verschwammen vor ihren
Augen. Sie wünschte sich, sie könnte auch tanzen. Aber
ihre Männer waren nicht zurückgekehrt. Es ging schon auf
Weihnachten zu, und Kurt war immer noch in Haft, schlimmer noch, man hatte ihn in irgendein unbekanntes Gefängnis
gebracht, und von seinen Eltern hatte sie keine Antwort bekommen. Sie wusste nicht, ob sie etwas unternommen hatten, um
ihren Sohn herauszuholen. Sie wusste nichts. Ihre Aufgabe

schien es zu sein, Melodien zu erfinden und zu spielen, um anderen Freude zu bereiten.

Das Lied verklang, die Pärchen ließen sich los und begannen zu klatschen, auch die Gäste an den Tischen applaudierten. Sie sahen glücklich aus. Emma und Irma standen auf, verneigten sich vor ihnen, warfen ihnen Kusshände zu.

Emma lächelte. Irma und sie fassten sich an den Händen und verbeugten sich vor dem Publikum. Herr Michels trat vor sie hin. »Meine Damen und Herren, das waren Lydia und Rose!«, rief er, nachdem sich der Beifall gelegt hatte. »Wir machen jetzt eine kleine Pause, bis es gleich weitergeht. Bis zur Sperrstunde!«

Die Gäste ließen sich an den Tischen nieder und orderten Getränke. Ob sie Herrn Michels bald nach einer Gehaltserhöhung fragen könnten?, schoss es Emma durch den Kopf. Die Chancen standen gut. Sie mussten ihn fragen, ehe die Bühne im Keller fertig sein und er womöglich ein Orchester engagieren würde. Sie legte ihr Akkordeon ab, stieg die provisorische Bühne hinunter, die der Wirt erst neulich hatte zimmern lassen, und machte sich auf den Weg zur Toilette, als ihr Blick auf einen Mann an der Theke fiel. Er hatte sich gerade abgewandt, um dem Kellner Hut und Mantel zu geben, aber sie erkannte ihn sofort. Sein Profil. Die Art, wie er sich mit den Händen kurz durch die Haare fuhr und sich dann umwandte. Sein Gesicht war etwas schmaler geworden, aber sonst sah er aus wie immer. Sie starrten sich eine Weile an.

Emma war, als würde etwas in ihr vibrieren, ein dauernder Ton, der in ihr schwang. Aus den Augenwinkeln bemerkte sie, wie Herr Michels ihr etwas sagen wollte, doch sie beachtete ihn nicht. Sie hatte nur Augen für Kurt.

Und er nur für sie. »Emma«, sagte er mit rauer Stimme.

Sie trat ein paar Schritte näher. Die rauchgeschwängerte Luft hüllte sie ein, und der Lärm im Lokal trat in den Hintergrund. »Du bist frei«, sagte sie und kämpfte gegen das Gefühl an, das alles wäre nicht wahr und sie würde gleich aus einem Traum aufwachen. Sie lehnte sich an die Theke, als bräuchte sie Halt.

»Ein Bier?«, fragte Kurt.

»Nein, Limonade bitte.«

Er bestellte beim Barmann ein Kölsch und eine Limonade.

»So, Lydia und Rose?« Er deutete zur provisorischen Bühne hinüber, wo Irma gerade ihre Gitarre ablegte.

Emma nickte. »Wir haben heute unseren ersten Auftritt. Woher wusstest du das?«

»Falls es dir entgangen sein sollte: Es hängen ein paar Plakate von euch in der Stadt.«

»Hm.« Emma nickte stolz, ihre Wangen glühten. Sie nahm ihr volles Glas, das der Barmann ihnen gerade hingestellt hatte, und hob es hoch. Kurt nahm sein Glas ebenfalls.

»Auf die Freiheit«, sagte er und stieß mit ihr an.

»Auf die Freiheit.« Hastig stürzte Emma die Limonade hinunter, die sich angenehm kühl anfühlte. Durch das Trinken schien auch ihr Kopf wieder klarer zu werden, und ihre Aufregung legte sich etwas. »Seit wann bist du …?«

»Wann sie mich entlassen haben?«, schnitt er ihr leise das Wort ab. »Gestern. Meine Zeichnungen waren wohl wertlos für die Briten. Wie ich erfuhr, habe ich meine Entlassung allein einer wohlhabenden Dame zu verdanken.« Er beobachtete Emma, um ihre Reaktion zu sehen.

Sie kannte diesen Blick. Er weiß es, schoss es ihr durch den Kopf. Er wusste von dem Brief, den sie geschrieben hatte. Sie versuchte gar nicht erst, es zu leugnen. »Es tut mir leid, dass ich deinen Eltern geschrieben habe, aber ich musste es tun«, sagte sie. »Es war die einzige Chance, die ich gesehen habe, dich wieder freizubekommen.«

Er starrte sie an. »Gib zu, du wolltest, dass ich mich mit meinen Eltern versöhne.«

»Nein, nein, ich wollte mich nicht einmischen!«, beteuerte sie. »Ich wollte dir nur helfen.«

Er runzelte die Stirn, nahm sein Glas und trank ein paar Schlucke Bier, ehe er es unsanft auf die Theke zurückstellte. »Na ja, damit muss ich jetzt wohl leben, mein Versteckspiel ist aufgeflogen«, sagte er seufzend. »Aber ich bin froh, dass ich jetzt hier bin. Sie hätten mich sonst an die deutsche Justiz überstellt, und die hätten mir womöglich den Prozess gemacht. Das hätte gedauert. So ist es besser.« Er nahm ihre Hand und strich mit dem Daumen über ihren Handrücken. »Danke, Emma.« Endlich lächelte er.

Emma blickte auf seine Hand hinunter. In den letzten Wochen hatte sie Angst gehabt, die Haft könnte ihn verändert haben, seine Gefühle für sie könnten sich abgekühlt haben, und er nähme es ihr übel, dass sie seinen Eltern geschrieben hatte. Sie hob den Kopf und begegnete seinem Blick. Es war derselbe wie im Gefängnis. Kurt hatte sich nicht verändert. Erleichtert atmete sie auf, und jede Angst fiel von ihr ab. Wie gern hätte sie ihn umarmt, aber das ging ja nicht hier vor allen anderen. Kurt sah aus, als hätte er ähnliche Gedanken.

Wieder lächelte er. »Gehen wir raus?«

Sie nickte und folgte ihm aus dem stickigen Gastraum hinaus in die kühle Herbstluft. Kurt nahm ihre Hand, und sie gingen ein Stück die Straße hinunter bis zur Klostermauer, wo er sie endlich in die Arme nahm. Sie schmiegte sich an ihn und fühlte, wie die Freude sie durchströmte. Kühle Herbstluft umgab sie, spielte mit ihrem Kleid, aber Emma fror nicht.

Anmerkung und Danksagung

Am 17. August 1945 wurde in der völlig zerstörten Stadt Köln zum ersten Mal nach Ende des Zweiten Weltkriegs wieder ein Theaterstück aufgeführt. In der Aula der Universität hatte Shakespeares Komödie *Ein Sommernachtstraum* Premiere, begleitet von der Musik von Felix Mendelssohn Bartholdy, der im Dritten Reich als »jüdischer Bankierssohn« verfemt worden war. Schon im Mai 1945 hatte Heinz Pauels, Komponist zahlreicher Schauspielmusiken für die Städtischen Bühnen, von den Siegern stillschweigend geduldet und nachträglich sanktioniert einen Teil des Städtischen Orchesters wieder zusammengebracht. Es probte unter schwierigsten Bedingungen in den Ruinen des alten Kölner Opernhauses.

Jedes Buch ist eine Reise.

Ich danke all denen, die mich auf dieser neuen Buchreise begleitet und unterstützt haben. Danke an meine treuen Beta-Leser:innen für ihre Zuverlässigkeit und klugen Anmerkungen. Ich bin sehr dankbar für die vielen, oftmals sehr zu Herzen gehenden Zeitzeugenberichte, die ich lesen durfte. Sie haben mir die Augen geöffnet für das Leben in dieser schweren Zeit. Herzlichen Dank an Irene Franken vom Kölner

Frauengeschichtsverein für wertvolle Hinweise zur Literatur, die mich davor bewahrt haben, mich im Recherche-Dschungel zu verstricken. Ein großes Dankeschön auch an Dr. med. Kai Johanning für die medizinischen Hinweise. Und ich danke Walburga von der Haar dafür, dass sie sich die Zeit genommen hat, mir die Welt des Akkordeonspiels näherzubringen.

GLOSSAR

Ääzezupp – Kölsch für Erbsensuppe

Arbeitsdienst – Umgangssprachlich für Reichsarbeitsdienst (RAD), eine Organisation im nationalsozialistischen Deutschen Reich. Junge Männer wurden vor dem Wehrdienst für sechs Monate zum RAD einberufen, wo sie Dienst für die Gemeinschaft zu verrichten hatten (z. B. Forst- und Kultivierungsarbeiten, Deich- und Brückenbau etc.). Ab 1939 wurde die Arbeitsdienstpflicht auch für weibliche Jugendliche eingeführt, die als »Arbeitsdienstmaiden« karitative Aufgaben übernahmen. Im Krieg wurden die männlichen Arbeitsgruppen des RAD zunehmend zur Unterstützung der Wehrmacht eingesetzt.

Edelweißpiraten – Gruppen von Jugendlichen im Deutschen Reich von 1939 bis 1945, die sich dem Regime gegenüber teilweise oppositionell verhielten

Ertrecke – Kölsch für erziehen

Fraternisierungsverbot – Verbrüderungsverbot. Nach dem Zweiten Weltkrieg von den Besatzungsmächten an ihre Soldaten erlassenes Verbot, sich mit Deutschen zu befreunden

Hindenburglicht – Kleines Licht ähnlich dem Teelicht, das als Beleuchtung in Kriegs- und Nachkriegszeiten diente

Iwan – Damals umgangssprachlich für die Rote Armee

Jabo – Umgangssprachlich für Jagdbomber, kleine, wendige und schnelle Kampfflugzeuge, die die Amerikaner im letzten Kriegsjahr auf Bodenziele hinter der Front einsetzten, auch Tiefflieger genannt.

Kolchose – Landwirtschaftlicher Großbetrieb

Mädelschaft – Kleinste Einheit innerhalb des Bundes Deutscher Mädel (BDM), 14- bis 17-jährige Mädchen. 10- bis 13-jährige Mädchen waren im Jungmädelbund.

Naafi – Von der britischen Regierung gegründete Organisation, die britische Soldaten und ihre Familien im In- und Ausland mit Waren versorgt

Nahkampfspange – Deutsche Militärauszeichnung im Zweiten Weltkrieg für besondere Bewährung im Nahkampf mit dem Feind

Pänz – Rheinischer Ausdruck für »Kinder«

Panzerabwehrkanone (Pak) – Kanone, die zur Bekämpfung von gepanzerten Zielen entwickelt wurde

Papierglas – Eine lichtdurchlässige Masse, die auf dünnen Drahtgeflechten aufgebracht und in die Fenster eingepasst wurde, als Ersatz für Glas

Veedel – Kölsch für »Viertel«

Folge der Autorin auf Amazon

Wenn dir dieses Buch gefallen hat, folge Marion Johanning auf Amazon. Dann erhältst du eine Benachrichtigung, wenn die Autorin ihr nächstes Buch veröffentlicht. Um der Autorin zu folgen, gehe bitte folgendermaßen vor:

Desktop:

1) Suche auf Amazon.de oder in der Amazon App nach dem Namen der Autorin.
2) Klicke auf den Namen der Autorin, um auf die Autorenseite zu gelangen.
3) Klicke auf den »Folgen«-Button.

Smartphone und Tablet:

1) Suche auf Amazon.de oder in der Amazon App nach dem Namen der Autorin.
2) Klicke auf einen Titel der Autorin.
3) Klicke auf den Namen der Autorin, um auf die Autorenseite zu gelangen.
4) Klicke auf den »Folgen«-Button.

Kindle eReader und Kindle App:

Wenn du dieses Buch auf einem Kindle eReader oder in der Kindle App liest, wird dir automatisch angeboten, der Autorin zu folgen, nachdem du die letzte Seite des Buches gelesen hast.

Zeitfracht Medien GmbH
Ferdinand-Jühlke-Straße 7
99095 Erfurt, Deutschland
produktsicherheit@kolibri360.de

Druck:
CPI Druckdienstleistungen GmbH
im Auftrag der
Zeitfracht Medien GmbH
Ein Unternehmen der Zeitfracht - Gruppe
Ferdinand-Jühlke-Str. 7
99095 Erfurt